PANE E ACQUA ZUCCHERATA

www.dorakiki.com

London.uk

Editore ©2021 Dora & Kiki Ltd

Autore ©2021 Abi Kobe Zar

© Copyright 2021 - Tutti i diritti riservati.

*A tutti quelli che hanno conosciuto il male, ma non hanno
mai smesso di rincorrere la luce.
A quelli che hanno compreso l'amore terreno e spirituale, e
ne hanno fatto una ragione di vita.
E a chi l'amore l'ha trovato dentro di sé e per sé, facendone
un'arma di lotta e di sopravvivenza.*

A Te, caro Seid Visin, che hai saputo mettere nero su bianco le devastanti conseguenze del pregiudizio, del conflitto di identità e della totale mancanza di empatia verso chi ogni giorno deve raccogliere la cattiveria seminata da una società incapace di fare i conti con il razzismo.
Non sarai dimenticato.

Prefazione
di Kwanza Musi Dos Santos

Ho conosciuto Abi in una fresca sera d'estate a Londra. Date le circostanze, si potrebbe dire che sia stato un incontro casuale, ma col tempo abbiamo capito quanto fosse più destino che puro caso. La prima cosa che notai trasparire in lui fu la sua forte volontà e quella che sembrava un'innata determinazione. Leggendo questo romanzo, forse, inizierete a capire da dove deriva tanta forza interiore. Si dice che "ciò che non ti uccide, ti fortifica". Nelle prossime pagine, se sarete pronti, coglierete a pieno il significato di questo proverbio.

Questo romanzo contiene diapositive di una storia all'apparenza molto distante nello spazio e nel tempo rispetto a noi, ma che in realtà dice molto sul nostro conto e della società in cui viviamo. Una società che ancora fatica a riconoscere legislativamente l'assetto cosmopolita che la compone. Una società che, dopo aver attirato migliaia di persone in cerca di un futuro migliore, tratta i suoi figli come illegittimi. Eppure, essere figlio di due mondi e crescere circondati da culture diverse è un privilegio. Una possibilità che la vita ti offre per avere uno sguardo attento e diversificato sul mondo, come se la vita ti avesse fornito numerose paia di occhiali da indossare e cambiare all'occorrenza. Un'opportunità che spesso, purtroppo, non viene sfruttata appieno, né da chi la vive né da chi la osserva dall'esterno.

Seguendo le avventure di Kofi, sarete trasportati in una dimensione intima e profonda. Toccherete temi comuni ed universali come l'amore, il fallimento, l'accettazione di sé e i cambiamenti. Temi a cui, spesso, ci si avvicina in modo superficiale, timoroso o disorientato.

In questo libro li affronterete in modo inaspettato, diretto, quasi doloroso. Leggendo le prossime pagine, proverete a volte sentimenti scomodi e contrastanti. Vi troverete costretti a decostruire alcuni modi di pensare e di agire; scoprirete quanto alcuni aspetti della vita hanno avuto conseguenze sul vostro vissuto, che probabilmente non avete mai considerato finora.

Questo libro dice tanto dell'autore e parla con onestà e schiettezza a tutti.

È stata una sfida per me e credo lo sarà per chiunque sia pronto a spogliarsi di tutti i precetti appresi finora e a perdersi per ritrovare quella parte spaventata di noi che non abbiamo saputo abbracciare e consolare per tempo.

Accettate la sfida?

Kwanza Musi Dos Santos

Capitolo I

L'Eterna Promessa

Parte I

Era un venerdì, in una calda e umida mattinata di febbraio, in un luogo dove non vedere il sole era cosa insolita. Erano le 9.15 quando la sveglia suonò per la terza volta prima di essere spenta. Era venerdì, come quando nacque Kofi, e questa coincidenza rese quel giorno ancora più unico.

Il signor Addo era la classica persona che posticipava la sveglia e si riaddormentava subito per i cinque minuti seguenti, pur di dormire ancora un po'. Amava vivere con calma, senza la fretta delle generazioni che lo sorpassavano o quella degli anziani sofferenti di lasciare questo mondo. Che avrebbe vissuto una vita così era chiaro sin da subito, quando nacque una settimana dopo la data prevista, come se i nove mesi fossero passati troppo in fretta per i suoi ritmi lenti e pacati.

Dopo un'esistenza così, non poteva di certo cambiare adesso che la gioventù era un ricordo che conservava tra le maglie dritte e perfette della sua memoria.

Addo lo definivano "la calma tempesta" per il suo essere silenzioso e tranquillo ma passionale nelle parole, quasi irruento. Audace e testardo nelle discussioni. Un istinto esplosivo che riusciva a frenare a fatica, eppure a volte così riflessivo che tardava a dare le risposte pur di scegliere le parole più adatte, quelle che vestivano meglio le idee che aveva in mente, senza sfigurarlo o farlo sembrare goffo. Il rito di alzarsi la mattina diventava sempre più faticoso. Le gambe un poco tremavano quando dovevano stare dritte per sostenere i suoi settantacinque chilogrammi distribuiti su quei cento ottantuno centimetri che portava con dignità e ostentata disinvoltura.

Quando si affacciò alla grande finestra della sua camera d'albergo, vide un cielo grigio che non si aspettava: era fuori posto, ma sorrise a quelle nuvole come si fa con un caro amico. Quei colori gli ricordavano il cielo di Londra, ma certo è che nella capitale inglese, un caldo ed un'umidità così non si sarebbero mai potuti vedere. Si mise poi gli occhiali, che da un po' lo aiutavano a vedere meglio gli incastri del destino, e col suo english breakfast tea ancora fumante, iniziò a preparare la borsa.

Piegò con accuratezza un lenzuolo da picnic primaverile e prese dal comodino un libro, il suo, sotto al quale c'erano fogli in disordine, appunti, lettere, memorie di un vissuto non suo, che si trascinava agiatamente dietro. Fogli che il secondo dopo volarono in sintonia per terra, spostati dal vento che era riuscito ad eludere la sua attenzione entrando dalla finestra che aveva lasciato aperta.

Uscì assicurandosi di aver chiuso dietro di sé la porta che custodiva i suoi beni più preziosi: i ricordi.

Il suo taxi era perfettamente parcheggiato ad un paio di metri davanti all'entrata dell'Hotel Hilton.

Lo attendeva da circa quindici minuti. Quel ritardo accademico che il signor Addo non era mai riuscito a scucire dalle sue abitudini. Young, il taxista, aveva le sembianze dei ragazzi che aspettano la fidanzata sotto casa contando con frenesia i minuti di ritardo, come se fossero i minuti di recupero di una partita di calcio decisa con un gol al novantesimo.

Addo ancora non era salito in macchina. Era sul marciapiede, con l'Hilton alle sue spalle, e guardava i ciclisti in velocità sfrecciare per le strade, mentre la lentezza nei movimenti dei signori anziani gli strappò un timido sorriso. Erano le undici, eppure la città sembrava aver già vissuto otto ore di una giornata che forse non era mai iniziata, perché mai finita.

"Buongiorno Singapore" disse a bassa voce, appena sentì odore di cibo provenire da qualche ristorante che aveva fretta di cucinare noodles per lo staff prima di accogliere i primi clienti.

"Andiamo nel solito posto?" chiese il giovane Young, rinvigorito dalla gioia di vedere finalmente il suo passeggero seduto sul sedile posteriore della sua auto.

"Sì, certo, ma dobbiamo fare una deviazione oggi. Ho bisogno di prendere dei fiori".

Il giovane non aveva ancora inserito la prima marcia, aspettava che la strada alla sua sinistra si liberasse.

"Ah, quindi è il giorno?".

"Sì, è il giorno, ma ora partiamo" rispose tenendo gli occhi sulla strada alla sua sinistra, come se all'improvviso si fosse accorto di avere fretta.

Il signor Addo non era nuovo a Singapore, anzi, era un viaggiatore che amava passare spesso per quella città, e quella metropoli amava sentire di tanto in tanto i lamenti ad alta voce di un uomo che sembrava aver imparato dalla vita cose che non avrebbe mai potuto insegnare nemmeno ai suoi alunni.

Indossava un completo blu scuro, di quelli che sfiancano ma non mostrano al mondo le imperfezioni di un corpo che ha già perso diverse battaglie contro la gravità, ma ancora lotta. La camicia era bianca perlata, con i ricami sul polsino che riportavano le iniziali K.A., e gli occhiali nel taschino che completavano il vestiario elegante e perfetto per l'occasione.

Il sole splendeva caldo e spietato, ma lui era composto e sereno, come forse non lo era mai stato prima.

"Signore, in questa mall, al secondo piano, c'è il più bel negozio di fiori che io conosca. Sa, mi ci portava mia madre da piccolo, quando..."

"Va bene, grazie, aspettami qui", lo interruppe senza curarsi troppo della voglia di Young di interagire con lui. Si avviò verso il negozio di fiori con la velocità e la decisione di chi conosceva quel posto con ossessionata minuziosità. Arrivato al secondo piano, non faticò a trovare ciò che stava cercando. A metà del corridoio si veniva travolti e trascinati dai profumi insolitamente forti di quei fiori gialli di cui non ricordava più il nome. Il negozio era una biblioteca di piante, colori e odori che si fondevano e creavano una fragranza inedita anche per i più esperti.

Entrò senza lasciarsi distrarre troppo dalla bellezza di quel posto, e ancora meno dall'estrema gentilezza dell'incantevole donna di mezza età che si accingeva a servirlo.

"Buongiorno, non me ne intendo molto di fiori, ma vorrei qualcosa di allegro per un evento da celebrare".

Young vide il signor Addo avvicinarsi alla macchina con un passo sereno e con un sorriso appena accennato. Deve essere avvenuto un miracolo in quella mall perché, in tutti quei tre anni di conoscenza, non lo aveva mai visto sorridere, o forse una volta per sbaglio, quando lo andò a riprendere a Marina Bay dopo lo spettacolo serale di luci, acqua e musica. Non ne era nemmeno tanto sicuro, perché non c'era molta luce e potrebbe aver scambiato un'espressione rilassata e serena per un sorriso. Prima di salire in macchina si sentì un telefono squillare. Squillò per un po', e sembrava una chiamata destinata a rimanere senza risposta. Il signor Addo estrasse dalla tasca interna della sua giacca il cellulare ancora illuminato: "chiamata in arrivo da Sky". Lo guardò, sospirò e salì in macchina senza rispondere.

Una manciata di minuti dopo arrivò un messaggio che lesse in fretta, senza dargli troppa importanza: "Sono fiero di te, Zio, ti chiamo dopo. Un abbraccio, Sky".

Young per il resto del viaggio si concentrò sulla guida, senza fare troppa conversazione.

"Siamo arrivati, signore. Aspetto qui?" chiese il taxista guardando nello specchietto retrovisore.

"No, vai pure. Ci metterò un po', ti chiamo quando ho finito".

Scese dalla macchina a schiena dritta, prese la borsa, si ricordò dei fiori e infine si incamminò. Quel luogo lo conosceva bene, ma oggi aveva un calore diverso, e dei profumi a cui non aveva mai fatto caso dominavano l'atmosfera.

C'era una quiete insolita per quell'ora del giorno.

Il cimitero di Choa Chu Kang è il più grande di Singapore, un posto capace di trasmettere tranquillità alle anime irrequiete, di donare ai visitatori la saggezza di chi ha vissuto una vita con consapevolezza e rettitudine e di dare sollievo a chi si dovesse trovare lì un po' per caso, in cerca di risposte esistenziali dal fato invisibile.

Prese il passo alla sua sinistra, poi svoltò quasi subito a destra ad un passo sostenuto, ma senza fretta. Sembrava un impiegato che stava tornando in ufficio dopo la pausa pranzo, costretto da un ritmo di lavoro incessante a mangiare in pochi minuti e rientrare, senza troppa voglia.

Il signor Addo camminava così, facendo un cenno con la testa ora a destra, ora a sinistra, come se stesse salutando le persone che gli passavano accanto, ma in quel cimitero, a quell'ora, c'erano solo lui, lapidi ed un pacifico silenzio.

D'un tratto si fermò come se dovesse riprendere fiato e guardò la lapide alla sua sinistra, avvicinandosi con calma. Tirò fuori la coperta da picnic che aveva nella borsa, la stese per terra sotto un piccolo albero e, una volta in ginocchio, ci passò sopra la mano per assicurarsi che non ci fossero quelle pieghe fastidiose.

Si mise a sedere con la fatica tipica di chi rimprovera le sue articolazioni di non supportarlo più come prima, posò i fiori con delicatezza e tirò fuori un libro.

La copertina bianca rifletteva un po' la luce dei raggi del sole che passavano tra le piccole foglie di quel giovane albero, dando leggermente fastidio agli occhi del signor Addo, in procinto di tirare fuori gli occhiali da sole. La scritta K.K. era stampata in rilievo sulla copertina. Strinse forte il libro fra le mani e poi passò lentamente le dita sulla copertina e sulle lettere in rilievo, come se volesse assaporarle con le mani e la mente prima di aprire al sole quell'enorme libro. Si fermò per posare gli occhi sulla lapide che aveva di fronte a lui. Riportava "K. Addo", quel cognome a lui così familiare, così caro perché suo da sempre, e poi disse "La promessa è stata mantenuta", mentre sorrideva per la prima volta dopo settimane di aridità emotiva. "Ora ti leggo il libro, il tuo, vuoi?". Questo è l'inizio.

Parte II

Sono nato nel giorno dell'amore, ed è per questo che sono sempre stato innamorato del sole giallo e della terra rossa. Due cose che danno vita e speranza, preoccupandosi di cullare i sogni di chi, come me, è nato in un angolo del mondo lontano dallo sguardo della dea della fortuna. In Africa, nella mia Africa, ti senti piccolo piccolo quando alzi gli occhi e vedi che il sole è grande e luminoso, la luna è affascinante e affettuosa, ed è sempre accompagnata da una moltitudine di stelle che brillano come fossero le luci di un concerto.

Il cielo si estende in lungo e in largo, senza fine ne confini, simile alla sensazione di immensità che si prova in mare aperto senza terra in avvistamento.

Mamma per me rappresentava la terra rossa sulla quale camminavo spesso a piedi nudi. Ferma, tenera ma forte e profumata, capace di far sbocciare fiori anche nei periodi più aridi del suo cuore e della nostra vita.

Eravamo da zia Zainab per qualche giorno, ma ci andavamo spesso in realtà. Quando i soldi mancavano mamma ci faceva spostare, camminare e correre. Andavamo da chi ci poteva aiutare. Spesso dallo zio, altre volte da nonna ed ogni tanto da zia. Leggevo sempre nella sua voce un certo dispiacere quando dovevamo spostarci. Le nostre difficoltà affossavano ogni volta un po' della sua dignità e del suo orgoglio. Ne avrebbe fatto a meno di sballottarci in giro per il paese senza stabilità, ma questo alla vita non interessava assolutamente nulla.

Zia non sapevamo neppure dove fosse quel giorno. Era la sorella minore di mamma, piccola e minuta, come le sue sorelle. Era quella ribelle, un po' disordinata e sempre ad inseguire sogni più grandi di lei. In questo la sentivo affine: eravamo due sognatori, un po' ingenui e con una fiducia incontaminata.

Mamma, invece, era uscita da diverso tempo per andare a sistemare delle faccende. Si giustificava così quando doveva andare a cercare un modo per vivere, nella speranza di riuscire, un giorno, a smettere di sopravvivere.

Io e mio fratello maggiore, Kwaku, eravamo soli in casa, in compagnia di pensieri troppo grandi e importanti per dei bambini. Avevamo due anni di differenza, che lui si preoccupava di far pesare all'occorrenza. Nei litigi, ad esempio. Al contrario di me, lui era indipendente e quasi indifferente all'affetto di mamma, soddisfatto di ciò che riceveva quando mi staccavo da lei. In Ghana, essere da soli a sette anni non è una cosa strana.

Spesso i genitori sono costretti a lasciare i figli soli a casa per andare a lavorare, altre volte se li portano dietro, così sono i figli ad aiutarli nelle faccende di mercato o nei negozi. I più piccoli, invece, vengono fasciati con stoffe colorate e resistenti. Con movimento quasi ritualistico, vengono assicurati sul dorso della mamma e rimangono lì attaccati per ore, perché le mamme devono avere le mani libere per poter lavorare e procurarsi il cibo con cui crescerli.

Kwaku era spesso il mio unico guardiano e protettore. Andavamo insieme a scuola, da soli come tutti i bambini della nostra età cresciuti prima del tempo.

Mi era affianco anche quando quel giorno aspettavo mamma aprire di nuovo la porta di casa.

Di fronte a casa di zia si ergeva imponente una grande moschea bianca molto affollata che dava sulla strada principale. Io e Kwaku c'eravamo spostati lì, affamati e annoiati. Ansiosi di vedere mamma tornare.

Il sole giallo era già calato da un'oretta, ed avevo perso il conto delle ore passate dall'ultima volta che avevo mangiato qualcosa. Quella sensazione di buco nello stomaco la disprezzavo profondamente, perché la conoscevo molto bene. Credo che fossimo entrambi indeboliti proprio dalla fame e forse mio fratello era anche assente mentalmente, in quello che sembrava uno stato di ipnosi regressiva causata dalle luci stradali. La sua mente sembrava trasportata altrove, lontana da quella strada affollata.

Mi accorsi con estrema lentezza che eravamo stati avvicinati da due uomini. Quello davanti a me aveva un cappello da baseball rosso girato al contrario, ed una bandana dello stesso colore che gli copriva bocca e naso. Un abbigliamento insolito che attirò subito la mia attenzione. Dell'altro vedevo solo la sagoma piazzata davanti a mio fratello.

Attorno alla moschea si alzava un recinto di muro in cemento alto circa due metri, che proteggeva tutto il perimetro formando un rettangolo. Per tornare a casa c'erano due strade, una più breve a sinistra, che prevedeva un tratto fatto di uno stretto vicolo tra il recinto di muro della moschea e le case residenziali che la affiancavano, mentre la strada, a destra, era più lunga e prevedeva la circumnavigazione di tutto il perimetro del muro per poi arrivare su un fianco della moschea dove poco distante c'era la casa di zia.

"Siete qui da soli?" mi chiese uno degli uomini.

Lo guardai senza rispondere ma lui insistette "Siete qui senza genitori?"

In Ghana, in quegli anni, la cronaca era spesso piena di rapimenti e di bambini scomparsi. Si diceva che venissero tratti in inganno con trucchi, cibo e soldi. Le strade brulicavano di racconti e storie di bambini e parti umane usate da stregoni per sacrifici fatti durante riti meschini per attrarre soldi a favore di persone morte dentro che respiravano avidità e avevano fame di successo.

La verità è che i bambini sparivano per davvero, e per questo mamma aveva una lunga lista di raccomandazioni che rinnovava ogni volta con precisione e dedizione prima di lasciarci soli.

Eravamo rimasti in silenzio anche alla seconda domanda, con l'aria che iniziava ad addensarsi di una tensione tangibile. All'improvviso vidi l'uomo fare un piccolo passo verso di me. Calmo e furtivo, ma senza indugiare. Aveva messo la mano destra dentro la tasca.

Ero più perplesso per la calma e la noncuranza di mio fratello, che per l'atteggiamento sempre più minaccioso di quello sconosciuto che aveva rotto la monotonia di un'attesa senza fine.

Lo vidi mentre tirava fuori qualcosa dalla sua tasca. Col favore delle luci di una macchina che passava in quel momento, capii che stava tirando fuori un coltello, o qualcosa di molto simile. Una lama, forse un pugnale. Non avevo modo di vedere meglio, di leggere i suoi occhi e le sue espressioni, ma realizzai di essere seriamente in pericolo.

Forse era il nostro turno di far parte della lunga lista di bambini rapiti. Potevo facilmente immaginare la notizia al telegiornale della sera, mentre mamma piangeva buttata per terra, urlando inconsolabile tutto il suo disperato dolore e maledicendo un destino che le avevo tolto.

Sarebbe stata divorata dai sensi di colpa, che dall'interno avrebbero inghiottito anche l'ultimo pezzo di anima rimasta pura.

No, non ero pronto.

L'istinto mi alzò in piedi come se mi avesse teso la mano ed iniziai a correre prima ancora di rendermene conto. Guardando con la coda dell'occhio, vidi mio fratello ancora seduto che tardava ad avvertire il pericolo. La sua mente non era ancora entrata in contatto con una realtà che richiedeva reattività. Per facilità presi la strada più breve alla mia sinistra e lo spirito di sopravvivenza fece il resto. Sentivo il cuore battere così forte che sembrava fuoriuscirmi dal petto. Ad ogni falcata aumentavano velocità e forza nelle gambe. Prima di quel giorno, non sapevo come la paura e l'adrenalina potessero trasformare il corpo umano e trasportarlo oltre i limiti con una tale forza. Erano circa cinquantacinque metri di vicolo stretto che ora sembrava non avere più una fine. Non mi girai, ma sentivo il passo veloce dello sconosciuto che mi rincorreva. Era pesante ma agile, determinato a prendermi, ma non quanto fossi determinato io a sopravvivergli. Quel vicolo era buio, cieco agli occhi di chi non era abituato a vivere nell'oscurità anche dentro casa, ma io lo ero.

Ad Accra, la grande capitale, la luce andava via ogni tanto, sicuramente più spesso di quanto fosse sopportabile, soprattutto la sera o durante i film o le partite di calcio. Quando succedeva usavamo le candele, ma non essendocene una a testa ci abituavamo ad andare in giro per casa nel buio totale.

Ci guidavamo, toccando delicatamente i mobili nel salotto, come se fossimo nati distinguendo le persone e le cose dalle loro sagome accurate. Era diventato quasi un gioco, ma forse era l'unico modo per trasformare in opportunità anche i momenti più bui delle nostre esistenze. La vita era per noi la più grande delle insegnanti.

Correvo e sentivo che per quanto fossi veloce, l'uomo mi stava raggiungendo. Le sue falcate erano più lunghe, le gambe più forti e il cuore più grande pompava più sangue nei suoi muscoli. Non avrei resistito ancora a lungo ma, per fortuna, non dovevo farlo.

Casa di zia era lì a pochi metri ed io iniziavo a vedere la luce delle case dei vicini.

Corsi secondi che sembravano minuti, sentii la sua mano sfiorarmi nel tentativo di aggrapparsi ai miei vestiti e corsi ancora di più.

Corsi così forte che sembrava che l'aria mi riempisse le orecchie, come quando mettevo fuori la testa dalla macchina e mamma mi tirava subito dentro.

Corsi, come avrei fatto altre volte per rincorrere una vita che si divertiva a mettere ostacoli tra me e la serenità.

Mi tuffai nella luce, consapevole che poi lui avrebbe desistito, e così fu. Continuai a correre finché non entrai in casa. L'uomo ora era appostato in penombra a chiedersi come io avessi fatto a sfuggirgli.

Prima di prendere il vicolo, vidi che anche mio fratello aveva iniziato a correre, finalmente, prendendo però la direzione opposta. Aveva scelto la strada più lunga ma più affollata, quindi in teoria più sicura. Eppure, ora lui a casa non c'era.

Già da allora lavoravo molto di fantasia, e immaginai ogni possibile scenario. Più i secondi passavano, più mi convincevo che non ce l'avesse fatta. Dovevano averlo preso.

Come avrei fatto a dirlo alla mamma?

Come avrei fatto senza il fratellone che, pur non sopportando, amavo avere intorno a me? Eravamo insieme, sempre. In casa, fuori a giocare nel quartiere, ci sfidavamo a dama e a palleggiare col pallone. Era la costante. Il sempre. I tutti i giorni.

La preoccupazione lasciò spazio al sollievo quando lo vidi entrare dal retro della casa, chiudendo subito a chiave.

Eravamo spaventati e increduli. Eravamo stati capaci di una forza che solo chi aveva visto la morte in faccia sapeva di avere, nascosta da qualche parte nella sua mente così perfetta e fragile, come il guscio di un uovo al contatto con l'asfalto.

Mentre stavamo raccontando l'accaduto a mamma, potrei giurare di aver sentito il battito del suo cuore accelerare forte come il mio nel buio di quel vicolo, ma non posso, Nonna si è sempre raccomandata di non giurare invano. Mai.

"È stato velocissimo, Mà, e non so ancora come sono riuscito a salvarmi", continuavo a ripeterle.

"Che sollievo che vi siete salvati, ma non uscite più. Mi dovete ascoltare, capito?" rispondeva lei con un timido rimprovero di chi sapeva già che sarebbe stato inevitabile lasciarci di nuovo soli.

Zia abitava in una cittadina poco fuori Accra. Amavo quel posto solo per il pane con la frittata dentro che faceva il chiosco dietro casa sua. Girare per le strade era come entrare in una galleria del vento, con odori di cibo e di chiacchiere che si librano felici nell'aria, tenendo compagnia ai passanti.

I colori sono forti, vivaci e caldi. In alto si alzano sempre fumi provenienti dalle pentole che riscaldano pietanze di ogni tipo, pronte per essere consumate calde appena comprate dalle bancarelle, senza nemmeno aspettare il resto.

Adoravo il ke-le-we-le. Deliziosi cubetti imperfetti di platano marinati in una salsa di zenzero e poi fritti. Trovavo un'immensa gioia nel cibo, perché curava la mia anima con il calore che la vita a volte non mi dava. Quando non c'erano soldi, infatti, soffrivo anche per questo: non veniva a mancarmi solo il cibo, ma il calore di un amore che mi dava pace.

Il Ghana era anche questo: un paese che aveva tutto quello di cui avevamo bisogno, eppure era tutto ciò da cui saremmo andati via.

Una vita in perenne movimento, di camminate e di corse, di fame e di speranza. Senza una certezza sul futuro e aggrappati solo alla forza di volontà di una madre che stava sacrificando ogni singola goccia di sangue nel suo corpo per mantenere i suoi due figli.

Non avevo mai amato troppo andare da zia, in realtà non avevo proprio grande simpatia per lei, e dopo quell'episodio ebbi una repulsione esagerata tutte le volte che dovevamo andarla a trovare.

Ma noi ci dovevamo andare comunque.

Il fatto è che quando nasci in un paese come il Ghana, impari subito che le gambe Dio te le ha donate per camminare tanto. Cammini per andare a scuola, per andare a prendere l'acqua al pozzo che poi porti perfettamente in equilibrio sulla testa. Cammini un po' per gioco, un po' per disperazione, per le commissioni e le fughe con gli amici di giorno per tornare a casa la sera. Stavamo andando a casa di un'amica di mamma che non conoscevo troppo bene. Non mi ero mai interessato molto a chi lei frequentasse, e non che frequentasse tante persone, ma noi eravamo un po' come nomadi senza meta, e mi sarei dovuto ricordare comunque di troppi nomi. Cosa che non mi riusciva molto bene.

Mamma aveva una sana diffidenza verso il mondo, che non sarebbe mai riuscita a trasmettermi, nemmeno quando con essa avrei potuto salvarmi un pezzo di cuore.

Facevamo chilometri per andare ovunque potessimo andare, in cerca di chi potesse aiutarci e darci respiro. Quel giorno stavamo andando da una giovane signora di cui mamma ci parlava poco.

"Mi deve un po' di soldi, ci aiuterà", ci aveva detto mentre ci stavamo vestendo.

Erano i tempi in cui avevamo talmente poco che non deve essere stato facile per mamma sapere di non poterci consolare con tre pasti caldi al giorno.

Durante il tragitto capitava che mi stancassi quando il calore dall'asfalto bollente indeboliva le gambe, allora lei mi guardava negli occhi, si chinava e mi caricava sulle spalle con la dolcezza e la forza di una madre che caricava dietro il suo mondo per proteggerlo. Guardavo da lassù il sudore scintillante scenderle sul collo. Il sole così caldo e gentile batteva senza sosta sulla sua pelle color ebano, che brillava come l'armatura dei cavalieri più valorosi.

Accelerava il passo quando si sentiva la schiena bagnata dalle mie lacrime mentre singhiozzavo per un po' di cibo. Mi stringeva a sé, e a me si stringeva lo stomaco insieme ad una sofferenza condivisa che mi promettevo di curare, un giorno.

Credo ci siano poche cose devastanti ed umilianti come il mantello di povertà che la vita ti cuce addosso sin dalla nascita.

Non so dire dove trovasse la forza, ma di chilometri per salvarci ne aveva fatti tanti anche da sola, e nel mentre, mi insegnava a far uso dell'amore e della forza che la disperazione può donare. Lo chiamano spirito di sopravvivenza, e io stavo imparando con quanta dignità questo spirito potesse amalgamarsi alla vita di tutti i giorni. L'amore si insegna, come tutto, e lei ce lo stava insegnando nel modo più intenso ed autentico possibile, col sacrificio, la sofferenza, il dono di sé per gli altri, e con quel suo timido sorriso stampato su un viso disegnato da solchi di lacrime.

Erano lezioni di vita che avrei impacchettato per bene, e riposto con cura nel mio bagaglio d'esperienza che mi sarei portato dietro per sempre, ovunque.

Arrivammo giusto in tempo per il pranzo, ed entrammo in una casa buia ma accogliente. Le finestre erano piccole e in legno vecchio. Mi davano l'idea che ci abitassero persone un po' tristi, che non avevano voglia di aprirsi al calore della vita. I mobili erano vissuti, ma l'amica di mamma sembrava troppo giovane per conoscere la storia di quel divano marrone e consumato che aveva in salotto.

Mentre mangiavamo, io e mio fratello parlavamo poco. Lui perché è sempre stato timido ed attento a non aprirsi con estranei. Non dava mai troppa confidenza e mostrava raramente il suo sorriso. Io perché ero intento a mangiare, consumato dalla fame e dal dispiacere, come se fosse l'ultimo pasto di un carcerato in attesa di un'esecuzione ingiusta.

"Come vanno le cose a scuola?" mi chiese la signora.

"Bene, sono sempre bravo. Tra i primi della classe" risposi fiero, e aggiunsi "anche se non ci andiamo sempre".

Mamma da sotto al banco mi tirò un calcio e mi fulminò con gli occhi.

Si raccomandava sempre di parlare poco dei problemi della famiglia e dei progetti futuri.

"Non dovete dire a nessuno che andiamo ad *abrochi,* capito?".

Questa era la cosa che più la tormentava, ed era brava a trasmetterci questa sua angoscia. *Abrochi* era una parola generale che indicava semplicemente l'estero, che fossero Stati Uniti o Europa. Nella mia testa io associavo questa parola all'Inghilterra o agli Stati Uniti.

Abrochi era un sogno proibito per molti, una fortuna per alcuni e la salvezza per tutti gli altri.

Abrochi era l'eterna promessa che prima o poi il destino avrebbe mantenuto.

Riuscire ad andare all'estero era come essere dei prescelti che avrebbero avuto l'opportunità di vivere la vita sempre desiderata, migliore, agiata, brillante e luminosa. Nei sogni di tutti, l'idea veniva ornata di lussuose case, macchine grandi e nuove, cucine spaziose con cibo in abbondanza e viaggi di ritorno in Ghana con valigie piene di regali e vanità per i parenti a casa. Un benessere osannato che andava al di là di ciò che la realtà prometteva ed era in grado di mantenere una volta arrivati davvero all'estero.

Mamma diceva sempre: "Le persone sono invidiose, e se lo dite in giro si complicherà tutto, perché non vorranno il nostro bene".

Probabilmente aveva ragione, ma nei suoi occhi leggevo la voglia e l'attesa che quella promessa fosse mantenuta, che il momento del viaggio arrivasse il prima possibile, e che l'idea di futuro diventasse meno nebbiosa e più concreta, come se non aspettasse altro che posare le armi e smettere di lottare contro le incertezze del giorno dopo.

26

Parte III

La vita per noi era come una giostra ad alta quota che girava veloce in un senso, per poi riprendere subito a girare nel senso contrario, senza darci mai la possibilità di abituarci alla gravità che pesava sulle nostre scelte.

Avevamo cambiato case, scuole, amicizie e abitudini con la stessa velocità con la quale si consumavano le suole delle ciabatte che si assottigliavano fino a farci sentire il calore della terra rossa.

Eravamo da poco a Kojokrom, una città nella regione ovest del Ghana, a pochi chilometri da Takoradi, il capoluogo di regione.

Dopo qualche mese, iniziai ad abituarmi a svegliarmi la mattina con le voci nel corridoio del vicinato già attivo e intento a produrre senza sosta, con le galline all'opera e speranzose di sopravvivere ad un'altra giornata senza diventare prezioso cibo per qualche bocca in più da sfamare, e con mia mamma che preparava la colazione con le uova fritte. Era una di quelle cose che riusciva sempre a farmi sentire a casa ovunque andassimo. Il suo amore di prima mattina.

Andare a scuola era qualcosa che mi piaceva davvero, da sempre, e forse da molto prima che capissi la vera utilità di tutte quelle ore passate a studiare. Mamma ci insegnava a stirare, ma per la scuola doveva essere tutto impeccabile, motivo per cui si assicurava personalmente che fossimo puliti, con denti bianchi come i fogli dei quaderni che già pesavano nello zaino, e la divisa in ordine e stirata per l'ispezione mattutina.

Era una sergente, e noi obbedivamo con qualche lamentela di troppo che lei ignorava senza sforzo.

Andavo sempre a scuola insieme a mio fratello. Sulla strada si univano a noi altri ragazzini già adulti che dovevano saper affrontare la vita con quella precoce esperienza tipica di chi nasce in un paese in via di sviluppo.

Alcuni di loro si alzavano all'alba, un po' prima del sole, ma col cielo già sveglio. Dovevano aiutare i genitori a vendere un po' di *coco* e *bofrot* da bancarelle in posizioni strategiche per i lavoratori mattutini. Altri dovevano accudire i fratellini o le sorelline mentre la mamma era fuori per fare le prime commissioni. Altri ancora si incamminavano per chilometri per raggiungere il mercato e lavorare un poco, prima di tornare a vestirsi per la scuola, mentre alcuni dei loro coetanei rimanevano lì tutto il giorno. Perché la scuola era una scelta, non un obbligo, e se la mamma aveva bisogno, allora la priorità diventava il lavoro per la sopravvivenza. Sempre.

Si camminava allegramente per circa 35 minuti ogni mattina, attraversando le rotaie dei treni, sulle quali lasciavamo stupidamente qualche sasso, ed un grande mercato che ci inghiottiva per poi sputarci fuori qualche metro dopo senza possibilità di aggirarlo. C'era un vecchio cinema sulla via e vidi per la prima volta il cartellone strappato ai lati di Rambo. Lo rendeva ancora più virile e forte. Quell'uomo era un eroe, forte e coraggioso, ed aveva ispirato generazioni intere a portare imbarazzanti bandane rosse sulla fronte, imitando con la bocca il suono delle mitragliatici.

L'arrivo a scuola era un momento che mi dava sempre grande gioia.

In Ghana, le scuole primarie erano tutte sul piano terra, con grandi atrii e corridoi. Raramente gli edifici scolastici elementari si ergevano su più piani. Solo le università erano così. Le divise erano obbligatorie e spesso erano di colore diverso a seconda della scuola. Tutte le scuole avevano il loro stemma cucito sul petto della divisa, ad altezza cuore, come se fosse un segno di appartenenza ad un circolo.

Anche le rette erano obbligatorie. Erano alte e si ergevano disgraziate sulle spalle di mamma. Sarebbero state sempre un problema per noi.

Studiavamo in inglese. Facevamo ogni materia usando quella lingua, come se fossimo inglesi dalla pelle nera, perché la lingua dei colonizzatori ora era quella dell'istruzione, ma anche quella del business nella grande capitale. Avevamo preso abitudini, pregi e difetti di chi era arrivato da lontano ad insegnarci a bere il tè con il latte, a prenderci l'oro e il cacao, mentre ci imponeva il proprio Dio e ci diceva come pregarlo.

Avevano predicato le parole di un Gesù che non avrebbe mai fatto quello che avevano fatto loro.

Alle 8.30 dovevamo riunirci tutti nel grande atrio e formare una riga indiana per ogni classe. Periodicamente, un alunno veniva eletto per tirare su la bandiera. Quello era un ruolo ambito e desiderato dai ragazzi più competitivi. Un onore che veniva concesso agli alunni più bravi o quelli che avevano genitori abbastanza ricchi da passare regali o soldi alla dirigenza della scuola. In Ghana tutto era "bribe", e lo si imparava da piccoli. Che fosse una questione giudiziaria, politica, scolastica o una semplice pratica d'ufficio da accelerare, se allungavi qualche soldo lontano dagli occhi dei curiosi, ricevevi quello che chiedevi. La coscienza degli uomini era così facilmente corruttibile. Il denaro era il vero Dio che ci avevano insegnato a venerare, e in nome del quale avevano sacrificato i nostri antenati.

Ogni mattina, in fila, portavamo la mano al petto per intonare fieri l'inno nazionale "God Bless Our Homeland Ghana", e la bandiera doveva essere tirata su in sincronia e arrivare in cima all'asta esattamente nel momento in cui finivamo di cantare.

Dopo quel momento glorioso e quasi solenne di patriottismo, gli insegnanti passavano di fila in fila per controllare tutti gli alunni.

Una vera e propria ispezione. Controllavano che avessimo le mani pulite e che non ci fosse dello sporco incastrato sotto le unghie o tra le pieghe dei capelli.

La divisa doveva essere linda e senza macchie. Non sgualcita. I capelli in ordine e le scarpe o i sandali dovevano essere integri. Non era ammesso arrivare a scuola a piedi nudi. La severità del sistema scolastico era una realtà con la quale si cresceva sin da piccolissimi.

Qualsiasi cosa si imparasse aveva sempre l'incentivo della punizione corporale, ed era prevista la sospensione per il ritardo delle rate. Non si ammettevano eccezioni.

Gli insegnanti, dopo aver scritto alla lavagna, ci stavano sempre lontano, perché passavano il resto del tempo a passeggiare fra i banchi con fare quasi intimidatorio, come se fossero caporali di un esercito, brandendo un bastone che rappresentava tutto il loro potere. Era simile ad una canna da zucchero ma molto fine e sottile, rotondo, lungo circa un metro e spesso il doppio di una cannuccia. Di fatto, sembrava una lunga cannuccia di bamboo.

Serviva per puntare le cose scritte sulla lavagna, ma soprattutto per infliggere le punizioni corporali. Gli insegnanti frustavano per lo più le mani e non erano previste attenuanti al fallimento. La scuola era rigida e dava una preparazione elevatissima.

Il ritorno a casa era una gioia ancora più grande, perché sapevo che avrei potuto giocare con i bambini del quartiere in cui vivevamo. Io e Kwaku rientravamo mangiando qualcosa comprato alle bancarelle per strada. Ci cambiavamo in fretta per poi uscire subito dopo e tornare all'aria aperta. Spesso doveva venire mamma a cercarci per riportarci a casa a fare la doccia.

Eravamo tutti figli di tutti. Piuttosto indipendenti, ma consapevoli che c'era sempre un adulto che vegliava su di noi, pronto a tirarci le orecchie quando disturbavamo troppo il vicinato. Casa era parte di un complesso di appartamenti su piano terra, uno attaccato all'altro, che formavano un quadrato chiuso da un cancello senza serratura, né catene. Quelle le avevano le ville dei ricchi che abitavano nella capitale, con muri alti, filo spinato, enormi giardini e grossi cani da guardia. Dovevano amare tutta quella ricchezza per difenderla con così tanta ferocia.

All'interno del complesso di casa si formava un grande atrio condiviso da tutti, ma soprattutto da noi bambini, che trasformavamo quello spazio nel nostro quadrato di mondo sicuro, un po' come se vivessimo dentro le mura di un castello con un piccolo cancello al posto del ponte levatoio.

Quando le rette scolastiche diventano un peso che la mamma non riusciva più a sostenere, noi dovevamo rimanere chiusi in casa da soli il numero di ore in cui saremmo dovuti essere a scuola.

In un quartiere così, tutti sapevano tutto di tutti, e la mamma prima di uscire ci raccomandava di nasconderci in modo da non far vedere al vicinato che non avevamo i soldi per pagare le rette scolastiche.

"Non vi azzardate ad uscire, se no ve la vedete poi con me. Se suonano, non aprite e non affacciatevi". Non era un compito facile, ma eravamo diventati bravi a passare tutto quel tempo in casa senza far rumore. Assomigliava ad una reclusione forzata senza l'ora d'aria per guardare il colore del cielo e respirare un poco di libertà.

I soldi erano sempre stati un pensiero di troppo per la mamma. Li odiava, perché ci lottava per riuscire a convincerli che meritava di dormire sonni tranquilli. Non so bene come a volte riuscissimo a vivere una vita che da lontano sembrava normale.

Spesso anche mamma si nascondeva da chi veniva a riscuotere i debiti che usava come salvavita quando le sue finanze andavano in corto circuito.

Il bussare alla porta con quella forza e disprezzo interruppe la mia concentrazione durante la partita di dama contro mio fratello. La donna che mi trovai davanti era ben vestita e con la pelle chiara di chi era abituata a spalmarsi creme costose per schiarire di due o tre toni il proprio colore. Indossava occhiali scuri che nascondevano bene la forma degli occhi, ed un profumo così pungente che entrava in testa per restarci per giorni.

Aveva un'espressione irritata ed impaziente.

"Ragazzino, dov'è tua madre?" chiese con voce ferma.

Mamma, a cadenza pressoché giornaliera, ci ricordava che se mai fossero venute persone sconosciute a cercarla, dovevamo dire che lei non c'era. Ero stato attento alle sue parole, ed intuii con tempismo che quella donna rientrava tra le persone che dovevo allontanare da casa come si allontanano le api dai fiori.

"Mamma mi ha detto di dirti che non c'è", risposi mostrando una certa sicurezza.

Non mi ero reso conto di aver tradito colei che mi aveva messo al mondo, suggerendo alla donna esageratamente profumata alla porta che lei in casa c'era, ma che non la voleva vedere.

"Ragazzino, sei proprio sicuro che non ci sia?"

"Sì, mamma non c'è"

"Allora dille che tornerò più tardi" disse guardandomi con aria più arrabbiata di quella che aveva qualche istante prima.

Fui fulminato dagli occhi di mamma appena mi girai. Mi diede una sberla dietro la testa mentre mi rimproverava di averle fatto fare la figura della poveraccia codarda che non era.

Aveva ragione. Lei non era codarda, e questa era una certezza.

Altre persone avrebbero bussato alla porta di casa nel tentativo di riavere soldi che mamma era spesso riluttante a restituire perché era cibo e calore tolto ai suoi figli.

Lei non voleva debiti, ma sceglieva sempre noi, barattando la sua credibilità per i nostri sorrisi.

Parte IV

Sapevo di avere un padre che avrebbe potuto e dovuto sostenerci, ma non avevo ricordo dei suoi lineamenti e della sua presenza quando, in ginocchio e con la testa china, pregavamo insieme a mamma per una vita migliore.

Nacqui che lui già non era accanto a mamma, e forse non lo sarebbe mai stato per davvero, neppure una volta riuniti.

Sapevo solo che era un uomo intento ad inseguire il sogno di vivere in Europa. Sapevo che ce l'aveva fatta, perché di tanto in tanto sentivo mamma e zio nominare l'Italia mentre parlavano di lui, a bassa voce e cautamente, come se dirlo ad alta voce potesse rendere meno reale la possibilità che anche noi potessimo vivere quel sogno.

Vissi i primi sei anni di vita pensando che in realtà lo zio, Bra Ahmed, fosse mio padre, e non il meraviglioso fratello minore di mamma. Lui era un uomo basso e retto, con un viso principesco e le maniere gentili. Trasudava rispetto e amore per noi. Trovava soluzioni e metteva insieme idee e pezzi di puzzle per ricomporre con precisione la vita di mamma quando andava in pezzi. Correva spesso in nostro aiuto e mi dava esempio di come si potessero sconfiggere i mulini a vento quando in gioco c'erano le vite di persone amate.

Papà però esisteva, ma a distanza era impossibile sentire che sapore avesse l'amore di un padre.

C'erano giorni in cui aspettavamo i pacchi dall'Italia con la stessa impazienza con cui si aspetta la pioggia dopo mesi di siccità in un anno senza raccolto.

Ricevere i pacchi era una gioia per chiunque avesse parenti o amici negli Stati Uniti o in Europa, i quali avevano vinto la lotta contro le difficoltà di vivere soli e lontani da casa, in paesi che sembravano paradisi solo a noi che vivevamo al di sotto del grande deserto del Sahara.

Questi pacchi, a volte container, in genere contenevano vestiti, scarpe, televisioni, libri, cibo, fotografie, video cassette di film caratteristici, emozioni, ricordi, affetto, abbracci scritti su carta e registrazioni audio su cassette con dichiarazioni di quanto la distanza non avesse smorzato e piegato l'amore per la patria e per la famiglia.

Papà, però, mandava pacchi che pesavano in maniera eccessiva sulle spalle stanche della mamma e sulla mia consapevolezza di essere un impotente osservatore della sua anima sofferente.

Si chiudeva in camera ad ascoltare in silenzio le registrazioni di papà.

"Sono cose da grandi", diceva sempre.

Il tremore del suo respiro suggeriva che non stesse piangendo per felicità o nostalgia. Si sentiva bene oltre la porta di camera, e quando usciva i suoi occhi tradivano il sorriso stretto che sfoggiava con forza cercando di ingannare sé stessa, e un po' anche noi. Quando finiva, girava la cassetta e la rimetteva nel verso contrario, facendo partire l'altra parte della registrazione dedicata a noi.

Da papà non udivo mai parole dal cuore, e quell'affetto che non sapevo mi sarebbe sempre mancato, anche quando avremmo dormito sotto lo stesso tetto. La sua voce, e quelle sue parole mancavano quasi sempre di amore paterno, ed io ascoltavo rivolto verso il registratore con attenzione, sperando di cogliere sfumature che mi facessero brillare gli occhi. Le sue parole, tuttavia, continuavano a mancare di quel calore che avrei cercato durante i rigidi e freddi inverni nelle campagne della bassa modenese. Mancavano di un affetto che mi incuriosiva abbracciare per sentirmi figlio di un qualcuno che speravo diventasse padre, per davvero.

Quelle cassette pesavano come pietre sulle nostre vite soppesate da un destino che misurava e bilanciava ogni gioia con un dolore nuovo.

Mamma non mi disse mai come papà arrivò in Italia. Non ne parlava nemmeno quando era distratta, e non sono del tutto sicuro che lo sapesse. Io, d'altro canto, mi ero sempre immaginato che il Mediterraneo si attraversasse comodamente seduti in aereo, come avremmo fatto noi pochi anni dopo. Eppure, mamma una volta aveva detto che papà lavorava su una nave con un amico. Doveva esserci arrivato così, forse.

L'inquilino dell'appartamento vicino al nostro aveva una grossa televisione dalla quale si vedevano anche i canali satellitari ed un videoregistratore VHS Toshiba simile a quello che papà ci avrebbe inviato con un pacco dall'Italia pochi mesi dopo.

Noi bambini, incuranti del caldo sotto i piedi nudi, eravamo attaccati alla finestra che dava sul suo salotto. Cosa che di solito facevamo quando volevamo guardare i film senza dover chiedere al padrone di casa di poter entrare.

A volte era l'unico modo per vedere le partite della nazionale ghanese. Il calcio era un Dio venerato da tutti, a qualsiasi età. Capitava di svegliarsi nel cuore della notte, oltre che per la nazionale, anche per guardare gli incontri di pugilato di Mike Tyson. La gente si galvanizzava per quell'uomo così forte ed implacabile che non perdeva mai. I suoi pugni parevano scaricare una rabbia che alleggeriva i nostri spiriti. Mi alzavo disorientato dai rumori del quartiere e stropicciandomi gli occhi dal sonno. Mi lavavo il viso in fretta per mettermi a guardare l'incontro e sentire le urla delle persone a pochi secondi dal suono della campanella del primo round. Tyson non faceva intrattenimento. Non perdeva tempo. Saliva sul ring già affamato del prossimo avversario. Massacrava gli altri pugili il più in fretta possibile, e lo faceva con una furia eccitante.

Quel giorno stavamo guardando un film uscito da poco.

Erano nove ragazzi, ed io li guardavo in quello schermo così grande che mi sembrava di essere dentro, proprio lì, di fianco a loro a vivere tutte quelle avventure pericolose.

Il film raccontava l'incredibile storia di questi giovani uomini che, dopo la vincita di una lotteria, avevano deciso di partire clandestinamente per un lungo ed estenuante viaggio di ventitré giorni per approdare in quella che era la terra promessa: gli Stati Uniti. Ne parlavano come la soluzione per un'esistenza diversa, migliore, necessaria per diventare benestanti. Parlavano del mito degli Stati Uniti che avevo imparato da mia mamma e da tutte le persone che parlavano di *abrochi*.

I protagonisti si nascosero all'interno di un imponente nave mercantile con a bordo guardie, soldati ed armi. Non sapevano che avrebbero dovuto fare i conti con la brutalità della vita che sa negare ed annegare i sogni di anime ribelli.

Fu chiaro da subito quanto sarebbe stato tragico e drammatico quel viaggio. Uno dopo l'altro, i giovani uomini coraggiosi furono catturati, uccisi e buttati in mare senza quella pietà che rende un po' più umani e un po' meno bestie.

Si salvarono solo due di loro, piegati dal dolore di aver visto i compagni perire, ma con le tasche piene di una speranza che era riuscita a sopravvivere alla tragedia.

C'era commozione nell'aria e negli occhi degli adulti che stavano guardando quelle immagini, consapevoli che, a volte, quel sogno di una vita migliore dall'altra parte del mondo poteva costare la vita. Che ciò che stavamo vedendo in quello schermo gigantesco era stato vissuto sulla pelle di corpi che giacevano in silenzio nell'Atlantico e nel Mediterraneo.

Avevo già sviluppato abbastanza empatia da riuscire a mettermi nei panni di quei ragazzi, chiedendomi se sarei mai riuscito a fare una cosa del genere. No, non ce l'avrei mai fatta, mi dissi.

Non ne avrei mai avuto il coraggio.

Poi cercai ed incrociai gli occhi lucidi e sospiranti di mamma, seduta in quel salotto caldo mentre il ventilatore provava ad abbassare il calore di un'atmosfera glaciale e silenziosa.

Mi resi conto che, per lei, probabilmente avrei fatto anche ciò che non era scritto nel mio destino.

Se non avessimo avuto altra possibilità che rimanere in Ghana, a sedici anni avrei riempito il mio zaino di coraggio e di sogni e sarei partito, portando con me il ricordo dei suoi occhi stanchi dopo anni di lotte perse.

Le avrei promesso di attraversare il deserto a piedi respirando sabbia.

Le avrei promesso che sarei sopravvissuto a mille giorni di prigionia e sevizie senza mai arrendermi, riottoso.

Le avrei promesso che sarei salito anche su una zattera consumata e scricchiolante, per affrontare qualsiasi mare e qualsiasi onda.

Le avrei promesso che avrei sfidato i proiettili per scalare il muro di Melilla per portarla un giorno in Inghilterra, passando per la Spagna.

Non per me, ma per lei, e sempre per lei mi sarei fatto calpestare la dignità e lo spirito pur di donarle quel futuro migliore che lei, più di chiunque altro, meritava.

La verità è che non ci saranno mai leggi troppo dure o muri troppo alti in grado di soffocare la speranza e l'amore di chi crede in un mondo senza confini, così come n'è spoglio il cielo.

Ci sono e ci saranno leggi e muri in grado di uccidere corpi, ma non riusciranno mai a lacerare i cuori di coloro che hanno vissuto la disperazione vera ma che hanno respirato la possibilità di un'esistenza migliore su un pezzo di terra diverso da quello in cui il fato li ha fatti nascere.

Parte V

L'orologio segnava sempre un'ora in cui il sole non aveva ancora preso il dominio dei cieli, e le strade erano popolate da commercianti in viaggio verso nuove opportunità, con la speranza che quel giorno fosse migliore di quello prima, e quella era anche la nostra di speranza.

Ci si doveva svegliare nel cuore della notte per prepararsi alla partenza, perché arrivare all'alba in ambasciata faceva spesso la differenza tra stare qui, nella terra rossa, in un paese che aveva le potenzialità solite dell'alunno che sarebbe bravo ma non si applica, e là, in quella grande Europa che per molti era terra di salvezza.

Una salvezza per le tasche e quasi mai per l'anima.

L'alba era il nostro Mediterraneo, e come il mare separava il qui e il là, il noi e il loro, gli speranzosi africani e gli uomini fortunati nati dall'altro lato delle correnti.

Ci si muoveva sempre con i *tro tro*. Furgoncini scassati e senza aria condizionata adibiti al trasporto di persone per brevi distanze. L'autista aveva due posti di fianco a lui, mentre dietro c'erano tre posti per tre file. Poteva contenere un massimo di 9 persone, ma spesso erano in 12.

L'autista pensava solo a guidare, mentre il suo collega dietro si occupava di far pagare i passeggeri, chiamare le fermate ad alta voce e dare il segnale per fare ripartire il mezzo.

La cosa che più mi divertiva, mentre ansimavo per il caldo nelle roventi giornate estive, era vedere come l'uomo dei biglietti corresse con la portiera a scorrimento aperta mentre il furgone era in partenza.

Questi erano soliti percorrere i primi metri aggrappati alla portiera mentre il furgoncino prendeva velocità, per poi saltare dentro al veicolo con un balzo degno di un saltatore olimpico e, con stile, chiudersi la portiera dietro.

Sono sicuro che lo facessero per puro spettacolo e divertimento.

All'ambasciata, la quantità di persone che si presentava aumentava di minuto in minuto, e con esse la mia insofferenza nello stare in un luogo così freddo e distaccato, seppur con il caldo perenne. Per arrivare così presto non avevamo quasi mai tempo per fare colazione, ed io soffrivo particolarmente questa scelta obbligata di non fermarsi per strada nemmeno per un secondo.

I chioschi nei pressi dell'ambasciata erano pochissimi ed aprivano tutti un po' troppo tardi rispetto a chi arrivava per le file. Sembrava che persino loro volessero stare lontano da quel luogo tetro ed impietoso. E comunque, spesso i soldi dovevano essere risparmiati per il viaggio di ritorno, quindi smettevo di guardare in fretta quei chioschi vuoti e senza profumi.

Alle 7.45, col sole che ancora doveva alzarsi potente in cielo, si aprivano i cancelli e la marea di persone si ammassava compatta e disordinata sotto le poche scalinate dell'ambasciata. Potevamo essere in quaranta o cinquanta, spesso di più, ma l'unica cosa che contava era spingere il più possibile per ritrovarsi davanti ai funzionari, che apparivano dietro ai cancelli come se fossero delle divinità prescelte, ma cacciate dall'Olimpo per troppa presunzione e vanità.

Chiamavano solo alcuni di noi, e spesso lasciavano entrare solo quelli che erano davanti, chiudendo subito i cancelli per tenere fuori gli indesiderati, gli ultimi, gli immeritevoli di considerazione.

Scene come quelle le avrei vissute e rivissute nei commissariati italiani durante tutta la mia l'adolescenza, ma io a sette anni e cinquemila settecento chilometri di distanza ignoravo tutto questo. Eravamo trattati come animali, o poco più.

Rappresentavamo la massa di subumani da trattare con disdegno e senza rispetto. Eravamo tutti lì ad elemosinare un permesso ed un visto che potesse finalmente cambiare le nostre esistenze. Come siamo arrivati a dare più importanza a pezzi di carta che ai sogni di un futuro migliore? A santificare timbri, bollini e firme e non la vita stessa? Come mai i gemelli nella mia scuola andavano e venivano da Londra perché inglesi, bianchi e benestanti, mentre per noi era così difficile anche solo far un viaggio d'andata in quel vecchio continente?

Il funzionario, solitamente, si presentava con una lista di nomi di coloro che quel giorno avrebbero varcato i cancelli dell'ambasciata, nella speranza di fare un passo in più sulla strada della partenza.

Eravamo un fiume di persone in fila per battere una burocrazia che ci teneva prigionieri da anni, e ci impoveriva di soldi e di spirito, con la sola promessa di farci arrivare in Italia, nel Bel Paese, che per tutta la fatica che stavamo facendo, sembrava più El Dorado ai miei occhi che non un semplice paese lontano come tanti altri in Europa. Doveva davvero risolvere tutte le nostre disgrazie. L'illusione era tale che avvolgeva tutta l'ambasciata e tutti quelli presenti.

Quando finiva la corta lista senza pronunciare il nome dei rimasti, si udiva un sospiro generale pieno di malinconia e di sogni affidati ad un destino cieco ed ubriaco di potere. Gli occhi di mamma brillavano di una luce che sapeva di sconforto, ma mai di resa.

Ci prendeva la mano, calda e umida dopo una corsa che l'aveva vista perdente, e ci riportava nelle nostre vite senza mai voltarsi.

Avremmo passato altri tre anni a fare avanti e indietro per quell'ambasciata prima di avere tutti i documenti necessari e in ordine. In totale, ci avremmo impiegato cinque anni, un po' di fame, tante lacrime e troppi debiti prima di poter preparare le valigie. Il percorso burocratico per andare in Italia era paragonabile ad un giovane Davide naïf che sfidava Golia con la fionda per cui aveva speso tutti i soldi, con uno dei gironi dell'inferno di Dante come campo di battaglia, senza sapere se mai ne sarebbe uscito vincitore.

Un giorno mamma disse che presto avrei visto mio padre, ma la felicità correva più lenta della confusione, che dai piedi risaliva fino al cervello e non abbandonava più i miei pensieri. Chi era papà, se egli non aveva le sembianze dello zio?

Chi era papà, se non l'avevo mai visto accanto a noi quando mancava tutto, e il ritorno a casa dall'ambasciata mamma lo faceva in silenzio, con le lacrime agli occhi e con un buco nello stomaco? Chi era quell'uomo che non c'era nelle nostre preghiere, quando chiedevamo aiuto ad un Dio che sembrava aver dimenticato un intero continente da secoli?

Ero spaventato. Non tanto, ma sapevo di esserlo. Di lui mi intimidiva già la voce e il suo tono militaresco.

Era già ritornato una volta o due, ma io non ne avevo alcun ricordo, quindi quando incrociai i suoi occhi, era come se lo vedessi per la prima volta. Piansi dalla paura e non volevo più lasciare le braccia di mamma, le uniche che mi avevano cullato e protetto dai mali di una vita che non sarebbe stata facile da gestire per nessuno di noi in quella stanza.

Era un uomo alto, talmente alto che mi sembrava potesse toccare il cielo allungando in alto le mani. Riconoscevo in lui la forma degli occhi simile a quella di mio fratello. Non sorrideva quasi mai, anche se ci provava ogni tanto. La sua voce aveva il suono dei rimproveri e dei doveri, quasi fosse un generale e noi soldati ubbidienti. Una relazione gerarchica che aveva chiarito da subito. Ciò che comandava doveva essere eseguito in silenzio.

Papà non c'era mai stato, ma la sua assenza era un fatto positivo, perché attraverso lui, noi saremmo andati in Italia e questo ormai lo sapevamo bene.

Tuttavia, andare via dal Ghana era una cosa che mi suscitava una paura indescrivibile. Amavo la mia terra e non l'avrei barattata con nessun altro posto al mondo. Non importava quanto gli adulti mi dicessero che ne valesse la pena o che fosse una fortuna avere la possibilità di andare via. Volevo solo rimanere con i miei amici del quartiere, giocare a calcio dopo la scuola finché il cielo non diventava più scuro del colore dei miei ricci e la mamma non mi veniva a cercare urlando con la ciabatta in mano. Non volevo lasciare la Nonna e i tanti cugini.

Per la prima volta, stavo avendo una stabilità che avrei imparato presto non essere destinata ad allinearsi con il cammino della mia esistenza.

Non volevo vivere lontano da casa e dalla terra rossa, con un padre di cui non sapevo leggere gli occhi. Occhi scuri e rigidi che mi avevano turbato da subito, dalla prima volta che si erano soffermati sul mio metro e dieci centimetri d'altezza. Non ero pronto ad essere strappato alla madrepatria, e non lo sarei mai stato.

Qualche mese dopo, mi accorsi che mamma era incinta, ma solo dopo che mi aveva detto che avrei avuto un fratellino. In effetti, pareva più gonfia e con la faccia più lucida e solare. La pancia la si notava appena, ma abbastanza da capire che non era più sola. Ora, lei non mangiava più sola, non camminava più sola e non si sognava più sola. Si copriva bene la notte, al riparo dalle fatiche del giorno e dalle intemperie del futuro.

Ci eravamo trasferiti da Nonna, a Dansoman, a sud ovest nella regione di Greater Accra.

Anche lei era sola. Nanà era come la chiamavamo tutti. Dei suoi sette figli due erano morti, e degli altri cinque nessuno viveva con lei, ma le facevano visita molto spesso e lei, comunque, forte com'era, non soffriva di sicuro di solitudine.

Amavo il calore delle sue parole prima ancora che dei suoi abbracci. Non diceva mai niente a caso, non si arrabbiava mai per nulla che non ne valesse davvero la pena. Era una donna bassa dai pensieri alti. Nanà, resa più bella dalle dolci rughe, sapeva sgridarmi dicendomi quanto mi amasse con gli occhi. Una volta capitò che non volesse pranzare, quindi mi guardava mangiare nel silenzio della sua enorme casa.

Io che mangiavo, e avrei continuato a mangiare per anni, con la foga di chi aveva una fame di vita insaziabile. Mi disse che un giorno mi sarei mangiato pure il mondo, ma che nel farlo, non avrei mai dovuto perdere la fede. A dire il vero, lo diceva spesso, "non perdere mai la fede."

Nonna era una donna religiosa, credente e con una macchia nera sulla fronte. Quella era una macchia indelebile che veniva solo a coloro che passavano la vita in ginocchio a toccare il terreno con la fronte, pregando Dio di alleviare i loro dolori terreni, ma soprattutto quelli dopo la morte. Perché una morte ci sarà per tutti.

Ogni tanto mi raccontava di nonno, perché purtroppo non feci in tempo a conoscerlo davvero. Avevo solo un vago ricordo di un uomo anziano con la barba bianca e perennemente vestito di bianco. Un'immagine quasi divina di una persona che era conosciuta e rispettata da tutti.

"Gli somigli molto nel tuo modo di fare", mi diceva sorridendo. I suoi occhi si rilassavano e sembravano trasportarla in un viaggio di ricordi dal quale forse non sarebbe mai voluta tornare.

Oltre alla fede, erano diversi gli insegnamenti che nonna si affrettava a darci, consapevole che presto la distanza fisica tra noi sarebbe potuta essere colmata solo da un viaggio in aereo di sette ore, e settecento euro di biglietto.

"Devi avere rispetto, che siano sconosciuti o no, devi rispettare tutti. Rispetta sempre tua madre, tuo fratello maggiore, tutte le persone più grandi di te ed anche i più piccoli. Rispetta soprattutto le donne. È così che andrai in paradiso". Ascoltavo e annuivo, perché tutto ciò che veniva dalla sua bocca era saggio e sacro. Ascoltavo, come facevano gli adepti di un profeta che proferisce parole da conservare e tramandare per l'eternità. Il Ghana, così come l'Africa che conoscevo, era profondamente grato ai suoi anziani. Nelle zone rurali vestivano con stoffe che li avvolgevano dai fianchi fino alle spalle, ricoprendo corpi tenaci che non si sarebbero arresi al tempo prima di aver trasmesso tutto il sapere alle prossime generazioni.

Gli anziani erano una fonte di conoscenza inestimabile. Un archivio umano capace di sopravvivere nei secoli. Conoscevano ed usavano piante per curare mali che il Dio si dimenticava di togliere dalle fragili vite umane.

Sapevano diagnosticare e curare senza effetti collaterali. Davano consigli su matrimoni e figli, senza dimenticare di insegnare i segreti per una vita sessuale soddisfacente.

Erano il collegamento con un passato glorioso che avevamo il dovere di non dimenticare. C'era spiritualità in ogni loro gesto, così graziosi e decisi. Colti come alberi che avevano vissuto la storia e gli eventi senza bisogno di aprire un solo libro.

Tenevano dibattiti e riunioni, avvallavano decisioni familiari, e in alcune zone del nord, decidevano le sorti di intere comunità.

Venivano consultati sino al loro ultimo respiro, catturando la loro anima in un limbo che li avrebbe resi presenti anche dopo la morte. Immortali.

Quando mamma tornò a casa con il mio fratellino ero felice e geloso allo stesso tempo. Un sentimento che era difficile da gestire a quell'età. Nanà fu un aiuto prezioso quando eravamo piccoli noi, e lo era anche ora che mamma aveva allargato la famiglia con un bambino che iniziava a piacermi sempre più.

L'anno dopo fu importante, perché per la prima volta, di fronte ai cancelli dell'ambasciata italiana ad Accra, ci chiamarono dentro. La vidi sorridente e felice, splendeva di luce propria. Quasi abbagliava. Finalmente sembrava che le cose si fossero messe bene per noi. Mamma era una donna magra e di bassa statura, come il resto della sua famiglia. Amava parlare, ma mai troppo, e soprattutto con poche persone. Aveva qualche amica, ma si guardava bene dall'averne tante. Era riservata e lo sarebbe rimasta sempre. Parlava pochissimo di sé e pesava con scrupolosità le parole. Le dosava, come un alchimista in laboratorio, ed insegnò anche a me a farlo. Amava mostrarsi forte, come la vita l'aveva resa. Aveva un sorriso che sapeva di buono, simile al profumo di pane che sentivo di mattina mentre andavo a scuola.

Si era sposata giovane, forse inconsapevole di quanto potesse essere amaro quel "sì" detto davanti ad una promessa di impegno. Era una di quelle persone perennemente calme, ma che era meglio non fare arrabbiare.

In un pomeriggio afoso, lei e le sue amiche stavano guardando la tv in casa, sempre con una di quelle ventole che aveva l'arduo compito di sconfiggere il calore che ristagnava come nebbia. Ero lì da solo, e probabilmente mi ero staccato dal gruppo di amici con cui giocavamo nel dopo scuola, per vedere la figlia di una delle signore lì presenti.

Ero circondato da donne intente a guardare uno dei classici film ghanesi.

È probabile che i produttori di quel genere studiassero bene come superare le storie e gli intrecci amorosi più strani mai conosciuti. Erano fiction talmente assurde e complesse che Beautiful a confronto pareva una sciocchezza per bambini. Di fatto, tutte loro lo guardavano, Beautiful, e pure io ogni tanto.

In una scena si vedeva il classico tradimento dell'uomo bastardo, che si cimentava in effusioni palesemente finte, ma che ai miei occhi erano comunque interessanti.

Fu in quell'istante che inquadrarono un preservativo sul comodino.

Sarà stato il caldo, la fame, la noia o un'improvvisa voglia di pericolo, ma io alla vista di quel piccolo oggetto in lattice ancora avvolto nella sua confezione, mi alzai ed esclamai "ah, un condom".

Deve aver fatto un effetto strano ai presenti, perché si girarono tutte verso di me, ridacchiando e dicendo che tanto non sapevo nemmeno cosa fosse.

Era la verità. Non ne avevo un'idea così precisa, ma mi sentivo deriso e ferito nell'anima. Una cosa che proprio non potevo lasciare correre con la bambina che mi piaceva seduta lì, e dunque, decisi di rispondere per le rime.

"Certo che so cos'è, me l'ha detto la mamma".

Credo di non aver mai commesso un errore così grave in tutta la mia vita.

Si alzò una voce in sala "infame", con sottofondo risate chiassose. Mamma mi si fiondò addosso con la stessa rapidità e precisione di un falco che punta dal cielo un pesce minuscolo in un immenso lago. In mano brandiva la sua ciabatta con la quale dialogavo più o meno tutti i giorni. Con altrettanta rapidità mi alzai ed iniziai a correre. Mi allontanai da casa con lei che mi inseguiva urlandomi dietro.

"Fermati, disgraziato", disse, sapendo che non mi sarei fatto prendere.

Corsi con destrezza tra la gente e i vicoli del quartiere fino a stancarla. Si fermò distante, mentre io sorridevo, contento di essere sopravvissuto.

"Tornerai a casa, prima o poi. Avrai pur fame presto o tardi, e tornerai". Ripeté, ridendo ad alta voce mentre tornava a casa. Aveva ragione.

Prima o poi sarei dovuto tornare a casa, e si sarebbe rifatta.

Nei suoi 30 anni mamma era una creatura meravigliosa, forte, brillante, determinata, bellissima, timida e implacabile.

Amavo mamma e l'avrei amata sempre, nonostante la sua ciabatta facesse male davvero. Sentirla piangere durante la notte mi faceva odiare la vita come non sapevo di poter fare. Ho odiato il mondo per lei, perché per quanto si sacrificasse, sembrava non essere mai abbastanza.

Sembrava che lei non valesse mai abbastanza.

La promessa che iniziai a farmi era quella di riuscire a regalarle un giorno di felicità per ogni lacrima che aveva versato, e per tutte quelle che aveva dovuto ingoiare in silenzio.

Anche ora che sapevamo che eravamo prossimi alla partenza, qualcosa aveva reso più amaro l'avvicinarsi di un viaggio nel quale sapevamo quello che lasciavamo, ma non cosa avremmo trovato, e per quanto tempo non saremmo più tornati a casa.

Papà, con una chiamata dall'Italia, annunciò a mamma che si doveva lasciare il mio fratellino, il nostro piccolo gioiello Isaac di nemmeno due anni, in Ghana.

Aveva deciso che bisognava fare così, incurante del dolore che questo strappo inatteso e insolito avrebbe causato ad una donna che aveva dato tutto per i suoi figli. La notizia della separazione forzata fu un terremoto. Lacerò il cuore di mamma, che non trovava più pace durante le notti, e lasciò cicatrici anche nel mio.

Non ho mai capito il motivo di quella decisione, ma deve essere stato per permettere a mia mamma di lavorare senza che dovesse stare a casa a prendersi cura di un bambino così piccolo.

Mamma lo affidò alla sorella gemella, forse con la speranza che Isaac non ci avrebbe messo troppo ad abituarsi ad un viso simile al suo.

I giorni precedenti alla partenza furono concitati e veloci, troppo veloci, come se all'improvviso qualcuno stesse divorando a mani nude il poco tempo che ci era rimasto da vivere in Ghana. I preparativi, i documenti e i visti, le valigie gigantesche ma incapaci di contenere la malinconia. Poi c'erano i saluti da fare alla famiglia e quelli mai fatti agli amici che non avremmo più rivisto.

Eravamo pronti per salire su quell'aereo dopo cinque anni di tentativi, di strazi, di una lotta che sembrava non aver mai fine, di soldi un po' spesi, e un po' persi per strade che non ci avevano condotti da nessuna parte. Era davvero arrivato il momento, e non sapevo come sentirmi.

Mamma era felice. Ora lo era davvero. Ce l'avevamo fatta. Finalmente saremmo andati in Italia e, per una volta, camminava fluttuando a due metri da terra, libera da un passato che non l'avrebbe più tormentata come prima, o almeno questa era la sua convinzione. Lo era davvero e probabilmente lo era più per noi che per il fatto di dover lasciare la sua terra, Isaac, Nanà, Bra Ahmed e tutto il resto della famiglia.

Io stavo male. Quella mattina mi svegliai con i conati di vomito, e per me era cosa estremamente rara. Mi sentivo appesantito da pensieri indisciplinati e disordinati, la testa calda, e gli occhi gonfi e più rossi del solito.

La verità è che quella mattina mi alzai dal letto senza mai averli chiusi davvero, gli occhi.

Pensavo, pregavo, piangevo e fantasticavo su una vita che non sarebbe mai stata come me l'immaginavo, nel bene e nel male.

Non avevo paura del volo, mi sentivo forte e coraggioso. Ciò che più mi tormentava era tutto ciò che quel volo avrebbe sradicato con forza e senza anestesia, lasciando un vuoto nel giardino della mia anima.

L'aeroporto, ad appena dieci anni, era una novità assoluta per me. Non ci avevo mai messo piede. Tutta quella gente che correva con le valigie in mano. Mi affascinava vedere quanto fossero immense quelle delle persone che atterravano. Spingevano carrelli con tre, o a volte quattro trolley.

Dovevano sicuramente contenere tutte le richieste dei parenti che non vedevano da un tempo. Qualche gioco per i più piccoli, vestiti, scarpe, creme, qualche gioiello e probabilmente del cibo.

Gli abbracci erano brevi ed intensi, ma il chiasso dei familiari felici andava avanti per molto di più, e se ne sentiva l'eco anche in lontananza una volta usciti dall'aeroporto.

Non avevo mai preso un aereo in vita mia. Nessuno di noi in realtà, quindi non potevo aver paura di qualcosa o qualcuno che non conoscevo. O forse sì? Per la prima volta mi ritrovai ad osservare la terra dai finestrini di quell'enorme velivolo che ero abituato a vedere da terra, alzando gli occhi al cielo nel mezzo di una partita di calcio. Ci fermavamo quasi sempre a guardarli passare sopra le nostre teste. Volare era incredibilmente bello, emozionante, uno spettacolo unico che qualsiasi bambino di dieci anni avrebbe apprezzato a bocca aperta.

Io invece la bocca ce l'avevo asciutta e chiusa, come lo stomaco che non mi faceva toccare cibo.

Avevo pianto, prima dentro di me, poi con la testa abbassata, e infine nel sonno quando, ad occhi chiusi, provavo a dormire per recuperare quelle ore passate sveglio a sospirare e singhiozzare nel buio della notte precedente. Non riuscivo ad accettare di aver lasciato la mia terra, il fratellino e la Nonna che amavo tanto. Lei era cosciente che prima o poi l'avremmo lasciata, e forse è per questo che si era assicurata di insegnarmi anche cose che andavano al di là della mia comprensione, ma che avrei capito crescendo. Sono sicuro che ne fosse consapevole. Iniettava una saggezza disarmante nelle sue parole, sapendo che le avrei fatte mie per sempre.

Pensavo a lei e mi promettevo che sarei diventato un uomo di cui un giorno sarebbe stata fiera. L'unica luce era questa, ma era diventato un pensiero fisso, un obiettivo da raggiungere senza la sua guida, un seme da far germogliare nel freddo dell'inverno di un posto lontano dalle sue braccia.

Quando mi guardai le mani umide, capii che ormai ero distante dal mio mondo, da ciò che fino a poche ore prima era la terra che calpestavo a piedi nudi, calda, che mi fondeva energia ed un'allegria tremenda.

Il mio sorriso era figlio di quei luoghi, del cibo e dei sapori, del sole, del suolo rosso, delle grida di felicità per strada e del calcio improvvisato sui campi duri senza erba; figlio di parole sempre soppesate, degli abbracci caldi e delle carezze della Nonna.

Sono sempre stato convinto che il cielo mi abbia donato la capacità di sorridere sempre e senza sforzo, come antidoto a tutte le difficoltà che avrei affrontato. Perché per quanto una situazione possa essere difficile o tragica, affrontarla col sorriso è sempre il modo migliore per superarla.

52

Capitolo II

Nuovo Mondo

Parte I

Scoprii che l'atterraggio mi sollevava lo spirito più della partenza. Sentire il rumore stridente delle ruote dell'aereo e rimettere i piedi per terra mi dava un senso di sicurezza sconosciuto che non avevo trovato in tutte quelle ore di volo in cielo.

Avevo passato quel tempo a navigare nei meandri più profondi delle mie paure terrene.

Ricordo papà aspettarci agli arrivi con impazienza. Quel giorno aveva sorriso, ma io continuavo a non sentirmi a casa sotto la sua ala. Era la terza volta che lo vedevo, e ancora cercavo di capire quanto di lui ci fosse in me, nelle mie parole, nel mio modo di camminare, nel mio essere permaloso.

Durante il viaggio in macchina verso la nostra nuova casa, in quella vecchia Renault che tentennava nel freddo come un alpinista affaticato dalla salita, guardavo le strade popolate da macchine e persone che sembravano avere fretta anche durante il fine settimana. Era tutto nuovo per me. L'aria così fredda e rigida, quegli alberi senza frutto a cui non riuscivo a dare un nome, la terra secca e gelida che implorava calore e amore e l'odore intenso degli scarichi di macchine a benzina.

Non si lascia mai la propria terra a cuor leggero. Mai, perché è casa. Quella vera, la prima, la più calda, quella che si ama a prima vista, come l'imprinting. Non è facile per nessuno cambiare vita lasciandosi tutto dietro, e noi l'avevamo fatto nella maniera più straziante possibile. Di fretta, quasi in fuga, come se avessimo paura che quei documenti ottenuti dopo anni di lotte burocratiche, di colpo cessassero di avere valore e svanissero nel nulla per un maleficio, rendendo vani tutti gli sforzi che avevano invecchiato di qualche anno i capelli folti e scuri di mamma. Una fuga che a me non aveva lasciato il tempo di salutare la sera fresca e le vie popolate di profumi e allegria, il cibo caldo e buono delle bancarelle ambulanti, gli amici del quartiere e quelli del pallone a ogni ora del giorno, la scuola e le divise stirate, le strade asfaltate e quelle sterrate, grezze ed aride, i canali lungo i boschi e quelli lungo il sentiero della mia esistenza trascorsa lì.

Ripensavo a me davanti al gate quattordici, mentre mi guardavo attorno smarrito in un aeroporto che sembrava grande come la voragine che avevo nello stomaco. Stringevo il pugno, mentre con l'altra mano stringevo le dita di mamma che mi teneva stretto insieme ai miei sogni, che in quell'istante erano avvolti in una foschia densa e disordinata, dopo mesi di immaginazioni e fantasie di come sarebbe stato lasciare il Ghana. Nell'aria un odore di frutta tropicale appena raccolta, il calore delle persone ed i colori caldi dei loro vestiti, un vento che sapeva di mare fresco e di una terra magica ed intensa sotto i piedi. Era arrivato il momento di andare via, e sapevo che quella terra non l'avrei più vista per anni.

Avevo da qualche giorno compiuto dieci anni, ed il freddo del mese di febbraio ancora faceva sentire forte la sua sprezzante umidità. Non mi piaceva come il mio corpo iniziava a tremare a quelle basse temperature. Si irrigidiva, infastidito dalla mancanza del sole e dei soliti trenata gradi. Non mi piaceva la neve sporca a bordo strada, ben lontana da tutto ciò che avevo visto nei film. E non mi piaceva nemmeno quella che papà chiamava casa.

Eravamo in campagna, distanti dai rumori della città e della frenesia. C'erano pochi alberi ma tante foglie per terra, stanche di rimanere aggrappate lassù in attesa di tempi migliori. Una casa vecchia e scura, avvolta nella nebbia della pianura, con mattoni arancioni e consumati ai lati che sembravano faticare eccessivamente a tenere salda la posizione. Una camera per noi ed una per i miei genitori. Era tutto perfettamente incastrato, in modo da non sprecare metri quadrati preziosi.

La casa era suddivisa in tre appartamenti. Una famiglia marocchina abitava in quello di fianco al nostro. Avevano una figlia della mia stessa età. Nell'appartamento di sopra, invece, abitava George, un signore ghanese come noi, che pochi mesi dopo sarebbe stato raggiunto da sua moglie e dai suoi due figli. Una bambina piccola ed un bambino alto come me, Enock.

Entrando, l'impressione era che quella casa fosse vissuta in maniera frettolosa, quasi ignorata e trascurata. Si sentiva tremendamente la mancanza d'amore, di una donna, di una famiglia.

Non sembrava brillare di quella felicità che mostravano le pubblicità in tv e di sicuro non brillava per il semplice fatto che c'eravamo noi. La polvere era ospite fisso su qualche mobile, come se potesse stare lì, indisturbata, senza la preoccupazione di poter essere cacciata via all'improvviso.

Avevo un letto a castello da condividere con mio fratello maggiore. Non avevo mai dormito su una cosa simile, ed io amavo tenere i piedi per terra. Tuttavia, la scelta non spettava a me e quello era uno di quei momenti in cui Kwaku faceva valere i suoi due anni in più d'età.

Se c'era da scegliere, spettava a lui farlo per prima, quindi finii per dormire proprio dalla parte che non avrei voluto: in alto e senza muri né a destra, né a sinistra. Ebbi difficoltà a scendere da quel letto durante la prima notte. Nel buio faticavo e trovare le scale con i piedi, perché ormai il cielo non mi assisteva più. Ero abituato a vederlo grande, gioioso e pieno di sé con tutte quelle stelle che ballavano per lui ogni notte con un luccichio che abbagliava il mondo. Ora quel cielo se ne stava lì, ricoperto di una folta nuvola per ripararsi dal gelo e dalle tenebre. Non sembrava più tanto sicuro di sé, e vedevo dalla finestra del bagno una foschia molto più densa di quella che ero consueto chiamare nebbia giù in Ghana. Alle scuole elementari di San Prospero mi sentivo in un universo fatto di leggi fisiche a me sconosciute. Vedevo attorno a me un andirivieni di maestri e bambini che volevano conoscermi. Un gran trambusto di visi sorridenti. Erano tutti estremamente belli e gentili. Era come se fossi una celebrità.

L'edificio scolastico era ben diverso da quello che ero abituato a frequentare: non c'erano atri dove cantare l'inno, la bandiera era sempre lassù a sventolare distante dal cuore delle persone e i bambini venivano spesso accompagnati dai genitori. A parte il primo giorno, presi sempre il pullman giallo del comune per andare a scuola. Mi piaceva tutto: la scuola, l'ambiente, il pullman e l'odore dei libri nuovi.

In qualche modo, provavo gioia in tutto il nuovo che stavo vivendo e che stavo cercando di spalmare tra la mia prima e seconda vita. Fui colto come la novità di metà anno scolastico, e tutte quelle eccessive attenzioni a volte mi turbavano, ma io non sapevo come dirlo. Per quanto mi facesse piacere essere coccolato, volevo solo starmene tranquillo in un angolino a guardare da fuori la mia nuova vita e cercare di comprenderne i meccanismi.

Parlavo solo inglese e poche persone riuscivano a tradurre senza errori quelle poche parole che a fatica mi uscivano dalla bocca. Ero irriconoscibilmente timido e impacciato.

Tutto ciò che sapevo dell'italiano lo avevo imparato guardando i film del ragionier Fantozzi in videocassette registrate, quando mio padre ce le spediva raccomandandosi di guardarli con attenzione, come se fossero lezioni a distanza senza insegnanti.

Avevo imparato a ripetere qualche parola, a tradurne altre, a prendere confidenza con accenti e pronunce, eppure per i primi mesi continuai a confondere "colpa" con "coppa".

Davanti alla televisione, ogni volta che qualcuno si scusava o c'era un litigio, faticavo a capire cosa c'entrassero le coppe.

"È impossibile che tutte queste persone abbiano vinto delle coppe" mi ripetevo. Inizialmente, mi misero nella sezione B della quarta. Pochi giorni dopo, senza spiegazioni e senza darmi neppure il tempo di abituarmi ai muri tappezzati di disegni e mappe di quella classe, fui spostato nella sezione A. Mi contendevano come si fa con i trofei nelle competizioni importanti.

"Ma che vogliono tutte queste persone da me?", mi chiedevo.

Ricevetti diverse cose, regali e pensierini dai nuovi compagni, anche se ero disorientato e non ne capivo il motivo.

Insomma, non mi sembrava di aver bisogno di tutte quelle cose, perché papà aveva già comprato tutto il necessario per la scuola. Per lui lo studio era importante e questo lo mise in chiaro sin da subito, in modo inequivocabile. E se era prassi fare regali ai nuovi compagni, io non avevo nulla per tutti loro, e la cosa mi dispiaceva.

Nonna mi aveva insegnato rispetto e gratitudine ed io fui grato a tutti, sorridendo imbarazzato nel sentirmi la mascotte di quella scuola.

Da quella sezione B, che era diventata ex classe in tempo fulmineo, fui notato da un bambino moro dal viso gentile e ingenuo, che prima che venissi trasferito nell'altra classe, mi donò uno zaino. Un gesto che mi colpì molto, infatti, il giorno dopo già portavo sulle spalle il suo regalo. Era il destino che aveva fissato un punto dal quale partire per tracciare la strada di un'amicizia importante.

Ora ero dalla parte migliore del mondo, almeno così mi era stato detto.

Nei mesi successivi notai come i miei compagni fossero amati e coccolati dagli insegnanti. Osservavo stranito come nessuno venisse messo in punizione, picchiato e rimandato a casa.

Quelli che tornavano a casa in macchina trovavano i genitori già pronti ad aspettarli, con un abbraccio caldo e la mano pronta e dare supporto alla loro camminata così incerta nonostante l'età. Avvertivo in alcuni bambini una qualche forma di non rispetto o disobbedienza nei confronti di genitori o nonni. Qualcosa che non capivo e non sarei riuscito a capire per molto tempo ancora. Non sapevo nemmeno cosa fosse il non-rispetto verso gli altri bambini, figuriamoci verso i miei genitori, e verso gli anziani ancora meno.

Ero sul pullman per tornare a casa, ci salivo ancora insicuro, quasi timoroso, e cercavo con esagerata attenzione il posto in cui sedermi. Non parlavo ancora molto, ma sapevo abbastanza per iniziare a capire i discorsi semplici e diretti di quei bambini che, di testa e nei modi, sembravano avere cinque anni in meno di me. La strada, la fame, la corsa, l'indipendenza forzata, la rigida scuola, la determinazione e la sopravvivenza mi avevano cucito addosso anni in più rispetto a quelli che avevo.

Funziona così. Crescere in una realtà come quella ghanese, o in un altro paese in via di sviluppo, ti costringe ad essere bambino a metà, a vivere un'infanzia accorciata ed accelerata, dove mentre impari a camminare devi già essere in grado di correre dietro alla vita. Non c'è tempo per le coccole e la bontà divina, ed ogni giorno è un dono per il quale essere grati, apprezzando fino alla più piccola delle cose, senza mai dimenticare di condividere la più gigantesca delle briciole.

Mi avevano detto che ero dalla parte migliore del mondo e qui, per la prima volta, mi accorsi di avere un colore.

"Di che colore sono i miei occhi? E i miei capelli? E questa pelle, di che colore è?".

Io a quell'età, già così sveglio e vissuto, non mi ero mai posto queste domane. Non mi interessavano, non ne vedevo la rilevanza e soprattutto avevo sempre qualcosa di più importante per la testa. Non riuscivo mai a spegnere il cervello, e anche da adulto avrei fatto fatica a gestire questo lato di me.

Da dove venivo eravamo tutti uguali. Le persone non ti guardavano, e se lo facevano era per sgridarti, urlarti contro quando combinavi qualche guaio di troppo e solo raramente per dirti quanto eri carino, anche se lo eri. Il giorno in cui mi posi tutte queste domande rimasi a lungo destabilizzato.

Non è che fossi daltonico o avessi problemi di vista. Non indossavo occhiali e non li avrei mai usati in futuro. Ero abbastanza intelligente da vedere e capire che c'era una sola risposta a tutte le mie domande riguardo al mio colore: nero.

Ero atterrato sulla penisola italiana da poco più di sei mesi, ma i colori, quelli, li sapevo benissimo.

Erano una delle prime cose che mi avevano insegnato insieme all'alfabeto, i numeri, le stagioni e come pronunciare correttamente la "gn" di lavagna. Un suono fonetico che non apparteneva al mio vecchio mondo.

Uno dei bambini sul pullman aveva usato quel colore per chiamarmi.

"Hey tu, nero, hai iniziato a giocare a calcio?" mi chiese con tono alto un bambino di terza media che aveva la nomea di intimidire gli altri bambini.

Mi avrebbe chiamato così altre volte.

Dunque, sì. Questo è ciò che sono. Nero.

"Che vuol dire? Cosa importa? Io sono e basta", ribattevo sorridendo, convinto che in fondo non potesse essere niente di cui tenere conto.

Mi sbagliavo, ma lo avrei capito solo qualche anno più tardi.

Mi sbagliavo, ma nessuno me lo diceva. Nessuno lo dice mai.

La verità è che viene meno il coraggio, come ad un soldato inesperto senza armi, quando bisogna guardare negli occhi un bambino sorridente e dirgli che per il semplice colore della sua pelle così tenace e luminoso al sole, sarà destinato, presto o tardi, ad affrontare situazioni che gli procureranno ferite perpetue ed inguaribili anche dalla più avanzata delle medicine.

Nessuno lo dice mai, perché forse è estremamente difficile cercare di racchiudere in una logica comprensibile e umana un qualcosa, un pensiero, un'idea che di logico non ha niente.

Ero nero, una normalità che iniziava a non esserlo più, ma nemmeno mi accorgevo che per gli altri, quelli che vivevano in questa parte di mondo, non lo era affatto e forse non lo era mai stato.

 Mi diedero un'insegnante di sostegno per imparare la lingua e mettermi in pari con il resto della classe. Inglese e matematica erano le uniche materie che seguivo con disinvoltura, anzi, le ore di inglese mi annoiavano un poco, perché non capivo come mai fossimo fermi a cose che vedevo così basilari da non aver nemmeno il ricordo di averle studiate. Poi c'era l'ora di italiano ed io uscivo per la lezione con l'insegnante di sostegno. Capii più tardi, quando ormai avevamo finito il nostro percorso insieme, che quel "sostegno" mi piaceva parecchio.

Francesca era una donna dai capelli color oro che sapeva insegnare col cuore. Mi parlava in un inglese deciso e fiorente che capivo a meraviglia, e mi spiegava la grammatica italiana con la cura di una mamma e la precisione di un dizionario.

Mi sorprendeva scoprire quante forme verbali avvolgessero quella lingua e quante eccezioni potessero esistere pur di confermare la regola. Mi concentravo e mi impegnavo più di quanto avessi mai fatto prima.

Lei mi faceva ridere con la stessa frequenza con la quale mi rimproverava: spesso.

Si impegnava anche lei, forte e testarda, a volte mi dava l'impressione di essere consapevole che io, sorridente e timido, che studiavo con lei solo sei ore alla settimana, un giorno avrei fatto di quella lingua un'arma di battaglia.

Lei non voleva certo che diventassi bravo. Insisteva con me affinché diventassi il migliore, perché per uno come me, l'essere bravo non sarebbe stato sufficiente.

Francesca all'inizio non mi piacque molto, e fu così per un po' di tempo, ma non provavo neppure un sentimento negativo in realtà. Lei fumava spesso ed io non ero abituato ad un odore così forte e consistente attorno a me.

Aveva un profumo meraviglioso, ma sapevo che aveva appena finito di fumare perché l'odore di fumo si mischiava al suo profumo e alla sua pelle, per creare qualcosa di inedito che poteva avere addosso solo lei. Un'impronta nella mia memoria olfattiva che sarebbe durata per l'eternità.

Quando girava le pagine del mio quaderno, quel nuovo odore lo sentivo alzarsi nell'aria. Glielo sentivo sulle mani consumate in fretta da qualche ruga prematura che resisteva alle creme. Glielo sentivo sui vestiti quando si lasciava andare a quegli abbracci ai quali non ero più abituato da tempo e glielo sentivo dentro fino all'anima quando mi parlava guardandomi fisso negli occhi con fare protettivo.

Non potevo saperlo e non ne ero consapevole, ma Francesca mi stava regalando le chiavi del mio futuro. Mi stava trasmettendo l'amore per una lingua che mi avrebbe segnato per sempre. Mi stava dando lo strumento per diventare un uomo di parole.

Mi fece innamorare, con l'incredibile capacità di non farmene nemmeno accorgere, di quella che era la lingua più bella del mondo.

Frequentai le elementari senza perdere né ripetere un solo anno di scuola. Ormai avevo iniziato una nuova vita, in un nuovo mondo.

Parte II

George, il vicino ghanese che abitava sopra di noi, aveva portato anch'egli la sua famiglia in Italia.

Il più grande di loro, Enock, frequentava la scuola insieme a me, ed eravamo nella stessa classe. Io ero in Italia da un anno e mezzo e ormai masticavo la lingua senza grossi sforzi e quelle pause di riflessioni in cerca di espressioni che non ricordavo. Avevo imparato bene che "più meglio" non si doveva dire, e a mettere in ordine gli articoli e i tempi verbali.

Tuttavia, avere Enock con me a scuola mi rincuorava. Nei momenti in cui avrei trovato opprimente tutta quella grammatica con la quale ogni tanto facevo a pugni, avrei potuto parlare *ga* con lui. Sarebbe stato come comunicare in codice, in un linguaggio sicuro e criptato che sapeva di casa, anche in quella scuola dove nessun altro assomigliava a noi.

A dire il vero, alle scuole medie ci fu anche Kwaku per due anni. Era stato costretto a ripetere un anno per colpa di quella lingua che non riusciva a capire i tempi e la delicatezza di quel bambino. Mi chiedevo spesso come avessi fatto io, invece, a non soccombere nella corsa contro il tempo, quando approdando in quella scuola metà anno scolastico era già trascorso.

Mi chiedevo come mai fossi riuscito ad innamorarmi alla prima sillaba e a trasformare in armonia e sincronia parole che fino a pochi mesi prima mi erano del tutto incomprensibili.

Che Enock mi capisse non era scontato.

Ad Accra convivono circa cinquantadue etnie diverse, con culture, tradizioni, religioni e lingue differenti. Basta spostarsi di qualche chilometro per sentirsi del tutto estranei pur trovandosi sotto la stessa bandiera. Il nord, arido, secco ed aspro com'è, sembra davvero un altro continente. È rimasto indietro nello sviluppo, in cerca di pioggia per i suoi campi. Abbonda soprattutto di donne incinte e di tanti figli per pochissimi padri. In molti non parlano inglese e sembra essere stato un po' dimenticato dal sud, ricco, rigoglioso e narciso com'è, e da coloro che lo avevano sfruttato nei secoli portandosi via le sue meraviglie dagli occhi degli abitanti e da sotto i loro piedi.

Io parlavo *Ga* e *Twi,* un'eredità che mi avevano lasciato mamma e papà. Due dialetti che erano vere e proprie lingue, qualcosa che avrebbe dovuto o potuto unificare il paese, al posto dell'inglese. Il Ghana è un territorio estremamente vario e ricco di tradizioni, una diversità che si può estendere in maniera analoga a tutti i paesi africani.

Mi girava la testa al solo pensiero di quante etnie, tribù e clan potessero esistere in tutti i cinquantaquattro Paesi che formano il continente o a quanti cibi e medicine dagli alberi e dalle piante potessero esistere.

A quanti riti, giochi, incantesimi e celebrazioni potessero essere sopravvissuti nei secoli della devastazione, della cancellazione dell'identità e della storia, della perpetrazione delle torture e delle deportazioni oltreoceano.

Non ho mai capito come mai molti mi parlassero di Africa come di un unico paese, con un'unica lingua, un unico volto ed un'unica sfumatura di nero, riducendo in poche parole la complessità di un continente di cui non sarei riuscito a finire di parlare nemmeno in ore di discorsi.

"Sei africano".

"Parli africano".

"Sono stato in Africa".

"Conosco un altro africano".

"Che cosa mangiate in Africa?".

"Vuoi africani siete tutti uguali".

Uguali. L'africa e gli africani sono tante cose, ma "uguali" è l'unica parola a non essermi mai venuta in mente quando ci pensavo.

Capitava spesso che parlassimo in *ga* anche quando, durante le vacanze estive, trascorrevamo il tempo a giocare a calcio nel campetto davanti casa, guardando DragonBall e le avventure di Lupin III dopo pranzo.

Durante l'anno, invece, ero parte della squadra di calcio di San Prospero.

Il calcio, per persone come me, era molto più che uno sport. In Ghana era considerata come una via di salvezza, un'arma di lotta contro l'infelicità, un amore sottoscritto con il pallone senza possibilità di svincolarsi. Rappresentava l'unico gioco che ci accumunava tutti. Un momento in cui avveniva la massima condivisione di un qualcosa che trascendeva da ciò che ognuno di noi avrebbe trovato a casa da mangiare la sera. Annullava le differenze sociali, economiche e di appartenenza.

In campo correvo più veloce e più felice di tutti i bambini che avevo al mio fianco. Entravo con una grinta esagerata in ogni contrasto, affamato di una vittoria che odiavo quando non si presentava a fine partita.

"L'importante è partecipare" mi dicevano, ma io rifiutavo quelle parole con ogni singola cellula del mio corpo.

Io e Kwaku ne ridevamo sempre e lui mi diceva "ma davvero questi si accontentano di partecipare? Per noi conta solo vincere". Avevamo uno spiccato agonismo coltivato sotto al sole caldo della nostra terra.

In campo trovavo la forza e la sicurezza che fuori non riuscivo ad agguantare nonostante la mia velocità. Il mondo non era delimitato da un rettangolo verde, non aveva un tempo limite che potevo calcolare e grazie al quale potevo gestire le mie fatiche, non aveva regole certe né cartellini rossi da dare ai periodi tristi e difficili, e non aveva nemmeno uno spogliatoio in cui rifugiarmi nei momenti d'imbarazzo e paralisi emotiva.

Mamma, dopo pochi mesi che eravamo in Italia, iniziò a lavorare in un'azienda che distava una ventina di minuti da casa. Lavorava selezionando e impacchettando frutta di stagione da esportare all'estero, lamentandosi spesso della fatica e di quanto la frutta qui fosse più piccola e meno saporita di quella che eravamo soliti mangiare in Ghana.

"È un po' come se il vento si fosse dimenticato di spargere un po' di condimento sulle coltivazioni di questi paesi", diceva aggrottando la fronte mentre mangiava una banana.

Lavorava otto ore al giorno. Faceva molti straordinari e durante l'inverno faceva turni che la portavano a finire alle dieci di sera. Stava studiando, ma non riuscì a prendere la patente prima che il lavoro iniziasse a derubarla del suo tempo libero e di tutte le sue energie nervose. Dunque, era papà che la portava e l'andava a riprendere. Le cose lui le aveva messe in chiaro da subito: bisogna lavorare e portare a casa i soldi, e mamma lo faceva bene il suo dovere. Io e Kwaku passavamo il pomeriggio a casa da soli. Cucinavo principalmente riso e pasta. Il formaggio non riuscivo proprio a farmelo piacere. Era un gusto a cui non ero abituato, non avevo mai mangiato niente di simile in Ghana. Sapevo già stirare e stavo attento anche quando lavavo le cose a mano, per far splendere i capi come mi aveva insegnato nonna.

Come ogni genitore fa quando deve punire il proprio figlio togliendogli la cosa che gli sta più a cuore, papà mi aveva ordinato di smettere di giocare a calcio. Ne soffrivo perché mi impegnavo ed ero discretamente bravo a scuola. I compiti li facevo sempre e nel clima di terrore che si era affrettato ad instaurare a casa, papà controllava tutto e non ammetteva mancanze scolastiche.

Il mio tormento nasceva dal fatto che per lui non era mai abbastanza. Quando prendevo sette, mi diceva che potevo prendere di più, e me lo diceva anche quando prendevo otto. Non c'era soddisfazione che trapelasse nelle sue parole e i complimenti erano più rari delle nevicate a metà marzo. Essere messo in punizione, invece, era più frequente di quanto avessi imparato fosse necessario. Quel pomeriggio, in pieno inverno, decisi di disubbidire e di andare a fare allenamento. Mi allontanai da casa sapendo che avrei dovuto affrontare le conseguenze una volta tornato. Lo stomaco era già aggrovigliato e ritirato prima ancora che uscissi di casa. Per tutto l'allenamento sentivo le gambe pesanti e poco stabili.

Papà era adirato. Avevo compiuto un atto di disubbidienza intollerabile. Avevo sfidato la sua autorità minandone le fondamenta. A dodici anni non mi sarei mai dovuto permettere, ma nemmeno a venti. Un affronto ad un padrone che non avrebbe mai permesso che si creasse un precedente capace di ispirare una rivolta futura in casa sua.

Papà era un uomo molto legato al Ghana. L'ubbidienza assoluta ed inesauribile dei figli andava quasi oltre ogni altro valore che un uomo dovesse avere. Era insita nella nascita e doverosa verso chi ti dava da mangiare.

Non era contemplato un "no", un'alzata di voce e nemmeno di spalle. Non era concepibile che un figlio potesse disattendere gli ordini di un genitore, specie se padre.

Questo era ciò che era, e questo era ciò che avevo imparato.

"Non fate come i bimbi bianchi", ripeteva con cadenza precisa come un orologio cucù al suono di ogni giornata. Non gli piaceva come i ragazzini mandavano a quel paese i genitori e rispondevano insolenti. Forse era anche per questo che non ci faceva mai frequentare la casa dei nostri amici di scuola. A volte mi dava lui stesso l'impressione di non avere amici bianchi.

Alle sette di sera mi cacciò di casa senza cena e senza rimorsi, ed io uscii con la stessa giacca umida di lacrime con la quale ero rientrato dall'allenamento. La sua furia riempiva la casa e sembrava che la sua determinazione a darmi una lezione non sarebbe potuta essere placata da niente.

Presi con me una coperta brutta e grigia che sapeva di sconforto e resa. Mi incamminai per la campagna cercando un posto dove sedermi senza respirare l'umidità che saliva forte dalla terra.

Piansi per un'ora, asciugandomi il viso con la manica della mia giacca, pensando che non sarei rimasto fuori a lungo.

Mamma era a lavoro e non sarebbe rientrata prima delle dieci e venti di sera. C'era freddo, di quello che ti si attacca ai polmoni e rende il respiro pesante e affaticato. Un freddo talmente pungente e perfido che anche il cielo provava a respingere, coprendosi con nuvole spesse e grigie come la coperta di pile che mi avvolgeva le spalle.

Quando sentii la macchina partire per andare a prendere mamma decisi di rimanere fuori e non rientrare in casa.

Volevo che lei mi trovasse fuori e sapesse cosa quell'uomo mi aveva fatto. In quelle ore piantai dentro me un misero, piccolo ed insignificante seme d'odio nei confronti di quell'uomo che sarebbe cresciuto fino a divorarmi, risucchiando le mie energie fino al giorno in cui avrei capito di doverlo sradicare.

Volevo che mamma mi trovasse fuori per capire che tutto questo non era giusto e non poteva continuare così.

Volevo che ammettesse che quell'uomo ci aveva strappato via dalla nostra terra per farci vivere ai suoi ordini, negandoci una felicità quotidiana che, da soli in Ghana, riuscivamo a conquistare nonostante le mille difficoltà. Volevo che capisse che io non mi sarei arreso e che quello non sarebbe stato l'ultimo mio atto di ribellione.

Sapevo di fallire, ma decisi ugualmente di restare fuori.

Sentii la sua voce preoccupata chiamarmi nel buio. Rimasi in disparte per un po', e quando si fece più vicina, mi mostrai a viso asciutto, arrabbiato e scontroso, con i denti stretti e gli occhi cupi, come se ce l'avessi con lei, senza capire che, probabilmente, in tutta quella storia anche lei aveva la mente annebbiata da domande che non trovavano risposte.

In seguito, avrei capito che neppure lei era felice, ma che sceglieva di stare in quella casa per i suoi figli, per noi. Un sacrificio ed una dedizione estremi. Il nostro bene prima del suo. L'essenza del suo essere. Aveva sempre fatto così, e l'Italia non l'aveva cambiata.

Quel giorno segnò un momento di rottura indelebile. Qualcosa che fu totalmente ignorato da chi, in quella casa, si aspettava solo rispetto e reverenza.

Parte III

A scuola stavo attraversando il mio periodo migliore. In tecnica disegnavo figure geometriche usando squadre, righello e compasso con disinvoltura. In arte mi piaceva poco la teoria, ma stavo scoprendo di aver un certo talento nel disegno a matita. Suonavo abbastanza bene il flauto, ma ero palesemente poco portato per il canto. In italiano ero migliorato molto e costruivo temi sempre più scorrevoli ed articolati.

C'era chi diceva che col tempo avrei imparato la lingua meglio di molti italiani, perché imparare una lingua sui libri regala una pulizia grammaticale che un nativo spesso non ha. Questo perché impara la lingua da chi la parla e in questo modo, spesso, sia lo scritto che il parlato vengono sporcati da errori comuni difficili da correggere nel tempo. È come quando si dice che è più facile insegnare qualcosa a chi non sa niente, piuttosto che a chi sa cose sbagliate e bisogna fargliele modificare o addirittura cancellare per insegnargliele di nuovo.

Credevo poco a discorsi del genere, ma il mio impegno non mancava mai. Ero sempre più affascinato dalla lingua italiana. In informatica, il professore Giorgetti ci insegnava come usare il floppy disk. "Una novità assoluta che rivoluzionerà il mondo dell'informatica e dell'archiviazione di dati", ci diceva. Si raccomandava di spostare la levetta piccola in basso per sbloccare il floppy, affinché fosse leggibile una volta inserito nel computer. Ci parlava spesso anche di una cosa chiamata internet e del world wide web, un'altra cosa che secondo lui avrebbe rivoluzione il mondo dell'informatica. Non che ci capissimo troppo, ma era tutto molto interessante e ci applicavamo tutti.

Era già passato un anno dall'11 settembre, e sembrava che il mondo non fosse più lo stesso, anche se non ero ben consapevole dell'effetto domino che quel catastrofico e terribile evento avesse scatenato e del cambiamento che aveva avviato nelle generazioni che avevano assistito a quegli attentati. La parola terrorismo era entrata prepotentemente nel vocabolario di ogni Paese e sarebbe stata sempre più associata ad una categoria ben precisa di persone e di religione. Forse persino l'euro, che era entrata nelle nostre vite sconvolgendo tutti con un'inflazione furtiva e pericolosa, aveva avuto un impatto più blando di quello che ha avuto l'attacco alle torri gemelle e al pentagono. Ciò che poi sarebbe diventato l'attacco ai valori cristiani e fondanti dell'occidente. Tutto ciò avrebbe visto la nascita di un dualismo tra Occidente e Medio Oriente che avrebbe portato guerre e morte di decine di migliaia di persone nelle terre del deserto che stavano al di là della Turchia.

Nonostante i miei incoraggianti risultati scolastici, quell'uomo, mio padre, non era mai compiaciuto. Il clima di terrore in casa era pesante e soffocante. Avevo timore a portare a casa il libretto per far firmare qualsiasi voto. I sei e i sette erano trattati come insufficienza. Quando prendevo voti più alti non c'erano complimenti, né tanto meno premi o concessioni.

Al contrario, aveva trovato diverse punizioni che mi tormentavano anche durante la notte. Vivevo con l'ansia perenne di sbagliare qualsiasi cosa e di farlo infuriare andando incontro a tutto ciò che mi terrorizzava.

Spesso, sia io che Kwaku venivamo messi con la faccia al muro, in un angolino, in piedi per ore. Altre volte ci dovevamo prendere le orecchie per poi andare su e giù, come in un movimento di squat per un tempo estremamente lungo. Quando mi metteva al muro rimanevo in silenzio, singhiozzando di tanto in tanto, bevendo le mie lacrime e pregando che quell'uomo avesse un po' di compassione e mi mandasse in camera. Covavo dentro una rabbia che si trasformava presto in disperazione. Era una punizione più mentale che fisica. Mirava alla stanchezza delle idee, alla resa dell'anima, all'accettazione di una condizione di inferiorità nei confronti di un'altra persona.

Quando mi prendevo le orecchie ed iniziavo a fare gli squat, invece, era questione di un massacro sia fisico che mentale. Diceva di aumentare la velocità quando le gambe iniziavano a cedere. Andavo giù e su cercando di scrutare nei suoi occhi la comprensione di un padre, di un essere umano che sembrava essersi nascosto molto bene, da qualche parte, dietro ai suoi due metri d'altezza. Non riuscivo a capire come potesse farci questo. Lo odiavo, e me ne nutrivo. È molto facile odiare.

Un giorno era particolarmente arrabbiato e deluso per un voto insufficiente che non contemplava. Non ero andato bene nel compito di matematica.

Prese un bastone di quelli che compongono i mobili, spesso tre o quattro centimetri e largo sette. Mi fece mettere davanti a lui e aprire la mano in un gesto quasi rituale che conoscevo a memoria, perché l'avevo ripetuto diverse volte. Si raccomandava sempre di allungare bene la mano e mi indicava col bastone per terra la posizione giusta in cui dovevo stare. Voleva assicurarsi di farmi arrivare più dolore possibile.

Il tempo delle mani e delle ciabatte era finito il giorno in cui atterrammo a Linate. Quel bastone era l'arma d'esecuzione della sua punizione preferita, e quella che odiavo e odiavamo di più. Non contava e non dava tempo di reazione alcuna.

Quel bastone rappresentava tutto ciò che stavo avendo da lui come educazione.

Ero abituato al dolore, alle punizioni e a reagire a quella ferita interna che dura di più di quella esterna. Ero abituato, ma ciò che ci faceva andava oltre e mamma non riusciva a fermarlo.

Quel giorno, stanco e terrorizzato da tutto quel dolore accumulato, avevo lo stomaco costretto e le lacrime agli occhi. Lui era seduto, come sempre, con un respiro profondo e intenso come un vulcano di rabbia che stava per esplodere. Non lo capivo. Alzò il braccio per abbassare con rapidità e con estrema potenza il bastone per il primo fendente. Arrivava prima il suono, che tagliava l'aria, poi il dolore, che dalle mani si diramava in tutto il corpo fino a toccare i nervi del cervello.

Quelle frustate facevano un male indescrivibile. Il dolore nasceva sottopelle, per poi esplodere in superficie e far scorrere il male lungo tutto il corpo. Non c'era sollievo.

Ad ogni colpo sulle mani indietreggiavo, per poi essere richiamato subito a mettermi in posizione per il prossimo colpo. Il dolore entrava così tanto in profondità che, a tratti, mi sembrava di aver perso sensibilità alla mano destra.

Mi disse di aprire l'altra mano e andò avanti.

Quando ebbe finito ero in piedi davanti a lui. Barcollavo disorientato. Ero scosso e ferito, con le mani grosse e gonfie, come se avessi avuto una reazione allergica dopo mille punture di api. Non riuscii neppure a prendere in mano la matita per svolgere i compiti per il giorno dopo e mi inventai la scusa che stavamo spostando delle cose pesanti in casa e che le mie mani erano rimaste schiacciate sotto al tavolo.

Avrei voluto parlare, quella volta come tutte le altre.

Ci pensavo spesso, ma scattavano dentro di me meccanismi che non riuscivo a capire. Non sapevo come avrei spiegato che l'uomo che vedevano tutti i giorni così sorridente era un violento capace di spezzare i vasi sanguigni a colpi di fendenti col bastone. Non sapevo come spiegare che colui che avrebbe dovuto amarmi e proteggermi era diventato la mia più grande paura ed il mio dolore più alto. Mi imbarazzava. Mi dispiaceva. Non mi avrebbero creduto, mi dicevo, e sicuramente ne avrei pagato le conseguenze come un affronto. Di conseguenza, non ne parlavo mai con nessuno. Trattenevo tutta quella sofferenza nei miei polmoni e spesso ne ero talmente pieno che mi mancava l'aria.

Lui, in realtà, fuori dalle mura di casa era davvero un uomo rispettato e di cui si diceva ogni bene, motivo per cui faticavo ancora di più a comprendere le due personalità così diverse che componevano la sua persona.

Avevo poi sentito dire che da questa parte di mondo, per una cosa del genere, mi avrebbero potuto togliere dalla mia famiglia, ed io non volevo essere separato dalla mamma per nessuna ragione.

Avrei scelto con più serenità la morte, ed in fondo, speravo ancora che un giorno di primavera, insieme alle margherite, sarebbe fiorito anche il bene che mio padre nutriva per me, per noi.

In quegli anni ho sempre cercato di capire, senza riuscirci, la natura di quella sua violenza così ingiustificata e sproporzionata. Se da un lato ero abituato ad un sistema scolastico che incorporava le punizioni corporali nelle sue regole tramandate e ad una cultura educativa che non condannava sculacciate e sberle, dall'altro faticavo a vedere normalità in quella nostra normalità. Era estremo, insensato e futile, perché io e Kwaku non eravamo ragazzini problematici, al contrario, eravamo cresciuti obbedendo a mamma senza che lei arrivasse lontanamente a tanto.

Avvolto nel silenzio notturno della campagna modenese senza macchine per strada, spesso mi domandavo dove fosse l'amore paterno di una persona che aveva dieci anni della mia vita da recuperare. Mi chiedevo dove fossero gli abbracci di chi non aveva visto la mia prima camminata, o udito la mia prima parola, e che non era nemmeno lì quando mamma correva in ospedale per salvare la vita a Kwaku dopo che prese la malaria.

Tutto ciò che mi impegnavo di più a fare era costruire un rifugio d'odio nella mia testa, dove lo rinchiudevo e lo affamavo come potevo, finché non sarebbe tornato a casa la sera da lavoro.

Col tempo, il suo ritorno a casa sarebbe stato il momento peggiore della giornata. Più avanti imparai che l'odio che mi consumava era, sfortunatamente, lo stesso che mi salvava dalla depressione. Avevo una tale collera che mi teneva vivo. Ma cosa sarebbe successo il giorno in cui avrei deposto i risentimenti e l'odio che brandivo in mano da anni?

Mi chiedevo se mai un giorno avrei smesso di avere un padrone e avrei iniziato ad avere un padre. Desideravo segretamente il suo bene, elemosinandolo come un mendicante senza radici o stabilità, in attesa che qualcuno avesse compassione della sua anima.

Trovavo conforto in Maurizio, il mio coach, colui che credeva in me come giocatore, quando mi dava la fascia da capitano e mi diceva che se avessi dato il mio massimo sarei comunque uscito vincitore da quel campo. Diventò la mia figura paterna, senza mai capire davvero l'importanza che aveva per me.

Finii così le medie, con i miei primi anni in Italia che avevano segnato profondamente la mia anima, con un diario personale al quale raccontavo le mie giornate, scrivendo ciò che la bocca faticava a pronunciare in presenza di altri esseri umani, ma anche davanti allo specchio con solo il mio riflesso nella stanza.

L'insegnante di artistica mi disse che avrei dovuto scegliere di frequentare una scuola professionale e non un istituto tecnico come avevo fatto, perché secondo lui non sarei stato in grado di sostenerlo.

Che un uomo adulto si sentisse in diritto di affossare una persona giovane proprio negli anni in cui dovrebbe essere incoraggiato a tirare fuori il meglio da sé è una cosa inconcepibile per me.

Lo ignorai, sapendo che avrei avuto ragione su quella voce piccola e stridente che non aveva nessun diritto di influenzarmi.

Dopo tutto, per lui ero un ragazzo dalle buone volontà, ma uno come me poteva solo imparare un mestiere e andare a lavorare, invece di mettersi in testa di poter studiare e diventare chissà chi.

Ci trasferimmo poco dopo l'inizio delle scuole superiori, a Cavezzo, un paesino di poche anime con una struttura per anziani ed un mercato domenicale che attirava il vicinato. Il nostro fratellino, Isaac, il gioiello che avevamo lasciato a zia Ebena, ci aveva raggiunto. Eravamo al completo, finalmente. Non una famiglia comune e felice forse, ma eravamo insieme. Alla fine della storia, famiglie come la nostra non si vedevano nelle pubblicità della mulino bianco, ma nemmeno nelle altre, da nessuna parte in tv. Era un po' come se le famiglie nere non esistessero nella società da rappresentare.

Parte IV

La cosa negativa di quando lasci che tuo figlio venga cresciuto da un'altra famiglia è che non lo cresceranno mai come faresti tu. Erano passati cinque anni da quando lo avevamo lasciato in Ghana, ed ora quel bambino sembrava un corpo estraneo in casa. In quegli anni mamma mandava soldi a zia Ebena per assicurarsi che Isaac venisse cresciuto ed istruito con amore, senza che gli mancasse nulla.
Zia lo viziava e lo riempiva di un'attenzione eccessiva.
Sapeva come crescerli, i figli, perché ne aveva tre e non era stata una passeggiata nemmeno per lei. Eppure, con mio fratello aveva fatto un lavoro diverso, come se dovesse proteggere con più cura un oggetto di valore non suo, stando attenta che non prendesse polvere e non fosse guardato da occhi indiscreti.
Lo aveva cresciuto in una bolla di protezione, e quel viaggio che Isaac fece da solo a sette anni, da Accra a Linate, aveva mandato in miliardi di pezzi quella bolla che gli era stata costruita attorno con cinque anni di attenzioni e cure. Era un corpo estraneo ed io, per anni, avrei faticato a legare con lui.
Mamma continuava a lavorare con la solita grinta, e portava con estrema dignità i segni della fatica e dello stress che le avevano colorato qualche capello di grigio e bianco.
I centimetri mi si appoggiavano l'uno sull'altro di anno in anno, felici di aggiungere altezza alla mia statura. Crescevo consapevole di quello che non volevo diventare, ma senza sapere ancora chi volessi essere. Forse pretendevo un po' troppo dai miei sedici anni, o forse era solo la fretta di avere una strada da percorrere.

Fare l'Istituto tecnico commerciale mi piaceva e andavo sufficientemente bene, ma Fisica-Chimica era una di quelle materie che proprio non riuscivo a farmi piacere.

Mirandola era una cittadina che dopo il primo anno di superiori offriva poche alternative per le mattine in cui non volevo andare a scuola.

C'era la colazione dal Nazionale, oppure da Busuoli, che piaceva ancora di più. Tuttavia, era più una cosa che si faceva per entrare alla seconda ora, nel tentativo di raggirare un'interrogazione non programmata o evitare una lezione odiata. Fisica-Chimica, ad esempio.

Per saltare la scuola tutta la mattinata bisognava spostarsi.

Erano gli anni dei blog e dei diari su MSN e My Space, del portale Netlog e dei primi cellulari a colori. Con un po' di fortuna si conoscevano persone interessanti su quelle piattaforme, ed io che non avevo né uno scooter, né qualcuno che mi accompagnasse in giro per ritrovi e serate, iniziai ad affidarmi a Netlog ed ai messaggi.

Probabilmente, era anche un modo per abbattere quella mia soffocante timidezza che mi tediava tutte le volte che dovevo parlare da solo con una ragazza che mi piacesse. Crescendo in un mondo diverso da quello in cui ero nato, avevo perso per strada tutta quella sicurezza e sfacciataggine che erano da sempre parte del mio essere.

Non ero più certo di essere bello, e quando me ne convincevo, non sapevo più se il mio essere bello lo vedevano anche le altre persone. Ero diverso da coloro che avevano successo con le ragazze, forse troppo.

Non mi mettevo il gel nei capelli. I miei amici e compagni di calcio mettevano chili di gel per arrangiare acconciature sempre alla moda. Non ho mai capito come facessero quei capelli ad assorbire tutto quel gel. Io li avevo neri e cortissimi, non biondi e folti in cui passare la mano mentre ammaliavo una ragazza. Forse è per questo che a vent'anni avrei iniziato a piastrarli. Ero nero, l'unico di tutto l'istituto, e lo sarei stato per tutti i cinque anni. Avevo tanti amici, ma avvertivo sempre un terreno vuoto tra me e l'amore di una ragazza.

Non avevo gli occhi azzurri che piacevano sempre a tutte e non avevo abbastanza soldi per comprarmi un motorino con cui potevo facilmente andare sotto casa di una ragazzina con fiori e cioccolatini.

Nelle riviste e nei programmi televisivi, i belli e impossibili che piacevano alle ragazze erano tutto ciò che io non ero.

Quella mattina ero sulla corriera che da Cavezzo portava a Modena in circa mezz'ora. Ero in viaggio per andare ad incontrare Chiara per la prima volta, e i dubbi mi assalivano. L'avevo conosciuta solo in chat e non sapevo come avrebbe reagito nel vedermi.

Avevo la testa appoggiata al vetro e alle orecchie indossavo grosse cuffie che facevano risuonare nei miei pensieri la musica di Eminem. Lo adoravo.

Viaggiavo sulle nuvole prima ancora che sul mezzo. Lo facevo spesso, ed ero sempre molto sveglio quando mi succedeva di fare viaggi mentali, sognando ad occhi aperti.

Alla fermata di Bastiglia, come ultimi, salirono una graziosa mamma e suo figlio. Lei indossava un vestito primaverile a pois ed una borsa nera, salda tra le sue mani. Lui moro e distratto. Sembrava felice, con i suoi dieci anni o forse nove, intento a guardare a destra e a sinistra scrutando bene i passeggeri e quelle ingombranti borse che alcuni avevano sulle loro ginocchia.

Arrivati vicino a me il bimbo fece per sedersi. Sua madre di scatto e con decisione lo tirò verso di sé, congelando per qualche secondo il suo volto in un'espressione piena di rimprovero. "NO", esclamò la donna mentre strattonava il figlio e lo tirava indietro.

Un "no" forte e deciso che sentii bene sul terminare della canzone "Stan", e prima che iniziasse "I'm cleaning out my closet".

In quello che sembrava un perfetto gioco del destino, stavo ascoltando le prime strofe di una canzone dove Eminem si chiedeva "se mai stato odiato o discriminato?".

Quel "No" fu come uno schiaffo che mi fece tornare alla realtà. Tornai lì con la testa, incredulo, dubbioso e visibilmente turbato. Di colpo, il sedile su cui ero seduto non era più comodo, e non lo era più nemmeno la mia pelle. Il cuore aveva impresso un'accelerazione notevole al mio battito cardiaco. Sentii le pupille dilatarsi ed una sensazione di disagio ed irrequietudine che non riuscivo a spiegarmi. Ero consapevole di quello che era appena successo.

Mi girai per vedere dove fossero andati la mamma e il suo bambino moro e distratto. Li vidi lì, in piedi, insieme a tutte quelle persone in piedi che si tenevano strette alle teste dei sedili per non cadere ad ogni frenata.

Di posti a sedere non ce n'erano più.

Era successo ancora. Solitamente trovavo delle giustificazioni più o meno stupide pur di negare l'evidenza, perché era più facile. Avevo bisogno di ignorare, di non stare male e di proteggermi dietro rassicurazioni e bugie che mi raccontavo con disperata convinzione.

Non riuscivo a capire e ad accettare il fatto che in pochi anni ero passato dall'essere il bambino coccolato che veniva conteso da due classi intere, ad un ragazzo che veniva evitato in corriera come se avesse una qualche malattia trasmissibile anche solo con lo sguardo. Soffrivo.

L'unico posto libero era di fianco a me, ma nessuno voleva sedersi di fianco ad un nero. Era questa la verità che dovevo sforzarmi di accettare.

In quell'occasione, per la prima volta, mi fu chiaro che non fosse un caso, e non lo era mai stato.

Accettai, senza riserva, che non c'erano spiegazioni o giustificazioni che potessero farmi stare meglio. I posti a sedere erano tutti occupati e l'unico libero era esattamente di fianco a me, eppure stavano tutti in piedi.

L'unico posto libero era di fianco a me.

L'unico posto libero in tutta la corriera era di fianco a me.

Non potevo addolcire la pillola della tristezza perché ora sapevo che quel "no" che non avevo mai udito, risuonava forte nelle teste delle persone, come adesso risuonava forte nella mia, quando dovevano sedersi di fianco al ragazzo nero.

Forse nemmeno Dio sa quanto avrei voluto sparire in quel momento. Ero impaziente di arrivare a destinazione.

Era come se avessero acceso i fari su di me, mostrando a tutti quanto fossi pateticamente solo ed indesiderato in quell'ambiente di sconosciuti che non parlavano con nessuno.

Ero il puntino nero al centro di un foglio di carta perfettamente bianco che, per quanto piccolo, si nota ed infastidisce.

Un giorno sarei stato in grado di andare oltre, ma non era quello il giorno, non ero forte abbastanza, anzi, ero giovane, ingenuo e in cerca di un posto sicuro nel mio mondo.

Muovevo nervosamente la gamba su e giù come si fa quando si ha fretta oppure si sta morendo d'ansia ad un colloquio di lavoro.

Non vedevo l'ora di scendere, ma il tragitto sembrava infinito.

Non mi ero mai sentito così sbagliato e rifiutato nella mia vita fino ad allora.

Scesi combattendo col senso di nausea che stava vincendo.

Non fui più lo stesso per quel giorno, ma a dire il vero, non lo sarei mai più stato.

Non ne parlai con nessuno ma quella, in realtà, fu l'unica mia prima volta che rimase chiara ed indelebile nei miei pensieri, più del primo bacio, più del primo sesso. Lo stravolgimento di una normalità che mai era esistita.

Sarebbe successo altre volte, con una consapevolezza diversa, ma per anni sarei stato incapace di contrastare sia il dolore che la rabbia. Non ero più vergine a questi atti di pacifica aggressione alla mia anima.

Quel viaggio mi aveva scosso e aveva avuto il potere di minare le mie già fragili sicurezze. Guardai appostato da lontano Chiara mentre camminava avanti e indietro con movimenti che racchiudevano ansia ma anche emozione. Non sapevo cosa fare, ero ansioso e con lo stomaco aggrovigliato come mi succedeva nelle interrogazioni quando ero poco preparato.

Ero bloccato dai miei pensieri e dalle mie insicurezze. Non riuscivo a fare un solo passo verso di lei.

Non mi aveva mai visto, mi sarei dovuto presentare e all'improvviso la cosa mi terrorizzava.

Presi coraggio ed iniziai a camminare nella sua direzione. Riflettevo e camminavo. Riflettevo e camminavo, e mentre diminuiva la distanza tra me e lei, aumentava la mia ansia. Arrivai abbastanza vicino da sentire il suo profumo mentre con un movimento di testa sventolava impaziente i suoi lunghi capelli biondi. Le passai accanto senza dire una parola e lei senza incrociare il mio sguardo. Non ci saremmo mai più visti.

Un paio d'anni dopo raccontai l'accaduto a Mario, il mio migliore amico.

Quel ragazzino dal viso gentile che in quarta elementare mi regalò lo zaino era diventato come un fratello per me, ed eravamo inseparabili in quegli anni delle superiori. Avevamo condiviso tanto e c'era un'affinità che non riuscivo a trovare con nessun altro. Una persona per la quale provavo un affetto viscerale.

Raccontavo imbarazzato come non fui capace di presentarmi a quella ragazza che tanto mi piaceva, e per la quale trascorrevo ore a consumare i cento messaggi giornalieri della Vodafone Infinity. Gli parlai anche di quello che era successo in corriera e di come mi fossi sentito. Mi vergognavo, come se avessi fatto qualcosa di sbagliato. Come se io fossi sbagliato. Con lui potevo parlare, sapeva molte cose di me e la sua era l'unica casa che frequentavo da un po' di tempo.

Eppure, vedevo che non mi stava capendo, che faceva fatica a mettersi nei miei panni e a vestirsi dei miei disagi. O forse ero io che non trovavo le parole giuste, perché nessuno mi aveva detto che avrei dovuto fare i conti con così tanti mostri sotto al letto.

Nel frattempo, avevo avuto modo di accorgermi che il mondo intorno a me era cambiato e che nessuno mi vedeva più con gli occhi delle maestre delle elementari che mi accolsero nella scuola come se fosse stato tutto il paese intero ad accogliermi in quel modo. Iniziavo a temere il mondo che avevo attorno.

I lettori cd dovevano ancora concludere la loro epoca, ed io ne avevo ancora uno. Avevano preso il posto dei walkman, ma non sapevano che avrebbero avuto vita breve anche loro.

Non erano ancora obsoleti, ma i lettori mp3 erano già una realtà. In uno dei rari pomeriggi in cui ero a casa senza che nessuno disturbasse la mia quiete, misi il cd di Bob Marley masterizzato ed iniziai a meditare, ad occhi chiusi sul letto. Stavo attraversando un periodo di turbolenza emotiva. Il mio periodo, tuttavia, non era simile a quello solito degli adolescenti. Stavo capendo che le tante piccole cose che mi erano successe e l'ambiente in cui stavo crescendo mi avevano creato problemi esistenziali che si ingigantivano sempre di più.

Al notiziario della sera, tutte le volte che succedeva qualcosa di male come un assassinio, una rapina finita male, un'aggressione estremamente violenta, uno stupro e abomini simili, se ne dava grande riscontro e visibilità specificando la nazionalità del criminale quando questo era nero o straniero. Usavano termini come extracomunitario, clandestino e africano. Non capivo il perché affibbiassero quel termine solo a persone che venivano dall'Africa. A scuola avevo imparato che chiunque non fosse cittadino di uno degli stati dell'Unione Europa era extracomunitario. Dunque, non mi era chiaro perché con più di sette miliardi di extracomunitari nel mondo, questa parola venisse usata solo per definire i neri o chiunque non fosse puramente bianco. Capivo ancora meno quando parlavano di africani includendo tutti, come se fossimo tutti figli della stessa madre.

Era una cosa che mi faceva arrabbiare, ma ricacciavo tutto dentro e lasciavo quella rabbia sul letto disordinato di camera mia, prima di uscire di casa.

Tutto ciò che descriveva persone nere come me stava, in quegli anni, acquisendo un'accezione negativa, quasi dispregiativa.

Guardavo e ascoltavo queste notizie dicendomi che non ero come loro. Avevo pochi amici neri, anzi non ne frequentavo quasi mai. Cercavo sempre di allontanarmi da persone che potessero farmi rientrare nella categoria delle persone pericolose, perché in fondo, nella mia testa, si era insinuata l'assurda convinzione che essere nero era quasi sempre sinonimo di pericolosità. Una convinzione che si era fatta strada negli anni, notizia dopo notizia, discorso dopo discorso, episodio dopo episodio. In televisione non vedevo nessuna rappresentazione positiva o di successo, e mi aggrappavo all'idea che solo negli Stati Uniti d'America c'erano persone come me di un certo tipo. In fondo, Willy il Principe di Bel Air mostrava chiaramente che lì, una certa vita era possibile.

Io ero qui, da questa parte dell'Atlantico, e sentivo di non essere nulla di tutto ciò che di negativo si diceva in giro sui neri. Tuttavia, i pregiudizi abbondavano ed io iniziavo ad entrare in conflitto con me stesso.

Quando mi trovavo in pubblico cercavo di parlare italiano il più possibile e sempre con una correttezza grammaticale impeccabile. Desideravo che le persone sentissero che io non ero come loro, gli stranieri della tv, che ero una persona diversa ed integrata e che ero esattamente come tutti. Umano. Quando mi trovavo sbadatamente immerso in discorsi di persone che puntualizzavano quanto la violenza e la disonestà fosse caratteristica insita negli uomini neri, mi sentivo fiero quando si rivolgevano a me con "ma non tu eh, tu sei diverso". "Tu sei diverso" in senso positivo era tutto ciò che volevo sentirmi, come se gli altri non fossero brave persone come me. Come se ci fossero motivi oggettivi per pensare male di loro. Come se il "tu sei diverso" avesse una valenza universale, atta a certificare la qualità della mia persona al pari di un noioso formaggio DOP.

Era, tuttavia, un lavoro faticoso cercare di essere sempre al massimo per dimostrare alle persone che ero in qualche modo migliore di "quelli là". Che non ero un ladro, che non puzzavo e anzi ci tenevo all'igiene, che non rappresentavo un pericolo, che capivo e parlavo bene l'italiano e che ero uguale a loro. Bramavo una normalità che sembrava non arrivare mai. Ogni volta che mi sentivo bene, mi trovavo di fronte a persone e situazioni nuove che richiedevano l'ennesima dimostrazione di normalità della mia persona. Sembrava l'illusione di una oasi nel deserto che svaniva una volta raggiunta. Una rincorsa perenne che mi toglieva tutte le energie.

Proprio non riuscivo a frequentarli, i neri, ma non riuscivo nemmeno ad accettarmi e ad amare quel colore che mi pesava ogni giorno di più. L'unica famiglia che frequentavamo erano amici di vecchia data. Benjamin, la moglie Isabel, e i due figli Roxanne e Joseph. Benjamin era arrivato in Italia insieme a mio padre, ma poco dopo fu raggiunto dalla sua famiglia. Avevo una foto di me e Joseph insieme da piccoli, perché avevamo la stessa età e ci fecero conoscere non appena ci fu occasione. Era il periodo in cui suo padre e sua madre tornarono in Ghana per sposarsi. Fu un classico matrimonio ghanese che durò qualche giorno.

Quando una persona dall'estero tornava in Ghana per organizzare eventi del genere, lo faceva in grande, e il loro matrimonio fu esageratamente grande. C'erano parenti ed amici da ogni dove e persone che si improvvisavano amici solo per l'occorrenza. Ci fu musica per tre giorni e cibo per cinque. A quel matrimonio abbondavano le persone, i balli, il mangiare e i fianchi larghi e sodi delle donne.

Sua madre era bellissima e ballava avvolta nei vestiti colorati con grazia e disinvoltura. Le damigelle e le amiche le ballavano a fianco, mentre gli invitati la celebravano attaccandole banconote sulla fronte e intonando canti ed urla di gioia. Suo marito era più pacato, circondato da uomini anziani e facoltosi che si gustavano la festa con una finta compostezza. Entrambi erano ricoperti di quell'ammirazione che si riservava solo alle persone all'estero, a quelli che ce l'avevano fatta.

Fuori dalla scuola e dalla bolla dei meravigliosi amici che avevo, iniziavo a notare con più attenzione gli occhi delle persone che mi scrutavano con sospetto e timore. Gli occhi che trovai su quel pullman erano diventati quasi normalità.

Avevo l'impressione di trovarmi nel posto sbagliato e in un corpo che non mi apparteneva, o forse, più probabilmente, era solo quella pelle che mi creava strazio.

Avvertivo la sensazione spiacevole di essere percepito come pericolo, e nonostante stessi passando la mia esistenza a dimostrare il contrario, nulla stava cambiando. E quando gli sforzi non portano a risultati ci si scoraggia e col tempo ci si arrende.

Non riuscivo più a parlare di certe cose, perché ero circondato da amici bianchi a cui volevo assomigliare e che non vivevano le mie stesse frustrazioni. Come potevo viverli io se volevo essere visto come loro? Non volevo tediarli, essere pesante e ripetitivo. "Devo essere forte" mi ripetevo spesso. Ma era questo tutto quello che avevo imparato?

Che soffrire in silenzio mi rendeva forte, uomo?

E, comunque, la sensazione era che non capissero nemmeno. Non potevano. Quelle rare volte che avevo fatto riemergere le amarezze per queste cose, le parole e le frasi di circostanza me le avevano ricacciate giù in gola con estrema grazia e gentilezza.

Non era cosa di cui parlare. Era tempo di ragazze e gite scolastiche, degli iPod della Apple e delle serate in discoteca. Dei primi giri in macchina e delle promesse a fidanzatine che sarebbero state lasciate poco dopo. Nessuno voleva sentirmi parlare dei miei problemi.

Parte V

Avevo poco più di 17 anni quando ci trasferimmo in una casa nuova e grande, rimanendo comunque ancorati a Cavezzo.

Mamma disse che lei e papà avevano fatto il mutuo per comprarsela e sembrava che finalmente avrei avuto un po' di stabilità ed una camera tutta mia. Era decisamente ora.

Avevamo lasciato una casa piccola che, tuttavia, si era dimostrata molto attenta e accogliente. Ne ero affezionato, perché grazie a quella casa avevo conosciuto una persona molto importante, ma ancora ignoravo quanto sarebbe stata fondamentale nel mio percorso di crescita.

Enrica era una donna posata ed elegante, il suo viso dava l'idea che avesse cinquant'anni, ma non osavo chiedere. Non ero mai stato bravo ad indovinare l'età delle persone. In genere davo sempre qualche anno in più. Capii presto che dovevo smettere, soprattutto con le donne.

Aveva capelli biondi, corti e vivaci come la sua anima. Mi dava l'impressione di aver trovato l'equilibro tra la gentilezza e quella forza cinica tipica delle persone accompagnate dal successo.

D'estate era perennemente baciata dal sole che entrava nello studio di casa sua dove passava la maggior parte del tempo. Trasmetteva la stessa saggezza di nonna, ma con lo spirito di una trentenne.

Lei e suo marito erano proprietari dell'appartamento che avevamo appena lasciato.

Quando abitavamo ancora lì, quell'uomo aveva delegato me per il pagamento dell'affitto, ed ebbi la sensazione che la cosa andasse a genio sia ad Enrica che a lui, perché non avevano sviluppato grande sintonia con mio padre. Non ero sorpreso. Per me quell'uomo, per tutto il male che aveva sparso dentro me, non era in grado di creare sintonia né empatia con le persone. Subito pensai che io ed Enrica avessimo in comune solo la scelta di frequentare l'Istituto tecnico commerciale, ma presto scoprii che c'era ben altro che ci rendeva simili. Avevamo una visione di vita che sembrava combaciare nonostante appartenessimo a generazioni diverse. La stessa voglia di scoprire il mondo e di costruire qualcosa di buono per le altre persone. In seconda superiore fu lei a convincermi che potevo davvero andare bene a scuola, molto meglio rispetto a come andavo, e aveva ragione.

"Tu, sei bravo. Sei molto più bravo di quello che pensi", e poi aggiungeva "Sai perché i professori dicono che sei bravo ma non ti applichi? Perché è vero. Mettiti alla prova".

Rimanevo in silenzio ad ascoltarla, saggia com'era, trovavo senso e verità nelle sue parole. Quando iniziai ad applicarmi e arrivarono i voti alti, qualcosa in me cambiò per sempre.

Era riuscita con la sola forza delle parole ad indirizzare la mia vita. Non era più la padrona di casa, ma un'amica che sarebbe diventata famiglia. Lei aveva piantato in me il seme della fiducia assoluta.

Aveva un figlio grande e adulto che non viveva più con lei, e forse era anche per questo che era così esperta nel parlare alle mie giovani convinzioni.

Andavo spesso a trovarla anche quando non abitavamo più nel suo appartamento.

Spesso le raccontavo cose di cui non riuscivo a parlare con i miei amici. Vivevo situazioni di frustrazione che forse solo una persona come lei avrebbe potuto capire.

Le dicevo che ero italiano, che mi sentivo tale, ma che non riuscivo a capire perché gli altri non lo vedessero, che non lo riconoscessero. Mi creava delusione e rabbia avere a che fare con la questura e lei si raccomandava sempre di fare in fretta per prendere la cittadinanza, anche se a me sembrava un obiettivo irraggiungibile. Non sapevamo quanto tempo ci avrei messo, ma sapevamo che quella era la salvezza. L'unico modo per uscire da un vortice di burocrazia, costi ed umiliazioni che duravano da tutta una vita. Lo sapevamo bene. Avevo iniziato a frequentare le questure sin da piccolo, quando eravamo aggrappati alla speranza di raggiungere l'Italia, e mamma spendeva tutte le sue energie a coltivare quell'unica strada che sapevamo di dover percorrere. In quegli anni vedevo con quanta arroganza venivamo accolti noi e tutti gli altri, quando ci recavamo lì.

La sensazione era quella di stare in un pollaio con un contadino al di là della recinzione che, per divertimento, lanciava chicchi di grano qua a là, gustandosi lo spettacolo delle galline che lottavano per un avere un pezzo di quella speranza lanciata in aria.

Non è facile essere uno straniero in Italia.

La burocrazia è come erba selvaggia da pestare dall'alto verso il basso per evitare ogni contatto con la pelle. Ci vogliono tempo ed una quantità di carte spropositate per qualsiasi cosa. Ti viene richiesto di provare e comprovare innumerevoli requisiti per qualsiasi richiesta, ed ogni passaggio burocratico sono soldi e rinunce.

Rinnovare il permesso di soggiorno era un incubo.

Non avevo mai disprezzato così tanto una cosa come tutto ciò che aleggiava attorno a quel documento. Quando ero piccolo, la cosa positiva del dover andare in questura era saltare qualche ora di scuola. O almeno, questa era la scusa che mi raccontavo per cercare di strizzare un po' di positività anche da giornate secche e aspre come quelle.

Pure qui si arrivava alla mattina e, per quanto fosse presto, c'era sempre qualcuno già lì, perché ancora una volta, non tutti sarebbero entrati e pochi sarebbero stati ricevuti negli uffici. Il sistema era totalmente disorganizzato e lo capivo io che ero poco più di un bambino. Ci mettevano tutti al piano terra, in una sala d'attesa piccola e discostata. Eravamo in tanti, ammassati, accaldati, stretti e furiosi. Qualcuno si spostava nervosamente di continuo per prendere caffè e acqua e la serenità sembrava essere stata scacciata per sempre da quell'edificio. D'estate si moriva. Non c'erano condizionatori o ventilatori a raffreddare quelle anime in tumulto. Si soffocava, letteralmente.

Altri erano a braccia conserte, recitando a bassa voce preghiere in lingue straniere. Esotiche, le chiamava qualcuno.

I funzionari scendevano di rado e tutte le volte era una corsa verso i commissari in divisa che con grida e un po' di disprezzo respingevano tutti. Ci trattavano da bestie e forse, chiusi là dentro, ci stavamo trasformando davvero in animali. Quando era ora di chiamare le persone negli uffici, il funzionario, affiancato da due commissari, rimaneva sulle scale per essere visto da tutti. Di nuovo correvamo per metterci davanti a lui in scene da aste di mercato. Le urla mi sovrastavano e capitava che perdessi più di qualche volta la mano di mamma, per poi ritrovarla quando i commissari urlavano ancora più forte per cercare di mantenere l'ordine.

Una volta saliti c'erano altre ore di attesa in processi che mi erano poco chiari. Mamma poggiava sulle sue ginocchia una cartellina dalla quale tirava fuori un'infinità di carte su ordine di papà, dopo che parlava con l'impiegato.

Ci prendevano le impronte digitali con precisione e fotocopiavano il mio viso su una carta che sarebbe rimasta per un anno in quegli uffici, fino al nostro prossimo ritorno, ogni singolo anno, rinnovo dopo rinnovo.

Adesso che ero maggiorenne mi trovavo lì da solo, a combattere a mani nude una guerra burocratica ed istituzionale. Rinnovare il permesso di soggiorno costava quasi duecento euro e li pagavo con i pochi soldi che guadagnavo durante il lavoro estivo.

Tra la chiusura delle pratiche e l'arrivo dei documenti passavano mesi e spesso non facevo in tempo a ricevere il vero e proprio permesso di soggiorno che già dovevo ricominciare di nuovo le pratiche di rinnovo. L'assurdità era che il documento valeva per un anno, ma questo termine decorreva dal giorno della domanda e non dall'effettiva ricezione del permesso. Non si teneva conto dei tempi di elaborazione della domanda stessa e della spedizione. Dunque, se gli uffici ultimavano i lavori entro sei mesi, io avrei avuto un permesso di soggiorno valido solo per altri sei mesi. Se ce ne mettevano sette, io avevo un permesso valido solo per cinque. Non c'era modo di vincere questa partita. Ero lì spesso proprio per questo motivo.

Odiavo saltare la scuola, perché le ore perse le avrei dovute recuperare, e a me non piaceva affatto essere un passo indietro rispetto agli altri.

Mi ritrovavo lì, spesso circondato da persone che a malapena capivano l'italiano e affogavano tra le grida senza rispetto dei commissari. Io scrivevo temi con passione e lettere d'amore che emozionavano.

Amavo l'Italia, ma amavo ancora di più l'italiano e non mi capacitavo del perché dovessi stare lì. Non appartenevo a quel luogo né a quelle persone.

Io là dentro non ci dovevo stare. Mi feriva sapere che per quanto sentissi di sapere e valere venivo trattato come una persona qualsiasi, che poteva essere arrivata in Italia il giorno prima. Non vi era alcuna differenza tra me, che ero parte del tessuto sociale, e i nuovi arrivati. Le urla dei commissari ne erano una conferma.

Io non appartenevo a quel luogo. Mi sentivo italiano, ma per nessuno di loro lo ero davvero, e più passava il tempo più mi rendevo conto che nemmeno per quelli che erano fuori di lì ero italiano. Me lo chiedevo spesso, che cosa significasse essere italiano. Che cosa fosse necessario affinché io fossi considerato tale.

Se per esserlo fosse servito conoscere la storia allora io avrei dovuto esserlo di sicuro. Sapevo bene ciò che Garibaldi aveva fatto, il ruolo di Cavour mi era chiaro e la data dell'unificazione era stampata nella mia memoria. Certo, un'unificazione forzata e sanguinosa, ma la storia è sempre stata comunque piena di sofferenza. Sapevo dei romani, del glorioso Impero d'Occidente e pure di quello d'Oriente. Conoscevo i personaggi antichi e quelli contemporanei. Amavo già diversi poeti e scrittori, come Pascoli e Foscolo. In terza media mi divorai "L'Orlando Furioso" di Ludovico Ariosto senza sapere che stavo idealizzando un genere di amore folle e impossibile che mi avrebbe tormentato qualche anno dopo. Era appassionante leggere di tutte le influenze che la penisola aveva subito nei secoli prima di costituirsi sotto un'unica bandiera. Se si fosse trattato di sapere la lingua, sarebbe stato ancora più semplice per me. Avevo una dimestichezza particolare per una persona della mia età che non era nata nel Paese. Avevo ereditato e custodito l'amore per la lingua che mi aveva trasmesso Francesca, la mia insegnante di sostegno. Trovavo spesso persone che mi facevano i complimenti per quanto parlassi bene la lingua, ma crescendo la cosa iniziò a perdere senso. In che altra lingua avrei dovuto parlare? Non vedevo la straordinarietà nel fatto che parlassi bene. Avevo assimilato i modi di dire emiliani e parlavo i dialetti del basso modenese. Ero circondato da italiani di nascita e non vedevo alcuna differenza tra me e loro. Ecco, se l'essere italiano si riduceva solo ed esclusivamente ad un fattore di melanina allora no, in quel caso io non lo sarei mai stato nemmeno per un giorno.

Avevo tante domande confuse e poche risposte aggrovigliate. A diciotto anni non riuscivo a disegnare il mio futuro, ma in quell'estate di caldo e lavoro in campagna a raccogliere pere, c'era solo una cosa che mi dava gioia: mamma era incinta e in pochi mesi sarebbe nata finalmente una piccola principessa in casa Addo.

Capitolo III

Un posto per me

Parte I

A casa nostra i compleanni non portavano regali o sorprese. Non erano occasioni per scartare costosi pacchi o ricevere pensierini dedicati. Erano giorni che passavano indisturbati e in silenzio, invisibili, facendo attenzione a non alzare l'asticella delle aspettative dopo quasi due decadi di mancati soffi su candeline. I diciotto anni solitamente sono un traguardo molto celebrato, tuttavia, anche loro dovettero sottomettersi alle tradizioni di casa Addo. Non fecero eccezione.

"Buon compleanno", disse Kwaku.

"Grazie mille", gli risposi io con apparente indifferenza.

Questo era tutto ciò che mi aspettavo e tutto quello che ricevevo.

"Mamma, ti ricordi che è il mio compleanno, vero?", ero solito a ricordarle quando rientrava alla sera da lavoro.

"Ma certo, buon compleanno, caro". Mi rispondeva così, con un bacio sfiorato sulla guancia ed un abbraccio mai troppo stretto. Non siamo mai stati abituati ad un contatto fisico come quello europeo.

Per anni, infatti, mi fece strano vedere genitori dare baci a stampo sulle labbra di figli ormai cresciuti. Non avevo memoria che nulla del genere fosse mai accaduto nella mia infanzia, né a me, né a chiunque avessi conosciuto. L'amore di mamma era grande e puro anche senza abbracci troppo stretti e baci a stampo. Questo lo sapevo e lo ricordavo bene quando compivo gli anni.

A scuola i miei compagni portavano torte, coca cola e pasticcini. In realtà, succedeva per ogni compleanno, ma per i diciotto anni tutto questo aveva un sapore diverso, quasi della fine di un'era e dell'inizio di un nuovo capitolo. Coincideva spesso con la patente e una macchina regalata qualche settimana dopo. Anche se ormai la vera festa la si faceva in discoteca, col favore delle penombre che proteggevano labbra e mani intenti a divorarsi con passione e foga, mentre gli altri stavano in piedi coi drink in mano a sorseggiare bevande annacquate invece di ballare.

Enrica mi aveva preparato la sua torta al cioccolato senza farina. Le fette si scioglieva in bocca con leggerezza e inganno, invitandoti alla prossima fetta senza lasciarti il tempo di riflettere.

Fu l'unica volta in cui riuscii a presentarmi con qualcosa da far mangiare in classe. Il regalo che mamma mi fece, il solo che avesse mai pensato di farmi, fu darmi la notizia che sarei diventato fratello di nuovo.

Nei mesi successivi la sentii alzarsi spesso la notte e chiudersi in bagno con passo veloce e pesante. Mi svegliavo mentre si sgolava come stesse tirando fuori la sua anima in uno di cui riti ghanesi pericolosi che vedevo nei film da piccolo. Vomitava tutto ciò che il suo corpo aveva provato ad assimilare durante il giorno. Le sue forme si facevano sempre più morbide e le caviglie perdevano quella forma sottile e definita che avevano sempre avuto. Iniziò a far fatica a stare in piedi per più di due minuti e a mangiare qualsiasi cosa a qualsiasi ora.

Quando la pancia le si gonfiò mi disse che avremmo avuto una femmina ed io ero felicissimo per lei, che aveva desiderato così tanto una bambina fino a perdere la speranza dopo aver avuto tre maschi.

"Forse è la vita che ti sta ricompensando", le dissi ridendo.

"Dici? Allora speriamo sia solo l'inizio", rispose assecondandomi.

Aveva già smesso di lavorare a maggio ed io la servivo come meglio potevo.

Le sue giornate le riempieva con voglie improvvise che diventavano la mia priorità ogni volta che ero a casa con lei. Uscivo di corsa e tornavo quasi sempre con qualcosa di dolce in mano. Quando rientrai col gelato alla vaniglia in una vaschetta da un chilogrammo mi fece prendere due cucchiai e si mise di fianco a me.

"Lo sai che voleva che abortissi?", mi disse distrattamente, fissando il muro oltre la tv, "io però ero determinata ed ho lottato per tenermela. Me la devi proteggere questa bimba, capito?".

Non risposi, o meglio, lo feci col mio silenzio, spezzato da un sorriso che mi assicurai che lei vedesse per qualche secondo in quel piccolo salotto inondato dai raggi caldi dei primi giorni d'estate.

Non avevo più la forza di provare risentimento per quell'uomo, e non dissi nulla.

Nella mia testa si aggirava spaesata una domanda che non trovava una porta d'uscita. Non mi spiegavo come fosse possibile che mamma fosse rimasta incinta. Non mi spiegavo come avesse potuto lasciare avvicinare così tanto quell'uomo alla sua scura e rigida corazza. I loro universi erano in rotta di collisione già da tempo e la cosa sembrava destinata a peggiorare.

Avevo sempre pensato che fosse inevitabile. Che fosse un male necessario. Non riuscivo a scorgere amore di un marito in quell'uomo. Non nei suoi gesti, non nelle sue parole e neppure nelle sue urla così imperiose. Comandava a casa, re di un territorio delimitato da quattro mura. Rispettato perché temuto e insensibile al ruolo paterno che gli spettava in quanto genitore biologico di tre vite, ora quasi quattro. Avevamo cambiato vita, ma mamma non aveva mai smesso di piangere, non aveva mai smesso di soffrire ed io non avevo mai imparato a perdonargli tutto il male verso di lei. Era questa la cosa che meno sopportavo. Era come se fosse la sofferenza di mamma fosse anche mia, e i suoi sorrisi fossero i raggi di sole al tramonto dopo una giornata di tempesta.

"Voi andate sul carro oggi, e aspettate quel ritardatario di Giovanni", disse Paolo mentre sbuffava leggermente infastidito. Per lui chiunque non arrivasse dieci minuti prima dell'orario era in ritardo.

Paolo era un uomo minuto e gracile, scorbutico nei modi di fare, ma che ogni tanto lasciava trasparire un senso di umanità che sorprendeva tutti. Non rispettava per niente i canoni del classico uomo di campagna con le mani piene di calli, burbero e sempliciotto. Era facile prendersi gioco di lui per quanto fosse ripetitivo nelle sue frasi.

Aveva un frutteto immenso e ben tenuto, con pere che crescevano sotto la sua ala protettiva, come un genitore che cresce i figli in solitudine. Non era mai stato sposato e aveva dedicato tutta la sua vita alle sue piantagioni.

"Se le curo bene loro crescono e mi danno frutti. Non sono come le persone", diceva sempre con eccessiva convinzione.

Io avevo trovato lavoro nel suo pereto grazie ad Enrica, che mi aveva portato da lui quando avevo sedici anni.

Quella fu un'estate particolarmente calda, e lavorare nei mesi estivi sotto quel sole cocente nelle ore più calde del giorno drenava energie e pensieri. Gli esperti avevano detto che sarebbe stata l'estate più calda degli ultimi cinquant'anni. Per il quarto anno consecutivo.

In mezzo ai filari avevo conosciuto Vincenzo, un ragazzo magro ma dalle mani svelte.

Parlava poco e rideva ancora meno, veniva sempre accompagnato da Andrea, che guidava fiero una vecchia Alfa Romeo del '99. Lui si divertiva a chiamarlo "Secco", perché diceva sempre che Vincenzo era così secco che poteva spezzarsi con un abbraccio. Rosanna invece era una ragazza vivace dalla parlantina veloce e cadente come pioggia. Si fermava solo per respirare e per bere un sorso d'acqua che si portava da casa. Poi c'erano i gemelli Rizzati, Simone e Federico. Si assomigliavano di rado, quando si pettinavano in maniera simile e indossavano gli stessi pantaloncini neri e bianchi dell'adidas.

Mi ero affezionato a Carola, una ragazza imprevedibile dai capelli lunghi e castani. Aveva la mia età, ma sembrava che anche lei fosse cresciuta un po' troppo in fretta per gli anni che aveva.

Aveva una risata rumorosa e indisciplinata, ed una luce negli occhi che probabilmente non si spegneva nemmeno quando andava a dormire.

Amavo le idee che producevano i suoi pensieri e cercavo di lavorare sempre accanto a lei per sentire la sua calda voce raccontarmi della sua vita e dei suoi progetti. Mi piaceva davvero tanto, in modo diverso da tutte le altre persone. Tra i filari di quel pereto avrei imparato a conoscere la straordinaria persona che era, ad apprezzare l'unicità del suo sorriso e il suo essere indisciplinata nell'esprimere il suo affetto. Tra quei filari sarebbe nata un'amicizia preziosa e resistente, di quelle che si ha la percezione siano destinate ad esistere comunque, in qualche modo, a prescindere da tutto.

A metà agosto, nel pieno della raccolta delle pere, mamma mi disse che c'erano dei problemi.

Lo stress e forse anche l'età stavano rallentano la crescita della bambina.

"I medici hanno detto che se la situazione non cambia devo partorire in anticipo con un cesareo", mi disse con un filo di preoccupazione che fece tremare lievemente la sua voce.

"Andrà tutto bene, tu stai tranquilla", ribattei velocemente, come se avessi fretta di tranquillizzarla.

Quando andai a visitarla in ospedale due settimane dopo, l'avevo trovata sofferente e timorosa, ma sempre accompagnata da una forza dignitosa ed infinita determinatezza. Desiderava avere quella bambina più di ogni altra cosa, e l'avrebbe avuta anche se si fosse trovata da sola, nel deserto più crudele, senz'acqua e senza nessuno ad aiutarla.

Erano gli ultimi giorni di ferie prima dell'inizio dell'ultimo anno di scuola quando arrivò a casa con una creatura piccola e fragile, con folti capelli e occhi perennemente socchiusi.

"Non è che sia proprio molto bella", sussurrai un po' troppo ad alta voce, avvicinandomi a mio fratello. Kwaku mi diede una gomitata e mi disse "Se ti fai sentire dalla mamma, tu stasera cambi casa". In effetti, non avevo mai capito perché i bambini appena nati venissero definiti bellissimi. Tutti. Certo, sono creature dolcissime e delicate, ma cinicamente ero sempre rimasto impassibile al grande ed irresistibile fascino che esercitavano sul mondo.

Non fu un grande benvenuto a Soraya, così l'avevano chiamata, ma di lei mi sarei preso cura in modo profondo, e questo andava oltre la promessa che avevo fatto a mamma. Era un patto di sangue che avevo stretto con lei la prima volta che l'avevo presa in braccio e lei aveva posato gli occhi su di me. Stringeva le mie dita cercando di raggiungere a fatica la sua bocca. Aveva la pelle chiara, liscia e luminosa, ed un naso schiacciato dal quale respirava la vita in modo innocente e inconsapevole. Odorava sempre di quel borotalco che mamma aveva usato anche con Isaac, e questo mi riportava sempre un po' indietro alla mia infanzia. Al negozio cinese a Modena, mamma acquistava sempre cibi e prodotti che usavamo anche in Ghana. Soraya piangeva di tanto in tanto, ma sapeva sempre quando a prenderla era la mamma, perché si calmava all'improvviso e sembrava riconoscere quella voce che aveva sentito per nove lunghi mesi dietro uno strato di pelle e immersa in un involucro che la proteggeva dal mondo.

La guardavo spesso, intento a riflettere su quanto fosse meravigliosa la vita, che in mezzo ad un rapporto spoglio di amore e sincerità, era riuscita a creare un essere così straordinariamente somigliante a tutti noi.

Parte II

Il vento freddo invernale aveva spazzato via in fretta i mesi di dicembre e gennaio. Eravamo giunti all'anno della maturità in un battito di ciglia durato qualche anno, con l'impressione che il tempo passasse troppo in fretta, rallentando sempre nei momenti inopportuni.

Le foglie secche e gelide di alberi robusti se ne stavano lì per terra, a fissarmi a bordo strada mentre correvo avanti e indietro dalla mia frenetica vita.

Mi muovevo in corriera, attendendo la fine della maturità per potermi prendere la patente. Dovevo gestire bene i soldi delle pere e dare un senso a tutte le spese che dovevo sostenere. Da quando a sedici anni mi ero rifiutato di dare a mio padre i soldi guadagnati a fatiche tra i filari della piantagione di Paolo, come in un gioco infantile di ripicca, decise che non mi avrebbe mai più dato un centesimo. Né per la scuola, né per altro. Passai gli ultimi tre anni di scuola a pesare ogni euro speso e a rimpiangere ogni spreco. Non era stato facile pagarmi i libri scolastici, l'abbonamento della corriera, i pasti fuori, le gite e le ricariche per il cellulare.

Fu, tuttavia, una grande lezione di vita. A diciott'anni sapevo già amministrare piuttosto bene soldi e spese.

In primavera iniziai con le lezioni teoriche a scuola guida. Passai senza problemi l'esame pieno di trabocchetti e parole invertite per mettere in difficoltà i più distratti. Gli ultimi anni mi avevano cambiato e dato nuova consapevolezza.

Sembrava che qualcosa nei miei modi di fare fosse cambiato in preparazione di un mondo che presto avrebbe sentenziato sulla mia capacità di resistere alle prove.

Dando le spalle alla lavagna, in classe ero seduto in terza fila a destra, sotto la finestra con le tapparelle e con il muro che mi aiutava a sostenere la testa e i pensieri nei momenti di stanchezza. Alessandro era il mio compagno di banco, uno di quelli che se incroci per strada ignori e passi oltre, volgendo lo sguardo al cane che abbaia dietro al cancello di una villetta pulita.

Mi era sempre sembrato una bella persona, ma che avesse poco in comune con me. All'inizio non fui molto felice quando il professore di lettere, Giunti, mi mise di fianco a lui. Ero seduto con Andrea prima, e mi trovavo bene. Lui riusciva a capirmi e in qualche modo trovava il modo di farmi sentire forte nelle mie fragilità. Chiacchieravamo troppo.

Col passare dei mesi iniziai ad apprezzare quelle parole misurate e calibrate con le quali Alessandro mi parlava, spiegandomi il suo punto di vista in discorsi che sarebbero sembrati grandi anche per chi avesse avuto la somma dei nostri anni.

Non eravamo silenziosi nemmeno con i sussurri, ed io sicuramente non mi preoccupavo di soffocare le risate e la serenità che sgocciolavano dalle nostre labbra.

"Addo, smettila di parlare", era il richiamo che mi facevano spesso i professori quando interrogavano altri alunni.

"Ma io? Va bene, prof", rispondevo con aria vaga, per poi riprendere a parlare qualche minuto dopo cercando di fare più piano.

Era alto qualche centimetro più di me ed aveva una gioia di vita che mi stupiva ogni volta che mi raccontava una parte di sé. Mi mise insieme i pezzi della sua esistenza senza fretta, con la sua calma e la sua sensibilità, e mi regalò una fotografia della sua persona che sentii essere un regalo prezioso. Un giorno sarebbe diventato un pilastro, un centro di gravità per provare leggerezza in assenza di tristezza. E sarebbe diventato anche un viso a cui guardare e parlare per discorsi per cui non sarei riuscito a guardare il mio. L'avrei considerato come il dono di quel periodo vissuto a scuola a Mirandola. Eravamo già immersi, una volta ancora, nell'estate più rovente di sempre. Con la maturità alle spalle e la patente nel portafogli mi preparavo a cercare lavoro. Di tutti i piani che mi ero fatto, sentivo che nessuno di essi si stesse realizzando. Volevo fermarmi un anno per lavorare sodo e mettere via più soldi possibile, per poi iscrivermi a giurisprudenza. Avevo sempre avuto il desiderio e la curiosità verso psicologia, ma era una cosa che mi ero promesso di studiare più avanti, magari una volta in pensione.

I curricula mandati erano tanti, ma non venivo mai chiamato per i colloqui e l'inverno si stava affacciando con insistenza alle finestre delle nostre vite. Poco dopo il diploma feci un colloquio generale per una banca veneta. Era un test per selezionare possibili candidati da inserire nelle diverse filiali.

Entrai in graduatoria arrivando terzo, ma non venni mai chiamato. Qualche anno dopo scoprii che Riccardo, un mio ex compagno di scuola, aveva ottenuto il posto anche se era arrivato dietro di me in quella stessa graduatoria.

Ne fui sorpreso, ma lui mi disse che in azienda avevano politiche diverse per i mutui, a seconda che si trattassi di una richiesta fatta da italiani o da stranieri. Mi raccontava che le procedure erano più lunghe, con più documenti e garanzie, e che c'era un tetto massimo molto basso per chiunque non fosse italiano.

Che cosa mi potevo aspettare, dunque? Era ovvio che non mi avessero chiamato. Dopo tutto, non avevo mai visto un nero lavorare in banca, nemmeno alla cassa, e non ne avrei mai visti.

Riccardo mi disse "Lo sai che una volta avevano addirittura rifiutato un finanziamento ad un mio cliente solo perché straniero?".

A quel punto non ero più sorpreso, ma continuò "Ho chiamato personalmente in direzione dicendogli di guardare i documenti, perché nonostante il nome straniero lui era italiano, sulla carta e nei fatti. Loro si erano fermati al nome e quello è stato sufficiente per classificarlo come straniero e rigettare la sua richiesta, senza nemmeno rendersi conto che in realtà era italiano. Ti rendi conto? Mi sono davvero incazzato quella volta".

Lo disse con un po' di disgusto ed un retrogusto di fastidio, e provai per un attimo un senso di consolazione per non essere finito a lavorare in una società del genere. In cuor mio sapevo che non erano i soli.

Nel 2008 il mondo conobbe una crisi finanziaria che scatenò una recessione seconda sola al "Big Crash" del 29 ottobre del '29, in quello che avevo imparato essere stato rinominato come "il martedì nero".

Era, senza dubbio, l'anno peggiore in cui mi potessi diplomare, ma nonostante tutto i miei ex compagni di classe che avevano deciso di lavorare, avevano tutti un impiego. Era davvero frustrante vedere la nuvola del fallimento sospesa sulla mia testa. Non mi arrendevo. Non ero il tipo.

Sfogliai decine di siti internet in cerca della ricetta perfetta per un curriculum accattivante. Dovevo vendermi nel miglior modo possibile. Avevo al mio attivo lavori estivi, stage e voti alti a scuola. Lo sport, gli impegni nel sociale ed una determinazione che traspariva chiara e limpida dalla lettera di presentazione.

Inviai decine di mail in risposta a decine di annunci di lavoro, poi setacciai a piedi tutte le attività della mia cittadina chiedendo di poter lasciare il mio curriculum.

"Non cerchiamo nessuno", mi aveva urlato una receptionist dalla finestra del suo ufficio al piano terra.

"Sì, ma sul vostro sito c'è scritto che state cercando uno stagista nel settore commerciale".

"Siamo a posto, grazie", e richiuse la finestra senza lasciarmi aggiungere altro, come se le sue parole dovessero bastarmi. Come se fossero un giudizio finale a cui dovevo arrendermi.

Le foglie iniziavano a cadere gialle e deboli, e insieme a loro cadevano a pezzi le mie speranze di trovare un lavoro che potesse farmi continuare gli studi l'anno successivo.

I pochi spiccioli che avevo risparmiato stavano iniziando a sciogliersi nel mio conto rosso e rovente. A mamma non mi sentivo di chiedere nulla e stringevo i denti per cercare qualcosa che mi salvasse da una depressione che non riuscivo nemmeno a nominare. Avevo iniziato ad intravederla bene nei miei occhi delusi quando uscivo dalla sala dei colloqui e andavo in bagno a versare qualche lacrima di sfogo.

Non mi era chiaro cosa sbagliassi, ma non riuscivo a trovare un senso a quelle difficoltà che stavano affossando tutte le mie certezze. Sapevo di essere bravo, capace e determinato. Sapevo che ero preparato a tutto e pronto ad imparare in fretta qualsiasi cosa pur di avere un lavoro e tenermelo stretto.

Mi crogiolavo in inutili confronti con coetanei bianchi e benestanti che sembravano essersi già sistemati e ambivano già ad un posto fisso che aveva l'eco di un successo da festeggiare senza ritegno con fiumi di alcool.

"La preghiamo di recarsi all'Hotel Miami alle ore 11.00 per il colloquio finale", finiva così la mail che lessi all'inizio dell'ultimo mese di un anno gelido e controverso.

Pensavo fosse il solito lavoro da promoter, che ti obbligava a fermare le persone per strada, che stavano attenti a girare al largo quando ti vedevano indossare la pettorina con il logo di una compagnia di telecomunicazione.

Strinsi la mano a Giuliano, che con calma mi spiegò in che cosa consistesse il lavoro. Nell'annuncio non era ben specificato ed ero scettico, ma la disperazione mi spinse a presentarmi lo stesso.

Uscii dalla sala convinto, perché seppur con compensi fissi molto bassi, lavorando bene avrei potuto guadagnare qualche centinaio di euro al mese. Avevo accettato di essere un agente commerciale per la Flyenergia, un'azienda che si proponeva nel settore dell'energia rinnovabile con prezzi molto concorrenziali. Il training durò un paio di settimane, sempre nello stesso albergo dove feci il colloquio. C'erano sia uomini speranzosi di un nuovo inizio, che persone che sembravano essersi perse e ritrovate lì per un perfido gioco del destino, persone a cui la crisi aveva strappato il lavoro di una vita. Non avevo aspettative, ma era l'unica mia speranza e non volevo fallire.

Ascoltavo attentamente quando Giuliano spiegava le regole del mercato libero dell'energia elettrica. Lui era un uomo disponibile e pacato. Aveva i capelli grigi ed uno spirito ancora troppo giovane per rassegnarsi all'avanzare della vecchiaia. Viveva di frasi d'effetto che attiravano l'attenzione di tutti e chiudeva le lezioni con messaggi e incoraggiamenti che qualche anno dopo avrei sentito in una serata di riunione e networking per vendere profumi simili a quelli di marca, ma senza marca.

Le due settimane finirono in fretta e sembrava che la prospettiva del nuovo inizio avesse eroso tutta la carcassa di tristezza e solitudine che avvolgevano le mie giornate.

Parte III

Lavoravo sul territorio, su appuntamenti che venivano fissati due giorni prima per permettermi di andare a presentare la nostra offerta con già un'introduzione telefonica che preparava il potenziale cliente. Mi avevano detto che all'inizio non sarebbe stato facile, e non lo fu. Ero convinto di quello che presentavo, ma non sempre riuscivo a trasmettere l'entusiasmo genuino che covavo.

"Ho cambiato idea", mi aveva detto una signora quando mi vide entrare nel suo bar con la valigetta.

"Non mi interessa più, rimango con l'Enel", aggiunse senza nemmeno lasciarmi finire di presentare.

"No, non voglio niente", era stata la frase con la quale fui accolto da un piccolo artigiano che sembrava non uscire mai alla luce del sole, lì chino a lavorare nel suo negozio di scarpe mentre mi dava le spalle.

Con tenacia riuscivo a concludere contratti con persone che mi davano cinque minuti del loro tempo per farsi ammaliare dalle parole che sapevo gestire meglio di loro. Ero diventato uno dei primi commerciali della mia zona per numero di contratti conclusi nel bimestre, e la cosa mi fece molto piacere quando la e-mail che me lo annunciava conteneva anche un invito al facoltoso meeting generale da svolgersi in Versilia due settimane dopo.

Quella mattina mi preparai con la stessa cura con cui ci si prepara per un matrimonio, ed anche l'eccitazione era la stessa.

Avrei incontrato gli uomini più importanti dell'azienda e non potevo in alcun modo sfigurare. Mi vestii con un abito modesto, ma dignitoso, le suole delle scarpe un po' consumate ed una cravatta rossa che avevo ricevuto in regalo da Enrica. Mi ero vestito come meglio potevo. Sentivo una pressione eccessiva, come se dovessi, in qualche modo, bilanciare il fatto che ci fossi io dietro a quel completo blu scuro. Ad appena vent'anni volevo anche dimostrarmi uomo e meritevole di fiducia.

Mi trovai a Modena la mattina presto con Luca, il collega che si era offerto di portarmi in macchina dividendo le spese. Un ragazzo magro e gentile, che sembrava sapere sempre cosa dire. Sapeva trasmettere sicurezza con ogni sua parola. Una caratteristica che cercai di imitare per fingere una sicurezza che ancora non mi apparteneva.

Guidò con una certa tranquillità per tutto il tragitto, raccontandomi diversi aneddoti sulla sua convivenza con la fidanzata. Era una persona interessante, ma le sue parole non mi interessavano affatto, eppure mi lasciai ingannare da loro per il tempo necessario a farci giungere a destinazione.

Al meeting eravamo presenti in tanti, ma non in troppi.

Un evento riservato ai commerciali migliori, scelti dal responsabile area. La mattinata volò indisturbata sulle nostre teste, mentre nella sala riunioni venivano proiettati dati, numeri e previsioni future forse troppo ottimistiche. C'era talmente tanto testosterone che si potevano vedere particelle fluttuare in aria insieme alla polvere. Tanti uomini eccitati dai ricavi e poche donne desiderose di farsi valere, nella speranza che gli occhi degli uomini presenti salissero su e non si fermassero solo a spogliare qualche centimetro di pelle in più tra le scollature delle camicie bianche e azzurre.

Alcuni di loro riempivano la sala di cupa soggezione anche solo per il tono di voce. C'erano persone preparate e vissute, che sapevano quando dire una parola in più o quando semplicemente allungare una penna al cliente per la firma, senza lasciargli il tempo di riprendersi dalle raffiche di parole precise e decise che lo avevano disorientato. Ne ero intimorito, ma anche affascinato. Durante la pausa strinsi qualche mano, stando attento ad avere la mia ferma, ma senza stringere troppo. "Forte e deciso, ma non troppo forte che poi dai l'impressione di essere aggressivo", si era raccomandata Enrica durante le nostre prove, quando ancora inviavo curriculum in attesa di colloqui. Mi fermai a parlare con Giuliano, il mio responsabile, che era splendido e raggiante come non l'avevo mai visto. Mi accennò vagamente qualcosa che voleva fare quella sera, ma fu interrotto da una pacca sulla schiena di un collega che lo abbracciò e se lo portò via.

Andando in bagno sentii un gruppo di colleghi in cerchio parlare della notte da passare in albergo pagato dall'azienda e la cosa sembrava aver acceso quell'entusiasmo nelle loro risate che numeri e previsioni improbabili si erano portati via. Tutti avevano ricevuto un invito ed io, anche se ero partito preparato a questa eventualità, non avevo ancora ricevuto conferma da nessuno.

Qualche giorno prima, Giuliano mi aveva solo detto di portarmi il cambio e tutto il necessario per dormire. Il mio invito, a differenza di quello dei miei colleghi, era solo di partecipazione, e ancora nessuno mi aveva detto niente di cosa dovessi fare.

Ripresa la riunione, i responsabili area che tenevano i corsi decisero di fare un giro di finte contrattazioni in cui dovevamo, a turno, simulare il dialogo tra agente e potenziale cliente. Parlavo a Luca, che recitava la parte del cliente diffidente ma disposto ad ascoltare. Guardavo perplesso gli occhi sgranati di molti dei presenti che faticavano a credere alle loro orecchie. Mi stavo destreggiando piacevolmente con quell'italiano che tanto amavo e con l'immancabile accento modenese che faceva da ornamento ad alcune parole.

Tra lo stupore generale sentii diversi complimenti alzarsi impavidi e rendermi omaggio. Mi sentivo forte e fiero. Meritavo di essere lì.

A fine giornata, Giuliano si avvicinò e mi prese da parte per parlarmi, nello stesso modo in cui facevo io quando dovevo confidare qualcosa ad un amico di cui non volevo che gli altri sapessero nulla. Iniziò a parlare a voce bassa, guardandosi a destra e a sinistra per assicurarsi che nessuno si avvicinasse abbastanza per udire le sue parole.

Mi disse che sarebbero rimasti tutti, che avrebbero cenato e avrebbero passato la notte in hotel dopo una passeggiata per smaltire. Mi disse che l'avrebbero fatto tutti tranne me. Io dovevo tornare a casa.

"Mi dispiace davvero, non ho potuto fare niente. Purtroppo, non dipende da me".

Lo guardai senza proferire parola.

Erano le cinque e mezza di sera e il cielo si stava oscurando con la stessa velocità con la quale il buio aveva iniziato ad occupare i miei pensieri offuscati.

E aggiunse "Sai, quando hanno letto il tuo nome sulla lista degli invitati non si aspettavano nemmeno che sapessi parlare italiano, quindi ti hanno escluso a priori". La vergogna e il dispiacere si stavano mangiando le sue parole, e la sua voce sembrava chiudersi in sé stessa senza voler fare uscire altro.

"Ma tu lo sai, hai visto che sono andato bene. Perché?" Chiesi farfugliando mentre cercavo di trattenere le lacrime che spingevano forte per uscire fuori.

Scosse la testa "Mi dispiace veramente, credimi. Vuoi che ti accompagni alla stazione dei treni?".

Non c'era posto per me, nonostante tutto. Ero l'unico che doveva andarsene. Quello non era il mio posto.

Se avessero voluto, avrebbero potuto sistemare la cosa. Pur di stare lì ero disposto a mandare giù l'ennesimo boccone amaro, l'ennesimo schiaffo, l'ennesima affermazione che io non ero considerato come tutti gli altri e che avevano più importanza i pregiudizi che ciò che ero realmente.

Non riuscivo a trovare le parole per dire qualcosa di sensato mentre Luca mi accompagnava alla stazione.

Il silenzio aveva riempito l'abitacolo dell'Audi che viaggiava a velocità sostenuta per i pochi chilometri che dovevamo fare.

Quante altre volte era capitato senza che nemmeno ne fossi consapevole? Quanti lavori d'ufficio avevo inconsapevolmente perso perché nel leggere il mio nome avevano pensato "non saprà nemmeno parlare italiano".

Salutai Luca ringraziandolo, e lui agitò la mano poco convinto, con occhi impietosi ed un timido "Ciao" di chi forse sapeva di avere un privilegio chiaro, che io non avevo. Forse lo sapeva, o forse no.

Giuliano era dispiaciuto per davvero, glielo si leggeva negli occhi. A lui avevo detto che capivo, che ero arrabbiato e deluso, ma che sapevo che non fosse colpa sua.

Un mese dopo mi sarei dimesso.

In stazione, mentre compravo il biglietto, mi accorsi che avrei dovuto fare tre cambi per tornare a casa. Un viaggio che temevo solo per la quantità di ore e pazienza che richiedeva.

Il primo cambio lo feci a Lucca, prendendo la coincidenza per pochi minuti. A Parma, invece, dopo mezz'ora d'attesa per il treno per Bologna, Trenitalia annunciò la cancellazione dell'ultimo treno che potevo prendere per tornare a casa.

La sala d'attesa si stava svuotando dei passeggeri in attesa e dei pendolari stanchi dalla giornata. Di tanto in tanto si alzavano signori con la ventiquattrore, che con finta sbadataggine lasciavano sulla panchina il loro giornale sporco del caffè scadente di ufficio. Si allontanavano disprezzando i nullatenenti che incrociavano sulla porta d'ingresso, tenendo aperto abbastanza per far entrare un freddo gelido ed indispettito.

Non avevo soldi per un albergo e mi rassegnai all'idea di dover passare la notte in quella enorme brutta e angusta sala d'attesa. I pensieri erano talmente tanti che a malapena riuscivo a metterli in fila e a dar loro un senso compiuto.

Sul treno, prima che giungessi a Parma, avevo trascorso tempo a riflettere tra una lacrima e un singhiozzo che mi chiudeva la gola.

A tratti avrei voluto chiudere gli occhi e non riaprirli più. Mi sentivo ferito nell'anima, come quando il taglio è così veloce e profondo che prima vedi il sangue e poi senti il dolore. Mi sentivo escluso, ancora una volta, senza motivo. Senza che ce ne fosse uno solo che fosse sensato. Non capivo come fosse bastato leggere il mio nome, controllare la mia carta d'identità e farselo bastare per decidere che io non meritassi di essere trattato come tutti gli altri. Che fosse bastato per decidere che io non sapessi nemmeno parlare l'italiano. Incapace e disgraziato. Non riuscivo a provare rabbia o rancore, ma una tenace e consapevole tristezza non mi abbandonava nemmeno quando provavo a silenziare i miei pensieri con la musica alta nelle cuffie. Mi suggeriva pensieri che accoglievo senza sforzo.

"È dunque questo che mi aspetta? Passerò la mia esistenza ad essere un mero nome, un colore ed un continente prima di essere ciò che realmente sono?"

Queste domande se ne stavano ferme, pesanti ed incatenate alla delusione che stavo provando, senza la pretesa di essere liberate o di ricevere risposte positive.

Chiunque mi aveva giudicato quel giorno, ritenendo che non dovessi rimanere lì in Versilia, aveva aperto il mio petto e ci aveva seppellito i suoi pensieri marci.

Chiunque mi aveva giudicato quel giorno, non sapeva che aveva tracciato in me un corso di fiume libero e dirompente che mai nessuna diga avrebbe potuto arginare. Quel fiume conteneva l'idea e la volontà che non volevo più stare in Italia e che, in un modo o nell'altro, sarei andato via di nuovo, in cerca di una vita migliore. Avevo deciso che avrei detto addio ad un Paese che non riusciva ad includermi nei suoi piani presenti e futuri. Da lì a pochi anni, l'idea di andarmene si sarebbe fatta strada sempre più, e avrebbe invaso e contaminato ogni mio pensiero di speranza. Se dovessi individuare l'esatto momento in cui ho deciso di andare via, quello sarebbe questo.

Le sedie scomode della sala d'attesa non mi aiutavano a prendere sonno. Battevo i denti per il freddo e avrei comprato pure una coperta se solo ci fosse stato un negozio aperto in cui cercare. Mi si avvicinò un ragazzo che senza invito iniziò a conversare con la parte di me che ancora si rifiutava di disprezzare il mondo.

Fu l'unica compagnia che ebbi per tutta la notte, dopo che eravamo rimasti noi ed una manciata di senzatetto che cercavano riparo dalla notte e dal freddo.

Mi disse che era nato il 14 febbraio e sorrisi senza dirgli che era lo stesso giorno in cui vidi anche io la luce per la prima volta mentre mamma mi portava al petto.

Il caso non esiste.

Nonna lo diceva sempre.

Parte IV

Prima di partire salutai Soraya, parlandole come se potesse comprendere i miei discorsi contorti che, a volte, erano poco chiari anche per me. Avevo voglia di cambiare aria, ma sentivo un profondo senso di fallimento e di rassegnazione.

Quando arrivai in Italia da bambino, piccolo e indifeso, ero circondato da persone che mi guardavano con occhi pieni di pietà e compassione. Cercavano di farmi sentire a mio agio in un mondo che faticavo a digerire e che tagliavo a piccoli pezzi, per poi condirli con un po' di studio della lingua, un pizzico di apertura verso modi di dire che non comprendevo del tutto ed infine ingoiavo in fretta i dispiaceri per aver lasciato dietro di me la mia terra.

"Siete fortunati", ci dicevano spesso prima che partissimo.

"Vi piacerà abrochi, la grande Europa", aveva detto un'amica di mamma con occhi lucidi mentre la salutavamo per l'ultima volta.

Ora che ero grande e rivendicavo un mio posto nel mondo degli adulti mi scontravo con muri che non pensavo esistessero. A casa non mi sentivo bene, l'aria era sempre tesa e soffocante, e la nascita di Soraya aveva rotto equilibri ed indugi nei rapporti precari che intercorrevano tra noi e quell'uomo che ormai nessuno più riconosceva come padre o marito. Fuori da quella casa mi sentivo ancora peggio. La mia presenza non era normale, davo nell'occhio semplicemente esistendo.

Spesso mi trovavo ad essere l'unico nero della stanza. Nemmeno il mio parlare bene italiano passava inosservato.

Avevo perennemente l'impressione di essere visto come un pericolo, un qualcuno di sgradevole, di fuori posto. Qualcuno da temere. Me ne accorgevo, ad esempio, quando la signora che era alla fermata del treno si spostava e teneva stretta la sua borsa, seguendomi con la coda dell'occhio mentre passavo dietro di lei con le mie cuffie alle orecchie. E quella che quando mi vide arrivare alla fermata della corriera, con nessun altro attorno a parte noi due, si allontanò qualche metro in là, sperando che arrivassero altre persone a fare numero, a salvarla da una possibile violenza o da un possibile furto. A salvarla da me. Poi ci fu quella che quando entrai nel suo negozio mi disse di andarmene perché non aveva niente da dare a quelli come me, senza nemmeno darmi il tempo di dire "buongiorno, vorrei...".

Eravamo qui, dopo dieci anni, con ancora tanto buio attorno e qualche lampo di luce.

Quell'uomo non pagava le bollette ed ogni tanto ci staccavano l'elettricità. Il mobiletto in sala sbordava di lettere di spese insolute, di richieste di adempimenti e di qualche agenzia di riscossioni credito. Ammiravo la tenacia con la quale provavano a riavere i loro soldi. Era ormai una costante e ci eravamo abituati, come eravamo abituati a sentirci scomodi nei nostri panni, senza scomodarci a vestire quelli degli altri.

Eravamo circondati da persone che dicevano di non vedere i colori e le differenze, persone che non capivano che le differenze ci sono e sono una ricchezza immensa.

Quel "non vedo i colori", era una pugnalata da parte di chi mi aspettavo che capisse. Era come dire che io non esistevo, o che se esistevo, ero esattamente come tutti gli altri. Non era così. Non lo sarebbe mai stato. Io volevo essere trattato come tutti gli altri, ma non volevo certo sparire ed evaporare nella normalità di un qualunquismo che disintegrava il mio essere con indifferenza. Noi eravamo i diversi, ed era ipocrita annullare le nostre differenze per poi farle riemergere con prepotenza quando i nostri mondi dovevano incontrarsi e trattarsi con reciproco rispetto. Quando mi dicevano che eravamo tutti uguali rimanevo in silenzio, stanco e disilluso, senza che a rendermi così fosse stata una delusione d'amore. Ne ero convinto da sempre. Dovrò prima amare alla follia e dopo la fine di quell'amore sarò un uomo disilluso. Lo ero già in partenza, però. Quando faceva comodo, di fronte ad atti deplorevoli nei confronti di chi bianco non era, allora eravamo tutti uguali, ma quando dovevo avere lo stesso trattamento di tutti, cercando lavoro, cercando un'opportunità e vivendo una vita normale, allora non era più il momento di scrivere con l'indelebile che 'siamo tutti uguali'.

I colori li vedevo, vedevo il mio e quello degli altri. Solo non era così importante per me, ma lo era per gli altri. Ciò che ero fuori, non definiva ciò che ero dentro. Era banale, ma non lo era affatto. Avrei faticato, ma ero già sulla strada che portava alla consapevolezza e alla scoperta di quanto amassi quel mio colore.

Mi sentivo in un assedio di notizie e pregiudizi sviscerati che stavano diventando certezze nella mente delle persone.

Avevo sempre l'impressione di dover fare il doppio per essere considerato uguale, in una corsa che mi vedeva sempre partire qualche metro indietro rispetto a tutti gli altri. Perché?

Mamma ancora lavorava nello stesso posto, senza mai aver fatto un solo balzo in avanti nella sua posizione, e a volte mi guardava sbigottita dicendo "Io non capisco. Non mi promuovono mai, non mi danno mai il ruolo di responsabile nonostante io abbia più esperienza di tutti. Arriva sempre qualcun altro a prendere quel posto che spetterebbe a me".

E la capivo molto bene.

Qualche mese prima, il figlio di Enrica, Luca, mi aveva parlato dei suoi anni da animatore turistico con una grossa compagnia bolognese. Abbracciai il suo entusiasmo facendolo mio.

Avevo pochi soldi per fare lo stage a Riccione ed avrei fatto fatica a metterne via un po' prima di partire per il villaggio. Avevo bisogno di soldi, ancora una volta.

Vinsi al bingo in una sera in cui non volevo nemmeno uscire, in un posto in cui non ero mai stato prima. Era pura fortuna che con 3 euro di schede avessi vinto 450 euro. Il destino aveva indicato chiaro il percorso. Arrivai a Palma di Maiorca per sfuggire dallo sgradevole confronto quotidiano con me stesso e lasciarmi alle spalle una vita che sapevo avrei ripreso in mano con più forza e decisione, studiando come volevo fare da subito quando mi presi l'anno sabbatico.

Fare l'animatore era qualcosa che mai avrei pensato di dover o voler fare, ma in seguito capii che sarebbe stato un punto di svolta per me come persona e nella mia visione del mondo.

Lavoravo per Insotel, una straordinaria catena alberghiera a quattro stelle.

Era nella sede di Cala Mandia. Di colpo mi ritrovai in un contesto completamente diverso da tutto ciò che avevo visto fino al giorno prima in Italia. La vita scorreva frenetica dietro le quinte degli animatori, mentre fuori i vacanzieri godevano già della nostra costante compagnia e dei soldi guadagnati durante l'anno. Ero lì per loro e non immaginavo quanto tutto questo significasse.

Eravamo giunti alle porte dell'estate, ma l'aria ogni tanto si addensava di un caldo che sembrava soffocare e togliere ossigeno ai polmoni. L'estate veniva in anticipo e per me era una novità.

Gli ospiti avevano tre piscine, tre campi da tennis, un campo da basket, uno da calcio ed una palestra che veniva usata poco.

I più numerosi erano tedeschi dai portafogli grossi ed obesi di carte di credito placcate in oro. Quando li aprivano, quei portafogli, faticavano a contenere i contanti piegati a metà. Seguivano gli inglesi, chiassosi e talmente bianchi da sembrare sbiaditi. Facevano a gara con i tedeschi a chi beveva di più.

I cocktail a bordo piscina erano i preferiti dagli inglesi, mentre la birra era la compagna preferita dei tedeschi in ogni occasione e ad ogni ora del giorno.

L'albergo era imponente e aggraziato, con una via privata che conduceva ad una spiaggia condivisa con altri due hotel nelle vicinanze.

Le nostre stanze erano al piano meno uno e confinavano con le rimesse piene di secchi, aspirapolvere e scope che servivano a rimettere a nuovo le camere disordinate degli ospiti.

Noi pulivamo a turno le nostre, ed eravamo sempre in due o tre per stanze comunicanti con altre stanze, divisi dal minuscolo bagno centrale in comune.

Quando entrai la prima volta, l'odore di fumo e alcool era padrone indiscusso dei muri e dell'ambiente, c'erano scarpe messe alle finestre ed alcune appena sotto il letto.

Le valigie semi aperte che sembravano contenere ricordi ed esperienze da celare segretamente, ma in maniera sbadata.

C'era qualche bottiglia in piedi con residui di birra spagnola che ancora emanava un odore deciso.

In bagno c'era una vasca sufficiente a contenere una persona ed i suoi pensieri sparsi. A bordo c'erano balsami e bagnoschiuma di marche che non conoscevo, ma che mi suonavano familiari. Li avevo sempre trovati tutti molto simili e riconoscibili.

"Lascia tutto qui e vieni con me che ti mostro la struttura e ti presento al capo animatore", mi disse il coordinatore degli animatori, Marco.

"Sì, certo, arrivo", risposi prontamente guardandomi intorno spaesato.

Mi portò a camminare in lungo e in largo per tutta la struttura. Mi fece vedere l'enorme ristorante dove per mesi avrei mangiato con gusto ed un senso di gratitudine perenne.

Mi spiegò le regole di abbigliamento, l'importanza della divisa lavata e stirata sempre e di come dovessimo accogliere i clienti nei nostri eventi.

"Tu sei qui per lo sport, giusto?"

"Sì, esatto"

"Farai arco, carabina, calcio e pallavolo. Hai mai tirato di arco?", mi domandò in fretta durante il suo monologo.

"No, mai, ma imparerò in fretta".

"Ne sono sicuro, per questo sei qui prima che inizi la vera stagione. Dovrai imparare e poi insegnare".

Mi portò a conoscere Domingo, uno dei tanti baristi che si godevano la calma temporanea prima che luglio inondasse l'albergo con la marea di persone in fila ad ordinare incessantemente drink e gassate da sorseggiare a bordo piscina. Lui sarebbe diventato una risorsa preziosa per me.

Dividevamo le attività da fare con un team di animatori tedeschi. Avevano lo stemma TUI al petto e ne erano particolarmente fieri. Conobbi subito alcuni di loro perché erano ragazzi con i quali avremmo dovuto condividere tanto, e quindi era importante "fare squadra", come diceva Marco.

Non avevo mai conosciuto tedeschi prima di allora, e li trovai particolarmente svegli e simpatici.

Quando arrivammo al palco, Marco si fermò un attimo, come a contemplare meravigliosi tempi passati che rimpiangeva, perché ora faceva lavori di scartoffie che non gli regalavano più emozioni.

"Sappi che noi pretendiamo tanto da voi. Abbiamo cinque musical e dovete eseguirli alla perfezione. Nelle altre strutture Insotel il livello è molto alto".

Con quelle parole caricò la conversazione di tensione e aspettative, spalmando un po' di timore tra le domande che mi si ammassavano in testa senza trovare il coraggio di uscire allo scoperto.

Aprì una porta posizionata a qualche metro più in là da uno dei sei bar della struttura. C'era un ufficio.

"Vieni, entra pure" borbottò Marco mentre apriva la porta.

Seduto alla piccola scrivania c'era un uomo, magro e asciutto, alto e con qualche segno di usura sulle mani e le guance. Uno così in Ghana lo avrebbero portato dal dottore per farsi prescrivere una dieta per ingrassare. Era chino su dei fogli che sembravano falsamente importanti

"Ti presento Lorenzo, il tuo capoanimatore, sarà lui il tuo responsabile".

"Ciao, sono Lorenzo, ma chiamami pure Lò".

"Piacere, sono Kofi, Kofi Addo" gli dissi mentre gli stringevo la mano. Per via dei nostri nomi io e mio fratello venivamo chiamati i K.K. Addo. Kofi e Kwaku davano una gioia strana e curiosa a chi ci conosceva la prima volta e subito si affrettava a darci soprannomi coniugati. I fratelli K. K., comunque, divenne un ritornello quasi piacevole negli anni dell'adolescenza.

Lò era una persona che faticavo ad inquadrare. Mi piaceva farlo spesso, inquadrare in pochi minuti chi avevo di fronte. Una specie di gioco che facevo osservando minuziosamente le inclinazioni e lo sguardo delle persone. Prestavo attenzione alle parole dette, ma soprattutto a quelle non dette. La verità, di solito, giace fra le righe di frasi di circostanza che ci annebbiano la vista. I gesti servono a distrarre gli occhi come in un gioco di prestigio e ci perdiamo, assuefatti da labbra che pronunciano parole belle e seducenti.

Io stavo attento, ma Lò era una persona che proprio non riuscivo a decifrare. Non mi fu concesso il tempo di ambientarmi, perché in un villaggio turistico importante come quello in cui ero, tutto era veloce ed organizzato e non era concesso trovarsi impreparati e pensierosi di fronte a clienti che si aspettano esclusivamente di divertirsi dopo aver pagato una vacanza all inclusive nelle uniche settimane di ferie che avevano.

123

Parte V

Avevo sentito tante storie sui villaggi turistici, e da 'quei sentito' sembrava essere un lavoro da sogno per una persona della mia età. Mi avevano anche detto che non avrei guadagnato molto nel farlo, eppure ero lì, accaldato dal sole delle vacanze e da persone che, nel tentativo di crederci davvero, fingevano con impegno di essere felici e amati. Pagavano tanti soldi per una vacanza indimenticabile nella speranza di dimenticarsi per una settimana della vita monotona e arrabbiata che avevano lasciato dietro la porta di casa.

Economicamente parlando, mi rendevo conto che fare l'animatore mi era utile quanto avere una forchetta per mangiare la zuppa calda d'inverno. Pensavo a Mario, che invece aveva regolarmente iniziato l'università. Dopo che fummo separati dalla quarta elementare avevamo fatto le scuole medie e le superiori sempre insieme. Ora non vedevo l'ora di fare giurisprudenza, sempre con lui.

Christian, il nostro coreografo, si dannava nel cercare di farmi apprendere i passi dei musical che di volta in volta dovevamo imparare. Sister Act, Moulin Rouge, El Sueño Latino.
Sono sicuro che quel capello grigio che gli comparve in testa a metà stagione e lo fece disperare fu opera mia.
Era esile e suscettibile, si muoveva con più grazia di una donna e metteva in mostra forme che non aveva. Avrebbe pagato per essere donna. Lo diceva spesso. Quando prese confidenza, iniziò a strizzarmi i capezzoli di tanto in tanto, per

divertimento. Arrivai quasi a stritolargli il polso prima che smettesse.

Richie era il mio collega più stretto. Facevamo sport insieme. Aveva la capacità di alleggerire ogni discorso con le sue battute e le sue risate. Era alto e biondo, con un profumo di genuina sicurezza e noncuranza che lo seguiva ovunque. Era serio tre volte a settimana, e per il resto fluttuava in mezzo agli ospiti con un sorriso che catturava l'attenzione delle donne. Lui e Jenna erano venuti dalla Slovacchia per unirsi al nostro team Insotel.

Avevamo imparato che se alle dieci di mattina una ragazza si presentava alla lezione di tiro con l'arco, molto probabilmente non era realmente interessata all'arco, ma a noi. I dubbi si scioglievano tra gli sguardi compiaciuti dei presenti quando queste ragazze si mostravano in costumi striminziti ed arroganti che chiaramente non avevano la pretesa di coprire nulla, se non il minimo indispensabile. E quel minimo indispensabile era davvero minimo.

Antonio, il dj che dormiva con le braccia incrociate al petto come una mummia egiziana, era solito chiudersi dentro la discoteca dell'albergo dopo le serate. Insieme a lui rimanevano fino a tarda notte ragazze, donne e madri che il giorno dopo camminavano soddisfatte tenendo per mano il marito o il compagno, spalmando creme sui corpicini dei loro figli belli e viziati, baciando l'uomo della loro vita con un amore che sembrava innocente e vero oltre ogni ragionevole dubbio. Ero incredulo, disgustato e divertito nello stesso momento.

In quel mondo sembrava esserci un tacito accordo che sospendeva la morale e il pudore di persone che nella vita erano costrette a presentarsi come perfette e senza macchie. Nulla di quello che accadeva lì aveva senso per me, eppure ne ero affascinato.

La bellezza del proibito era oltremodo seducente per quelle persone.

Federica era la collega alla quale ero emotivamente più legato. Quella che poi sarebbe diventata amica intima per un numero di anni indefiniti e che mi avrebbe voluto un bene incondizionato ed incontestabile. Stavamo spesso sul mio letto a raccontarci di cose di cui eravamo stanchi di preoccuparci in solitudine, oppure di episodi assurdi che in quel luogo lontano dal mondo, sembravano normali.

Rebecca aveva una parlantina che mi divertiva molto. Univa parole di italiano e di spagnolo per formarne di nuove e sempre allegre. Lei, che veniva da Barcellona, era vita e sensualità in un metro e cinquantotto di pura bellezza catalana. Era la mia compagna di ballo e amavo il suo accento romanzato con il quale mi stuzzicava.

A Federica avevo raccontato dei miei primi incontri, delle chiacchiere a bordo piscina alle due di notte e del bagno nudo che avevo fatto insieme a delle perfette sconosciute che mi avevano trascinato in spiaggia per una notte di ingiustificata euforia.

Ero arrivato timido e chiuso nel mio guscio come una lumaca. In poche settimane, il villaggio aveva preso ciò che ero e l'aveva rimpastato con decisione, avendo poi cura di stendere l'impasto per farne una personalità nuova, omogenea e digeribile per il vecchio me.

Lò mi aveva forzatamente svezzato, obbligandomi a vestire con parrucca, calze a rete e tacchi per fare uno sketch ridicolo a bordo piscina con duecento persone, che di divertente aveva solo il mio goffo modo di muovermi su quei trampoli che avevo ai piedi.

Ero terrorizzato, ma quella giornata mi cambiò la testa. La vergogna e la timidezza divennero un vago ricordo e da quel giorno, anche salire sul palco, mi galvanizzava molto. Le prime settimane ne avevo il terrore.

Ero pieno di nuova vitalità ed ironia. Emanavo anche io quella sicurezza che prima mi limitavo ad annusare nell'aria quando mi passavano accanto i colleghi come Richie. Eravamo ormai nel pieno della stagione e i ritmi si facevano sempre più intensi e crudeli. Lò ci chiamò in ufficio poco dopo pranzo e ci disse che c'era stato un furto nei nostri dormitori. Iniziai a correre per scendere giù e guardare cosa mancasse in valigia. C'era una sola cosa che poteva essere presa, e mi venne portata via senza che io potessi abbozzare una timida difesa, nel cuore della mattinata, mentre impugnavo un arco e mi divertivo tra chiacchiere e visi rilassati dai balli dalla sera prima.

Mi avevano preso l'iPod touch ed ero devastato.

A farmi rabbia era la sfrontatezza di chiunque avesse avuto il coraggio di rubare qualcosa senza sapere il valore di ciò che stava sottraendo.

I ladri sono una delle categorie che odio di più.

Chi ruba non si cura della fatica che una persona fa per procurarsi quella cosa, quel ricordo e quella emozione da incastrare a fatica in quell'oggetto. Non si rende conto dell'amore che una persona spende per custodire ciò che agli occhi degli altri sembra semplice e banale, e non gli importa di spezzare un legame che è stato cucito con attenzione su quell'oggetto che ad ogni tocco richiama alla mente un'immagine precisa ed indelebile.

Quell'iPod conteneva la musica che mi aveva accompagnato nei momenti di difficoltà, fotografie che avevo perso per sempre. Era il mio diario, ci avevo scritto di tutto. Della mia vita passata e delle speranze future.

Era stato testimone dei momenti bui, delle notti in bianco, del tempo passato a meditare per avere risposte, di persone che mi avevano voluto per poi mettermi da parte come il vestito bello ma sgualcito e scartato perché non si ha tempo di stirarlo.

Mi ero confidato in quel diario, scrivendo di tutte le mie insicurezze e le speranze che avevo custodito nel mio armadio durante l'adolescenza.

Con quel furto avevo perso una parte di me. Avevo maledetto il giorno in cui decisi di partire, ma non sapevo che per questa perdita stavo per ricevere un regalo infinitamente più importante. La sveglia suonava presto sei giorni su sette, e numerose erano le attività da organizzare e gestire durante la giornata. Avevamo poca pausa. Una brevissima dopo pranzo, ed un'altra verso la sera prima delle prove e della cena. I ritmi erano veloci e coordinati come una marcia di soldati disciplinati. Andavamo a letto sempre tardi, dopo una giornata che si assicurava di togliere fino all'ultima goccia di energia rimasta in corpo. Eravamo abituati a poche ore di sonno e pochi soldi in tasca a fine mese.

La stanchezza era tale che a volte scendevo in camera per mettere la sveglia per sette minuti e concedermi sei minuti di sonno effettivi. Il corpo umano è straordinario per adattamento.

A ormai metà stagione non avevo ancora capito se essere felice o meno per l'esperienza che stavo vivendo. Avevo da poco scoperto che Micheal Jackson, colui che aveva scandito gli anni della mia crescita sin dal Ghana, era morto. Ne fui devastato in maniera eccessiva, come se mi fosse morta una persona cara, un parente. Un'altra perdita.

In genere avevamo sempre l'ultima ora di prove prima dello spettacolo, tuttavia, stranamente quel giorno il nostro Lò decise di darci l'ora di tregua. Qualcosa di inaspettato, come la pioggia d'estate quando poco prima non c'erano nuvole in cielo.

Quando Lò ci diede la notizia, sospirai immaginando la sveglia impostata per cinquanta minuti, col mio corpo che affondava in quel materasso usurato e rumoroso che avevo imparato ad apprezzare per la sua capacità di conciliare il mio sonno. Riposare era tutto ciò che volevo.

Richie, invece, non era della stessa idea. Aveva altri piani.

Lui amava un po' troppo la gente, le attenzioni, le chiacchiere e rilassarsi al mare.

"Non riusciremo mai a riposarci in mezzo a tutte quelle persone che ci conoscono", obiettai quando mi propose di andare in spiaggia a goderci il sole delle 18 in totale relax.

"Fidati, non te ne pentirai, andiamo lì solo per un bagno veloce e per rilassarci davvero".

"Non sono convinto, sai" gli dissi riluttante.

"Dai andiamo, che abbiamo già perso due minuti a parlare" mi rispose mentre mi trascinava con lui, rendendomi complice di un piano che sapevo già essere fallimentare.

Sapevo già che saremmo finiti in mezzo a qualche gruppo di ragazze dai corpi abbronzati e seni prosperosi. Con lui non mi aspettavo altro.

Dopo la passerella di saluti e sorrisi prima di trovare il nostro angolo di pace, non facemmo in tempo a sdraiarci sui teli, resi subito tiepidi dal sole ancora caldo, che la vidi.

Notai che stava passando proprio davanti a me una ragazza dai capelli lunghi color legno scuro; il suo viso aveva una simmetria insolitamente perfetta, ornato dalle lentiggini che sembrano stelle sparse in un universo in perfetto equilibrio con il mio mondo.

La sua pelle era un poco rossa sulle spalle, ma stava già iniziando a produrre la melanina che, da lì a qualche giorno, le avrebbe donato ancora più bellezza con un'abbronzatura che avrebbe resistito fino ai primi venti freddi dell'autunno.

Gli occhi azzurri come il cielo e profondi come l'oceano, simili al colore dell'asciugamano dal quale mi stavo alzando instupidito dalla sua bellezza mediterranea. La cosa più sconcertante di quella ragazza era quel sorriso che pareva scuotere la terra pesante sotto ai miei piedi.

"Un sorriso così non l'ho mai visto" pensai.

Lei sembrava quasi inconsapevole di quanto fosse bella da far male.

Mi alzai stringendo stretto il polso di Richie e tirandolo verso di me. Lo guardai in silenzio, lui mi sorrise con la faccia di chi aveva già capito tutto, ed io vidi la mia immagine riflessa nei suoi occhiali: fu quello il momento in cui capii che mi erano bastati quindici secondi per innamorarmi di una perfetta sconosciuta dai capelli color legno scuro.

Quindici lenti secondi in cui tutto sembrava scorrere velocemente, tranne i suoi passi in sintonia con i battiti del mio cuore.

"Vieni con me, Richie. Dobbiamo entrare in acqua anche noi. Seguiamola, ma senza sembrare dei disperati".

Solo allora mi resi conto che era accompagnata da altre due ragazze.

Jessica era la più alta, snella e dai capelli lunghi e folti. La luce del sole li rendeva ancora più biondi ed erano ondulati come le onde del mare che accarezzavano le nostre cosce senza dare fastidio. L'altra, Sara, era la più bassa e la più magra, un viso scavato dalla diffidenza e irragionevolmente irrigidito da un sorriso che non vedeva quasi mai la luce. Pareva ostile nei confronti di chi era lì con il palese intento di strappare sorrisi e appuntamenti delle malcapitate in vacanza.

"Ciao, sono Kofi, come va?", mi presentai, sicuro del fatto che avessi udito delle parole in italiano mentre ci stavamo avvicinando.

"Ciao, sono Jessica"

"Io, invece, sono Sara"

"Piacere, Giorgia", disse lei guardandomi il tempo sufficiente a regalarmi uno sguardo di intesa da interpretare. Ad ogni suo sorriso morivo dentro, perché credo davvero si possa morire di troppa felicità.

In seguito, mi avrebbe detto che quel giorno mi aveva notato durante la passerella di saluti mentre cercavamo un posto, e mi aveva scelto prima ancora che io la seguissi in acqua. Prima di allora, non sapevo con quanta precisione le persone si potessero scegliere a vicenda tra migliaia di individui.

Mi diede appuntamento quella sera stessa dopo lo spettacolo, che guardò con bonaria attenzione mentre cercava di conoscere a distanza le espressioni del mio viso. Finalmente eravamo da soli, nel silenzio della notte, in quella stessa spiaggia, seduti su un panno che iniziava a prendere un po' di umidità dalla sabbia. Era timidamente perfetta sotto la luce lunare, e la sua pelle calda profumava di sole e d'estate, e il suo bacio sapeva di felicità. Finalmente.

Parte VI

A Maiorca stavo vivendo per la prima volta senza il peso di essere un colore. Mi sentivo come se finalmente stessi camminando su un giardino fiorito e non più in un campo di melma fangoso dove ogni passo stancava le mie gambe e mi debilitava lo spirito. La struttura era essa stessa un "melting pot" straordinario di cui non potevo immaginare l'esistenza. Fu in quei mesi che iniziai ad accarezzare l'idea di andare a vivere in Inghilterra. Il Paese più multiculturale che conoscessi, dopo gli Stati Uniti d'America.

Essere animatore significava essere costantemente al centro dell'attenzione, e l'affetto delle persone attorno stava guarendo le crepe della mia autostima.

Non ero più timido quando incrociavo occhi meravigliosi di donne che lanciavano segnali di desideri sessuali alla luce del sole.

Non provavo più disagio ad essere me stesso in mezzo a corpi bianchi. Non vedevo più gli occhi di diffidenza e disgusto. Non sentivo più il corpo immerso nei pregiudizi degli altri. Era liberatorio. Totalmente.

Ero rinato, sotto al sole di Maiorca, nel giro di un'estate.

Giorgia mi disse che in realtà non era lì per pura vacanza. Durante la nostra prima serata in spiaggia era dovuta rientrare prima di quanto avrebbe voluto perché la stavano controllando. Era sull'isola con un tennis club al quale si era iscritta da poco. Il suo allenatore aveva la responsabilità di tutti i ragazzi che erano nel gruppo e si comportava come un felino che fiutava il pericolo da lontano. Per Luigi, quel suo allenatore basso e biondo con l'accento veneto, il pericolo ero io.

Il fatto è che Giorgia aveva 16 anni. Io ne avevo 20.

Essendo lei minorenne senza genitore, tecnicamente, non potevo avere rapporti con lei. Luigi mi minacciò senza mezzi termini.

"Non ti avvicinare a lei, o ti denuncio", mi disse la mattina seguente la meravigliosa serata con Giorgia. Aveva lo sguardo fisso su di me mentre parlava e avvertivo nella sua voce una rabbia ed un astio nei miei confronti di cui non conoscevo l'origine. Quella sua rabbia nei miei confronti andava oltre le sue parole.

"Lei è minorenne e tu vai in galera se chiamo la polizia, capito?" aggiunse prima di andare via. Non aspettò nemmeno la mia risposta. Era come se volesse dire altro, aggiungere un'offesa, uno schiaffo, uno sputo, ma che avesse scelto di trattenersi e di andarsene per evitare il peggio.

"Cosa gli avrò mai fatto?" pensavo preoccupato.

Più tardi, in serata, scoprii che aveva parlato anche con Lò, il quale mi parlò molto seriamente ordinandomi di non vedere mai più Giorgia.

"Non la devi più vedere, capito? Ti parlo seriamente. Rischi di andare nei guai per niente. Ci sono tante altre ragazze qui, come vedi".

"Va bene, ho capito" gli risposi. Ero poco convinto, e lui lo sapeva.

Ma ero soprattutto confuso, deluso e disorientato. La conoscevo appena, ma già non volevo rinunciare a lei. Provavo ancora sulla mia pelle il sapore dei suoi baci quando mi soffocava il respiro con le sue labbra. Aveva toccato la parte più profonda di me, ed io mi ero perso da qualche parte dentro la sua testa e volevo appartenere al suo mondo.

Le erano bastati così pochi istanti per accettarmi, e sognavo già di chiamarla "piccolina mia" di prima mattina. Avevo l'impressione che lei non avrebbe mai lasciato che i suoi genitori la convincessero a non stare più con me, come successe nella mia ultima relazione con Maria.

"Mi dispiace, so che non è giusto, ma, insomma, i miei non erano proprio molto felici che io stessi con te. Ecco perché non ti ho mai invitato a casa quando c'erano. A me la situazione pesava troppo e loro mi facevano una pressione assurda. Non è colpa tua. Ti voglio bene".

Mi aveva scritto in un messaggio qualche mese dopo, quando a lei era passato tutto, mentre il mio amore per lei scorreva ancora vivido nelle vene. Non gliene feci una colpa, era piccola, potevo capire, o forse no? Non importava. I suoi genitori avevano vinto e l'amore aveva perso.

Non risposi mai a quel messaggio. Non combattei una lotta persa. Ma piansi. Soffrii nello scoprire di essere una persona indesiderabile per la propria figlia.

"Mogli e buoi dei tuoi paesi tuoi", era questo che significava?

Passai tutta la cena a sentirmi dire che dovevo stare molto attento, che non avrei mai più dovuto vedere Giorgia e che farlo avrebbe compromesso anche la posizione di Lò.

La verità, però, è che io già la cercavo con gli occhi nell'immensa sala del ristorante. Come uno spavaldo truffatore di giochi da strada, annuii due volte per ogni volta che mi ripeterono di non incontrarla più, nascondendo sotto il mio cappello la voglia che avevo di lei.

A fine serata, dopo lo spettacolo, i balli, il sudore sul palco, gli applausi e i sorrisi stirati, la invitai di nuovo sulla spiaggia e le ore passarono più in fretta di quello che avevamo calcolato.

Eravamo così stupidamente annebbiati dalla voglia di esplorare i nostri corpi, di imprimere in testa profumi e sapori di baci e carezze proibiti, che fummo ingannati dall'amore e dal tempo stesso.

Il punto è che a 20 anni non volevo sentire ragioni. Volevo solo amare, e stavo rischiando la galera per passare ancora una sola notte in più con lei. Non mi rendevo conto che stavo buttando via l'intera stagione e quei pochi soldi che mi avrebbero aiutato ad iniziare l'università. Tutto per quegli occhi e quel sorriso così disarmante di cui non potevo più fare a meno. Sentivo il bisogno di vederla come se fossi dipendente da una sostanza che mi straziava l'anima quando mancava, ed impazzivo in cerca di un'altra dose che non sarebbe mai stata l'ultima. Avevo completamente perso la testa. Ero stato travolto da un amore a prima vista di cui avevo sempre e sapientemente diffidato.

Il giorno dopo Lò e Marco, i miei superiori, mi chiamarono in ufficio per comunicarmi che avrei dovuto preparare le valigie per tornare a casa.

Giorgia era tornata tardi ed era stata scoperta, dunque, rispedirmi a casa era l'unico modo per non farmi denunciare. Avevo disubbidito con leggerezza e fermezza a tutti gli avvertimenti. Avevo deluso tutti. Me lo meritavo. Non avevo mai provato così tanta vergogna e umiliazione in vita mia. Con il mio comportamento avevo messo a rischio anche il posto di lavoro di Lò in qualità di mio responsabile, e non c'erano scuse che potessero calmare la furia con la quale si stava scagliando contro di me. Non provai nemmeno a controbattere. Non c'era nulla da dire.

"Come hai potuto? Come ti sei permesso? Ti rendi conto che perdo il lavoro per colpa tua?", urlò senza nemmeno riprendere fiato. Respirava corto e veloce. Un bufalo.

Rimasi in silenzio e a testa bassa. Non avevo il coraggio di guardarlo negli occhi. Lo stomaco era un groviglio di paura e dispiacere, con sopra il peso della vergogna avvolto nel senso di fallimento. Fu l'unico momento di quell'intera settimana in cui non pensai a Giorgia, forse.

Mi allungò la stampa dei biglietti di ritorno.

Dunque, era finita qua.

Pensavo già a come avrei potuto dire a mia mamma che stavo tornando a casa. Avrei dovuto dirle che avevo fallito, che non avevo guadagnato niente e che avevo riempito di vergogna e disonore il mio capo animatore, che forse avrebbe perso il lavoro. Tutto per colpa di una ragazza. Mi mancava il respiro al solo pensiero di ritornare a casa con il carico del peso del fallimento sulle spalle.

Non ce l'avrei fatta. Dovevo inventarmi una bugia credibile da raccontare una volta tornato, e dovevo farlo in fretta perché la partenza era imminente e le valigie pronte.

Mi consegnarono il biglietto in una busta trasparente. Era tutto così ufficiale.

Marco mi disse di girare il biglietto e lessi "Smettila di pensare con ciò che hai in mezzo alle gambe e usa la testa". Lo avevano scritto a caratteri cubitali affinché me ne ricordassi.

Confuso e spiazzato non dissi nulla.

"È uno scherzo, non devi andare a casa, ma sappi che non dovrà accadere mai più", mi disse Lò con un viso stranamente disteso.

Ci misi un po' a riprendermi dallo shock, ma finalmente tirai il più lungo sospiro di sollievo della mia vita. Avevano ragione su tutto, dovevo ascoltali, dovevo evitarla, dovevo guardare altrove e aspettare che se ne andasse via.

Avevano ragione, ma loro non sapevano che ero innamorato. Come avrei potuto spiegarglielo?

"Hai 20 anni, incontrerai altre donne nella tua vita". Ed era vero, ancora una volta, ma io non volevo altre.

Volevo solo lei.

Il resto della settimana passò in fretta e una qualsiasi persona normale e sana di mente avrebbe capito che doveva fermarsi, ma era proprio questo il problema. L'amore non è mai andato d'accordo con la ragione, né io con la normalità. Ero completamente dominato da un sentimento che sembrava divorarmi tutte le volte che mi allontanavo da lei.

Trovai il modo di passarci ancora del tempo insieme, clandestinamente. L'ultima sera le feci la promessa che finita la stagione avrei fatto avanti e indietro per vederla a Padova, città dove abitava, pur di stare con lei. I suoi occhi brillavano di una luce sincera e speranzosa in quella silenziosa notte. Come onde del mare che tornano a baciare la scogliera nonostante vengano poi respinte, io e lei saremmo tornati insieme, nonostante la distanza e il tentativo di tenerci lontani. Le sue lentiggini ora sembravano brillantini caduti con cura sul suo viso liscio.

Mi promise che mi avrebbe aspettato. Una promessa carica di ingenua speranza e lucida follia. Quella sera non potevo saperlo ma sarei tornato, saremmo stati insieme per davvero ed avremmo vissuto una storia d'amore al di sopra della ragione, dolorosa, intensa, potente e bella da far male alle ossa.

Se credessi che per ogni uomo esistono sette donne, allora direi che la prima l'ho incontrata quella volta in spiaggia, sull'isola di Maiorca, nei quindici secondi dove sapevo già che lei era la donna della mia vita, e lo sarebbe stata. Per sempre.

La stagione continuò con la mia testa divisa a metà tra gli spettacoli da imparare e il desiderio di vederla. Compravo le schede telefoniche da grattare per fare chiamate che duravano sempre troppo poco e trovavo rifugio in Federica, che era l'unica a capire e a sapere che non vedevo l'ora di finire la stagione.

Ignorai qualsiasi sguardo interessato al mio corpo e alle mie labbra e rigai dritto come se avessi un impegno troppo importante per essere rovinato con perversa leggerezza.

Con l'aiuto di Kwaku spesi gli ultimi soldi per completare la mia iscrizione all'università, incurante di chi mi aveva detto di non fermarmi dopo le superiori perché non sarei più riuscito a riprendere gli studi. Doveva essere facile per quelle persone non doversi preoccupare di procurarsi i soldi per studiare.

Era metà settembre e l'estate che aveva cambiato la mia vita era terminata.

Capitolo IV

Identità

Parte I

Un lampo, seguito da un frastuono che riecheggiò nell'aria per qualche secondo, fece sobbalzare leggermente il signor Addo. Attorno a lui le nuvole si stavano accumulando come se anche loro si fossero date appuntamento in quel luogo ad un orario preciso. L'odore fresco di pioggia si alzò prepotente nell'aria.

Si guardò attorno in cerca di persone con l'ombrello, come se quello potesse essere il segnale che la pioggia fosse finalmente pronta a cadere a raffica, rinfrescando la città e l'asfalto.

Non vide nessuno. Nessuno che circolasse, nessuno che avesse un ombrello. Gli sembrò quasi che le persone avessero deciso di riservargli un po' di intimità per quello che stava facendo in quella giornata.

Nel pensarlo si sentì tristemente felice, con una densa amarezza che lasciava un retrogusto di dispiacere sul suo palato. Pensò a quanto tempo ci fosse voluto prima che lui e quel testardo di suo fratello si concedessero un momento intimo ed esclusivo come quello.

Sorrise timidamente al guardiano che stava passando davanti a lui con un secchio pieno di foglie secche in mano. Si fecero un cenno di saluto, ma nessuno dei due sembrava voler fare lo sforzo di pronunciare parole di cortesia.

Mentre l'espressione del sorriso sul viso stava svanendo piano piano, gettò uno sguardo malinconico sui fiori appoggiati appena sotto la lapide.

"Ti voglio bene, Kofi".

Parole quasi sussurrate, come se nonostante il tempo, nonostante i litigi, nonostante la rabbia e la distanza che avevano consumato il loro rapporto, lui non fosse ancora guarito. Un sussurro pieno di rimpianti, perché non fece in tempo a dirglielo prima dell'incidente.

Alzò gli occhi al cielo, cercando di far rientrare a forza la lacrima che aveva cercato invano di scendere, scivolando sul suo volto per poi cadere sulla sua giacca.

Fece un sospiro lungo e profondo, riappoggiò gli occhi sul libro e disse "Ora riprendo a leggere, fratello".

Ero diverso, dentro. Le prime settimane dopo il ritorno dalla Spagna mi sentivo rinato e fui accompagnato da abitudini che sapevo sarebbero diventate solo ricchi ricordi col passare dei mesi. Non mi sbagliavo.

Salutavo tutti per strada. Sorridevo, ancora più di prima. Sempre. Quando guidavo, al semaforo avevo imparato a fermarmi sempre prima delle strisce pedonali. Fui sorpreso la prima volta che lo vidi fare a Maiorca. Avevo anche imparato un po' di spagnolo, tedesco e slovacco, grazie a Richie. Tutte quelle lingue mi scivolarono via in fretta dalla bocca con cautela, senza fare troppo rumore, per non darmi modo di accorgermi che se n'erano andate ora che non le usavo più. Quando me ne accorsi mi resi conto che insieme a loro se n'erano andate anche delle parole di ga e twi. Mi ero così abituato ad usare così tanto l'italiano e l'inglese che forse le avevo offese, e loro avevano deciso di uscire dalla mia testa, e forse anche dal mio cuore.

"È così che ci si perde dopo dieci anni di lontananza dalla madre terra", mi disse Kwaku quando gliene parlai.

Iniziai l'università pieno di speranza. Ero felice, pieno di una nuova energia e di una visione totalmente positiva. Ero innamorato della vita, la mia, che non sembrava poi così male ora che ero innamorato di Giorgia.

Avrei sì voluto fare psicologia, e probabilmente anche giornalismo, ma scelsi giurisprudenza e non avrei mai avuto rimpianti, anche se una piccola parte di me avrebbe continuato a cullare l'idea di poterli studiare, un giorno. Andavo spesso a lezione in corriera, e a volte mi organizzavo con Mario, che essendo già al secondo anno non aveva i miei stessi orari. Era la mia guida, nel senso che mi introduceva a tutto quello che dovevo sapere sull'università. Le segreterie, i corsi, gli insegnanti. Le ore da non saltare mai e le lezioni evitabili, dove magari potevo studiare in solitudine. Mi aveva mostrato i passaggi segreti di quell'università che sembrava sospesa nel tempo, ricavata da un ex convento con mattoni a vista, colonne rosse, travi ed archi. Quella struttura era piena di posti segreti in cui perdersi in serenità.

Gli ero grato soprattutto quando mi passava i suoi appunti.

"Ma me li spieghi anche? Ammesso che tu capisca la tua scrittura".

"Dai scemo, inizia a scrivere" e mi invitava a riscrivere le parole che non capivo. In realtà, quasi tutti i suoi appunti erano geroglifici per me, ma evitavo di dirglielo perché non me li avrebbe più prestati per ripicca. Erano per lo più un ammasso deforme di lettere che pur mettendole insieme con cura non assumeva nessun significato pratico. Forse era una caratteristica che aveva preso da sua madre dottoressa.

Ero stato l'unico nero alle elementari, uno dei due alle medie, l'unico in tutto l'Istituto tecnico ed ora ero anche l'unico nero in tutta l'università, o almeno così sembrava.

Spoglio di ogni timidezza, non avevo problemi a parlare con le persone, e lo facevo con una serenità e velocità che sorprendeva anche i miei riflessi. Mi trovai in un gruppo di persone meravigliose che sarebbero state la mia famiglia in quel percorso di cinque anni. Parlavo spesso con Jessica e Michela. Sembravano sorelle per quanto fossero simili anche nel modo di vestirsi. Erano così in sintonia che a volte una finiva la frase dell'altra e ridevano in sincronia senza nemmeno guardarsi. Avevano un'affinità ed una positività eccessiva, quasi fastidiosa, a volte forzata. Andavano prese a piccole dosi o in compagnia, ma erano deliziose, specialmente Jessica, che si sarebbe rivelata un'ottima amica ed ascoltatrice.

Divenni amico di Federico, quasi per caso, quando me lo ritrovai davanti alla porta del bagno per la seconda volta in due giorni, mentre aspettava che uscissi per andare a fare pipì.

"È un brutto posto per conoscersi, non credi? Comunque, sono Federico, e ti giuro che non ti sto seguendo".

Era un personaggio di quelli con cui si poteva parlare di qualsiasi cosa: dalla politica allo sport, dai film al cibo, dai viaggi alle relazioni. Ci assomigliavamo molto in questo.

Non giudicava mai e cercava sempre di comprendere il punto di vista degli altri, eccezione fatta per i razzisti. Quelli li odiava con tutto sé stesso. In questo era davvero estremista e non ho mai capito il perché.

"Non ci si ragiona con certa gente", ripeteva sempre.

Antonio, invece, si unì al gruppo in modo silenzioso, senza farsi notare. Era quasi invisibile. Ce lo ritrovavamo lì, senza che nessuno lo avesse invitato, ed ogni tanto interveniva a bassa voce per non disturbare Leonardo, che invece era l'esaltato del gruppo.

Un ragazzo buono, pieno di soldi e di sé. Consapevole di essere bello e pure ricco. Uno di quelli che basta guardare per capire quanto la vita a volte dia davvero tutto a certe persone sin dalla nascita. Bellezza, ricchezza, personalità e simpatia. Non sentiva la pressione di dover eccellere in quello che faceva, eppure era dannatamente bravo. Era la versione attraente del classico nerd secchione con occhiali, brufoli e cosparso di timidezza che si vedeva nei film. Di lui amavo il suo essere altruista in maniera discreta e la sua moderata umiltà quando spiegava parte del manuale di diritto privato che non avevamo capito.

La particolarità di giurisprudenza era che tutti gli esami erano orali. Solo qualche professore divideva il suo test con una prima parte scritta.

All'esame di diritto romano, il professore mi fece domande, le cui risposte erano disposte in maniera precisa a perfetta nella mia testa. Mi resi conto lì che non avrei mai avuto ansia durante queste interrogazioni. Prima di scrivere il voto 26/30 sul libretto mi guardò curioso, tirò giù gli occhiali e se li portò alla bocca.

Lo faceva spesso anche durante la lezione, quando si immergeva nei suoi momenti di riflessione sulla grandezza di personaggi come Giustiniano e Gaio.

"Parli bene l'italiano. Sei bravo, per essere... sei bravo", mi disse in fretta, per concludere il rito di consegnarmi il libretto e mandarmi a casa.

Durante una sua lezione vidi nelle file davanti a me delle treccine che assomigliavano a quelle che ero abituato a vedere in testa a mia madre.

Prima di uscire dall'aula mi avvicinai a quelle treccine per vedere meglio il viso di quella ragazza nera che finalmente aveva rotto la monotonia di visi bianchi che affollavano quell'università. Le ero grato anche solo per la sua esistenza, ma lei ancora non lo sapeva.

"Sono Kofi, e tu? Non immagini che piacere vederti qui" le dissi ridendo a bassa voce, e alzando gli occhi al mio gruppo per assicurarmi che nessuno di loro mi sentisse.

"Ciao, sono Valentina," rispose con un sorriso mentre rimetteva il quaderno degli appunti nello zaino a tracolla.

Era un nome che non mi aspettavo, ma mi piaceva tanto. Mi affrettai a studiare accento e cadenze delle sue parole per inquadrarla. Era palesemente modenese, e parlava in fretta, senza lasciar lievitare troppo i suoi discorsi. Vale era una giovane donna che mi trasmetteva una gioia genuina e sincera. Non aveva bisogno di fingere felicità. Lo era davvero. Sorrideva mostrando fiera tutti i denti.

"È esattamente così che si ride" le dissi qualche mese dopo, mentre eravamo a pranzo insieme al resto del gruppo.

Era la prima vera amica nera che avevo, dopo una vita di autoisolamento da tutti quelli che mi assomigliavano. Avevo vissuto in un limbo di contraddizioni e conflitti interni che stavano durando più della guerra in Iraq.

Portava con grazia le sue lunghe treccine e da lontano mi dava l'impressione di portare con estrema leggerezza anche il suo colore. L'ammiravo anche per questo. La sua bellezza imbarazzava le grigie nuvole, che lasciavano spazio al sole di far risplendere la sua pelle.

Vederla a lezione mi faceva sentire un po' più a casa in quell'ambiente di nicchia, che faceva da passerella a figli di avvocati e commercialisti che sentivano la necessità di mostrarsi più del dovuto. Lei era una presenza curativa.

Quando parlava con me emergeva dalle sue parole la sua parte ghanese che fremeva per vedere la luce.

A volte mi chiedeva di raccontare qualche aneddoto del Ghana perché, nata qui, non aveva ancora abbracciato la terra rossa a me così cara.

Le raccontavo qualcosa, cercando di nascondere in frasi sensazionali lo sbiadire di memorie che non erano così fresche dopo più di dieci lunghi anni. Mi rendevo conto che forse la sua necessità era anche la mia.

Ricollegarci con le nostre radici personali che soffrivano la nostra assenza come se avessero vissuto l'aridità di lunghi anni senza acqua.

Qualche settimana dopo mi accorsi di un altro ragazzo che attirò la mia attenzione.

Aveva qualche tonalità di nero in meno rispetto a me e a Vale, ma quei dread che aveva in testa lo rendevano decisamente un soggetto interessante.

Mi approcciò lui dal nulla, con fare disinvolto, come se ci conoscessimo da una vita. Più avanti capii che lui era proprio così con tutti.

Jahrem era cubano-veneziano. Un ragazzo vivace dalla personalità esagerata, intelligente e con una parlantina che catturava l'attenzione di chiunque lo ascoltasse. Era come il prezzemolo. Stava bene ovunque e in mezzo a chiunque. Aveva un livello di sicurezza smisurato e non si curava di sedare la sua euforia. Dopotutto non ce n'era motivo. Non gli interessava avere un'opinione diversa, diceva sempre la sua anche se era l'unico a pensarla così e, a volte, guardandolo da lontano, avevo l'impressione che si divertisse a sfottere quei figli di papà con discorsi costruiti e ingarbugliati ad arte.

Mi sentii davvero meno solo nel vedere che per la prima volta non ero più solo, non ero più l'unico.

Prendevo spesso il treno per andare a Padova e qualche volta mi capitò di prenderlo insieme a Jahrem, partendo da Modena. Sapevo di avere l'intrattenimento assicurato quando lo incontravo. Non ci si annoiava mai in sua presenza, perché si parlava di qualsiasi cosa in modo intenso.

In estate i vagoni di Trenitalia erano soffocanti di caldo e di persone. Quando trovavo posto osservavo, divertito, persone che si guardavano attorno in cerca di altri posti liberi, prima di arrendersi all'idea che dovevano sedersi di fianco a me. Avevo imparato a vedere il lato positivo della cosa, soprattutto quando nessuno si sedeva accanto a me.

Ogni fine settimana andavo da Giorgia, che col suo amore sapeva colmare i vuoti d'assenza che si creavano nei giorni durante la settimana in cui non ci potevamo vedere.

Avevamo mantenuto la promessa dall'estate dell'animazione, ed era diventata davvero la mia piccolina, la cura a sofferenze che sembravano solo un lontano ricordo. Forse l'avevo caricata di una esagerata responsabilità. I suoi diciassette anni non avrebbero retto per sempre questo peso.

Lei fu la prima ragazza a farmi entrare nella sua famiglia, italiana.

Roberto, suo padre, era un uomo raffinato, un imprenditore agricolo che era riuscito ad elevarsi dalla classe media e a diventare qualcuno.

Gli piaceva dirlo spesso, cercando conferme da teste pronte ad annuire senza aggiungere altri particolari.

"Io mi sono fatto da nulla, devo tutto al mio duro lavoro e al sudore della mia fronte".

Spesso snobbava le persone più povere, come se non volesse essere identificato con loro. Cercava di dimenticare chi era stato. Non mi piaceva questa cosa, ma lo comprendevo.

Avevo passato anni a cercare di fare lo stesso. Non perché, come lui, ce l'avessi fatta, ma perché sentivo di essere diverso, migliore di tutti quei neri che per televisione passavano per delinquenti e criminali.

Quanto mi sbagliassi lo stavo capendo solo ora che ero stato all'estero, che ero maturato e avevo conosciuto famiglie miste meravigliose. Stavo imparando a vedere la bellezza del mio colore senza più dolore.

Avvertivo nella voce di Roberto una forte inclinazione al maschilismo quando ordinava a sua moglie, Rossella, di preparare il pranzo, di stirare le sue camicie, di pulire la casa, di fare la lavatrice una volta in più, di portare le figlie a scuola, di tirare fuori il vino per la cena e di spegnere la tv quando si ritirava a letto.

Ordinava e si aspettava piena obbedienza. Mi ricordava qualcuno.

Doveva appartenere alla generazione cresciuta con valori distorti, dove l'uomo lavora e porta a casa il pane frutto dei suoi sacrifici, e la donna cresce i bambini e lo aspetta a casa con un piatto caldo. Mariti che non nutrono alcun interesse nel far sentire la donna amata o valorizzata. Epoche in cui il divorzio era inconcepibile per una donna e dava all'uomo il potere di decidere sulle sorti della moglie e del matrimonio. Epoche in cui il possesso non si fermava a cose e animali ma si riversava anche sulle persone. Quell'epoca purtroppo non era finita e la cronaca raccontava di violenze ed omicidi di quegli uomini che lottavano contro l'autodeterminazione della donna e la loro libertà di scelta.

Rossella non lavorava per altri, ma lavorava per le sue figlie, per suo marito. Curava sé stessa quanto bastasse per fare le faccende di casa ed assicurarsi che tutti i suoi doveri fossero svolti. Aveva una cura indescrivibile per le cose che toccava. Gestiva due figlie adolescenti con ordine e risolutezza e non si lasciava mai scappare una parola fuori posto. Le sgridava, ma poche volte, perché era troppo buona per emettere sentenze punitive di ogni tipo. Era una donna retta dall'amore grande quanto la casa a due piani nella quale viveva con la famiglia.

Conobbi lei per prima il giorno in cui Giorgia decise di presentarmi ai suoi genitori. Ci venne a prendere alla stazione dei treni senza che sapesse che sarei arrivato insieme a sua figlia. Ero nervoso.

Rossella, però, era una donna calma e gentile, con una voce rassicurante ed un viso luminoso. Con la sua stretta di mano affrettata prima di ripartire mi aveva già fatto capire quanto fosse indifferente per lei chi fossi. Era felice di vedere la figlia felice, e per me era una novità. Stavamo chiacchierando in salotto davanti al thè freddo che preparava sempre per le figlie durante il pranzo. Ero sereno nonostante Roberto avesse appena parcheggiato nel vialetto di casa, sapevo che conoscere anche lui sarebbe stato altrettanto positivo.

"Ciao a tutti", disse appena entrò dalla porta principale. Poi mi guardò con fare sereno, come se in qualche modo si aspettasse di vedermi lì. Mi faceva piacere il fatto che non fosse sorpreso.

Si rivolse a me: "Ciao, vendi fazzoletti? Vuoi qualcosa? Ross puoi dargli qualcosa da mangiare? Non soldi però eh".

In quel momento ci fu silenzio. Un silenzio breve che pareva lungo e assordante, interrotto solo da una risatina contratta ed imbarazzata di sua moglie.

"No, non è mendicante e non vende cose. Non è vu cumprà. È un ospite. Un amico di Giorgia".

Da quel giorno io sarei stato l'amico di Giorgia per lui, pur vedendo nei miei occhi una fame incontenibile per sua figlia ed un amore smisurato.

Non reagii, non dissi nulla, perché non sapevo nemmeno come si potesse rispondere al padre della persona che si ama.

Giorgia aveva una sorella più piccola, Ilaria, una curiosona che non mancava mai di fare domande impertinenti ad ogni ora del giorno. Lei e Giorgia avevano la stessa differenza di età che avevamo io e Kwaku: due anni. Era spesso in nostra compagnia. In futuro, dalle ceneri del rapporto travolgente e turbinoso con sua sorella, si sarebbe sviluppata un'amicizia importante ed unica tra me e lei.

Parte II

Giorgia, Ilaria ed io eravamo a fare shopping in centro a Padova. Fare compere era una cosa che mi annoiava dopo appena mezz'ora. Non capivo se fosse così per via della poca abitudine o della poca voglia di spendere soldi che non avevo, pur di aver qualcosa di nuovo da sfoggiare in compagnia di persone che nemmeno immaginavano i sacrifici che facevo per comprare quel nuovo paio di scarpe che portavo.

Stare con lei, tuttavia, rendeva bella qualsiasi cosa, e sopportavo più volentieri anche il giro per centri commerciali con soste al McDonalds.

Era da tempo che avevo iniziato a notare gli sguardi increduli e interrogativi su di noi quando eravamo in giro mano nella mano.

Iniziavo a capire che essere parte di una coppia mista fosse un fatto particolarmente maldigerito da chi vedeva in me un pericolo, un ladro che stava portando via l'oro dalla terra degli italiani. L'unico oro che era stato portato via per davvero però era quello che si trovava sotto l'immenso continente africano.

Io stavo solo con una persona che amavo alla follia, ma certo, per me era oro pure lei.

Era come se lo stare con lei rendesse me un essere meritevole di odio e di disprezzo, e lei un bersaglio da trafiggere con guardi, offese e discriminazione.

- Puttana. Troia. Ti piacciono i cazzi grossi, eh. Con tutti gli italiani sei andata a cercarti un negro -

È maggiorenne ora, ma "reggeranno a tutto questo i suoi diciotto anni?", mi chiedevo.

C'era chi si girava e ci seguiva con gli occhi finché non sparivamo dall'orizzonte. Altri invece spalancavano gli occhi increduli continuando a fissarci, anche se non erano peggio di coloro che facevano la faccia schifata prima di lasciarsi andare in commenti che non si curavano troppo di celare. Stare con lei mi faceva sentire ancora di più al centro dell'attenzione. Un venerdì, dopo la mia lezione universitaria, l'andai a prendere a scuola per riaccompagnarla a casa e passare il weekend insieme. Lungo il tragitto per andare a prendere il treno mi accorsi che c'era una signora che camminava in senso opposto a noi, ma non sembrava intenzionata a cambiare direzione ed ormai era troppo vicina per poterlo fare senza entrare nel nostro spazio vitale. Non poteva essere una sconosciuta, ma Giorgia non sembrava riconoscerla, o forse era troppo occupata a raccontarmi della professoressa di inglese che la stressava.

Lei si spostò leggermente per evitarla, ma la signora le si piazzò davanti e la fermò.

"Tutto bene? Stai bene?" chiese a Giorgia.

Lei mi guardò perplessa e mi fu chiaro che non la conoscesse.

"Ehm, sì sì, tutto bene" rispose lei, cercando una qualche forma di chiarimento da me che non sarebbe mai arrivata. Quella donna emanava un'energia sgradevole, negativa.

"Ah sì? Allora cosa ci fai con uno così?" disse puntandomi il dito ma guardando lei negli occhi.

La sua domanda creò uno shock che bloccò entrambi per qualche secondo. Com'era possibile che una persona si fosse presa la briga di fermare due sconosciuti per fare una domanda del genere? Come poteva essere normale tutto questo?

Nessuno dei due fece in tempo a realizzare ciò che stava succedendo che la donna si era già dileguata, perdendosi all'orizzonte dietro di noi. Giorgia soffriva per tutto questo ed io con lei. Non conoscevo nessun'altra coppia come noi, quindi nessuno poteva insegnarmi come gestire ciò che era semplicemente ingestibile. Quelle persone avrebbero continuato ad avere quei pensieri marci nonostante tutto quello che avrei potuto dire, ma che puntualmente non dicevo mai. Ci pensavo, mi arrabbiavo e trovavo sempre le parole giuste da dire, ma sempre quando era tardi. Quando ormai l'umiliazione si era depositata nei miei pensieri. Quegli sguardi di schifo e disprezzo stavano aprendo una breccia nella mia persona. Barcollavo tra la paura del giudizio e il senso di inadeguatezza nello stare in pubblico.

Ero costantemente a disagio e arrivai quasi a non voler uscire più. Passavo più tempo del necessario sotto la doccia, a far confondere le lacrime con l'acqua mentre mi scrollavo i capelli senza sosta, come se una volta smesso idee e spiegazioni avrebbe trovato da sole l'ordine perfetto e sensato in cui presentarsi a me.

Qualche giorno dopo il mio ventiduesimo compleanno incrociammo per caso un'amica di Giorgia, Laura, alla stazione di Verona. Si erano conosciute perché Laura era amica dell'insegnante di ballo latino di Giorgia.

Laura era una donna magra e bassa. Aveva un viso invaso da lentiggini scure e lineamenti morbidi e dolci. I capelli rossi e lunghi erano profumati di lavanda e di primavera. Sembrava addestrata a dare risposte carine e gentili in ogni occasione. Una cordialità sospetta, ma che non mi metteva a disagio. Dal passeggino che spingeva uscivano piccoli lamenti di un bambino che provava a dire quanta fame avesse.

"Vorrei allattare, ma qui mi guardano tutti male", disse con una voce che per la prima volta aveva vibrazioni simili al fastidio che si prova quando si fa qualcosa controvoglia.

Trovammo un bar poco frequentato fuori dal centro. Si fece scaldare il latte nel biberon, immergendolo in una ciotola profonda piena di acqua calda.

Alzò con delicatezza il suo bambino di sei mesi, se lo sistemò bene tra le braccia e gli pose il biberon. Ormai era un rituale al quale erano entrambi abituati. Erano bellissimi da vedere. Quel bambino color caramello aveva boccoli di ricci castani bellissimi e soffici come nuvole. I suoi occhi erano quasi dello stesso colore e limpidi come la sua piccola anima.

"Sapete che spesso mi chiedono se è mio o se l'ho adottato" parlò a bassa voce, e aggiunse "me lo chiedono sempre con compassione, con occhi quasi ammirevoli, come se con animo buono avessi fatto della carità al mondo".

"Ah sì? Ma io non ci posso credere", dissi fingendo una sorpresa che da lì a poco avrei capito non essere necessaria.

"Eh sì, come potete vedere suo padre non può essere bianco, e a quanto pare la gente ancora pensa che non sia una cosa possibile, anzi normale, avere figli con una persona nera".

Non dissi nulla, ma rimasi in ascolto.

"Quando portai sua sorella Miriam all'asilo per la prima volta, una delle mamme presenti mi disse - ma che brava che sei stata - dandomi una pacca sulla spalla - ma da dove l'hai presa? -, come se avesse già dato per scontato che io avessi adottato o l'avessi trovata nell'ovetto Kinder".

Laura rideva a denti stretti mentre lo diceva, come voler dimostrare a sé stessa che aveva superato tutto, che ci era passata sopra. Forse lo faceva anche per non scoraggiare noi, ma a me sembrava tutto assurdo. Guardavo Giorgia chiederle "ma come fai a sopportare tutte le persone che ti parlano e guardano così?"

"Dopo un po' ci fai l'abitudine" disse lanciando uno sguardo distratto alle scarpe rosse e bianche ai suoi piedi, come se avesse paura di essere tradita dai suoi occhi. L'abitudine, una condizione che mi spaventava. L'idea di assuefarsi al razzismo e alle micro-aggressioni tanto da normalizzarle e non reagire più mi rattristava e mi caricava di rabbia.

Era esattamente ciò che non volevo fare e sarei andato ovunque pur di non vivere una normalità del genere.

Guardava spesso in basso anche Giorgia quando litigavamo, e diceva cattiverie per ferirmi di proposito. Era successo quando ci eravamo visti dopo tre settimane perché ero stato molto impegnato con l'università e il lavoro. Non ero riuscito a trovare il tempo per andare da lei. Non accadeva spesso, ma il giorno in cui ci siamo visti non mi risparmiò niente. Reagivo, litigavamo, ma a volte pensavo quasi fosse un bene che lei si stesse allontanando da me. Dopo il primo anno di relazione, Giorgia mi raccontò che al suo ritorno da Maiorca era felice di dire alle sue amiche che mi aveva conosciuto.

Si erano date appuntamento per la prima volta tutte insieme dopo essere rientrate dalla vacanza col gruppo di tennis. Ormai il suo allenatore non era più un problema.

Quel pomeriggio si erano trovate a casa di una delle sue amiche storiche ed erano tutte curiose. Immaginavo già la scena: cinque ragazze adolescenti sedute su un letto a parlare di ragazzi. Erano cresciute insieme, frequentando le stesse scuole nello stesso paesino in provincia di Padova.

Erano tutte felici di vederla contenta e sapere che si stava lasciando alle spalle una relazione in cui il suo ex l'aveva picchiata e le aveva lasciato segni indelebili sul corpo e nella mente.

Trasportata dai sorrisi e dalla leggerezza di quel momento, Giorgia mostrò per la prima volta una mia foto alle amiche, e da quel momento l'espressione sul loro volto cambiò.

"Ma... non ci avevi detto che è nero" disse Stefania, mentre si rimetteva a letto con fare incredulo e un po' schifata.

"Tu sei sicura di quello che fai? A me quelli proprio non piacciono" aggiunse Veronica.

"Sei uscita da un rapporto di merda con uno che ti menava e vai a trovarti uno che ti farà anche di peggio? Pensaci davvero.

Con tutti i ragazzi italiani che ci sono, poi" rincarò Erica, mentre si alzava per andare in bagno delusa e perplessa.
Giorgia non aveva specificato il mio colore perché non credeva fosse importante.
"E infatti non lo era. È assurdo come si sono comportate. È incredibile", le dissi quando me lo stava raccontando.
"Da quella volta si sono allontanate tutte. Ho perso persone che credevo mie amiche, anzi, mie carissime amiche. Ho passato quell'estate a cercare di riconquistare la loro amicizia. Mi sono fatta avanti, ho cercato di spiegarmi, ho addirittura chiesto scusa anche se non sapevo nemmeno io per quale motivo chiedere scusa. Rivolevo solo le mie amiche. Sai, ancora non sapevo nemmeno cosa fosse il razzismo. A diciotto anni non ero mai entrata in contatto con certo cose" mi raccontò Giorgia mentre le tenevo la testa sulle mie gambe accarezzandola.
Mi sentii in colpa, mi sentii in difetto per averle fatto perdere gli amici semplicemente con la mia esistenza.
"Sai che ripensando a Veronica mi è venuto in mente che in camera sua aveva diversi poster di Mussolini con molte sue citazioni? Non avrebbe dovuto sorprendermi la sua reazione".
Mi domandai come fosse possibile che una ragazza di campagna crescesse ammirando il peggior personaggio di tutta la storia d'Italia. Colui che aveva contribuito a scrivere una delle pagine più buie e terribili dell'umanità.
La sua rivelazione mi tormentò e accese di nuovo la fiamma sotto a quel conflitto interno che credevo di aver vinto.
Ritornai a sentirmi un po' meno bene per essere nero e vivere sotto la mia pelle, in un Paese dove io ero motivo di vergogna, disagio, disapprovazione e disprezzo.
Nello stesso periodo, tuttavia, altri erano i pensieri che affollavano la mia mente.
Avevo sempre la testa piena e le tasche vuote, e i pochi soldi per il treno mi tormentavano.

Avere una relazione a distanza è costoso. Non l'avevo messo in conto. A dire il vero, non avevo messo in conto niente. C'era l'amore, e questo per me bastava, ma mi sbagliavo.

Lavorare solo d'estate, quindi, non era più sostenibile. Avevo bisogno di trovare un lavoro serale, ma non durante il fine settimana, altrimenti non sarei più riuscito a vedere Giorgia.

Tramite amici venni presentato ad Adriano. Mi fece il colloquio il giorno stesso in cui mi fece fare anche la prova. Mi disse che mi avrebbe richiamato e così fece.

Leonardo mi aveva detto che suo padre era socio di un club a Carpi e che il ristorante poteva avere bisogno, così si fece dare il numero di Adriano e me lo passò con quella solita discrezione che lo contraddistingueva.

Aveva un'aria soddisfatta mentre mi porgeva il biglietto. Avrebbe potuto mandarmi un messaggio per darmi il numero, o chiamarmi direttamente. Invece, aspettò. Si scrisse il numero su un biglietto e calcolò il momento giusto per darmelo in mano, per poi godersi il suono del mio "grazie, grazie mille" gonfiando il suo petto senza peli, fiero di aver aiutato e soccorso un debole, il più bisognoso. Incassai la botta, sforzandomi di non notare quanto il suo viso esprimesse soddisfazione e compiacimento in quel momento, in quel gesto, con il suo braccio intorno al mio collo e il biglietto che dalle sue mani passava alle mie, mentre davamo le spalle al resto del gruppo che camminava a qualche metro da noi.

Quel senso di gratitudine di cui si nutriva era una cosa che non mi era nuova.

Sentivo spesso le persone parlare, dicendo "Voi dovete essere grati a questo Paese che vi ha accolto. Dovete essere grati a noi che vi integriamo". Quelle parole mi creavano sempre uno scompenso emotivo. Mi irritavano più del dovuto, perché io stavo facendo una fatica incredibile ad affermare la mia normalità e quella gente a cui dovevo essere grato rendeva il mio lavoro sempre più difficile.

A darmi più fastidio, tuttavia, era quella parola: 'accolti', come se fossi entrato in casa di qualcuno da quel giorno a Linate, come se qualcuno mi avesse regalato un pass per una vita più facile, come se tutto il mio percorso di vita fosse stato possibile solo grazie a loro, annullando tutto il sacrificio che ancora vedevo negli occhi di mamma. A loro chi, poi? Grato a chi, esattamente?

Il Club Palazzo era un posto esclusivo per pochi. Una cerchia di persone con possibilità economiche al di sopra della media di chi ero solito frequentare.

La struttura aveva una grande piscina che d'estate si riempiva di famiglie agiate che sfoggiavano al sole i loro IPhone di ultimo modello e i figli viziati che avevano sempre una risposta diversa da quella che avrebbero dovuto dare. Correvano indisturbati mentre i padri passeggiavano davanti ai ricchi buffet di grigliata di carne e pesce, fingendo di non avere troppa fame. Le mamme non fingevano nemmeno. Stavano sulle sdraio ad aspettare che fosse il marito a portare il cibo, alzandosi ogni tanto per far vedere ai presenti i loro costumi di marca, sistemandosi con mani che facevano schioccare ai polsi braccialetti dorati. Passavano il tempo a curare più la loro abbronzatura che l'educazione dei figli.

Si facevano spalmare creme da uomini succubi del ricatto dell'apparenza della famiglia perfetta.

Dietro alla piscina, al di là della siepe che la delimitava, si vedeva bene l'enorme campo da golf e signori ben vestiti che brandivano mazze più robuste delle loro ginocchia.

La palestra veniva usata per qualche lezione nel fine settimana, e il campo da beach volley era il luogo prediletto da adolescenti che cercavano un po' di fuga da genitori eccessivamente sofisticati per essere in costume su delle sdraio. Non erano ancora interessati ai giochi di potere e di appariscenza.

Il Club aveva anche un ristorante aperto al pubblico, ed era proprio lì che lavoravo.

Più che un ristorante era un vero e proprio palazzo delle cerimonie e in primavera, infatti, si riempiva di fiori e di persone che festeggiavano matrimoni di coppie intente a chiedersi, con gesti e sorrisi forzati, quanto sarebbe costato il divorzio in termini di immagine. I soldi certo non erano un problema per quelle persone.

Antonia, la padrona della cucina e moglie di Giuseppe, proprietario del ristorante, sapeva pettegolezzi su ogni invitato alle cerimonie. Borbottava in cucina quando vedeva le coppie girare mano nella mano, dicendo che ormai in quest'epoca si era perso ogni valore nelle relazioni. Era drastica, ma la capivo. Non si capacitava di quanta ipocrisia fosse seduta nelle sue sale. Spesso la fiutava prima ancora che entrasse dalla porta d'ingresso.

I bersagli delle sue maledizioni erano gli uomini ricchi e corrotti, che tradivano le mogli con la stessa frequenza con la quale si cambiavano i calzini.

Durante l'estate ero solito chiedere un paio di giorni di riposo prima di un esame per prepararmi al meglio.

A giugno già faceva un caldo illegale. In casa non c'erano ventilatori o condizionatori ed io boccheggiavo in mutande facendo avanti e indietro per prendere qualcosa da bere nel frigo.

Kwaku mi fermò chiedendomi "Hai visto la pubblicità su Mtv?", fece una pausa, aspettandosi una risposta da me che non arrivò mai.

Non avevo tempo per guardare la tv. Era così ovvio, e lui lo sapeva.

"Stanno facendo un concorso. Cercano quattro ragazzi da mandare in Ghana per due settimane. Perché non scrivi? Potresti vincere ed essere chiamato".

Pensai per un attimo a cosa dire, e risposi "Va bene, tra tre giorni faccio l'esame, poi scrivo la lettera per partecipare".

"Ok, ma sappi che mancano quattro o cinque giorni alla scadenza del concorso. Io mi muoverei".

"Va bene, vedrai che mi prendono", risposi andandomene, mentre già pensavo all'esame di diritto comparato.

Dissi così, mosso dalla convinzione che tra coloro che avrebbero partecipato nessuno avrebbe avuto la mia voglia e la mia determinazione per vincere. Misi in quella lettera tutta la grezza e aggrovigliata nostalgia che attanagliava il mio cuore, e mandai la mia candidatura con speranza.

Due giorni dopo mi chiamarono per un'intervista in inglese, che superai senza problemi. Ero stato l'ultimo candidato ad essere stato scelto. Nello studio Mtv a Milano incontrai gli altri vincitori del concorso con cui avrei condiviso il viaggio.

Brenda e Cadio erano i due Vjay di Mtv, giovani presentatori belli e carichi che sarebbero stati mandati in Ghana insieme a me, Sara, Elena, e Riccardo. Quest'ultimo non partì mai, perché agli organizzatori non piacquero i suoi atteggiamenti da ignorante presuntuoso che lo rendevano totalmente inadatto ad un programma del genere. Avrebbe creato imbarazzo e disagio a tutto il gruppo, di continuo. Saremmo stati in Ghana per due settimane, insieme a Claudio, l'operatore Unicef, e Martino, il cameraman di Mtv.

La gioia di tornare a casa dopo undici anni era incontenibile, anche se sapevo che non sarei stato libero di fare ciò che volevo. Partivamo per un progetto importante. Essere testimoni del lavoro di Unicef sul territorio e fare da megafoni per le persone che stavano da questa parte di mondo. Il programma era vasto e serrato e non ci sarebbero state deroghe.

Quando atterrammo all'aeroporto di Kotoka ad Accra, ebbi la sensazione di essere tornato in un posto che mi apparteneva da sempre. L'aria era calda e secca, le risate delle persone si sentivano a metri di distanza e nei miei occhi si addensarono colori intensi in pochissimo tempo. Mio zio, Bra Ahmed, era agli arrivi ad aspettarmi. Di fianco a lui c'erano facce che non riconoscevo nemmeno da vicino. Ero travolto da una miriade di emozioni incontrollate che non riuscivo a gestire. Molti dei miei cugini non li avevo mai visti. Erano nati e cresciuti quando ero lontano, e cercavo nei loro visi tracce di me, di quello ero stato e di quello che sarei diventato se fossi rimasto. Cercavo qualcosa che ancora mi legasse alla madrepatria. Ero stato così tanto lontano da casa che le strade erano cambiate e le persone erano cresciute. Gli adulti avevano qualche pelo bianco in viso e nei capelli, e i bambini erano diventati giovani uomini e donne che avevano già tracciato l'inizio di una nuova generazione dietro di loro. Ero cugino di cuori nuovi e zio di anime pure che ancora dovevano realizzare di essere al mondo, figlie di quella terra che profumava di banana, cacao e oceano.

Avrei voluto avere più tempo per raccontare a loro l'uomo che stavo diventando, per chiedere scusa per non essere riuscito a tornare prima, per tenere ancora di più tra le braccia la piccola Aisha dagli occhi castani e il naso minuscolo. Avrei voluto raccontare che cosa significasse vivere da questa parte di mondo per persone come noi, e fare vedere cicatrici sottopelle che avevo imparato a nascondere bene.

Li avrei voluti avvisare di non sognare abrochi, perché nulla è come si sarebbero mai aspettati.

Li salutai commosso e felice, con la promessa di rivederli presto. Avevamo un programma da rispettare e il giorno dopo ci aspettava un viaggio di undici ore per andare a Tamale, nel nord del Paese.

Parte III

Andare a Tamale, per me, fu un viaggio nel tempo e nello spazio che mi riportò indietro di undici anni. Mangiai con gli occhi tutto quello che era possibile vedere. I cartelli pubblicitari della Vodafone, le insegne verdi del Milo, i mercati coperti e quelli all'aperto. I venditori di cocco e banane erano piazzati a distanza di pochi chilometri l'uno dall'altro, e come in un gioco di squadra a coppie, erano sempre accompagnati da qualche donna che vendeva l'acqua sigillata in plastica e dalle venditrici di mango e mais cotto sulla brace. Alcuni tratti avevano la strada sterrata e il furgone alzava una polvere rossa che colorava l'aria di magia. Gli alberi secolari dominavano parte del tragitto. Grandi e possenti, testimoni immutabili del mutamento dell'uomo. Muovevo la testa a destra e a sinistra come un joystick, mentre Martino, ogni tanto, puntava la telecamera e iniziava con le sue domande. Non riuscivo a spiegargli la devastante sensazione che provavo in quel ritorno a casa dopo più di un decennio. Impiegai un paio di giorni ad abituarmi al fatto di dover guardare dritto in camera mentre gli rispondevo. Non ero abituato alle riprese. Non mi sentivo a disagio nel farlo, ma trovavo difficile guardare qualcosa che non fossero occhi umani mentre parlavo.

Guardavo il resto del gruppo rimanere affascinato da ciò che scorgeva dai finestrini, mentre piovevano domande su domande a me o all'autista. Per loro era tutto nuovo. Per me era tutto diverso. Sapevo com'era prima e vedevo com'era dopo tutti questi anni. Mi sentivo un po' a casa, e un po' estraneo.

La guest house dove dormivamo era grande, ma calda. Accogliente.

La sera le zanzare abbondavano, andando in cerca di sangue fresco da succhiare prima di essere schiacciate da una mano veloce ed incazzata.

Conobbi David, un ragazzo della sicurezza che parlava a fatica e tratteneva le parole per la diffidenza. Mi incuriosiva, lo trovai saggio ed educato. Misurato, come nonna mi aveva insegnato ad essere. Doveva avere una nonna meravigliosa anche lui.

Mi sbottonai per primo e gli raccontai di me, dei miei trascorsi, dei miei desideri e di quelli che chiamavo 'sogni sul tavolo'. Ho sempre pensato che i sogni, per poterli realizzare, dovessero essere sul tavolo e non nel cassetto. Devono essere ben visibili e riconoscibili, a ricordarci giorno dopo giorno perché ci alziamo e verso dove stiamo andando. Li ho sempre pensati come lettere di un passato sempre presente, qualcosa che rinnova la forza di non mollare mai e l'amore per la vita.

Si sbottonò anche David.

"Purtroppo mia mamma è morta tre anni fa e non ho bel rapporto con mio padre. Anzi, mio padre proprio non mi vuole".

Mi venne un nodo aggrovigliato in gola che scese fino allo stomaco. Empatizzai con David fino a far riaffiorare sentimenti che credevo di aver perso. Le sue difficoltà nella vita erano immense, e mi sentii in colpa per essere dov'ero e avere ciò che avevo.

"Non ho speranze per il futuro", mi disse in inglese poco prima di salutarci.

La chiacchierata con lui aveva ricalibrato e riordinarono le mie priorità, ma mi sentii scomodo e scorretto nell'averlo fatto sfruttando il suo dolore.

La prima notte a Tamale la trascorsi aspettando l'alba. Io ed Elena avevamo deciso di andare a goderci il sole tiepido mentre si alzava fiero alle prime ore del giorno. Avevamo legato subito, prima ancora di salire sull'aereo. Ci eravamo casualmente trovati a Fiumicino prima di tutti gli altri ed avevamo passato un po' di tempo da soli a conoscerci. Eravamo stati guidati da una sensazione a pelle, una di quelle che difficilmente tradiscono ciò che senti nel profondo, e noi sentivamo di essere affini in modo diverso rispetto a come lo potevamo essere con gli altri. Lungo la strada di campagna per arrivare al punto migliore per l'alba, alle cinque e mezza di mattina incontrammo una persona in biciletta. Ci salutò, con un sorriso pieno di un affetto incomprensibile. Era così insolito ricevere calore umano da uno sconosciuto. Ci salutarono nello stesso modo anche le due donne che trovammo più avanti. Portavano secchi immensi sulla testa. Avevano un andamento posato e dritto. Non erano affaticate dal peso che in quel modo veniva distribuito su tutto corpo. Una era fasciata in vita da una stoffa colore giallo e rosso, e l'altra indossava una gonna lunga di stoffa con un verde che dominava sul blu scuro. Le stoffe wax esaltavano le loro curve e i loro animi.

"Good Morning"

"Good Morning", rispondemmo in coro. Quegli incontri cambiarono i nostri umori, li migliorarono ed ebbero il merito di infondermi un senso di bellezza dell'essere umano che avevo smesso di vedere da tanto tempo.

Da programma dovevamo passare la prima settimana al nord e la seconda nella capitale.

Da sempre, il nord era più povero e arretrato. Il commercio marittimo aveva permesso al sud di svilupparsi più in fretta e con più costanza, mentre il nord aveva sofferto di siccità e abbandono. Non avevo mai avuto modo di visitarlo. Mamma non aveva certo tempo di pensare alle gite.

Ci presentammo al primo villaggio indossando tutti maglie Unicef, e ci accolsero con grandi sorrisi sin da subito.

L'Organizzazione aveva costruito un centro per aiutare mamme e bambini malnutriti. Al villaggio mi ritrovai in una realtà che avevo pensato lontana da ciò che consideravo casa. I bambini ci correvano incontro felici di vederci e si mettevano in cerchio, scrutandoci con occhi grandi e curiosi. Mi sentivo catapultato in una di quelle pubblicità umanitarie che raccolgono fondi per aiutare popolazioni povere. Anzi, quelle pubblicità erano pure peggio, perché vendevano miseria raccogliendo soldi e pietà. Puntavano al cuore delle persone mostrando bambini con la pancia gonfia e le mosche negli occhi. Era questa l'idea che molte persone avevano dell'Africa. Di tutta l'Africa. Annientavano con indifferenza la dignità di persone che avrebbero meritato solo una vita più tollerante delle loro difficoltà.

Quando siamo arrivati alla struttura regnava il silenzio. C'erano un paio di donne fuori dal loro dormitorio con i bambini legati dietro di loro. Non erano sorprese di vederci, ma non sembravano nemmeno tranquille. Claudio era l'unico di noi a sapere come approcciarsi a queste realtà. Aveva la macchina fotografica in mano, ed entrava in punta di piedi nello spazio vitale delle donne con un sorriso genuino.

Martino aveva girato diverse immagini e aveva già chiesto di poter entrare in qualche casa. Elena, che stava studiando medicina, era consapevole della differenza tra denutrizione e malnutrizione.

Il responsabile della struttura, Asafa, ci spiegava che lì insegnavano alle mamme che genere di alimenti dare e come sfruttare a pieno il cibo che avevano.

"Qui abbiamo tutto, il cibo non manca e nonostante la siccità l'agricoltura è sufficiente al fabbisogno della popolazione. Manca un po' di conoscenza sugli alimenti adatti a neonati per non incorrere in problemi di salute. Il problema di zone come queste, quindi, è più di malnutrizione che di denutrizione. Era chiara quanta disinformazione avessi mangiato in tutti questi anni di pubblicità umanitaria e di narrazione africana unilaterale fatta dai bianchi. Dopotutto, quello che stavo imparando sull'Africa e sulla sua storia lo stavo imparando per ricerche personali. A scuola non era materia d'interesse menzionare l'apporto delle civiltà africane nel mondo, o del contributo dei neri. Nemmeno quando avevamo studiato gli antichi egizi c'erano riferimenti ad Africa o africani. L'immagine posseduta e venduta dall'Occidente era sempre quella di un continente nero, povero, ridotto in miseria da guerra e schiavitù e costantemente bisognoso di aiuti per camminare in piedi. Mi innervosivo le prime volte che ragazzini cresciuti con game boy e Barbie mi chiedevano se in Ghana vivevo nelle capanne e andavo in giro nudo con il viso pieno di pennellate di colori vivaci.

Allora credevo fosse sana ignoranza e voglia di scherzare. Non immaginavo che crescendo avrei trovato adulti con pensieri simili.

Visitammo poi una delle scuole più prestigiose del posto.

Era prevista una marcia per sensibilizzare la popolazione sulla malaria e su come fare prevenzione. Al nostro arrivo, gli alunni stavano tenendo nell'atrio una gara di spelling infiammata. La competizione si sentiva nell'aria. Vivida e leale. Quando la studentessa fece lo spelling per la vittoria e il professore, giudice di gara, sentenziò con "è giusto", scoppiò un urlò generale di gioia. Gli alunni schizzavano in giro correndo come proiettili, abbracciandosi con gioia come mi accadde di fare alla vittoria dell'Italia ai mondiali del 2006. La loro euforia era infettiva.

La marcia fu gloriosa e piena di significato. Sudavo e soffrivo tantissimo il caldo, ma ero felice e grato perché mi sentii parte di una comunità, conscio del fatto che non avevo i loro stessi problemi e questo, in un modo inspiegabile, mi sollevava, facendomi sentire anche un po' in colpa. Di nuovo.

Tenevo un diario sul quale scrivevo delle mille sfaccettature di vita che stavo vivendo in quei giorni, e quando alla sera scrivevo a Giorgia, avevo le mani instabili e rigide. Tremavano dalla voglia di ficcare a forza nel cellulare tutte le esperienze, gli incontri e le emozioni vissute. Volevo fargliele arrivare tutte premendo semplicemente "invio" sul mio Samsung.

Sentii questo bisogno soprattutto l'ultimo giorno che passammo a Tamale. Eravamo andati in un villaggio dove stavano costruendo una scuola e noi dovevamo fare presenza e capire come funzionavano le cose. I responsabili Unicef locali ci spiegavano come in realtà loro non ricevessero aiuti fini a sé stessi, ma il know-how, per poi crescere e gestirsi da soli come comunità.

"Le persone che sono qui hanno voglia e ci mettono impegno. Non abbiamo bisogno di assistenza, ma di imparare come fare determinate cose e qui tutti si mettono all'opera", ci disse Margaret.

Io non parlavo la loro lingua. Ero in Ghana, nel mio Paese, eppure i nostri pensieri producevano parole incomprensibili l'uno per l'altro. E in quel momento ero dall'altra parte, insieme a gente venuta da lontano per curiosare nella loro quotidianità, e mi sentivo anche io una persona distante, un forestiero. Quel pomeriggio il sole batteva spietato sulle nostre teste, ma il vento faceva da paciere, soffiando morbido sulla nostra pelle.

Brenda e Cadio erano già in mezzo ai bambini, mentre sorridendo, cercavano di comunicare nella lingua dell'amore. Elena e Sara erano appena dietro di loro e si muovevano felici tra quelle teste pelate e piene di ricci come i miei, che saltellavano felici intorno a loro. Claudio era intento a stringere la mano a Margaret e ad altri due uomini alti di fianco a lei.

Dalla terra una sottile polvere rossa si alzava appena per ricoprire i piedi e le caviglie di quei bambini e Martino era esaltato dalle inquadrature cinematografiche che stava facendo.

"Chi sono?"

Io ero rimasto qualche metro più indietro. Avevo capito che mi creava una strana sensazione di inadeguatezza vedere i bambini corerci intorno e camminavo spesso a qualche metro indietro per perdermi la scena. Li guardavo e mi chiedevo "chi sono?"

Non ero bianco, non ero un turista o un personaggio al quale correre incontro con sorrisi. Non ero come quei bambini nei quali non mi riconoscevo nemmeno nel suono delle frasi che pronunciavano.

Non ero né una cosa, né l'altra. Mi sentivo straniero a casa mia. Una sensazione che avevo già sperimentato in Italia. Ero in un limbo, esattamente sul confine di due mondi che mi appartenevano, o forse non era così?

Mi metteva a disagio vedere quella scena, perché non ne ero abituato, non ero lì per quello e non mi andava bene essere partecipe di un qualcosa che assolveva le anime di persone straniere che trovavano pacifica l'idea di essere salvatori, migliori, anche inconsciamente.

Tornare ad Accra fu come riemergere da una realtà completamente diversa. Era strabiliante la netta separazione di vita tra le popolazioni del sud e quelle del nord. Non sapevo quanto, prima di visitare Tamale e i piccoli villaggi della regione.

Avevamo in programma una visita culturale alla quale guardavo con impazienza.

La Gold Coast è una parte del Ghana dalla bellezza unica e genuina. L'oro non si trova solo sottoterra, ma è presente nel cuore delle persone. Le piccole imbarcazioni dei pescatori locali colorano il lungo mare, cospargendolo di movimenti e gesti consuetudinari di chi vive in mare tutta la sua vita. L'oceano è freddo e caloroso, fresco di vita incontaminata. Il vento è profumato di sale e il sole concede qui la sua unica tregua durante il giorno.

Qui sorge una fortezza rimasta intatta nei secoli e che oggi rappresenta un patrimonio Unesco. Il castello di Elmina è uno dei trenta castelli dell'orrore, ereditato durante la tratta degli schiavi. Costruito dai portoghesi, è la più antica costruzione europea nell'Africa subsahariana.

La guida turistica, Kojo Edward, era un uomo affascinante, con la voce profonda e potente. Parlava gesticolando, per dare ancora più forza ed impeto alle sue parole. Sorrideva poco, il giusto, per far vedere che ci accoglieva con gentilezza, ma che non era certo fiero di ciò che mostrava ai visitatori.

"Quante volte avrà raccontato quelle storie degli orrori?" mi sono chiesto a metà della visita.

Kojo esordì con una frase illuminate: "molti di quelli che vivono in Occidente pensano che solo perché la schiavitù sia finita, non ci sia più motivo di parlarne, perché non ha ripercussioni nel presente. Vi basti pensare, ad esempio, che Elisabetta è stata più a lungo regina d'Inghilterra di quanto ogni altro stato ex colonia sia stato indipendente".

Il castello di Elmina è una fortezza interamente bianca, annerita in alcune sue parti dal passare dei secoli e dalle piogge di dolore. Le travi a vista erano scure e logorate, ma rimanevano lì, decise a fare conoscere la storia di ognuna delle persone che erano passate fra le sue mura. Il castello era stato costruito come centro di imprigionamento e di smistamento degli schiavi per l'America e per l'Europa. Dai portoghesi era passato in mano agli olandesi e poi agli inglesi. Erano passati tutti lì, a prendersi ciò che volevano e ciò che le persone avevano di più prezioso. Non l'oro o i diamanti, ma la loro vita, la loro forza, la loro famiglia.

Kojo ci raccontava di una tratta di schiavi senza precedenti. Piantava dati su dati, sui quali costruiva poi le spiegazioni e i fatti. Venti milioni di persone deportate in poco più di tre secoli e centinaia di migliaia schiavizzate lì, a casa loro, o morte scavando fino agli inferi in cerca del metallo giallo. Moltissimi, poi, erano quelli morti durante l'attraversata. Doveva soffrire anche l'oceano per tutte quelle vite innocenti che aveva dovuto soffocare tra grida e paura.

Ci spiegò come, in realtà, non fu né il cotone né il caffè a scatenare la grande richiesta di schiavi, ma la produzione di canna da zucchero.

"Quando iniziarono a mettere lo zucchero nel caffè, la richiesta del mercato esplose e questo è il motivo per cui il Brasile fu il Paese che più sfruttò gli schiavi e ne ebbe in quantità superiore a tutti gli altri. Ed è sempre per lo stesso motivo che fu l'ultimo ad abolirla. Il grosso problema di razzismo che persiste in Brasile è la conseguenza di quello che vi ho appena accennato".

Ero giovane, ma abbastanza maturo per vedere il dolore gocciolare dalle mura del castello.

Mentre passavo le mani tra le pareti fredde delle celle, il brivido irrigidiva i miei movimenti e mi iniettava nelle vene la scomoda realtà della storia. Qui, dove uomini e donne avevano lasciato l'Africa per sempre, tutto era rimasto uguale, tranne le urla strazianti, i lamenti e l'aria mefitica.

Ero completamente sopraffatto. 'Overwhelmed', come ripeteva spesso Kojo Edward.

Ci raccontava con animata passione e precisione alcune delle crudeltà a cui erano sottoposti uomini e donne in attesa della partenza.

"Erano persone. Persone costrette a vivere come animali, ammassati in decine e decine in minuscole cave sotterranee senza luce. Affogavano nella loro miseria e disperazione, tra il vomito e la diarrea, con mani e piedi incatenati, come se potessero mai uscire da lì. Perfino l'aria scappava da quelle celle disumane".

Era il modo terrificante dei trafficanti di affidarsi alla selezione naturale. Chi sopravviveva avrebbe forse desiderato la morte poco dopo, quando avrebbe scoperto che era destinato ad un'esistenza intera da schiavo, a ritmo di frustate sulla schiena e umiliazioni costanti.

Non c'era tregua nelle spiegazioni di Kojo Edward. Non riuscivo a respirare. Mi sentivo soffocare da tutto il male che quel luogo aveva custodito. Avrei benissimo potuto essere uno di loro. Lo sapevo bene.
"E mentre nei sotterranei si agonizzava e si moriva nel putridume e nel buio assoluto, ai piani alti, schiavisti e soldati godevano delle schiave più belle, stuprando e seviziando giovani donne spogliate della loro dignità".
Ci raccontava che c'era una botola che dalla camera del generale portava direttamente alle prigioni delle donne, così le poteva scegliere e le portavano direttamente nel suo alloggio, lavate e poi lasciate in pasto ai suoi desideri.
Nei registri ritrovati c'erano schemi e disegni su come costipare il maggior numero di schiavi possibili nelle navi. Li mettevano sdraiati, vicini, talmente attaccati che nemmeno l'aria trovava spazio tra un corpo ed un altro. Ed erano incastrati con meticolosità, in modo che ci fosse a malapena spazio per le guardie per appoggiare i piedi, passando sopra quei corpi seminudi e tremolanti. Venivano incatenati a due a due, rendendo così più difficile una possibile fuga.
"Era impensabile buttarsi in mare per suicidarsi, tentare una fuga quando ci si doveva trascinare dietro un'altra persona", aveva aggiunto.
"Molti di loro si rifiutavano di mangiare, perché uno schiavo denutrito a magro valeva di meno. Allora venivano tenuti fermi, e con pinze enormi gli venivano strappate via i denti davanti, in modo da poter spingere giù il cibo con forza. Riuscite ad immaginare anche solo questo? Lo sentite il

dolore in bocca e sulla vostra pelle? Vi sfiora un minimo la disperazione?".

Trattenevo a fatica le lacrime e la mia testa si riempiva di domande confuse e irrazionali, senza riuscire a rielaborare e a dare un senso a tutto quello che vedevo e sentivo.

"Esiste un limite alla disumanità dell'uomo?" mi chiedevo. Sentii crescere in me la rabbia. Ne ero stracolmo. Ricoperto fino alle viscere.

Tuttavia, il senso di malessere stava prendendo il sopravvento. Avevo la nausea, il vomito e cercavo di fingere un benessere per non attirare l'attenzione su di me. Io che ero figlio dei due mondi, Africa ed Europa, mi sentivo travolto dalla rabbia e dalla vergogna. Un misto di emozioni che non si incastravano bene tra loro. Ero arrabbiato verso tutti. C'era chi in nome di ricchezza e potere aveva ridotto in catene generazioni di uomini e chi, dall'altra parte, aveva permesso che tutto ciò accadesse.

Era avvenuta, per secoli, una deportazione di madri, padri e figli dall'altra parte del mondo per sfruttarli fino alla morte, privandoli di ogni accezione umana. Non mi capacitavo del velo di silenzio che era stato steso su questa lunga pagina di storia durante la mia educazione così italiana, così europea, così occidentale. Claudio diceva che non dovevamo essere sorpresi di avvertire in alcune persone locali rabbia e risentimento. Capivo perfettamente. Ciò che avvertimmo nelle parole di un vecchio signore che abitava ai piedi del castello era un'ira verso tutto ciò che l'essere bianchi rappresentava. Potere, morte, saccheggio, imposizione, catene e prigionia. Non era una cosa passata.

L'eco di tutto quello che era successo nei secoli lo sentivo io stesso sulla mia pelle, tutti i giorni, eppure ero lì insieme a loro, i bianchi, e gli occhi di disprezzo del vecchio signore non mi risparmiarono, come se fossi un traditore passato dal lato marcio della storia pur di dividere una parte di benessere costruito sul sangue dei miei antenati.

L'immagine del suo volto mi seguì fino a letto, quando i miei pensieri erano rimasti tanti e le sensazioni si erano accavallate e aggrovigliate come fili. Una domanda continuava a scavare in profondità nel mio cervello: "Chi sono?"

Ero alla ricerca di un qualcosa di poco chiaro, di non definito. Forse un legame, un'appartenenza o forse l'idea di essa. Avevo bisogno di tracciare le linee della mia identità in mondi che sembravano non volermi dare gli strumenti per farlo.

Ad Elmina mi sentii addosso i residui dell'odio che tutta quella violenza e disumanità aveva generato nella comunità locale.

Era un odio custodito, cullato, tramandato, come se tenerlo vivo nei decenni servisse a tenere vivido il ricordo di quegli orrori. Un sentimento di trasporto, un facilitatore di memoria, un'energia necessaria anche se consuma l'anima, ma andava bene, le anime dei nostri antenati non avevano avuto pace. L'odio resisteva e non c'era ombra di perdono, perché in fondo né l'Europa né gli States o il Brasile avevano chiesto scusa, né tanto meno avevano fatto qualcosa per rimediare o riparare al male fatto, ammesso che si possa mai riparare ad un male di quell'entità.

Prima di addormentarmi ripensai a ciò che disse Kojo prima di salutarci.

"Ci sono storie sommerse, storie non raccontate di eroi, di ribelli e di guerrieri che si sono organizzati ed hanno combattuto contro il sistema di schiavitù.

Non ci siamo piegati.

Fate sapere al mondo che noi non ci siamo piegati.

Che abbiamo lottato con dignità e orgoglio. Non ci siamo piegati.

Dite a chi sta dall'altra parte di questi mari che abbracciano questo meraviglioso continente che non siamo nati schiavi.

Che siamo stati schiavizzati, una condizione temporanea durata secoli, ma che è diverso da dire schiavi che, invece, è uno stato d'essere.

Ditelo al mondo che non ci siamo piegati.

Siate testimoni.

Non ci siamo piegati. Mai".

Parte IV

Il ritorno in Italia fu diverso rispetto a quello che pensavo.

Ero stato per due settimane in una terra che non rivedevo da undici anni. Per metà del tempo sono stato in luoghi che non avevo mai visto e che avevano scosso la mia coscienza. Avevo ritrovato la leggerezza di vivere e avevo paura che l'avrei lasciata in aeroporto a Fiumicino prima di prendere il treno per Modena. Della mia vita italiana per lo più mi mancavano gli abbracci della sorellina Soraya e i baci intensi di Giorgia, gli amici universitari e quelli di vita. Il mio ritorno coincise con l'inizio della mia vita di un attivismo allo stato embrionale, quando della parola 'attivista' sentivo parlare poco, e la gente non si curava di pronunciarla con orgoglio.

Mario ed io, stimolati dagli studi giuridici e da un interesse ancora acerbo nella politica, fondammo Speranza e Futuro, un'associazione culturale con l'intento di coinvolgere i giovani della nostra area nella vita culturale e politica del Paese.

La vita è cambiamento e la mia lo era da sempre, senza che io potessi decidere altrimenti. Così sarebbe accaduto anche col mio attivismo. Nel giro di poco iniziammo ad avere diversi iscritti, a fare riunioni serali dove affrontavamo temi di rilievo e ad organizzare incontri aperti con assessori comunali e specialisti nel settore medico o amministrativo della zona. Eravamo cresciuti in fretta.

Uno dei nostri dibattiti finì sull'omosessualità e sull'adozione di bambini da parte loro. In famiglia non erano argomenti trattati, ed io venivo comunque da una realtà dove l'omosessualità era un tabù. In Ghana avevo sentito parlare di gay da piccolo, con nomignoli accompagnati da grasse risate che mal celavano tutta la repulsione e l'odio nei confronti di queste persone ritenute diverse dai diversi.

Marianna era una donna forte e assolutamente di carattere. Era inflessibile nelle sue idee e non arretrava per far spazio a parole o pensieri che riteneva ridicoli o retrogradi. Era una di quelle persone con le quali era meglio evitare una discussione per non perdere l'appetito e la voglia di confronto per giorni.

Vinse la battaglia di convincimento sul diritto degli omosessuali di sposarsi e di adottare. Ad inizio serata non sapevo che sarei andato a dormire con una nuova consapevolezza.

Aveva ragione, ancora una volta, e con le sue parole improntò la mia crescita in una direzione ben precisa. Cambiò una parte di me, ma non glielo dissi mai, perché non ne ero ancora consapevole. Tuttavia, avevo già capito l'enorme importanza del confronto e del dialogo. Doveva essere questa la strada.

Qualche mese dopo, la nostra associazione fu invitata a partecipare al meeting nazionale Unicef che si svolse a Firenze. Io chiamai anche Giorgia, perché era l'occasione per vivere insieme tre giorni meravigliosi in una città della quale mi innamorai sin da subito.

Firenze è una città disegnata a mano. Ogni suo angolo decanta storia e arte rimaste inalterate come nei libri e sfuggite all'usura del tempo. Chiese e cattedrali contengono tracce dell'esistenza di unioni illustri e di matrimoni mai avvenuti. Che Dante fosse il padre della lingua italiana lo si percepiva dal dialetto fiorentino che ancora conteneva parole cadute in disuso entrate a fare parte del dialetto fiorentino.

Al meeting parteciparono personaggi noti, come Roberto Bolle e Nino Banfi. Salii sul palco anche io, insieme ai ragazzi della sezione giovanile di Unicef Italia, Younicef. Prima di salire, dietro le quinte, ci passò di fianco il sindaco di Firenze. Si fermò per qualche secondo a farci i complimenti. I giornali parlavano spesso di lui, soprattutto per la giovane età e per quello che sembrava essere destinato a fare. "Signor Renzi, dobbiamo andare adesso", gli disse uno del suo staff.

"Siete il futuro bello di questo Paese", ci disse prima di allontanarsi.

Negli anni a seguire avremmo sentito molto parlare di lui, ma non sapevamo ancora quanto, e soprattutto, se in maniera positiva o negativa.

Il meeting a Firenze ha rappresentato l'immagine di un'Italia che non pensavo esistesse. Giovani e adulti erano accumunati da una visione di vita e di futuro simile, ed interagivano tra loro con rispetto gli uni verso gli altri. Desideravamo tutti un Paese più civile, che rispettasse e non umiliasse, che comprendesse e non escludesse, che includesse e non marginalizzasse, che proteggesse e non criminalizzasse.

Ero circondato da persone di varie etnie e sembravano tutti avere lasciato fuori da quel padiglione le lotte interne col mondo esterno. Non mi ero mai sentito così tanto a mio agio in mezzo alla gente. Salutavo le persone sfoggiando il migliore dei miei sorrisi e parlavo con sicurezza sul palco insieme a Claudio dell'esperienza in Ghana.

Lì dentro camminavo con Giorgia e non incrociavo più sguardi di disprezzo e disgusto. La mia anima si era placata in quel luogo che sapevo essere una bolla meravigliosa e colorata che in poche ore sarebbe scoppiata, mettendomi a nudo nel mondo reale. Era davvero meraviglioso essere lì.

"Ti brillano gli occhi quando parli con le persone", disse Giorgia abbracciandomi.

"Sì, sono felice e sereno. Mi sembra di avere tutto quello di cui ho bisogno. Ci sei tu, mio fratello e il gruppo Speranza e Futuro. Ho l'amore, l'affetto, l'amicizia e la stima delle persone qui attorno. Nessuno mi tratta da straniero o da delinquente, e questo basta a farmi stare così".

Mi ero sentito così anche durante il nostro primo viaggio a Parigi. Era il nostro primo viaggio insieme, ed io guardavo solo di avere i documenti non scaduti e soprattutto di non perderli. Quel pensiero aveva occupato la mia testa per metà del tempo, perché se li avessi persi non sarei riuscito a tornare indietro. Il terrore mi scorreva dentro tutte le volte che pensavo che solo smarrendo un documento all'estero, sarei diventato un clandestino che poteva essere rimandato in Ghana, sacrificando dodici anni della mia vita in Italia e tutto quello che avevo.

Parigi la chiamano la città dell'amore, e in effetti è ricoperta di un amore quasi solenne, romantico, potente e incantevole. Avevo iniziato ad amare quella città dopo aver passato l'estate a Cala Mandia a ballare le musiche del Moulin Rouge e ad adorare Giulia, che interpretava Satine con estrema grazia.
A Parigi la musica di strada e la poesia fluttuano nell'aria, per riempire con precisione gli spazi vuoti tra i dialoghi delle persone. Le vie si intrecciano, costruendo forme geometriche ed artistiche visibili solo dall'alto. I ponti sul fiume Senna creano il luogo perfetto per l'incontro di labbra che hanno solo voglia di baciare e di risvegliarsi con frasi d'amore e un tocco leggero del pollice che le accarezza. Le luci della sera creano l'atmosfera ideale per dichiarazioni d'amore folli e coraggiose. Dalla finestra del nostro albergo si vedeva in lontananza la Tour Eiffel, che nella notte brillava fino alle stelle, fiera di accogliere sotto di sé persone da ogni parte del mondo venute per ammirarla. Giorgia era appoggiata alla finestra, e aveva lasciato accesa solo la luce del bagno, con la porta socchiusa quel tanto che bastava per vedere i suoi lineamenti illuminati. Sembrava assorta in pensieri in cui mi volevo perdere anche io, perché insieme a lei, anche perdersi era un evento meraviglioso in cui ritrovarsi.

Mi avvicinai da dietro accarezzandole la braccia, partendo dalle mani fino alle spalle. Voltò leggermente la testa per guardarmi negli occhi e con un movimento lento si spostò i capelli dalla parte opposta, lasciando scoperto il collo. L'abbracciai da dietro ed iniziai a baciarle il collo, prima con delicatezza, poi con sempre più forza e passione. Sentivo il suo battito aumentare con l'aumentare dei suoi gemiti, mentre il suo corpo si contorceva al mio. Le aprii le gambe con la mano, e baciandola per secondi infiniti in un intreccio di lingue ruvide, sentii tutta la sua eccitazione bagnarmi le dita. La toccavo da dietro sentendo tutto il calore che le scorreva dentro e lei si stringeva all'altra mia mano appoggiata al suo seno.

Facemmo l'amore osservati dalla Tour Eiffel, che svettava potente sulla bellissima e sensuale Parigi, e ci cullammo con l'ebbrezza primaverile che rinfrescava una camera diventata bollente. Non ne avevo mai abbastanza di lei, del suo sorriso, dei suoi occhi, della sua pelle che sapeva di vaniglia e dei suoi gemiti. Quando la guardavo, sognavo davvero di stare con lei tutta la vita, ma come avrei imparato non molto tempo dopo, dai sogni prima o poi ci si risveglia, soprattutto quando a questi ci si aggrappa anche quando fanno più male che bene.

Parigi era una moltitudine di culture ed etnie. Non mi era mai capitato di vedere una cosa simile in Italia. Guardavo con occhi spalancati come i neri non fossero solo guardie davanti ai negozi dei ricchi, ma uscivano dagli uffici con la ventiquattro ore. Il proprietario del ristorante dove andammo a mangiare la prima sera era un signore di origini turche con una moglie di origine angolana.

"Che accoppiata unica", pensai.

Nella metro c'era una donna col velo che sembrava essere appena uscita dalla multinazionale dove, probabilmente, curava la campagna pubblicitaria. Il signore con i dreadlocks e vestito sportivo mi dava l'impressione di essere un istruttore di palestra con quelle sue spalle possenti e arroganti. La mamma con quel bambino con i capelli così folti e quei ricci domati a fatica doveva aver sposato un nero come me.

"Guarda che bello che è" mi disse Giorgia, sorridendo di gioia.

"È vero, è proprio bello", risposi, "vorrei avere un figlio così. Sarebbe bellissimo, come te". Avrei voluto aggiungere altro, ma non lo feci. Non era più a suo agio. Giorgia diceva che non credeva nei 'per sempre', e se non poteva essere per sempre, allora era meglio non desiderare una creatura.

Ci pensavo spesso però, e lo dicevo sempre a Kwaku.

"Avrò una figlia sai, e la chiamerò Sky". Lui non rispondeva quasi mai. Mi ignorava, come se non credesse che avrei trovato una persona con la quale costruire una famiglia.

Una volta mi chiese "Mettiamo che ci sia una folle disperata che decida di fare un figlio con te. Se nascesse maschio?"

Amava prendermi in giro, ed io gli ribattevo sempre, ma quella volta ero troppo assonnato per rispondergli.

Eravamo appena rientrati dalla notte bianca a Modena, insieme a Mario e agli altri amici di Speranza e Futuro. Era maggio e la sera portava con sé una freschezza solare che seduceva giovani e meno giovani ad uscire e a stare all'aria aperta. Avevamo atteso queste giornate dopo un inverno siberiano che aveva gelato per giorni le tubature delle nostre case.

Erano le tre e mezza di notte quando mi misi a letto. Oscillavo tra il sonno e la veglia. Ero irrequieto, ma non era una novità. Mi addormentai con la luce accesa.

Avrei voluto alzarmi ma non riuscivo, perché sentivo finalmente il mio corpo abbandonarsi lentamente allo stato di incoscienza in cui il mio subconscio avrebbe preso il controllo.

All'improvviso sentii un boato e un forte tremore.

Il terremoto aveva fatto irruzione nelle nostre vite.

Parte V

È un rumore sotterraneo forte e cupo. È un po' come la voce bassa di un cantante blues ingabbiato in un tunnel che non fa eco. Con le orecchie appoggiate a terra lo si sente avvicinarsi di corsa, come una mandria di tori infuriati. È qualcosa di inconfondibile.

Il rumore inizia da lontano, piano, poi diventa sempre più forte e con esso anche il tremore.

Il terremoto non è una scossa. Quella c'è solo quando ti passa sotto ai piedi e fa tremare tutta la casa e la terra circostante.

Il terremoto è più simile ad un movimento rumoroso, ondoso e prepotente di una terra che si ribella alle leggi della natura e dell'uomo, stanca di essere calpestata e maltrattata da generazioni che non l'hanno saputa amare.

Quella notte aprii gli occhi a fatica. Ero immobile. Fui sorpreso dal rumore degli oggetti che sbattevano l'uno contro l'altro e cadevano del comodino. Il lampadario oscillava in maniera disarmonica, spostando le ombre sui muri come pennellate di un murales.

Kwaku stava disperatamente bussando alla mia porta. Sentivo tra le grida confuse la voce di mamma che chiamava Isaac e Soraya. Rimasi immobile sul letto per pochi secondi che sembrarono minuti interi, e quando realizzai il pericolo scattai dal letto, e con un automatismo del tutto sconosciuto, cercai la porta e scesi giù dalle scale.

Abitavamo al primo ed ultimo piano. Scendere quei venticinque scalini non era mai stato così scioccante. Un evento inaspettato, tragico e violento aveva cambiato per sempre le nostre esistenze. Un terremoto di magnitudo 5.9

gradi della scala Richter aveva scosso la terra della bassa modenese, portando morte e devastazione che nessuno di noi riusciva a spiegarsi.

Passammo le notti successive in macchina. Lo fecero tutti, perché le scosse non si fermavano. Sei giorni dopo, mamma e Soraya partirono per il Ghana. Senza saperlo, mamma aveva organizzato questo viaggio proprio durante quell'estate. Era come se il destino avesse architettato tutto per risparmiargli questo periodo di sofferenza.

Gli sfollati erano molti, le case erano inagibili e i sopravvissuti portavano la loro testimonianza da miracolati in tv, mentre il Paese intero si commuoveva. Tre anni prima avevamo tutti visto scene del genere dopo il terremoto nel cuore dell'Italia, all'Aquila.

Viverlo in prima persona era terrificante. La gigantesca macchina nazionale dei soccorsi si stava già attivando mentre noi faticavamo ancora a credere che quella fosse realtà.

I campi da calcio della zona si stavano trasformando in tendopoli, dove famiglie intere avrebbero trascorso un'estate di tremori e paure. Intere case erano diventate inagibili, e con esse anche le sicurezze di chi vi abitava.

Provavo ancora timidamente a riprendere a studiare. Casa nostra era rimasta in piedi e senza danni, ma stavamo giù in giardino il più possibile perché, in caso di scossa, era meglio non avere scale da fare. Vivevamo con la paura quotidiana. Nove giorni dopo la prima scossa, il 29 maggio, avevo in mano un libro di diritto privato e leggevo articoli di leggi che sfuggivano in fretta dalla mia testa. Non riuscivo proprio ad ingabbiarli e a farli rimanere lì fino al tempo dell'esame. La mattina non era calda, quindi avevo addosso una felpa con il cappuccio e un po' di malinconia. Non vedevo Giorgia da un po' di tempo.

Qualcosa nel nostro rapporto si era incrinato ed eravamo in una di quelle pause inutili che anticipano solo la rottura finale, come quando rimani ad osservare il rosa del cielo dopo una giornata di caldo rovente con un sole che ha finito di bruciare tutta la sua passione e già si è spento. Ammiri quel colore così bello e sofisticato, dolce e leggero che scompare, con un po' di amaro negli occhi, perché avresti voluto vederlo ancora, ancora più a lungo, consapevole che forse un cielo così non lo avresti più visto per tanto tempo, e non avresti più amato come prima.

Di colpo avvertii una sensazione simile a quelle di quei giorni. Le scosse di assestamento erano continue, eppure questa volta sembrava diversa. Mi alzai in piedi sulla panchina davanti casa e alzai gli occhi al cielo. Il rumore era ormai assordante e si era portato dietro una distruzione nuova e spietata. La chiesa di Cavezzo stava cadendo a pezzi ed innalzava nuvole di macerie dense di lacrime e grida. Stavamo vivendo un'apocalisse a cui non eravamo preparati. Ciò che era stato solo danneggiato qualche giorno prima, ora si stava sgretolando, riscoprendosi fragile e impotente, come lo eravamo tutti.

Questo nuovo terrore di 5.8 gradi aveva messo in ginocchio le nostre menti e appeso per il collo le nostre paure, lasciando sotto le macerie il nostro futuro.

Ed è qui che ho visto il cuore grande di questo popolo, che ha scavato tra la distruzione per tirare fuori quel futuro che ancora respirava. Ormai i campi da calcio erano pieni e stracolmi di tende, di volontari e di bambini. L'organizzazione era stata rapida, quasi immediata. Noi avevamo la nostra tenda in giardino e ci arrangiavamo con i pasti.

Avevamo scoperto i nostri vicini. Persone che si limitavano a salutarci per educazione, ora erano divenuti amici, confidenti, compagni di sventura.

Avevamo riscoperto una nuova comunità ed una nuova vita. Era come se nella disgrazia ci fosse un senso di umanità e di compassione che ci teneva tutti stretti ed uniti in un impasto fatto di spiriti forti che non si arrendevano.

Ci salutavamo tutti per strada, ci prendevamo tempo per chiacchierare, per condividere racconti e cibo, per stringerci la mano e donare abbracci e pensieri anche a persone che avevamo quasi sempre ignorato.

Le strade brillavano della bellezza vera, quella delle persone e del loro affetto, ed era una gioia mai provata prima. Mi sono sempre chiesto se fosse necessario vivere una disgrazia per riscoprirci umani e fratelli.

Cavezzo, Mirandola, Finale Emilia e tutta la zona circostante era invasa da amore, telecamere e volontari da tutto il Paese. Era qualcosa di straordinario. Ero orgoglioso dell'Italia, del mio Paese. Avevo fede e speranza, ma ripiombai nella desolazione quando, a metà di quell'estate, Giorgia mi chiamò per dirmi che era finita.

Perché quando le disgrazie arrivano, non arrivano mai sole, e se qualcosa può andare male, andrà sicuramente peggio.

I litigi nei mesi scorsi erano stati tanti. Il nostro amore travolgente aveva coltivato nel terreno delle incsomprensioni il suo odio. Aveva avuto cura di annaffiarlo con parole pesanti, insulti, urla, lacrime, esaurimenti nervosi, oggetti lanciati e spintoni. E quell'odio, una volta fiorito, non aveva più abbandonato la nostra relazione. Tornava, sempre di più, con insistenza e determinazione.

I nostri pensieri non si intrecciavano più. Viaggiavano su assi paralleli che non riuscivamo più a spostare o modificare per farli incontrare. Sì, lei non credeva nei 'per sempre', ma forse è proprio lo spettro di una fine che rende più bello tutto quello che viviamo. La prospettiva della fine di un domani avvalora la bellezza di oggi. Eppure, c'era ancora così tanto amore.

Quando la vidi un'ultima volta per riprendere le mie ultime cose da casa sua, i suoi occhi erano decisi a non lasciarmi speranza. Eravamo cresciuti, cambiati e non riuscivamo più a capirci. L'amore non bastava più, e il nostro era stato uno di quei rapporti dove l'amore non poteva bastare per sempre. Perché non si sopravvive quando i litigi sovrastano i baci e l'amore è contaminato da una rabbia che si attacca alle pareti del cuore e non viene via con dialoghi diluiti e sbiaditi.

"Sarai per sempre la mia piccolina", le dissi abbracciandola. Non rispose, ma la sentii singhiozzare nel suo silenzio e stretti ancora di più l'abbraccio prima di lasciarle una parte di me e andare via per sempre.

Un 'per sempre' che sarebbe durato il tempo di rivederla un anno dopo, quando la mia vita era cambiata totalmente.

Il terremoto aveva risvegliato in noi una coscienza comune diversa. Io e Mario avevamo deciso di fare qualcosa per aiutare le attività della popolazione locale. Mi aveva già convinto a fare volontariato alla croce blu, ma questa era un'idea imprenditoriale del tutto nuova.

Avevamo pensato di fare un portale web e di raccogliere tutti i ristoranti e i locali su quel sito, copiare i loro i menù, i prezzi e le loro novità. Volevamo facilitare la vita a chiunque avesse voglia di mangiare fuori, dandogli tutte le informazioni necessarie. L'avevamo chiamato Visione360. Offrivamo anche un servizio fotografico dei loro locali e dei loro piatti migliori, per poterli pubblicizzare bene. Oltre al sito, avevamo pagato per fare anche un'indicizzazione importante. Gestivamo le loro pagine social e, tramite corsi, avevamo imparato come muovere i passi decisivi con un'attività simile. Nei mesi saremmo arrivati anche all'organizzazione di eventi serali dedicati.

Eravamo partiti con le idee su carta. Viaggiavamo con una cartellina e diverse brochure che contenevano poche idee chiare su quello che volevamo proporre. Non era affatto facile far digerire la nostra idea a ristoratori che erano fuori dal mondo digitale e non coglievano le potenzialità della rivoluzione tecnologica. Richiedeva una fatica immane.

Ci organizzavamo fissando appuntamenti per giorni e poi partivamo la mattina per tornare la sera. Giornate piene di spiegazioni, di contratti ed illustrazioni. Chiamava sempre Mario per prendere gli appuntamenti. Era meglio che parlasse lui. Sentire un nome come il mio al telefono avrebbe chiuso immediatamente tutte le porte e questo lo sapevamo bene. Non potevamo permettercelo, così quando si era offerto lui di chiamare non dissi niente. Nessuno di noi parlò, ma sapevamo bene che era meglio così. Lo sapevo io e lo sapeva lui e la sua espressione aveva tradotto ciò che pensava. Lo conoscevo bene.

Quando quel giorno arrivammo al locale di un noto ristorante con vista sulla campagna eravamo felici, perché era un potenziale cliente che avevamo puntato da tanto tempo. Fiutavamo i clienti migliori e aspettavamo il momento migliore per agganciarli. Facevamo giochi di potere su un terreno dissestato.

Alla porta ci accolse un uomo alto e robusto.

"Benvenuti, ragazzi. Antonio, piacere".

Era un uomo con occhiali da vista troppo piccoli per il suo viso squadrato. La folta barba nascondeva un po' i suoi lineamenti e un po' la sua età.

"Piacere, Mario" e si strinsero la mano. Si era già girato per indicarci l'unico tavolo a cui potevamo sedare.

"E piacere, Kofi", gli dissi a voce alta, quasi come a richiamarlo. Com'era possibile che non mi avesse visto? O forse era distratto dal servizio a pranzo che sarebbe iniziato tra un'ora.

"Ah sì, piacere", rispose in fretta, senza mostrare la minima mortificazione per non avermi salutato.

Quando si girò per accompagnarci al tavolo vidi che si stava pulendo la mano con la quale aveva appena finito di stringere la mia, dopo che lo avevo richiamato presentandomi.

Si stava pulendo la mano sui pantaloni.

Si stava davvero pulendo la mano strofinandosela sui pantaloni.

Dovevo rimanere concentrato, ma iniziò ad essere ardua.

Al tavolo, quando intervenivo e parlavo io, lui rispondeva a Mario, continuando a non vedermi. Cercavo di mantenere lucidità, di trattenere i miei pensieri insieme alla frustrazione.

Facevo una domanda e Antonio rispondeva a Mario, senza nemmeno degnarsi di guardarmi in faccia. Continuò così per tutto l'appuntamento. Ero avvilito e arrabbiato.

Feci il viaggio di ritorno completamente assente dal mio corpo. Rispondevo a Mario con monosillabi. Antonio non sarebbe diventato nostro cliente, ma a me quella sembrava una naturale conseguenza del suo comportamento.

Non dissi niente, a nessuno. Mario guidava pianificando già le prossime mosse, mentre io tagliavo l'aria con la mano fuori dal finestrino. Mi sentivo così umiliato, degradato. Ero ferito dentro e non trovavo più scuse. Avevo passato settimane ad inventarne pur di mantenere la concentrazione sul lavoro. Era la terza volta che accadeva, e ormai avevo le spalle stanche di sopportare e reggere l'illusione di una realtà che mi schiacciava. Mi sentivo fragile. Dopo essere riemerso dalle sabbie mobili, stavo tornando ad affogare, ed avevo esaurito tutte le forze.

La mente umana è come un uovo. Forte e capace di sostenere un peso inimmaginabile, ma fragile se cade dal lato sbagliato e, quando non si rompe, si creano crepe che non si rimarginano più.

Queste crepe erano profonde. Avevano aperto uno squarcio che lasciava fuoriuscire nuovo malessere che non sapevo come gestire. Volevo solo andare via. Per me, per salvarmi. Per avere una vita.

Dovevo andare via.

La serranda della speranza si era abbassata e non riuscivo più a tirarla su. Mi lasciavo inghiottire dalla solitudine di pensieri che mi tenevano sveglio la notte. Piangevo, perché non riuscivo a parlare con nessuno.

"L'Italia non è razzista. Non sono tutti così", mi dicevano spesso i miei amici, e lo capivo. Avevano ragione. Ne ero consapevole. Ero fortunato ad avere persone meravigliose nella mia vita. Da quando ero arrivato ero stato circondato da persone che mi avevano amato e dato tanto, avevo trovato in Enrica una seconda mamma, in Mario un fratello, in Carola una carissima amica, in Alessandro un amico sovrano che sapeva accogliere ogni mio pensiero e trasformarlo in energia. Ma tutto questo non cancellava tutto il male che stavo vivendo. Non mi rendeva colpevole nel provare tutta quella rabbia. Avevo quasi timore ad usare quella parola. Razzismo.

Sembrava che io non fossi riconoscente e mi stessi lamentando di aver ricevuto così tanto dalla vita. Ma non riuscivo a far capire che la gratitudine non mi faceva da scudo, che fuori da quella meravigliosa bolla di amici e conoscenti, ero paragonato agli immigrati che stavano sbarcando sulle isole del sud in cerca di una vita migliore. Loro erano i nuovi nemici e lo ero anche io. Erano persone che avevano solo la colpa di sognare qualcosa di diverso, di migliore per loro e per la loro famiglia. Il loro crimine era la speranza. Soffrivo nel sentire l'odio crescente nei loro confronti e, di conseguenza, nei miei.

Non riuscivo a parlarne perché in Italia nessuno vuole parlare di razzismo. Ci si nasconde, lo si nega come se fosse l'unica cosa possibile da fare. E quando non lo si nega, lo si minimizza accusando di vittimismo chi ne parla. Era come essere soffocati con un panno bagnato d'acqua. Una sensazione che lasciava senza respiro ed energie.

Mamma aveva già fatto la domanda per la cittadinanza e aspettavo che arrivasse. Volevo solo andarmene.

Era il più presente tra i miei pensieri fissi. Quello che mi svegliava la mattina e mi faceva mettere giù il piede dal letto.

Quello in cui mi rifugiavo quando sentivo addosso gli occhi dei pregiudizi e del disprezzo. Quello a cui cercavo di dare ascolto, perché gli altri pensieri mi facevano paura. Mi davano una sensazione di vuoto che svuotava la mia vita di tutto il valore che aveva. Mi dicevano che forse sarebbe stato meglio non esistere e farla finita, se questa sofferenza era tutto ciò che avrei sempre avuto da questa vita, da questo Paese, che non riusciva a normalizzare l'esistenza di vite come la mia.

Capitolo V

De-pressione e Separazione

Parte I

L'anno dopo il terremoto, poco prima di fondare la società Vision360, avevo iniziato il servizio civile. L'evento catastrofico aveva aperto la strada a nuovi scenari sociali e lavorativi, ed il Governo aveva fatto un bando per coloro che volevano rendere servizio allo Stato. Una cosa simile, ma diversa, alla vecchia leva militare obbligatoria.

Da straniero non potevo partecipare al bando nazionale, perché era riservato esclusivamente a cittadini italiani. Una delle tante barriere che lo Stato metteva tra me e la mia autodeterminazione. Fortunatamente, la regione Emilia-Romagna istituì un bando speciale per dare possibilità ad uno straniero per comune di parteciparvi.

Grazie a Mario già facevo volontariato in croce blu, un'associazione composta da persone che volontariamente prestavano il loro tempo per servizi utili a persone non autosufficienti, affiancando, di sera, il servizio nazionale di Croce Rossa per le emergenze. Dunque, partecipare al bando e chiedere di lavorare proprio lì mi sembrava la naturale conseguenza degli eventi.

Eravamo in quattro quell'anno. Tre dal concorso nazionale, ed io da quello regionale. Due maschi e due femmine. Una squadra splendida.

Avevo già superato il corso di primo soccorso a pieni voti, e guidavo l'ambulanza con una certa tranquillità. Tra le altre cose, durante la mattinata lavoravamo seguendo un calendario settimanale di persone in dialisi da andare a prendere e portare in ospedale a Mirandola.

Avevo iniziato da pochissimo quello che sarebbe stato uno straordinario anno di servizio civile, e non avevo ancora conosciuto tutti i nostri pazienti. "Domattina abbiamo il signor Lugli Andrea da andare a prendere, ricordi?", mi disse Federica. Una delle sole due dipendenti dalla croce blu.
"Sì, mi avevi accennato qualcosa", le risposi.
"Eh, è un tipo un po' particolare"
"Particolare in che senso, Fede?"
"Eh, particolare. Tu stai sereno comunque, eh".
Non mi era comprensibile ciò che Fede cercava di dirmi. Per me 'particolare' valeva sia per le cose curiose e positive, che quelle incomprensibili e negative. Accantonai così le sue parole dopo pochi chilometri di strada.
Indossavo una divisa bellissima, arancio fosforescente, con al petto lo stemma dell'ANPAS (Associazione Nazionale Pubbliche Assistenze). Ero fiero di fare il servizio civile e di essere utile alla comunità. Quella divisa mi inorgogliva e mi dava lustro, ed un pulito senso di appartenenza. Finalmente.
"Aspettami qui che vado io a suonare il campanello. Mi conosce, quindi scenderà subito" mi disse Federica mentre si preparava a scendere. L'anziano signor Lugli ci avrebbe messo un po', perché faticava a camminare.
Dalle parole di Fede mi ero immaginato una persona scorbutica, sola ed impaziente, di quelli irascibili e brontoloni con sempre il cappello in testa o in mano, intenti a rendere la vita difficile agli altri perché la solitudine gli ha fatto dimenticare il sapore della felicità.
Uno di quelli abbandonato dall'unico figlio che si è trasferito a Milano per vivere rinchiuso in un ufficio piccolo e stretto, col viso perennemente illuminato da un monitor a basso costo.
Quando li vidi scendere, gli andai incontro per accompagnarlo al pulmino ed aiutarlo a salire con più facilità.
"Buongiorno, signor Lugli, venga che l'aiuto a salire". Mi misi di fianco a lui e lo presi delicatamente per il braccio.

"No", disse mentre mi spingeva via allargando il gomito. "Non voglio essere aiutato da un negro".

Lo lasciai subito e rimasi immobile per qualche secondo. Pochi, probabilmente, ma non me ne resi conto. Non ero riuscito, in quell'istante, a realizzare quanto dolore avesse gettato nella mia testa.

Odiavo profondamente quella parola, e sentirla in quel frangente, dalla persona che cercavo di aiutare, mi ferì e mi fece infuriare più di quanto avrei voluto. Non ero più in grado di ignorare. Non lo trovavo più giusto, nemmeno che fosse un anziano solo a dirmelo.

In passato avevo permesso a qualche compagno di scuola o di calcio di chiamarmi così. L'avevo fatto per evitare di parlare sempre, per non sentirmi dire che ero il solito lagnoso, per farmi accettare meglio e fare vedere che sapevo ridere e accettare l'ironia di battute gratuite che di ironico non avevano nemmeno il profumo.

"Dai negro, oggi vieni a giocare a calcetto dopo scuola?" E ridevo a denti stretti.

Col mio silenzio avevo alimentato persone che probabilmente andavano in giro dicendo "beh sì, io ho un amico che mi lascia chiamarlo così, non sarà mica un'offesa. Lo dico con affetto, non per offendere".

Per anni ero sempre stato solo. L'unico nero. Costretto ad accettare le regole del gioco di un'integrazione che passava anche per la mia capacità di accettare la volontà dei bianchi di decidere per me cosa potesse essere offensivo e cosa no. Dovevo accettare le battute su di me, sul mio colore, sul mio corpo, o meglio, sul mio pene. Dovevo accettare i pregiudizi e la canzone sui watussi facendomi grosse risate.

Altrimenti ero uno che faceva l'offeso, uno che faceva la vittima ed era permaloso. Uno a cui non si poteva dire mai niente e che non si faceva mai una risata. Uno troppo sensibile e sempre sulla difensiva. Non ero io a stabilire le regole di merda di questa integrazione, che erano fatte più per fondere ciò che ero per assomigliare a persone che non si preoccupavano nemmeno di chiedermi come stavo, che per essere veramente parte integrante della società.

E nessuno si era mai preoccupato di chiedermi come potesse essere vivere da nero in un Paese così impetuosamente bianco.

Ero sempre stato solo, e la risposta pronta ce l'avevo sempre quando era troppo tardi. Quando ero sdraiato a letto a pensavo ai mille modi da stronzo con cui avrei potuto rispondere a tono a quelle battute e a quelle prese di posizione che erano divertenti solo per loro.

"Da quando fate lavorare i negri nella vostra associazione?" disse quel signor Lugli, che non era ancora sazio del veleno che aveva disperso in tutto il mio corpo.

"Ma dai, Andrea, smettila" lo redarguì la mia collega.

Federica mi guardava dallo specchietto imbarazzata, e dava risposte blande ed insignificanti per una persona che si sentiva autorizzata ad esprimere tutto il marcio che aveva conservato nella sua essenza, senza conseguenza alcuna.

Sarebbe capitato altre volte. Non credevo che si potesse essere trattati così anche aiutando il prossimo. "Esiste un limite allo schifo che può fare un essere umano?" mi chiedevo in quei mesi.

Avrei voluto dirgli che doveva evitare quella parola come si evitano la svastica e il saluto romano, perché ci hanno insegnato a sviluppare una sensibilità enorme su quello che subirono gli ebrei, ma nessuno sembrava preoccuparsi di fare la stessa cosa con quanto subito da un intero continente per più secoli. Come mai era normale e giusto non fare il saluto romano, ma non lo era offendere una persona nera chiamandola in quel modo? Qualche mese prima, durante il programma di preparazione per il servizio civile, dovevamo partecipare a diverse riunioni con gli altri ragazzi dei comuni limitrofi.

Erano ore perse, di nessuna utilità per ciò che andavamo a fare; tuttavia, era occasione di conoscere altri giovani della zona e di chiacchierare del futuro o della partita di calcio della Juventus del giorno prima.

A San Prospero avevano organizzato un pomeriggio di esercitazione con la protezione civile per farci imparare come costruire tende ed arginare i fiumi in piena. Dopo gli eventi sismici, saper fare certe cose era ormai necessario.

Alla grande tavolata per la pausa pranzo che avevano preparato vicino al campo dove facevamo l'esercitazione, notai un ragazzo moro con la faccia morbida e serena, con occhi sinceri e profondi. Parlava con una voce familiare, allegra e calda. Non era una di quelle persone che amava stare al centro della scena, ma quando parlava aveva l'attenzione di tutti senza bisogno di chiederla.

Ci sono persone che quando incontri per la prima ti sembra già di conoscere da anni, e ci parli come se aveste già condiviso parte del vostro percorso di vita. Lui era una di queste.

Io appartengo alla categoria di coloro che si dimentica il nome delle persone nell'esatto momento in cui l'ha sentito, mentre deve ancora lasciare andare la stretta di mano. Ero totalmente incapace di memorizzare all'istante i nomi.

Mi aveva sempre infastidito questo fatto.

Di Daniele, invece, mi ricordai subito, ed ebbi la sensazione che ci fosse qualcosa di speciale nei suoi occhi e nel suo modo di emergere tra la folla senza fare troppo rumore.

Mi ricordava molto Ganz, che era l'unico delle scuole superiori con cui avevo costruito e mantenuto un rapporto così stretto, e al quale raccontavo le sfumature in nero della mia vita.

Avevo scoperto negli anni che Ganz era un'anima gemella per me. Non avevo mai creduto che trovare l'anima gemella fosse una questione esclusivamente legata ad una persona con la quale avere una relazione sentimentale e amorosa nel senso stretto del termine. Al contrario, ho sempre pensato fosse questione di anime affini, di persone in grado di volersi bene nonostante le distanze, le assenze e la presenza ad intermittenza.

Ho sempre pensato che fosse più questione di capirsi senza troppe spiegazioni e di sorridere alle battute altrui prima ancora che abbia finito di farle. Di capire l'animo profondo, evitando all'altra persona l'onere di tirare forzatamente fuori i propri lati assopiti. Ho sempre creduto fosse la possibilità di essere schifosamente se stessi, senza la preoccupazione del giudizio di chi ti osserva, anche quando non ti comprende del tutto.

Ecco, io ne avevo trovata un'altra di anima gemella, ed era Daniele.

Quando uscimmo la prima volta, mi sembrava a tratti di parlare con una persona che possedesse metà della mia personalità, e per l'altra metà capisse con naturalezza pensieri e ragionamenti che mi pesava spiegare al resto del mondo. Dani era una persona serena. L'acqua rappresentava bene il suo essere, eppure trasmetteva un'energia capace di incendiare foreste. Era una delle rare persone con le quali era possibile fare discorsi di ogni tipo. Parlavamo di cose stupide, frivole e senza peso, subito dopo aver finito di parlare di cosa fare per migliorare il mondo e lasciare un futuro migliore alle generazioni dopo la nostra.

C'era della qualità nelle sue parole. Sempre.

Era un contenitore di idee e pensieri, capace di attaccarsi alle mie sensazioni senza sembrare estraneo, perché rifletteva bene ciò che ero. L'avrei sempre considerato il regalo più bello di quel servizio civile. Mi rendevo conto di essere abbastanza fortunato da essere circondato di persone straordinarie che bilanciavano tutto ciò che il mondo esterno mi spalava addosso. Erano il bene che equilibrava l'oscurità.

Parte II

Quel pomeriggio, avevo capito quale sarebbe stato il mio futuro se fossi rimasto. Durante il giorno sfoggiavo un sorriso perenne che era da sempre parte del mio essere. Non avevo mai dovuto faticare troppo per sorridere anche nei momenti difficili. Di sera e di notte, invece, combattevo contro i mostri che invadevano la mia camera e la mia testa, cercando di sedimentarsi nelle viscere dei miei pensieri. L'equilibrio della mia vita si era spostato su un filo invisibile che separava la vita dal nulla. Una zona bianca dentro di me dove niente aveva senso, compresa la vita stessa. Dove la leggerezza era data dal non esistere più su un piano terreno. La depressione è un mostro che non si presenta mai dalla porta principale, che non bussa, e non ti dà modo di capire che è già entrata nella tua vita prima ancora che tu ne abbia coscienza.

Vision360 aveva preso piede bene e le soddisfazioni diventavano sempre più una normalità alla quale io e Mario ci stavamo abituando. Al quarto anno avevo messo in pausa l'università, perché tra l'attività e il servizio civile non riuscivo più a studiare. Fu una scelta consapevole, con la quale facevo i conti ogni singolo giorno.

Mi ero un po' slegato dal gruppo universitario perché, come spesso accade, le scelte di vita possono dividere se non siamo noi a forzare i sentimenti a rimanere compatti con un po' di impegno.

Io quell'impegno l'avevo. Male, poco e in maniera frammentata, eppure Vale era sempre lì. A lei riuscivo a raccontare quella parte di me che altri non riuscivano a capire. Sapeva cosa significasse essere neri e vivere fra i bianchi, essendo comunque trattati come indegni di calpestare il loro stesso terreno. D'altro canto, avevo ormai smesso di cercare di far capire a tutte le altre persone cosa tutto questo significasse per me, così, quel pomeriggio, quando vidi Dani non gli dissi niente.

Dovevamo vederci per un pranzo dopo il mio ultimo appuntamento con un cliente. Ero in un paesino nei pressi di Mirandola e non avevo contanti con me, così decisi di andare a ritirare un po' di soldi all'ATM dell'Unicredit.

Era estate, ed il caldo tipico della bassa modenese si era impossessato dell'aria, togliendo freschezza per sostituirla con un'umidità che si attaccava addosso con ferocia. Afa e mancanza di aria tagliavano a fette la mia energia, ed arrivavo a sera spremuto e spossato.

L'ATM esterno non funzionava, quindi dovevo per forza entrare.

Da fuori, vidi due signori che stavano entrando e non vedevo l'ora di godere un po' di quell'aria condizionata che sapevo ci sarebbe stata. C'era il classico tornello cilindrico a doppia porta, e come la porta posteriore si chiudeva, la dipendente apriva quella davanti per farti accomodare, senza esitazione. Un'operazione quasi meccanica.

Entrai, la porta dietro si chiuse, ma stranamente quella davanti non si aprì.

Quell'operazione quasi meccanica si era interrotta.

Alzai lo sguardo verso la dipendente in cerca di aiuto e la vidi alzarsi di tutta fretta per avvicinarsi alla porta, ancora chiusa.

Avevo caldo già da prima, ma quei pochi secondi in più lì dentro avevano alzato decisamente la mia temperatura.

"Scusa, cosa vuoi?", mi domandò con un tono deciso la signora. Quasi rimproverandomi.

Rimasi perplesso. Non comprendevo la natura della sua domanda. Mi pareva ovvio, ed ero perplesso soprattutto per il tono della sua domanda.

"Sono un cliente, non tuo fratello. Dov'è finito il rispetto per i clienti?" avrei voluto dirle. Se avessi avuto bisogno di una gelateria o di una libreria non sarei entrato in banca.

"Mi serve la banca?! Devo prelevare" risposi con un tono sarcastico tra l'affermazione e la domanda. In realtà, di sarcastico non c'era proprio niente, ma di fronte ad una domanda così, non sapevo che risposta intelligente avrei potuto darle.

"Si, ma ti serve questa banca? Cosa devi fare?", ribatté la signora che ora appariva visibilmente preoccupata e allarmata.

Mi guardai attorno, ancora più perplesso e senza capire. Ero rinchiuso. Non riuscivo a muovermi. Avevo caldo, la fronte e il collo iniziavano a bagnarsi di leggere gocce di sudore.

"Sì, signora, mi serve questa banca, sono cliente" le dissi. Non capivo perché non potesse farmi entrare come tutti ed aspettare il mio turno per chiedermi di cosa avessi bisogno.

"Ah sì, sei cliente? Non da noi, dove hai la sede?"

Mi sentivo letteralmente sotto interrogatorio. Non sapevo quale risposta avrebbe sbloccato una situazione che dal nulla si era trasformata in un attentato alla mia salute mentale.

Perché agli altri uomini non era stata chiesta la stessa cosa? Ero stato in mille altre banche e non era mai successo niente di simile. Chi avevo spaventato? Cosa avevo fatto? Non ero armato. Avevo il viso ben scoperto e le mani ben in vista. Non capivo.

"Sono cliente ed ho la sede a Cavezzo, signora" e mentre lo dicevo, per sicurezza, tirai fuori la tessera con i dati bancari che conservavo nel portafoglio. Gliela mostrai nella speranza che fosse sufficiente per farmi aprire immediatamente la porta.

Finalmente si decise, e con passo titubante si diresse alla sua postazione. Mi guardò mentre premeva il benedetto bottone, lasciandomi libero di entrare e di respirare.

"Scusa, ma abbiamo la porta che non funziona, quindi devo fare così ogni volta".

Si giustificò con queste parole dopo aver colto sul mio volto l'espressione di incredulità, sdegno e rabbia. Non sapeva che avevo osservato altri due clienti entrare prima di me in tutta libertà, senza che fossero rimasti lì dentro le porte un solo secondo di troppo, e soprattutto senza subire nessun ingiurioso interrogatorio.

"Non si preoccupi" le risposi, senza aggiungere altro. A quel punto, tutto ciò che importava era che stessi respirando, immerso nella freschezza dell'aria condizionata.

La verità è che incassai il colpo, ancora una volta, e sempre in silenzio. Tuttavia, dentro me stavo morendo di rabbia e frustrazione. Ero furioso per il fatto di dover considerare tutto questo parte della mia normalità. Ero furioso che solo perché nero, lei si sentisse in diritto di usare ulteriori 'misure di sicurezza' nei miei confronti. Ero in collera con lei, con l'Italia e col mondo intero.

La sera, tuttavia, ripensando all'episodio per qualche secondo, mi sentii in colpa.

Mi sentii in colpa per averla spaventata, per essere stato il motivo per cui si fosse visibilmente spaventata. Durò pochissimo, ma il senso di colpa arrivò e quando se ne andò, lascio spazio alla rabbia che provavo nei miei confronti per essermi sentito così. Se mai avessi raccontato l'accaduto a qualche amico, mi avrebbe detto che non avrei dovuto sicuramente sentirmi così. Avrebbe espresso sdegno e indignazione, ed io l'avrei apprezzato. Ciò che non avrebbe capito è che quando ti fanno sentire costantemente sbagliato per il mondo in cui vivi, allora succede di sentirsi anche in colpa, per un breve lasso di tempo. Io avevo spaventato una persona solo con la mia presenza. Non era la prima volta, ed era una sensazione terribile. Quando capitava mi sentivo un mostro. Era una cosa che mi feriva in un modo del tutto inspiegabile.

Capitava con la donna alla stazione che si tirava la borsa stretta davanti a sé quando mi vedeva passare. Capitava con la ragazza che attraversava la strada quando a percorrere il marciapiede eravamo solo io e lei. Capitava con la signora che quando mi vedeva aspettare il mio turno a diversi metri dietro di lei, evitava di preleva i soldi all'ATM, lasciandomi andare per primo, per poi guardarmi andare via prima di tornare a prelevare.

"Avete vinto voi, per adesso. Sarà l'Italia agli Italiani". Mi dicevo.

Quel pomeriggio avevo capito quale sarebbe stato il mio futuro se fossi rimasto. Sarei stato un estraneo, sempre. Un pericolo, spesso. Un nemico, ogni tanto.

Consolidai la decisione di andarmene dall'Italia. Tuttavia, c'erano due cose da sistemare. Dovevo finire l'università e, soprattutto, dovevo prima avere la cittadinanza.

Quando ne parlavo con Enrica rimaneva sempre esterrefatta per come funzionavano le cose.

"Scusa ma da quanto tempo è che stai aspettando la cittadinanza?" mi chiedeva di tanto in tanto.

"Sono più di tre anni" rispondevo affranto, e aggiungevo "lo sai che l'avvocato a cui ci siamo rivolti per farci seguire la pratica non fa altro che mandare solleciti su solleciti?"

"E meno male. Non oso immaginare se l'aveste fatto voi da soli quanto ci avrebbe messo" ribatteva delusa.

"Qualche mese fa l'avvocato ci ha detto che le pratiche ci mettono così tanto tempo perché a volte vengono semplicemente lasciate marcire nell'ufficio competente".

"No, aspetta, in che senso?"

"Ha detto che le pratiche si accumulano e se la tua finisce sotto e non mandi solleciti ci può mettere tanto anche solo per il fatto che viene dimenticata nel mucchio. Assurdo, vero? Così mentre uno passa un'esistenza da cittadino di serie B, la sua pratica viene lasciata a marcire sotto altre pratiche, in un insulso ufficio senza vergogna".

Lei scuoteva la testa indignata e mi faceva piacere sapere di avere la comprensione di una donna che stimavo così tanto.

Mamma era dovuta andare in Ghana nel periodo del terremoto con Soraya per poterle fare la cittadinanza ghanese. Enrica rise dal disgusto quando glielo raccontai.

"Come si fa a nascere in Italia da genitori che vivono nel Paese da anni, che lavorano, che pagano le tasse, che mandano i figli all'università e fanno un mutuo per comprarsi casa ed essere comunque considerati stranieri sia dalla legge che dalla società? Soraya ormai parla solo italiano. È incredibile".

Lei capiva perfettamente la tremenda frustrazione di quello che stavo vivendo. Ero sedotto e affascinato da un Paese che avevo imparato ad amare da subito.

Avevo assorbito come una spugna la cultura, le tradizioni e gli innumerevoli gesti del bel paese. Imprecavo in dialetto. I pensieri mi fluivano in italiano anche quando con mamma parlavo *ga*. Con Isaac e Soraya, invece, si discuteva solo in italiano, mentre con Kwaku parlavo entrambe le lingue. L'essere arrivati qui quando avevamo dieci anni ci aveva aiutati a mantenere stretta parte della nostra cultura ghanese, soprattutto quella linguistica. Con mio padre, finché era in casa, insieme a italiano e *twi*, parlavo anche inglese, soprattutto quando si litigava. In quei momenti quell'uomo aveva la capacità di frammentare i miei pensieri in caos, e le parole mi uscivano in ordine sparso e in lingue diverse.

Lui e mamma si erano legalmente separati. Mamma si era logorata l'anima, rinchiusa in un rapporto che aveva stracciato in pezzi la sua dignità di donna. Aveva donato i suoi anni migliori a noi, e a quell'uomo la sua gioventù. Non le era rimasto nulla se non la propria libertà, e aveva lottato per riprendersela.

Quando l'avvocato ci disse che il giudice aveva emanato l'ordinanza, e che lui sarebbe dovuto andare via di casa, ci fu una guerra di parole ed un'esplosione di rabbia e orgoglio senza precedenti.

"Come ti permetti tu, piccolo bastardo insolente di dirmi che devo andare via da casa mia? Questa è casa mia, hai capito?"

Io cercavo solo di riportare ciò che il giudice aveva deciso. L'alternativa era che si presentasse un ufficiale giudiziale con un fabbro che cambiasse la serratura e le forze dell'ordine per farlo andare via a forza.

"Dovranno venire a portarmi via di forza da casa mia", continuava ad urlare con una collera che si alimentava con il mio silenzio. Avevo pochi dubbi che le cose sarebbe andate così.

'Da casa mia' continuava a dire, sapendo bene che non era più casa sua da molto tempo.

Pochi mesi prima, mamma aveva aperto una lettera della banca. Di solito non l'apriva, anche se era indirizzata ad entrambi. I soldi in casa li gestiva lui. Da sempre. Invece di prendersi cura della mamma, si era preso cura dei suoi soldi, e aveva fallito anche in quello.

La banca annunciava che il debito aveva raggiunto i ventimila euro e che dopo numerosi solleciti, avevano deciso di pignorare la casa e di venderla all'asta. Avremmo perso la casa e quell'uomo non aveva detto una parola. Rientrava a casa già in collera con il mondo intorno a lui. La sua presenza cambiava le dinamiche in casa e limitava i miei spostamenti a camera, bagno e cucina.

La cucina, di fatto, era l'unico posto in cui stavamo tutti quando lui era a casa. Il salotto era diventato il suo regno, e ormai aveva potere solo sul telecomando, che sbatteva insistentemente sulle cosce per farlo funzionare di nuovo, e sul divano, che a fatica supportava il suo peso così ingente, e a malapena accoglieva tutta la sua altezza quando si sdraiava.

Quando si alzava, le curve della sua sagoma rimanevano sul divano per ore.

L'arrivo di Soraya aveva rotto definitivamente gli equilibri, e la scoperta del pignoramento aveva dato l'ultimo taglio netto al rapporto con lui. Un ultimo taglio dato con più forza, con decisione e soddisfazione, perché è quello che separa in due parti ciò che era un uno, e in casa la separazione tra lui e noi era netta.

Confesso che avevo provato una certa soddisfazione quando gli risposi: "Non sono io che ti sto cacciando, è un'ordinanza, ed io te lo sto dicendo prima che il giudice decida di ricorrere alle maniere forti, obbligandoti ad andartene".

Gli si gonfiarono le vene del collo ed ispirava a ritmi più corti e veloci, come un toro che si prepara a caricare.

Era incandescente, mentre io parlavo con voce posata e serena, perché non volevo dargli la soddisfazione di iniziare un litigio che lo avrebbe colmato.

"Don't shoot the messenger" gli dissi ad un certo punto. Avevo sempre adorato quel modo di dire. Che fossi io a dargli quella notizia era la mia misera ricompensa personale per tutta la violenza che avevo subito, per i torti, le umiliazioni, la sua assenza e la sua presenza ingombrante.

Soprattutto, rendeva meno amara la consapevolezza che, per anni, mi aveva servito l'odio su un piatto d'oro e mi aveva insegnato a divorarlo fino a quando non fui vuoto e privo di sentimenti nei suoi confronti.

L'odio aveva consumato parte di ciò che ero e che avrei potuto essere. Avevo imparato, dopo vent'anni, che odiare fa più male a chi odia.

Avevo visto le mie energie sgretolarsi per ogni pensiero ed ogni parola violenta che gli riservavo. Mi ero lasciato divorare dalla facilità di quel sentimento, finché non capii di essere stremato dal risentimento e dalla collera.

Ora che non c'era più e non lo vedevo da qualche mese, ero sereno. Cercavo di convincermi che ero indifferente alla sua esistenza, ma non ero mai stato bravo a mentire a me stesso.

Il giorno in cui io e Mario costituimmo Vision360 eravamo passati in filiale a San Prospero ad aprire il conto bancario della società.

Insieme a noi c'era suo papà, e gli invidiavo la presenza di un padre nella sua vita, da sempre, perché il mio, anche quando era presente, non era mai un padre presente, ma solo un comandante esigente.

Inaspettatamente, lo vidi appena fuori dalla banca, come se il destino avesse intravisto in me quella piccola briciola di dispiacere e volesse porvi rimedio.

In effetti, sarei stato contento di dirgli che stavo facendo qualcosa di grande, di importante.

Era a centocinquanta metri circa da me, dall'altra parte della strada. Un paio di volte lo avevo incrociato in macchina mentre lui era a piedi. Non mi aveva risposto ai saluti, stranamente.

Pensai che, probabilmente, in quelle occasioni non mi aveva visto. Che fosse distratto dai rumori di strada e non avesse notato la mia mano agitarsi nella sua direzione.

Questa volta invece l'avrebbe fatto, ero sicuro.

Era una stradina piccola e non trafficata che portava al parcheggio. Non c'era possibilità che non avesse tempo di vedermi, come poteva essere capitato in macchina.

Iniziai ad attraversare la strada in diagonale per andargli incontro. Camminava, con lo stesso ritmo di passo. Veloce, e la testa fissa davanti a lui. Gli arrivai vicino ed emisi un suono che non riuscii nemmeno io a capire cosa fosse. Mi bloccai sul finale del mio saluto, perché lui andò dritto per la sua strada, passandomi di fianco senza degnarmi di uno sguardo, o girare

la testa. Sordo al mio saluto e cieco alla felicità e all'orgoglio che portavo in viso quel giorno.
Fu il suo modo di dirmi che per lui io ero morto.

Parte III

"Voglio andare a Londra, mamma"

"Vedrai che starai bene, ne sono sicura"

Ero cresciuto con il mito degli Stati Uniti. In Ghana ascoltavo Micheal Jackson e guardavo famosi film d'oltreoceano come 'Home Alone' e 'The Bodyguard'. Gli adulti si riempivano la bocca della parola "America", come se dirlo accorciasse le distanze con quel mondo che sognavano ad occhi aperti. Dicevano America intendendo Stati Uniti, perché nella loro testa, in quella parte di mondo, l'America che vedevano in televisione era tutto.

Quando arrivai in Italia, rafforzai ancora di più questo mito, assaporando attraverso le serie tv la vita di Will Smith e Eddy Murphy. Passavo ore su YouTube a guardare video di Kobe Bryant e sognavo città come New York a Natale con una "Poltrona per due" e i quartieri altolocati ed altalenanti di San Francisco.

La vita di 2Pac mi aveva ispirato e, crescendo, la musica rap e hip hop aveva gasato eccessivamente i miei sogni. Avevo sempre l'impressione che in quel continente fosse tutto possibile. Ammiravo quanto fossero belli, fighi e avanti.

Nel 2008 avevo festeggiato la vittoria di Obama più di quanto avevo gioito per la vittoria nella finale della coppa del mondo due anni prima. La sua elezione mi riempì d'orgoglio e di una felicità che mi riportò indietro alla mia infanzia in Ghana, quando la vittoria nella coppa d'Africa della nazionale minore aveva scatenato festeggiamenti durati settimane.

Barack Obama era l'esempio vivente che tutto era possibile in America. Ci credevo e ci avrei creduto ancora per un po', fino al giorno in cui avrei iniziato a studiare seriamente la storia d'America passata e presente. Con l'avvento degli smartphone, erano sempre di più le testimonianze video di persone nere uccise ingiustamente. Gli episodi erano frequenti, troppo.

La storia mi aveva aperto gli occhi su come ci fu uno studio preciso su segregazione ed imprigionamento di masse di persone che avevano da poco riacquistato la libertà dopo la schiavitù.

Il sistema americano era il paradosso per eccellenza. Un controsenso a cielo aperto che rifiutava la contaminazione della normalità. Era tutto eccessivo ed estremo. Una polarizzazione irrazionale.

Da nero potevi davvero arrivare ad essere una super star nello sport, nel cinema così come in politica, fino a diventare presidente, oppure potevi essere arrestato o ucciso dalla polizia senza aver commesso nessun crimine. Ero sempre inorridito dalla facilità con cui le persone potevano acquistare armi e portarsele in giro come se portassero borse o portafogli.

Studiare e scoprire gli avvenimenti storici e attuali rimise a posto pezzi di un puzzle che per anni avevo incastrato a fatica nel modo sbagliato, pur di tirarci fuori un'immagine finale bella e idealizzata.

Nell'89, due mesi dopo che venni al mondo, nella New York City che avevo sognato per tutta l'adolescenza, si consumò una tragedia che sconvolse tutta la città. Il caso della jogger, con lo stupro e l'assassinio della giovane Trisha Meili, ebbe il merito di raccogliere e stendere al sole tutte le crudeltà e le ingiustizie di un sistema giudiziario che era disposto ad ingannare, accusare e imprigionare ragazzini palesemente innocenti pur di dare un volto al criminale, a patto che fosse nero. Ero incazzato per la totale non curanza di quelle persone verso l'esistenza di quelle giovani vite che avrebbero rovinato con anni di ingiusta incarcerazione.

C'è disumanità nell'estorcere confessioni false, fare un processo sommario pieno di strampalati errori e poi condannare al carcere ragazzini di tredici e quattordici anni. Non l'avrebbero mai fatto a dei ragazzini bianchi. Non lo hanno mai fatto, infatti, a dei ragazzini bianchi.

La prima volta che andai al cinema a vedere "12 Anni Schiavo" fui colto da una sensazione di strazio e umiliazione che mi fece commuovere e disperare come non mi era mai successo.

Patsey era stata dalla sua vicina nera che viveva nella piantagione di fianco, la quale godeva della libertà di essere padrona di casa, lasciando che il suo proprietario godesse di lei come amante. Patsey andava lì per trascorrere la mattinata tra thè e chiacchiere, come succedeva ogni domenica.

Patsey era la schiava preferita del padrone Edwin Epps. La elogiava dopo il raccolto del giorno e la sera la stuprava e la picchiava lasciandola inerme e con gli occhi spenti rivolti al soffitto della sporca capanna in cui la portava.

Sembrava che la sua anima avesse abbandonato il suo corpo. Non voleva più vivere ed aveva chiesto a Solomon di aiutarla a morire, ma lui si rifiutò. Come avrebbe potuto uccidere una persona? Una donna, un suo simile, in un'epoca in cui la razza era tutto. Forse per molti lo è ancora oggi.

Quella domenica il padrone Epps ordinò a Solomon di andare a riprendere Patsey dalla sua amica. Quando rientrarono, lui era furioso. La prese e la legò al tronco dove venivano legati e puniti gli schiavi.

Le strappo il vestito e con rabbia gridò a Solomon "Vieni qui e frustala. Frustala con tutte le tue forze".

Un brivido mi corse veloce lungo la schiena e mi ricordai di quando mio padre ordinava a me di frustare la mano di mio fratello con quel bastone largo cinque centimetri.

Solomon era affranto, dispiaciuto e in lacrime. Le sue frustate erano troppo deboli secondo Epps, che gli strappò la frusta dalle mani.

Iniziò lui a frustarla violentemente, con una rabbia disumana. Un animale furioso, un barbaro inferocito, eppure per anni la storia chiamò noi neri i barbari.

Alla terza frustata violenta, Patsey perse i sensi. Ad ogni frustrata la sua pelle nera si squarciava. Il rosa sottopelle si affacciava al sole prima che il sangue iniziasse a scorrere da quella ferita. Ad ogni frustrata, pezzi di pelle saltavano via dalla schiena come pezzi di carte in cenere. Staccai la schiena dallo schienale del cinema e misi mano alla bocca. Sentivo il dolore irrigidirmi i muscoli e le gambe mi tremavano di rabbia.

Il rumore della frusta era così forte che mi era entrato in testa. Per me non era solo un film, perché tutto ciò che vedevo era successo davvero e sarebbe potuto succedere a me, se fossi nato nel periodo sbagliato. "Con che coraggio ancora ci discriminano e trattano noi da violenti criminali, dopo tutto quello che ci hanno fatto?" pensai tra me e me. Probabilmente, qualche mio antenato era finito con le catene ai piedi ed era stato schiavizzato, oppure morì sepolto nell'Atlantico durante la traversata.

Tutto quello che era successo in quegli anni, in quei secoli, ha ripercussioni ancora oggi, su ognuno di noi, e ormai il sogno americano si era squarciato in due, e in mille pezzi in cenere, come la schiena di Patsey.

Non mi passava nemmeno più per la testa di dire che volevo andare in America.

Londra era l'unica opzione rimasta. L'unica fattibile, per lo meno. Sapevo da sempre che Londra era la città migliore per me. Non ero mai riuscito a vedere nemmeno un pezzettino dell'Inghilterra. Scoprii che con un semplice permesso di soggiorno ero obbligato ad affidarmi alla burocrazia e alla richiesta di un visto che forse non mi sarebbe mai stato concesso, per non rischiare che io potessi rimanere lì a vivere.

Non sapevo se prendermela più con gli inglesi che necessitavano di un visto da quelli come me, o con il sistema italiano che dopo tutti quegli anni ancora non mi riconosceva la cittadinanza.

La prima volta che pensai di andarci fu quando Simona mi disse di partire con lei perché stava progettando da un po' di andare nella città di Londra, e che per due settimane sarebbe stata ospite da una sua cara amica.

Simona era una ex compagna di scuola delle superiori. Era nella sezione C. Ci eravamo conosciuti al primo anno perché era uscita di fretta dalla sua classe, ed io, distratto dal cellulare, l'avevo urtata nei corridoi facendole cadere libri e appunti. Sembrava una di quelle cose improbabili che succedono solo nei film. Ne avremmo riso per anni quando avremmo ripensato a quanto la mia spallata le fece male quella mattina.

Ci eravamo persi per qualche anno dopo il diploma, per poi ritrovarci una sera in pizzeria, riprendendo così i contatti e il tempo perduto.

Quando la rividi quella sera in pizzeria, era più bella di quanto ricordassi. Gli anni l'avevano resa più sicura, più solare e più alta, o probabilmente erano i tacchi.

Di sicuro quel seno così prorompente che sfoggiava tra l'elegante scollatura del vestito era qualcosa di inedito. I capelli folti ricoprivano la fronte, formando una frangetta perfettamente curva, ordinata e ben stirata. Il viso pulito e pieno di luce, gli zigomi alti e appena pronunciati. Il suo profumo di lavanda si mischiò al mio quando mi saltò addosso per darmi un abbraccio lungo e stretto.

"Che bello vederti, Kofi. Come stai?" sentii tutto il suo calore. Era sinceramente felice di vedermi.

"Io sto bene, e tu? Ormai sono anni che non ci vediamo", dissi sorpreso da tutto quell'entusiasmo che aveva nel vedermi. A scuola parlavamo di tanto in tanto, ma non avevo mai avuto il suo numero di telefono, né lei il mio. Non frequentavamo le stesse persone e al di fuori dalla scuola ci eravamo visti solo due o tre volte, e mai da soli.

"Ci teniamo in contatto, e magari uno di questi giorni ci becchiamo per un caffè" mi disse dopo esserci scambiati i numeri quella sera in pizzeria.

"Assolutamente, mi farebbe molto piacere". Odiavo il caffè, ma non aveva alcuna importanza. In Italia l'invito al caffè è solo un buon pretesto per stare in compagnia, per diffondere sorrisi e regalare abbracci facendo due chiacchiere allegre.

Passato il giorno del caffè, mi invitò a casa sua per un pranzo veloce e poi per una cena. Questa volta con un po' più di calma.

Mi era piaciuta da sempre, ma era una di quelle persone che si guardano da lontano, fantasticando su come sarebbero a letto, nude, con la sola voglia di farsi divorare.

Alla pizzeria, per la prima volta, l'avevo desiderata davvero.

Andando via dopo la serata a casa sua, mi accompagnò di sotto, mentre ormai mi accingevo ad aprire il cancello, mi fermai senza varcare l'uscio. Ci guardammo per pochi secondi, cercando di capire se andare via fosse davvero ciò che volevamo entrambi.

La presi e la baciai con tutta la passione che era in me. Di colpo stavamo facendo le scale al contrario per tornare su in casa, diretti in camera da letto. Eravamo fuoco, fiamme e passione che sembravano aver liberato anni di voglia celata e dimenticata. Ci ritrovammo in camera senza esserci mai staccati l'uno dall'altra, sbattendo di qua e di là, e camminando a stento fino ai piedi del letto.

Mi spogliò senza darmi tempo di spogliarla per prima e si tirò giù le mutande con una velocità che chiariva tutta la voglia che aveva di me.

Lei era considerata una delle più belle dell'istituto. Il classico sogno proibito sulla bocca e nelle fantasie di tutti i ragazzi.

Qualche anno prima, una cosa del genere non sarebbe potuta accadere.

Prima della stagione in animazione e per tutta la mia adolescenza, ero stato un ragazzo davvero timido, impacciato e disarmato quando si trattava di corteggiare ragazzine che, probabilmente, avrebbero comunque ceduto alle mie lusinghe prima o poi.

Avevo inesorabilmente smarrito quella spigliatezza che era parte di me sin da piccolissimo. Stavo crescendo in una realtà che diceva che il bello era altro.

Ragazzi mori o biondi, bianchi ma abbronzati d'estate, con in testa cappelli lunghi e selvaggi, abbelliti da occhi azzurri o color nocciola, che andavano su motorini truccati o macchine comprate dai genitori per il loro diciottesimo. Io ero quanto di più lontano ci fosse da tutto questo. Quel mondo in cui crescevo aveva sempre riservato altre immagini di persone come me, e non erano certo di bellezza o affabilità. E poi capivo che per le ragazzine stare con me avrebbe richiesto una forza ed un coraggio che era raro per persone della nostra età. Non erano solo genitori che imponeva la loro scelta alle figlie, ma c'erano anche amici e adulti che le avrebbero guardate male, storto, con occhiate come per dire "ma tra tutti, proprio lui? Non ti vergogni di stare con un nero?".

Così, dopo le miserabili esperienze adolescenziali e la storia con Giorgia che faticavo a lasciarmi alle spalle, iniziai in quegli anni ad abusare della ritrovata fiducia in me e del mio essere.

Corteggiavo ragazze che non avevano niente a che fare con il mio mondo. Davo loro la caccia fiutando la loro voglia di sesso e di avventure estive. Avevo imparato a leggere i momenti, i loro sguardi e la loro sete. Giocavo a carte scoperte solo quando avevamo finito di fare sesso, sapendo che non avevo più bisogno di fingere interesse.

"Non voglio niente di serio", dicevo.

"Certo, per me va bene. Tanto mi sono lasciata da poco. Basta che poi scopiamo ancora".

Una frase che ormai scivolava sui binari della mia indifferenza, per poi uscire con leggerezza dai miei pensieri.

Era una specie di recupero per tutto quello che non avevo avuto prima, un urlo per dire al cielo che anche io, come tutti, ero degno e potevo avere chi volessi se fossi stato abbastanza bravo da trovare la chiave dei loro desideri e conquistarle. Ero affamato di normalità, di dimostrare a me stesso che anche se non c'erano persone come me rappresentate come belli, io lo ero, e dovevo esserne fiero.

Trovavo sicurezza nell'impartirmi la lezione che non ero meno di tutti quei ragazzi. La società, con la mancanza di una rappresentazione positiva, mi aveva costretto ad un lavoro di autostima estenuante.

Era un periodo di assoluto disinteresse in ogni tipo di relazione stabile. Ero arrabbiato e trovavo consolazione nella vittoria di essere riuscito a portare a letto chiunque mi piacesse. Una sensazione fievole di benessere che durava fino al prossimo orgasmo.

Simona era l'unica che era riuscita a riaccendere una luce in un corpo che era diventato un mero oggetto, e cercava altri oggetti a cui unirsi e di cui nutrirsi.

Spesso, quando mi ributtavo a letto di fianco all'ennesima persona della quale non mi importava nulla, sentivo di aver un poco gli occhi come Patsey. Vuoti e senza anima. Lontano dal luogo in cui mi trovavo.

Con Simona, fare sesso era di nuovo qualcosa di spiritualmente appagante. Gioivo della sua presenza, perché mi trasmetteva un'energia travolgente. Sorrideva di continuo come me, e diceva spesso che vedeva in me una persona speciale, unica nel suo mondo. Ed io dicevo la stessa cosa a lei. Lo pensavo davvero. Una donna straordinaria, dal sorriso quasi ipnotico. Aveva un modo di abbracciarmi che mi trasportava via come il vento tra i capelli.

Perché si possono dire tante cose anche senza parlare, lasciando che a farlo siano corpi caldi intrecciati in un abbraccio sincero e intenso, dove i respiri sono carezze e i battiti di cuore risuonano forte sottopelle, scambiandosi un bene che non si può esprimere altrimenti. Passammo un'estate di passione e ardore, momenti che sembravano troppo belli per durare, e infatti non durarono.

Conobbe una persona che fece di tutto per attirare la sua attenzione. Io fui colto di sorpresa e non reagii in tempo per dirle che con lei volevo qualcosa di serio. Che lei ne valesse la pena. Forse ero io, o forse entrambi avevamo avuto paura di quel che poteva essere. Di quell'estrema felicità che in qualche modo scavava un vuoto instabile sotto i nostri passi.

Il suo treno passò ed io rimasi fermo sui binari, immobile mentre lei partiva con un'altra persona, senza capire perché non avessi le valigie in mano per partire io con lei, e riempire quella voragine instabile sotto ai piedi che tanto ci spaventava.

Parte IV

Obama era da poco stato rieletto, il mondo era pienamente entrato nell'era dei social e della libertà d'espressione più assoluta, ed io stavo da questa parte di mondo a guardare la mia vita dall'alto e da lontano, come se fosse quella di un'altra persona.

Una vita veloce, furiosa, introspettiva.

Una vita che era un perfetto ordine nel caos.

Un uragano che si scatenava di notte, risvegliando tutti i mostri con cui convivevo.

Sognavo spesso di morire o di essere ucciso nei miei incubi. Ci avevo fatto l'abitudine, eppure il senso di irrequietudine mi accompagna sempre fino a metà mattinata.

"Se sognare di morire allunga la vita, allora vivrò all'infinito" mi ripetevo spesso.

Mi guardavo allo specchio e non riuscivo più a leggere i miei occhi. Non ero la persona che vedevo riflessa. La studiavo, la guardavo con diffidenza e la interrogavo. Stavo sprofondando in un terreno fragile che non conoscevo. Mi sentivo solo. Una solitudine stupida e spigolosa, perché avevo una marea di persone che mi facevano da scudo col proprio affetto. Non sapevo come spiegarmi questa sensazione di tristezza e solitudine in mezzo a tutto l'amore che avevo nella vita.

Sapevo solo che dovevo salvarmi.

Decisi, dopo l'ennesima notte passata a sudare via l'incubo e la desolazione di un'esistenza che sentivo scivolarmi via, che dovevo andare via da tutto e da tutti. Dovevo trasferirmi.

Ripresi l'università dopo più di un anno di pausa in cui avevo dedicato tutte le mie energie per coltivare e far crescere

Vision360. Parlai con Mario e gli comunicai la scelta di lasciare tutto a lui. Gli dissi che l'avrei appoggiato in caso di bisogno, ma che il mio tempo era finito. Una decisione che, probabilmente, apparve come un tradimento per lui, perché come in una coppia di innamorati, qualcosa di inspiegabile si ruppe in quel periodo, e la distanza si trasformò in un vuoto incolmabile che condusse la nostra lunga e meravigliosa amicizia ad una fine senza spiegazioni, malinconica e indegna.

Avevo da gennaio ad ottobre per dare gli ultimi dieci esami e scrivere la tesi.

Chiesi a Soraya un rotolone di cartellone su cui scrissi tutti gli esami che avrei dovuto dare, avendo cura di specificare appelli e date.

Era una lotta contro il tempo ed una corsa che non avevo mai pensato di poter vincere. Alla fine di tutti gli esami e delle date riportate sul cartellone incisi 'DO or DIE' a caratteri cubitali e lo attaccai sopra la scrivania.

Era un monito per i giorni in cui avrei avuto dubbi e lo spettro del fallimento si sarebbe appoggiato sulle mie spalle sussurrandomi parole di resa. Dovevo a tutti i costi fare in modo di vincere questa guerra. Una sfida con me stesso che ero determinato a non perdere. C'era in gioco molto di più di una laurea.

Diritto penale era in assoluto l'esame più difficile, il tallone d'Achille di tutti, anche dei più bravi. Per gli studenti di giurisprudenza quella materia rappresentava un muro con filo spinato, che solo i più preparati e i più calmi riuscivano a superare al primo tentativo senza essere abbattuti e respinti dalle domande del professore e dei suoi assistenti.

Avevo deciso di prepararlo prima dell'estate, prima di quando avrei dovuto lavorare di nuovo in campagna a raccogliere le pere, nella prospettiva di risparmiare soldi per la partenza.

Uno dei principi cardini di diritto penale è: la responsabilità penale è personale. Una cosa semplice, immediata, forse anche banale. Chi sbaglia paga, ma paga colui che ha commesso il reato, non altri che non c'entrano niente. Una cosa semplice dicevo, eppure sembrava non importare a chi viveva di pregiudizi.

Ogni volta che uno straniero o un nero faceva qualcosa di male, diventava un dramma per tutte le persone di quell'etnia. Uno straniero violento rendeva tutti gli altri stranieri violenti. Diventava una questione di cultura, di propensione alla violenza, di abitudine al comportarsi male, all'essere delinquenti.

Un paio d'anni prima, successe che un ghanese di nome Adam Kabobo avesse ucciso a picconate tre persone a Milano. Da quel giorno, e per mesi a seguire, tutti i ghanesi e tutte le persone nere vennero considerate pericolose, quasi come se fossero complici di quell'uomo, rei di aver in comune con lui la nazionalità o, più semplicemente, il colore della pelle. Dopo quell'episodio scrissi, per la prima volta, dei miei pensieri e della mia rabbia su Facebook, senza nemmeno immaginare che quello sarebbe stato l'inizio di un percorso che avrebbe portato sulla mia strada tanto amore, ma anche tanto odio.

'Ciao, mi chiamo... anzi non importa né come mi chiamo né chi sono.

Non importa che cosa faccio nella vita, né cosa farò.

Poco importa poi se da piccolo sono stato sradicato dalla mia terra per essere portato in questo Paese.

Non importa se sono qui da 14 anni, se ho amici meravigliosi, amori, famiglia e sogni. Li ho e li ho avuti tutti qui.

Come poi non importa che dopo tutti questi anni ho gli stessi diritti di uno che è sbarcato ieri e vengo trattato come tale da molti. Non potete capire il malessere di vivere in un Paese così, ma non importa.

Non importa nemmeno se non potete capire il dolore che provo quando noto gli sguardi su di me, di quelli che fanno male, perché sono sguardi di rifiuto, di disprezzo, di paura... di odio.

Non importa niente di tutto ciò, no davvero. Non importa perché l'unica cosa che conterà, da adesso fino a non so quando, è che io sono GHANESE. Un ne(g)ro pericoloso che probabilmente potrebbe prendervi a picconate ed uccidervi.
Oh, sì ma va bene così, lascerò l'Italia agli Italiani e di sicuro non sarò l'unico, così finalmente tutti i problemi di questo Paese saranno risolti.'

Erano parole acerbe di una mente stanca e in collera col mondo. Parole che negli anni avevo trattenuto a fatica, fino a farle esplodere e farle disperdere in fretta dalle mani, senza curarmi troppo delle conseguenze.
Una certa parte politica del Paese stava costruendo la sua forza ed il suo consenso sulla guerra contro gli stranieri. I nuovi nemici eravamo noi.
Succedeva la stessa cosa anche con i musulmani o chiunque avesse anche solo l'aspetto che richiamasse qualcuno di fedele della religione islamica.
Dopo gli attentati terroristici di matrice islamica da parte di persone che non avevano alcun rispetto per la religione stessa, l'odio si riversava sui social network ed iniziava una gara tra fazioni, condita da pregiudizi, luoghi comuni, odio gratuito ed un po' di sana ignoranza. La cosa incredibile è che, ancora una volta, l'attentato di pochi era motivo di condanna per tutti gli altri che avevano in comune con quelle persone solo il credo o la provenienza. Era un'incessante richiesta di dissociazione e condanna fatta a persone comuni che non c'entravano niente, come se non fossero schifati e terrorizzati anche loro dalla possibilità di poter morire in un attentato bomba, o di poter essere perforati da un proiettile cieco.
L'ignoranza era brandita come arma e l'odio faceva da scudo.
Queste erano persone che nemmeno si fermavano a pensare, a leggere e a conoscere. Non arrivavano minimante a capire che

chi faceva del male non lo faceva per una religione che predicava pace o per culture che predicavano rispetto.

Mi sembrava tutto talmente assurdo che non capivo come facessero le persone a crederci. La propaganda sociale e politica viveva di episodi come l'attacco a Charlie Hebdo.

Ormai si parlava di guerre di culture, di invasioni e di immigrati che avrebbero sovvertito l'ordine del Paese, e di sostituzione etnica.

Mi aveva sempre fatto sorridere quel concetto. La sostituzione etnica.

Chi fosse il nemico era chiaro, o meglio scuro. Io, noi, e tutti i non bianchi.

La rappresentazione continuava ad essere un problema. Nella televisione, nei giornali e nella quotidianità continuava ad essere totalmente bianca. I neri non si vedevano, se non in qualche serie tv americana o in qualche pubblicità di un brand internazionale o nei notiziari dai titoli tragici.

Nei telegiornali, infatti, si sentiva parlare di stranieri solo quando uccidevano, stupravano o sbarcavano sulle coste del sud, che forse era il crimine peggiore per molti. Nelle serie tv o nei film italiani i neri interpretavano solo i ruoli di poveracci, spacciatori o immigrati senza dignità che a malapena sapevano parlare e capire l'italiano. Le nere avevano il monopolio per il ruolo di prostitute e sfruttate.

Fatima, una ragazza che avevo conosciuto a Modena mentre aspettavo il mio turno per il kebab, mi raccontò che più volte le macchine si accostavano a lei per chiederle quanto volesse, in pieno giorno, mentre passeggiava a bordo strada con aria serena.

Yussef, suo fratello, aveva fatto una rissa con un gruppetto di ragazzi per difenderla dalle loro molestie. Quando lei chiamò la polizia, che arrivò dopo poco, trattarono lui come il criminale e si preoccuparono solo di assicurarsi che lui non fosse un altro Adam Kabobo e avesse i documenti.

L'Italia sembrava aver inesorabilmente preso una direzione che la portava giù nel burrone del razzismo più becero ed ignorante. Non che ci sia mai stato un razzismo razionale e giusto, è chiaro.

Alle porte dell'estate andai al colloquio con il mio professore di Teoria e prassi dei diritti umani, e scelsi lì l'argomento della tesi.

Avevo in mente da sempre di indagare sulla tratta internazionale degli esseri umani, specialmente donne e bambini. Scoprii che c'era un altro grande argomento che avrebbe meritato un'attenzione particolare. Lo sfruttamento dei nuovi schiavi.

Seguii i consigli del professore e scelsi di studiare e di scrivere sul Caporalato e le Agromafie come nuove forme di schiavitù moderna.

La fine di luglio segnò l'iniziò della raccolta delle pere. Mi alzavo la mattina presto per studiare qualche pagina, tornavo a casa per quarantacinque minuti di pausa in cui scrivevo un pezzo della tesi e la sera leggevo le varie riviste giuridiche e gli articoli che mi servivano per continuare a scrivere il giorno dopo.

Stavo tenendo un ritmo incessante e maniacale.

Non avevo margini di errore e nessun paracadute che avrebbe attutito la mia caduta. Correvo frenetico senza sapere come ero riuscito a concentrare la mia attenzione ottenendo il massimo anche da trenta minuti di studio.

Ero riuscito a superare tutti gli esami senza ripeterne neanche uno, e quando arrivai a fine ottobre con l'ultimo esame passato, mi mancava solo la tesi da completare. Avevo vinto io questa corsa, perdendo, tuttavia, la lotta per credere che rimanere in Italia fosse un'opzione valida e percorribile. I nostri vicini avevano acquistato la casa all'asta. Avevamo perso la casa e ormai leggevo tutto come un segno del destino per andare via.

Prima dell'ultimo esame, a metà del mese, mi era arrivata la tanto attesa chiamata per andare in comune per il giuramento. La cittadinanza era finalmente arrivata.

Ci fu un grande festeggiamento alla mia laurea, ed una settimana dopo partii per Londra.

Un anno lineare, intenso, positivo, con laurea e partenza. Un anno di svolta, con una nuova vita, preceduta da decisioni indolori. Una vittoria che ero riuscito ad ottenere con fatica e costanza.

Tutto molto lineare e regolare, forse troppo.

Parte V

Dopo la fine del servizio civile e prima che decidessi di lasciare Vision360 a Mario, avevo iniziato a fare il mediatore culturale, come se avessi più tempo e più vite dei gatti. Ho sempre avuto un certo talento nel complicarmi l'esistenza.

All'evenienza venivo chiamato dai vari comuni dell'area Nord di Modena, dai commissariati o da altri pubblici uffici per mediare le loro conversazioni con persone ghanesi che non parlavano bene l'italiano o che, indipendentemente dal luogo di provenienza, parlavano solo inglese. Era sì, una questione linguistica, ma la questione culturale, per una persona arrivata da poco, era forse più cruciale per capire il contesto in cui ora viveva. Girando nei vari comuni, in pochi mesi avevo conosciuto tante persone. Con mia sorpresa, entravo in commissariato a Mirandola con una certa serenità dal momento in cui dovevo lavorare con loro ed aiutarli. Stare dall'altra parte, dalla loro parte, mi riservava tutt'altro trattamento. Il passaporto, ad esempio, me lo fecero in venti minuti invece che in un mese. Non ero più trattato come tutti gli altri.

Era da un po' di mesi che mi stavo occupando di un caso importante che coinvolgeva una mamma con due figli minori proprio per il comune di Mirandola. Quando finì la consulenza, salutai appena le assistenti sociali presenti, perché stavo tardando ad un appuntamento di lavoro.

Ero vestito bene, una camicia nera a pois, pantaloni grigio scuro stirati per bene, una cravatta che mi stringeva un po' troppo il collo e le scarpe nere eleganti.

Per arrivare nella sezione dei servizi sociali c'era una porta chiusa che si apriva solo dopo aver suonato il citofono ed essersi fatti identificare. Vicino all'ingresso di quella porta c'erano delle sedie per chi attendeva di entrare. Lì, era seduto un signore anziano in silenzio. Uno di quelli che solitamente fanno tenerezza perché testardi nel voler essere indipendenti a qualsiasi costo, senza considerare la lentezza dei loro movimenti e il loro essere, a volte, impacciati e goffi.

Uscii di fretta da quella porta, con una certa fretta per tornare alla macchina e, nel mentre, l'anziano signore mi seguì con lo sguardo.

Appena gli passai davanti urlò "Guarda quel negro là", in un dialetto così familiare che mi fece ancora più male.

Lo guardai bene in viso ed aveva l'espressione di una persona disgustata che ha appena messo in bocca del formaggio scaduto. Me ne andai senza proferir parola. Ero stanco, di tutto. Il mio limite di sopportazione lo avevo già raggiunto da tempo ed ogni altro episodio esasperava la mia mente che aveva già ceduto. Ero stanco di un odio che non comprendevo, di vessazioni senza senso, di un silenzio soffocante e di una battaglia che sembrava non riguardare nessuno a parte me. Non riuscivo a parlarne con nessuno. Ero davvero stanco di parlare di razza.

Le persone avevano a portata di bocca la parola 'vittimismo' per descrivere chiunque parlasse di episodi di discriminazione o insulti contro la propria persona.

"Se siete stanchi voi di sentire parlare di razzismo, pensate a chi lo subisce più o meno quotidianamente" dicevo dentro di me.

Il giorno dopo, mi guardai davanti a quello specchio nel bagno in cui non mi riuscivo più a riconoscere.

"Devo proprio andare via e lasciare tutto", mi dissi. Dirlo ad alta voce mi faceva un effetto strano.

Mi dava speranza e mi spaventava nello stesso momento.

Quando mi resi conto della distanza che si era venuta a creare tra me e Mario, colui che era da sempre stato la mia metà, non ebbi la forza di investire le mie energie per capire come mai si stesse assottigliando sempre più quel filo rosso che ci aveva tenuti legati da quando mi vide arrivare sperduto in quella scuola elementare e mi regalò lo zaino. Non ne avevo più.

Insieme agli esami, stavo combattendo una battaglia che non sapevo più da che parte prendere.

Non ero mai stato una persona ansiosa, anzi mi ero sempre vantato di affrontare la vita senza quell'ansia che rovina gli attimi e fa affrontare gli eventi con animo cupo e disorientato.

In quei giorni, invece, mi svegliavo la notte con la tachicardia, sudavo e i sogni della mia morte erano sempre più ricorrenti. Avevo attacchi di un'ansia talmente intensa che mi toglieva il sonno e il respiro. Vivevo in uno stato perenne di tristezza e stanchezza durante la sera. Sentivo i miei sentimenti scolorirsi e diventare grigio scuro, senza più emozioni. Provavo una soddisfazione momentanea quando superavo gli esami. A volte, quando guidavo per andare all'università, pensavo a quanto sarebbe stato liberatorio accelerare nella curva e volare giù nel fosso alla massima velocità, per poi riaprire gli occhi in un'altra dimensione, dove forse tutto sarebbe stato più leggero. Mi incuriosiva la morte. Ci pensavo spesso.

La mia fiamma si era affievolita, indebolita da gelidi pensieri che abitavano il mio corpo, spaventandomi ma dandomi comunque pace.

C'erano giorni in cui aprivo gli occhi la mattina e mi sembrava una costrizione dover vivere ed essere me, subire la mia pelle, il mio essere straniero, un rifiuto, un pericolo. Era tutto pesante. Poi mi arrabbiavo per aver perso forza e rettitudine ed essere caduto in pensieri luridi e viscosi che si erano attaccati alle mie emozioni senza volersi più staccare. Per come ero cresciuto e per la cultura nella quale ero nato, andare dallo psicologo era una cosa che non si concepiva. Se uomo, ancora peggio. Per quelli della generazione di mio padre erano semplicemente soldi buttati via. "Un vero uomo affronta le situazioni, non piange e non va a farsi analizzare" sentivo la sua voce tormentarmi anche se erano passati mesi da quando lo vidi l'ultima volta. E me ne convincevo. Io non potevo essere una persona da terapia. Non potevo essere affetto da quella strana cosa informe ed astratta che chiamavano depressione. Ma, forse, era proprio ciò che stava iniziando ad attanagliarmi.

La gente spesso pensa che avere tutto, famiglia, amore, soldi, amici, fama, successo possa sbarrare la strada alla depressione. Stavo scoprendo che non era così. Non avevo di certo tutto, non era quello il mio caso. Tuttavia, sapevo di avere comunque tanto, e di essere fortunato. Ma non bastava, perché non c'è logica comprensibile nella depressione. Non c'è spiegazione digeribile a quell'angolo di buio che si autoalimenta fino a divorarti dall'interno.

Mi aggrappavo all'idea che non potevo mollare e che forse la fine era vicina. Quel 'Do or Die' scritto mesi prima appariva sempre più concreto.

Mi ero promesso che non avrei visto il nuovo anno ancora in Italia e, se avessi fallito, quel 'die' avrebbe preso definitivamente piede nella mia testa, guidandomi in azioni di cui non avrei avuto modo di pentirmi. Ero in balia di emozioni che non erano parte del mio essere. Continuavo ad indossare maschere prima di uscire di casa. In macchina urlavo a squarcia gola e la sera rigettavo nell'armadio la maschera con il sorriso disegnato sopra. È difficile spiegare la solitudine, il buio emotivo e la depressione quando la propria vita appare piuttosto bella dall'esterno. Avevo amici stretti come Ganz, Dani e Vale con i quali parlavo spesso e mi confidavo. Avevo una sorella ed una mamma che amavo profondamente.

Enrica, col tempo, era diventata come una seconda mamma con la quale mi confrontavo, cercando risposte complesse a domande esistenziali. Avevo fondato da zero una società col mio migliore amico, che ora gestiva tutto. Ero riuscito a riprendere con gli esami e stava andando tutto bene. I volontari della croce blu dove avevo fatto il servizio civile mi adoravano e mi sentivo circondato da un amore sincero anche da parte di chi non fosse costantemente presente, come Simona e Carola.

Mi sforzavo di vedere solo il lato positivo delle cose, ma avevo dentro qualcosa che si era rotto. Un male indefinibile che sembrava pure inguaribile. Mi pesava tutto, eccessivamente. Mi pesava proprio la vita.

Probabilmente, la consapevolezza dell'amore che ricevevo da tutte queste persone mi ha tenuto a galla nell'oceano grigio in cui stavo sprofondando.

Quando iniziai a leggere testi e riviste giuridiche per la tesi scoprii la realtà del caporalato e delle agromafie. Mentre sui social e in televisione imperversava la disinformazione sull'immigrazione, su che fine facessero realmente gli immigrati poveri o senza documenti, gli ultimi, gli invisibili, gli emarginati dalla società e dalla politica, mi fu chiaro che a trarre vantaggio era sempre la criminalità organizzata e chi faceva propaganda sulla sofferenza di quelle anime.

Si lanciavano notizie di gruppi di migranti che stavano in alberghi a cinque stelle a godere dei più lussuosi comfort, mentre la realtà era che la maggior parte di queste persone lavoravano fino a quindici ore nelle campagne del sud, per due o tre euro all'ora, a raccogliere pomodori che finivano nei nostri piatti.

Dormivano in baraccopoli dismesse e sporche, con materassi talmente sudici e mefitici che nemmeno un cane randagio ci si sarebbe accucciato.

Ero inorridito, arrabbiato e impotente, ma ormai il Paese sembrava non vedere tutto questo, e anzi, volgeva lo sguardo, con appetito, alla moltitudine di notizie false che circolavano sul web. Se ne nutrivano. Si sentiva nell'aria l'odore di disprezzo per gli stranieri, e bastava essere semplicemente nero per essere considerato un nullafacente appena arrivato in Italia per portare criminalità e malattie.

Eravamo delinquenti, fino a prova contraria.

Raccontai a mamma delle mie ricerche, ma quella sera sembrava troppo stanca per ascoltarmi o per arrabbiarsi.

Mi disse che la settimana seguente sarebbe dovuta andare in comune per il giuramento. Lei era la prima, e subito dopo sarebbe arrivato anche il momento di Kwaku, mentre l'avvocato non aveva ancora aggiornamenti per me, ma mi aveva assicurato che la cittadinanza sarebbe stata pronta per autunno.

Qualche settimana prima del mio ultimo esame di fine ottobre, mi arrivò la lettera dal comune che mi invitava presentarmi da lì a dieci giorni per il giuramento. Stavo per diventare cittadino italiano, ufficialmente. Era l'evento che avevo atteso più di tutti, anche più della laurea. Quella lettera aveva riacceso in me la luce, la speranza, la vita. Potevo davvero andare via ora. Potevo davvero salvarmi.

Enrica fu felicissima per me quando le diedi la notizia.

Quella mattina mi alzai presto come accade spesso nelle occasioni importanti. Aspettavo quel momento da così tanto che contavo i giorni con la stessa impazienza con la quale li contano i prigionieri in attesa di libertà. Era l'ultimo atto di un tortuoso ed infinito processo burocratico per l'ottenimento della cittadinanza.

Era un mero riconoscimento.

Qualcosa che non aggiungeva niente a ciò che ero già, che non mi avrebbe reso italiano, ma mi avrebbe semplicemente riconosciuto come tale, interrompendo il mio status di cittadino di serie B ed incidendo una seconda identità sulla mia pelle.

Finalmente toccava me, dopo quattro anni di una ingiustificata attesa iniziata nel 2011.

Mamma era a lavoro, quindi decisi di andare in comune con Soraya ed Enrica, alla quale avevo promesso, anni addietro, un posto in prima fila alla cerimonia di *'italianizzazione'*.

Alle dieci di mattina ci presentammo tutti tre in comune, all'anagrafe. Cavezzo è un paesino dislocato in una campagna umida e pacifica, dove le emozioni si guardano bene dal disturbare la quiete dei cittadini, e dove per anni fummo l'unica famiglia nera di un paese dove tutti sapevano tutto di tutti.

L'anagrafe aveva un ufficio piccolo con una finestra, una scrivania e archivi di fogli impolverati dove ero stato accompagnato dall'ufficiale giudiziario. Era quella stessa donna, bassa e magra con gli occhiali, che avrebbe ascoltato la solennità del mio giuramento. Negli anni, ogni volta che entravo per qualsiasi pratica, mi chiedeva per prima cosa il permesso di soggiorno. Da quel giorno, le cose sarebbero cambiate. Per sempre.

Stavo lì fermo, mentre l'ascoltavo introdurre le fasi della cerimonia e i primi articoli della costituzione.

I miei pensieri soffiavano più veloci di quanto soffiasse il vento tiepido di metà ottobre fuori da quella finestra socchiusa. Pensai a quanto quel giuramento sulla costituzione fosse una cosa meravigliosa.

"Lo dovrebbero fare tutti" pensai, per tutto quello che rappresenta e per il valore che dovrebbe avere anche per chi ci era nato con la cittadinanza.

Ci chiamavano immigrati regolari, ma di regolare non c'era nulla, se non quei duecento euro che dovevamo pagare ogni anno per un permesso di soggiorno che non ci permetteva di vivere liberi in un Paese che per molti di noi era casa. Per altri era l'unico realmente conosciuto.

Avevo vissuto con l'Italia una storia d'amore di quelle in cui ci si ama alla follia e si litiga con quella rabbia che graffia e consuma, col tempo, l'emisfero cerebrale delle emozioni felici.

Una relazione di quelle in cui ci si guarda negli occhi e si vede l'amore riflesso nell'odio, senza che il primo riesca a brillare di luce propria.

Quella mattina sarei stato riconosciuto italiano, dalla legge sì, ma non mi illudevo che le cose sarebbero cambiate.

Perché per quelle persone che avevano seminato di pregiudizi il mio cammino, io sarei rimasto uguale. Nessuno mi avrebbe chiesto i documenti prima di insultarmi o prima di rispondermi col mantra "Voi immigrati dovete tornarvene al vostro Paese".

Sarei stato riconosciuto italiano, ma sapevo che molti non avrebbero smesso di guardarmi con gli occhi accusatori di chi avesse già un giudizio certo ed incrollabile nei miei confronti. Nei confronti di tutti quelli come me.

Sarei stato riconosciuto italiano, ma sapevo che negli uffici non avrebbero smesso di chiedermi il permesso di soggiorno, senza nemmeno leggere che sui documenti, sotto la voce cittadinanza, compare la dicitura 'italiana'.

Sarei stato riconosciuto italiano, ma ero fin troppo consapevole che per la società nulla sarebbe cambiato, perché la verità è che a chi ha già deciso come vederti, non interessa chi sei o cosa recita il tuo passaporto. A quelle persone non interessa la tua intelligenza, la tua sensibilità, le tue abilità, la tua storia o la tua persona. A chi ha già deciso, nulla potrà renderti diverso da quanto ti vede diverso.

Quel giuramento che stavo facendo recitando i primi articoli della costituzione a memoria, avrebbe cambiato tutto, senza cambiare niente.

Quattro anni di attesa avevano avuto l'effetto di logorarmi l'anima e di spogliarmi di ogni orgoglio per ciò che stavo ottenendo quella mattina.

Quattro anni di attesa che avevano seminato in me una voglia incorruttibile di vivere lontano e libero, in cerca di aria fresca nei polmoni.

L'università l'avevo ormai finita, rinunciando all'Erasmus e allo stage all'Unione Europea, perché a quelli come me, senza cittadinanza, niente di tutto ciò era concesso. La mia felicità era mista ad una rabbia che cercai di domare, mentre io, Soraya ed Enrica, ci scattavamo una foto per catturare un evento così memorabile. Avevo avuto una relazione tossica con il Bel Paese e, come spesso accade, sapevo che non sarei riuscito a chiudere una storia d'amore che aveva avuto una tale intensità.

Quel giorno giurai amore e, con esso, di essere libero.

Dieci giorni dopo l'arrivo del freddo mese di dicembre, che ricordava quanto fosse impossibile stare bene nella bassa modenese sia d'estate che di inverno, ero pronto alla laurea.

Mamma si era vestita bene, senza voler apparire. Fu riservata anche in quell'occasione. Con i suoi quasi quarantasette anni, sembrava prendersi gioco dell'inesorabile scorrere del tempo.

Era bellissima. Era bellissima oltre la fatica del lavoro, oltre lo stress e le preoccupazioni. Si prendeva gioco anche di quei pochi capelli grigi che le giravano in testa da qualche anno senza riuscire a riprodursi. Avrebbe potuto prendersi la scena se avesse voluto, ma quel giorno era lì per me ed io ero fiero di appartenerle.

Aveva con sé la corona di alloro che aveva fatto preparare. Il momento in cui mi inchinai leggermente verso di lei per farmela incastrare in testa mi rimase impresso nella memoria, e le sensazioni che provai sulla pelle sarebbero durate in eterno, come i tatuaggi che avevo sulla mia schiena.

Non mi stava semplicemente mettendo la corona. Mi stava incoronando alla vita, la nostra, quella vissuta in fuga, in attesa, poi in lacrime di fame, di sete, in un viaggio costante con la mente, prima ancora che con i mezzi. Una vita di risate e di speranza, di calore umano, di occhi pieni di sogni, di nostalgia della terra rossa, di pane e acqua zuccherata, di compassione, di aiuto, di fiducia, di confessioni mai fatte e di complicità mai tradite.

Sentivo il battito del suo cuore attraverso il tremolio delle mani. Quella corona pesava di fatica, di sacrificio, di responsabilità, di scelte giuste e pure di quelle sbagliate, di un dolore inghiottito e di una felicità a fior di pelle. Lei sentiva tutto.

In quell'istante, mentre posava la corona sulla mia testa, la guardai negli occhi e capii che lei sarebbe stata una ragione di vita, la mia, ora e per sempre.

Mi promisi che non avrei mai mollato e che nei momenti difficili mi sarei dovuto ricordare della sua faccia, dei suoi occhi puri e della sua espressione fiera e dispiaciuta nello stesso momento, consapevole che per essere felice sarei dovuto andare via.

Lì, in quel preciso momento, lei mi stava incoronando re e suo cavaliere, ed io, in silenzio con le palpebre tenui ed il cuore in mano, le giuravo fedeltà in eterno e le donavo la mia vita, così come lei aveva fatto con me. Avrei combattuto per lei e in suo nome, ovunque fossi andato nel corso della mia vita.

Tornai a casa dalla laurea stanco e stremato dalla felicità. La gioia aveva serenamente lasciato andare tutta la tensione che nascondevo tra le pieghe del sorriso. Dormii per ore, con senso di leggerezza e gratitudine verso la vita e tutte le persone che avevano reso quel giorno incredibile e prezioso.

Dormii per ore, immerso in pensieri che non facevano più male.

Sette giorni più tardi, atterrai all'aeroporto di London Stansted.

Capitolo VI

Invisibile

Parte I

Non ti dimenticare di me" Riportava queste parole il bigliettino che Soraya mi diede la notte prima che partissi.

"Leggilo solo quando sarai in aereo, va bene?" mi aveva detto commossa e con gli occhi rivolti al pavimento mentre me lo porgeva.

"Certo, come vuoi", e l'abbracciai forte, cercando di consolarla. Ero già stato via di casa, ma quando partii per l'animazione aveva solo due anni di vita, mentre ora ne aveva otto e la nostalgia era un sentimento che ormai le apparteneva totalmente. Capiva a fondo lo sconforto di una separazione.

Era stupidamente tenero quel bigliettino. Con l'innocenza dei suoi otto anni aveva racchiuso in quella sola riga tutto il suo amore, le sue speranze, i suoi "mi manchi" e i "quando torni?", ma era stupido, perché dimenticarla era una cosa alla quale non avevo mai pensato. Non era neanche immaginabile, né possibile. Lei era vita. Era tutto. Il mio tutto.

Le separazioni non sono mai facili, a nessuna età, si diventa solo più bravi ad anestetizzare il dolore.

Negli ultimi anni tutto quello che avevo bramato era essere invisibile. Desideravo disperatamente passare inosservato. Ignorato da tutti.

Inesistente.

Il ché era paradossale, visto che vivevamo in una società dove l'apparire era tutto. Molte persone si sarebbero vendute la madre pur di finire sotto i riflettori e mangiare visibilità ad ogni pasto.

Ero stanco di essere l'unico nero nella stanza, di apparire in mezzo alla folla, di essere colui a cui la polizia chiedeva i documenti quando ero in gruppo e di essere fermato così tante volte dai carabinieri anche quando ero a piedi.

Ero stanco di essere quello diverso. Di dovermi guardare le spalle, di dover stare zitto, di dover reagire nel modo giusto, che voleva dire reagire nel modo in cui voleva chi aveva il privilegio di non doversi preoccupare del proprio colore. Ero stanco di non potermi arrabbiare perché se no ero il classico nero immigrato che si incazza e crea problemi. Ingrato.

Ero stanco di non potermi lamentare perché altrimenti sarei stato il nero che si lagnava in continuazione di essere trattato male nel Paese che lo aveva accolto.

Ero stanco di non poter parlare, di non poter nemmeno usare la parola 'razzismo', perché il razzismo non era un problema, e anzi, era solo nei miei occhi, e sarei stato il classico nero ipersensibile ed esagerato che vedeva, appunto, il razzismo ovunque. Dovevo accettare che fossero uomini bianchi a dirmi cosa fosse il razzismo e cosa no, e se una cosa mi doveva o meno offendere. Ne ero stanco. Colmo.

Ero stanco di non poter essere triste e abbattuto perché "smettila di piangerti addosso, dai, e poi piangere è da checche". Dover fingere che andasse tutto bene, anche quando il terreno sotto ai miei piedi si era completamente sgretolato e mi aveva consumato le energie. La fragilità dei bianchi mi aveva reso fragile emotivamente per tanto tempo.

Ero stanco di non poter mai rifiutare battute impregnate di un razzismo strisciante che era invisibile solo per chi pronunciava quelle parole.

"Ma stavo solo scherzando. Era una battuta, non essere sempre così suscettibile, oh ma non si può più dire niente".

Ero stanco di essere visto solo come un pene camminante, perché se una donna stava con me, lo faceva solo perché avevo un pene grosso ed ero un animale da monta. Lei ovviamente era classificata come la troia vogliosa di sesso, e non c'era minimamente il pensiero che stesse con me perché io potessi essere un uomo sensibile, gentile, attento, intelligente che l'aveva fatta innamorare prima ancora di scoprire i nostri corpi sotto le lenzuola.

Ero stanco di essere 'razzializzato' e sessualizzato in ogni ambiente in cui mi esponessi.

Ero stanco di essere un colore adornato di pregiudizi.

Arrivai alla stazione metropolitana di Liverpool Street direttamente dall'aeroporto di London Stansted. Quella stazione era enorme. Aveva la linea underground, quella overground e i treni. Dall'atrio scorgevo il passare dei grandi bus rossi double deck che avevo visto solo nei film.

Mentre risalivo dalle scale mobili della metropolitana era come se stessi rinascendo, venendo di nuovo alla luce. Un odore su tutti regnava in quell'enorme atrio affollato di persone che sembravano correre in direzioni precise senza scontrarsi mai: si sentiva nell'aria il profumo pesante di cibo, ma non era qualcosa di fastidioso. Un mix di erbe aromatiche e spezie che avevano trasportato la mia immaginazione in territori ancora inesplorati. Qualcosa di orientale che mi fece innamorare follemente. Qualche giorno dopo, avrei scoperto da dove proveniva.

Liverpool street station era un crocevia di mezzi, persone, culture e profumi che mi avevano colpito allo stomaco. Mi guardavo intorno stordito, con il naso all'insù e la testa piegata indietro, come se mi fossi perso. In effetti lo ero.

Non conoscevo nulla di Londra. Il mio trasferimento era stato un salto nel buio, nella speranza di cadere nella luce. La gente mi passava accanto incurante della mia persona. Stavano solo attenti a schivare la valigia enorme che avevo con me. Sembrava che a nessuno interessasse il fatto che io esistessi e che fossi lì, in cerca di una vita migliore. Non aveva importanza per nessuno. La loro indifferenza era seducente. Stupidamente appagante. Avrei potuto abbaiare come un cane e nessuno si sarebbe girato a guardarmi per dire "ma guarda cosa fanno questi neri".

Vedevo persone di ogni colore ed etnia. Sembrava che mi trovassi su un pezzo di mondo condiviso da anime dall'eco lontano, provenienti da ogni angolo del mondo.

Per prima notai le donne. Quelle in carriera sembravano appena uscite da un giornale business accortosi che le donne non erano fatte per procreare e rimanere in casa, ma che potevano fare tutto e più degli uomini. Avevano una camminata decisa e vivace, accompagnate dal rumore sordo che i tacchi facevano echeggiare nella hall. I vestiti erano perfetti e senza una piega, dopo ore di lavoro e sguardi di sconosciuti.

Le ragazze più giovani erano quasi tutte fresche di trucco e manicure, vestite come se fosse primavera e si stessero abituando ai primi mesi caldi. Ma fuori faceva freddo e il cielo non voleva saperne di spogliarsi di quelle nubi che non lasciavano passare i raggi del sole.

Le donne arabe portavano il velo con una rettitudine che mi sorprese, portavano profumi caldi e intensi e i loro sorrisi così meravigliosi mi scaldarono il cuore.

Sentivo qualcuno parlare frettolosamente francese per poi passare all'inglese ricordandomi un po' quello che facevamo noi in famiglia.

Mi sembrava tutto così nuovo e spettacolare. Dunque, era possibile la convivenza tra persone, culture e fedi diverse. E quanto fosse tremendamente vero l'avrei capito meglio negli anni successivi. Era come se avessi vissuto per anni in apnea, ed ora fossi riemerso da un mare fatto di razzismo, pregiudizio e ignoranza che aveva appesantito il mio corpo, rendendolo incapace di stare a galla.

Respiravo. Respiravo libero, finalmente.

Avevo prenotato quattro giorni in un ostello poco costoso che si trovava dopo Tottenham. Ignoravo completamente dove si trovasse quel quartiere e quanto fosse distante da tutto il resto. Imparai solo una volta arrivato che mi trovavo in zona quattro, e che spostarmi in centro città mi sarebbe costato di più.

Questa non era una bella notizia, ma la verità è che non avevo idea di come funzionassero le zone. Non sapevo davvero nulla di Londra. La voglia di andare via era talmente tanta che non pensavo effettivamente a dove stavo andando.

Avevo pochi soldi con me, così pochi che qualcuno non sarebbe partito neanche per le vacanze con quegli spiccioli. Dai miei calcoli mi sarei potuto permettere solo pochi giorni, così prenotai solo quattro notti, alla fine delle quali ne sarei dovuto uscire con un lavoro ed una casa. Un piano assurdo e pretenzioso che dovevo aver concepito in un momento di disperata follia.

La prima notte la passai a piangere in una stanza enorme, dove altre dieci persone dormivano su letti a castelli accantonati verso i muri. I materassi dovevano aver accolto tra quelle insenature rumorose migliaia di corpi e pensieri notturni.

"Cosa ci faccio qui? Ma chi me l'ha fatto fare?", questi erano i miei.

Il ragazzo sotto di me scoreggiava come se si fosse tenuto un tappo per un anno, per poi toglierselo proprio quella sera. L'odore di merda aleggiava pesante nella stanza. Persino i muri ne erano impressi. Dio, mi sembrava di soffocare. Com'era possibile per un essere umano emettere un gas così tossico? Che cosa diavolo ingurgitava durante il giorno?

La mattina dopo, Micheal, uno dei ragazzi che avevo conosciuto la sera prima al bar dell'ostello, mi accompagnò a prendere una scheda telefonica e mi disse di scaricare Gumtree.

"È una app fantastica. Trovi davvero di tutto, e vedrai che troverai sia la stanza che il lavoro".

"Wow, ma davvero? Funziona proprio così? Ti chiamano loro, poi?" gli risposi incredulo. Un'applicazione con la quale trovare casa e lavoro in due giorni? Era pura fantascienza.

"Guarda, ti chiameranno così tanti che poi dovrai rifiutare i lavori. Credimi" disse con aria sicura.

Poteva essere così facile? Ma nessuno avrebbe letto il mio nome? Non mi avrebbero scartato subito appena letto che ero italiano ma nato in Ghana, appena arrivato a Londra? Davvero tutto questo non importava a nessuno?

Ero abituato che queste cose fossero più determinanti del mio curriculum stesso. Che la mia faccia valesse più della mia istruzione, che il mio colore valesse più delle mie esperienze, che il mio nome valesse più delle mie raccomandazioni.

Per anni, quando mandavo il mio curriculum, la mia preoccupazione più grande non era mai se avevo le capacità, ma se quell'azienda accettava neri per quel ruolo. Dopo tutto, in Italia un nero in banca non lo avevo mai visto, nemmeno negli uffici del comune, della posta o di un qualsiasi ufficio pubblico, ma a dire il vero nemmeno alla cassa del supermercato.

Micheal aveva decisamente esagerato. Mi sembrava uno di quei ragazzi che raccontano storie ingigantite per nutrire il loro ego. Il classico tipo insicuro della scuola che cerca attenzioni raccontando di aver fatto sesso con la ragazza che tutti rincorrono, o prova a convincere tutti dell'incredibile vacanza che ha fatto in Costa Azzurra su uno yacht pieno di amici ricchi e belle donne. Iniziarono ad arrivare le prime chiamate quando avevo finito di fare colazione e di lavarmi in quelle docce dell'ostello sudice e nere come quelle degli autogrill evanescenti. Quei ragazzi non avevano alcuna cura per ciò che non era loro. Un paio di ristoranti mi chiesero di andare a fare la prova il lunedì sera, ma alla domenica, in tarda serata, avevo appuntamento per vedere una stanza a Westferry.

Arrivai con la DLR, una linea che attraversa solo la parte sud est di Londra, nel Dockland.

Westferry era un quartiere di confine che divideva in modo perfetto la bellissima, ricchissima e giovanissima Canary Wharf, dalla più rustica, multiculturale e vissuta Limehouse. Passare da una zona all'altra era come attraversare un intero continente, ed io ero esattamente in mezzo, sull'orlo di un quartiere che rappresentava in modo emblematico la mia vita, passata ad osservare la felicità alla mia destra e la depressione alla sinistra.

Liverpool street diventò la mia stazione del cuore. Il posto che mi accolse e che mi fece assaporare le labbra di una Londra che in pochi minuti mi sedusse e promise di farmi dimenticare tutti i mali che avevo vissuto. Quella dichiarazione d'amore iniziò proprio con Wasabi. La catena di fast food orientale take away che rilasciava nell'aria quel forte odore di cibo che mi aveva fatto innamorare la prima volta che arrivai.

Per i primi quattro giorni mangiai solo da Wasabi. Avevano cinque piatti di noodles e altrettanti di riso. Il pollo teriyaki era semplicemente sublime. Un orgasmo per il palato. Nonostante fosse dal 2009 che mangiavo sushi, non avevo mai trovato una qualità così eccelsa nel preconfezionato, come l'ho trovata lì. Era nato un amore che non si sarebbe mai più rotto.

Quando portavo a casa il pranzo speravo sempre che il mio compagno di stanza non ci fosse.

Avevo trovato sì una casa, ma oltre a condividere gli spazi comuni con altri coinquilini, condividevo anche la camera. Eravamo in otto in un appartamento per tre persone. Vivevamo ammassati in camere minuscole che contenevano a fatica le nostre speranze. La cucina era piccola e quadrata. Si faceva fatica a starci in più di due alla volta. La mia camera era un dieci per dieci, dove oltre ai due letti singoli ed una scrivania c'era spazio solo per le nostre anime disilluse, in cerca di un luogo e di uno spazio intimo.

Simon, con pronuncia alla francese, era il ragazzo che dormiva ad un metro e mezzo da me. Aveva un accento pesante, con la r dolce e affusolata. Scoprii che era proprio una caratteristica dei francesi parlare inglese così. Pronunciava spesso la 'v' al posto della 'th' nella parola 'with' e le sue frasi sembravano sempre più poetiche.

"Do you wanna come wiv me?" mi chiese il giorno in cui stava andando a fare una passeggiata a Canary Wharf.

Condividere la stanza con un ragazzo nero come me mi dava la possibilità di vedere Londra attraverso gli occhi di una persona che sarei potuto essere io. Le sue parole avrebbero avuto un peso diverso per me. Simon, durante la passeggiata, mi raccontò con fervore della situazione francese. Mi disse che la polizia si accaniva particolarmente contro le persone nere. Aveva notato subito la differenza quando arrivò a Londra. Mai nessun controllo, mentre nella sua Parigi era una cosa all'ordine del giorno. Mi disse che la Francia aveva costruito attorno a sé un grande specchio dove far riflettere la sua idea di libertà, fraternità ed uguaglianza, ma che al suo interno ancora ungeva bene la macchina del pregiudizio e della discriminazione. Era lontano dall'essere il Paese che pensavo fosse, e anche lì la destra radicale stava avendo sempre più successo.

Capivo bene le sue preoccupazioni, ma continuavo a pensare che comunque navigassero in acque meno torpide rispetto al Paese che avevo appena lasciato, e questa la diceva lunga sulla percezione che avevo della realtà italiana.

Arrivai al ristorante Steak and Brasseries con 20 minuti di anticipo. Vauxhall era un quartiere in crescita, come molti altri a Londra. Un quartiere che innalzava grattacieli di mese in mese e si abbelliva di appartamenti lussuosi con piscina all'ultimo piano. Il fatto che il ristorante fosse lungo il Tamigi, per me, era motivo di felicità. Ho sempre amato i corsi d'acqua nelle città.

In qualche modo mi danno il senso dell'inevitabile, di un qualcosa che va avanti nonostante i rami o i sassi facciano da ostacoli. L'acqua li raggira e prosegue comunque dritto, un po' come la vita.

Il Tamigi era il corso di fiume più sporco ed inquinato che conoscessi, eppure mi rilassava ugualmente.

Il ristorante aveva delle sedute all'esterno che regalavano una vista spettacolare sulla London Eye e questo, fortunatamente, attirava parecchi clienti. Più clienti significavano più mance, qualcosa con cui iniziavo a fare i conti solo allora. Né in Ghana né in Italia avevo imparato cosa fosse realmente il concetto di mancia, non era usanza. Qui, invece, c'erano persone che quasi raddoppiavano il loro stipendio grazie ad esse.

Mimmo era proprietario del locale insieme a Tahjid, un signore di origine turche che aveva sempre il broncio. Non sorrideva mai. Non ho mai sopportato le persone incapaci di ridere, quelli che si prendono troppo sul serio e non traggono gioia nei piccoli dettagli della vita.

Dopo un mese e mezzo rimasi senza lavoro, perché i due si picchiarono e la polizia emise un ordine di arresto per Mimmo e successivamente di allontanamento dal ristorante. In una notte il locale fu ceduto, ed i nuovi proprietari, che erano i gestori prima di Mimmo e Tahjid, decisero di licenziare tutto lo staff e di ripartire con il loro.

Ero senza lavoro, senza soldi e mi spettava uno stipendio di mille pounds che non avrei mai ricevuto.

Londra mi stava mostrando la sua parte peggiore.

Parte II

A colazione mangiavo pane in bianco con un po' di latte e la polvere di cioccolato Milo. A Londra i negozi non erano etnici. Il concetto di etnico era bellamente superato anche nei contesti dei grandi supermercati. Non c'era il classico scaffale di un metro e mezzo dove in maniera confusa e sconsiderata venivano ammassati noodles, salse di soia e quelle piccanti, latte di cocco, tacos e tutto quello proveniva da Paesi orientali o sudamericani. Prodotti africani non se ne trovavano mai. A Londra invece, c'erano negozi turchi, ghanesi e senegalesi, e spesso erano semplicemente off license, negozietti alimentari aperti fino a tarda notte o ventiquattro ore su ventiquattro. Vendevano davvero tutto e spesso oltre al platano trovavo mango di qualità, okra e il pane ghanese. Nei supermarket era facile trovare alcuni di questi prodotti in mezzo a tutti gli altri, così mi sorpresi quando al Lidl trovai il platano buono, quello giallo e maturo che in Italia trovavo solo nei negozi africani gestiti dai cinesi.

Avevo sette o otto anni quando vidi per la prima volta un cinese al mercato ad Accra la prima volta. Sentivo lo zio Ahmed dire che i cinesi avevano preso il posto degli europei e facevano ciò che ora sembrava moralmente ingiusto fare: sfruttare l'Africa e gli africani.

Saltavo il pranzo e cucinavo la pasta alla sera. Era semplicemente ciò che costava meno. Nonostante in casa ci fossero due ragazzi italiani, i miei coinquilini mi chiamavano 'the pasta man', perché ormai mangiavo solo quella. Passai due settimane così. Cercavo instancabilmente lavoro, ma non lo trovavo. Facevo chilometri su chilometri a piedi ogni giorno pur di risparmiare un pound e cinquanta del biglietto del bus, e quando si avvicinava l'ora dell'affitto, per risparmiare ancora di più, iniziai a mangiare pane e acqua zuccherata. Era come se fossi tornato bambino. Quando eravamo in Ghana capitava che mamma non avesse i soldi per farci fare tre pasti al giorno. Così ci comprava del pane, e nell'acqua metteva dello zucchero per addolcirlo quel tanto che bastava per rendere meno amaro il dolore che provava nel non essere riuscita a nutrire in maniera dignitosa i suoi figli.

Io, in realtà, amavo immergere il pezzo di pane al latte in quell'acqua dolce, e masticavo contento, alleviando un poco la sofferenza che vedevo trasparire dagli occhi di mamma. Per me, in quell'acqua zuccherata c'era la sua forza e la sua determinazione a non arrendersi mai. C'era la sua speranza di portarci in spalla fino al confine di un futuro brillante e di lasciarci andare sereni. C'era tutta la sua dignità di essere umano e il suo amore di mamma.

A lei non avevo mai chiesto nulla, perché non potevo permetterle di preoccuparsi per me ora che ero adulto.

Volevo renderla orgogliosa, non triste.

Ero a Londra, in cerca di un futuro migliore anche per lei, quindi non potevo arrendermi. In quei giorni prendevo il pane ghanese, leggermente giallo fuori, dolce e bianco dentro, con una forma rettangolare e gli angoli smussati. Lo tagliavo a fette per poi strapparlo a pezzettini con le mani prima di immergerlo nell'acqua zuccherata. Mangiavo la sera tardi, quando sapevo che in cucina non sarebbe arrivato nessuno, per essere sicuro che nessuno mi vedesse. Mangiavo in piedi e di fretta, guardando le luci della bellissima Canary Wharf mentre mi promettevo che mai avrei permesso che ai miei figli toccasse la mia stessa sorte.

Pane, acqua e carta igienica era tutto quello che compravo in quel periodo, perché in quella casa condivisa con altre sette persone, non si condivideva quasi nulla. Ognuno si portava la sua carta quando entrava in bagno e in camera quando aveva finito.

Un mese dopo, trovai lavoro come cameriere ad Archway, un quartiere sulla Northen Line poco distante dal quartiere centrale di Bank, dove edifici alti e nuovi si confondevano in mezzo a quelli storici e ristrutturati.

Abitavo lontano, ma era l'unico posto che ero riuscito a trovare. Era una modesta pizzeria di due ragazzi italiani, Sonia e Riccardo. Si dicevano orgogliosi perché avevano aperto quel posto con le loro forze, lavorando sodo, senza chiedere nulla alle banche e piegarsi ad interessi insaziabili.

Quando mi presentai al colloquio ero dimagrito, un po' affranto, ma non domo. Sonia aveva un anno in più di me e deve aver visto nei miei occhi il riflesso della sua determinazione.

"Noi paghiamo di mese in mese" mi disse poco dopo avermi detto che avevo ottenuto il lavoro.

Io annuii come se fosse normale, come se andasse tutto bene. Mentivo, avevo un disperato bisogno di soldi e speravo che anche loro pagassero settimanalmente, come in molti altri ristoranti.

Andare a lavorare mi sarebbe costato più di quello che avevo in banca. Ne parlai con Simon, che senza dire nulla mi prestò i soldi. Non aveva sul suo volto quel senso di godimento quando lo ringraziai. Aveva l'aria di capire cosa significasse vivere in difficoltà. Stava lavorando e studiando con dedizione, e presto l'avrei fatto anche io, perché ero determinato a raggiungere l'obiettivo di un master.

Quando arrivai a Londra, vedevo le persone correre nelle metro, e mi chiedevo sempre dove dovessero andare con tanta fretta. Vedevo gente che spingeva sulle scale mobili per passare sulla sinistra come in autostrada, e sicuramente insultavano la marea di turisti che sostava incurante in maniera sparsa su quelle scale rallentando la loro corsa. Dopo solo qualche mese, ero diventato come loro. Correvo tenendo d'occhio l'orologio e contavo i minuti come in un gioco contro il tempo. Adesso ero io a non sopportare più i turisti. Ero stato inglobato nel ritmo forsennato di quella città. Londra aveva plasmato le mie abitudini e non me ne ero nemmeno accorto. Stavo per arrivare in ritardo a lavoro e mi stavo affrettando a salire sulle scale mobili prima che fossero troppo affollate.

Diedi una spallata ad un signore che indossava un completo e portava stretta una ventiquattrore. Lo sbilanciai, ma fortunatamente non perse la presa di quella valigetta, perché altrimenti non avrei avuto il tempo di raccogliere i fogli sparsi che ne sarebbero usciti.

Mi girai per chiedergli scusa mentre ero già qualche gradino più in su di lui.

Era un uomo giovane, dal fisico possente ma equilibrato. Un uomo che emanava abbastanza sicurezza da guardarmi senza dire una parola ed indurmi a vergognarmi per averlo urtato e non essere rimasto lì a chiedere scusa, ma di averlo fatto quasi scappando via.

"Non corri questa volta?" sentii dirmi una voce da dietro.

Era di nuovo quel signore, un mese dopo.

Quel tipo era decisamente una persona che avrei voluto evitare. Era alto come me, con occhi grandi e spalle larghe. La camicia era senza cravatta, doveva essere stata una lunga giornata estenuante e soffocante. Me lo immaginavo mentre se la toglieva di rabbia e la buttava sul divano dell'ufficio prima di uscire. Era sicuramente uno da divano in ufficio. Erano le sei meno un quarto e avevo tempo prima dell'inizio del mio turno.

"Sì, non corro. Inizio alle sei oggi. Scusami ancora per l'altra volta".

Si passò le mani nei capelli. Aveva dei dreadlocks che da sciolti dovevano arrivargli alle spalle, con la rasata ai lati ed un ciuffo che gli copriva una parte di viso ma non gli occhi. Si sistemava in maniera ossessiva quel ciuffo. Doveva essere un maniaco della perfezione, o del ciuffo. Poteva essere un architetto.

"È la tua divisa da lavoro quindi?" mi chiese.

"Sì, esattamente. E oggi non rischio il ritardo. Dato che ho iniziato solo pochi mesi fa, mi conviene essere diligente".

"Cameriere, vero?" aggiunse, mentre mi guardava aspettandosi un cenno di assenso che non tardò ad arrivare. Aveva poi sorriso, come se fosse ovvio, come se non si aspettasse altro, o mi avesse già inquadrato, o addirittura mi avesse osservato per tempo, da lontano. Non mi era piaciuto.

Lo salutai senza dire altro. Quell'uomo ancora mi dava un certo senso di inadeguatezza.

La settimana successiva eravamo insieme da Costa ad Oxford Circus. Dopo il nostro incontro, lo avevo rivisto il giorno dopo, e avevamo parlato ancora. Mi era apparso più calmo e sereno, così quando mi propose di vederci per un caffè, io accettai.

"Comunque, non so ancora il tuo nome" mi aveva detto mentre già iniziavo a scappare di nuovo.

"Sono Kofi Addo, piacere di conoscerti. E tu?"

"Io sono uno Zar" mi disse sorridendo, come se lo dovessi fare anche io, e aggiunse "mi chiamo Abdul Zar, e sono ghanese anche io, sai".

Doveva averlo capito del mio nome.

Arrivò in vesti sportive, con una tuta Nike un po' vissuta ed una felpa nera a cerniera che nascondeva a metà la maglia gialla che aveva sotto. Era totalmente incurante di come si fosse vestito e degli abbinamenti di colori. Era un perfetto londinese a cui non fregava assolutamente niente di essere giudicato per come usciva di casa. Doveva essere tra i tanti che andavano a fare la spesa in pigiama e ciabatte anche d'inverno. Tutto ciò mi affascinava.

"È da tanto che aspetti?" chiese quando arrivò, con l'espressione di chi non aveva comunque intenzione di scusarsi per il ritardo.

"No tranquillo, sono arrivato due minuti fa. Entriamo".

Ordinò cioccolata calda con una montagna di panna sopra che ricoprì quasi tutta la tazza.

"Hai presente che in Italia agli stranieri tendono a dare soprannomi pur di non chiamarli col nome originale? Lo fanno quasi d'istinto ormai. Quando ti presenti chiedono subito se possono chiamarti con abbreviazioni. Conosco persone straniere che si sono addirittura date nomi tipo Gianni e Viviana per fare sentire a loro agio gli italiani". Lo disse con un sorriso stretto. Era evidente che per lui non ci fosse niente di gratificante in tutto ciò, anzi.

"Lo hanno fatto anche con te?" gli domandai mentre si scioglieva lo zucchero di canna che avevo appena messo nel mio english breakfast tea.

"Ah ah ah, sì, in realtà, mi chiamano tutti Abi, ma qui in Inghilterra nessuno ha mai avuto problemi a pronunciare il mio nome, anche perché in questo Paese Abi è un soprannome da donna, quindi sono contento di evitarlo, anche se ammetto che mi piace essere chiamato così quando torno nel Bel Paese. Tu chiamami pure come vuoi, Abi nel caso va benissimo".

Il suo volto era liscio e disteso, sembrava avere quarant'anni di testa e venticinque sulla pelle. L'ho immaginato senza quella barba curata che gli delineava mento e mascella. Doveva essere un mio coetaneo.

"Quanti anni hai, se posso chiederti?"

"Certo, trentaquattro e tu?"

"Ventisei" gli risposi con un sorriso.

Le nostre conversazioni non tardarono a virare su ciò che era scontato che diventasse quell'uscita inscatolata con cura in convenevoli e parole piene di significati insignificanti.

"Come hai vissuto da nero in Italia?" mi chiese improvvisamente, fissando un lato non definito del mio volto.
"Che cosa vuoi dire esattamente?" gli risposi.
Mi sorrise, abbassando per un attimo la testa, come se avesse colto il mio inutile bisogno di ragionare meglio sull'ovvio. Abi se lo aspettava, l'ovvio.
"Beh, sei a Londra da qualche mese, ti sarai guardato attorno, no? Qui quelli come me e te sono parte integrante della società. A partire dai giornalisti sulla BBC, fino all'autista del bus, passando per il direttore di banca, ma abbracciando anche lavori come pilota d'aereo o più semplicemente come cassiere del Tesco. C'è un'eterogeneità bella da morire. Se giri l'angolo qui su Tottenham Court Road, le profumerie più prestigiose sono gestite da donne col velo, e le avrai viste ovunque e in tanti ambiti".
"Sì, hai ragione" gli dissi sorridendo "Credo che sia la cosa che più mi abbia affascinato di questa città. Io qui finalmente non mi sento più strano, fuori posto, sbagliato. E la mia diversità rientra nella normalità del vissuto, esattamente come dovrebbe essere. È bello non essere più sotto i riflettori".
Non mi staccò gli occhi di dosso nemmeno per un secondo mentre parlavo.
"Quindi, dimmi com'è stata la tua vita in Italia" disse con un tono leggero che quasi mi accarezzò. Mi sembrava di conoscere quell'uomo da sempre. Mi aprii.
Gli parlai dei vari episodi, delle questure e della lotta per la cittadinanza, della Versilia e della notte in stazione, della fatica nel trovare lavoro, degli insulti, dell'anziano della croce blu, di Vision360 e del titolare che si era pulito la mano. Ma gli raccontai anche degli amici che mi avevano tenuto a galla. Gli parlai di Vale, che ora era a Firenze ed era diventata manager in un ristorante di lusso dove la gente si sorprendeva nel vederla in quel ruolo. Gli parlai di Dani che era stato il dono del destino dal servizio civile. Gli parlai di Ganz, l'amico

del cuore che dalle superiori era sempre rimasto al mio fianco coprendo il cielo su di me con la sua energia positiva. Gli parlai del mio grande rimpianto pensando a Simona, la donna perfetta per me che lasciai andare senza nemmeno sapere perché. Tuttavia, avevo una carrellata così lunga di episodi da raccontare che mi sentivo a disagio. Sembrava che tutto fosse capitato a me, e iniziavo a chiedermi se fossi esagerato io o se davvero tutta quella discriminazione e cattiveria ingiustificata le poteva aver vissuto anche uno come lui.

Non sembrava meravigliato, ma il suo volto non comunicava abbastanza ciò che pensava in quel momento, e poi mi chiese "da italiano a italiano, sai la cosa che più mi infastidisce di tutto questo?" fece una breve pausa per sospirare "Che si fa una fatica enorme a parlare di razzismo", continuò "c'è un grosso problema con ciò che viene definita 'white fragility'. Voglio dire, la gente si offende più quando gli dai del razzista che per il razzismo vero e proprio che c'è nel Paese. Sono tutti così maledettamente preoccupati di dire che l'Italia non è razzista, che a volte non ascoltano neanche ciò che gli si dice. E soprattutto, non capiscono.

Non c'è una reale volontà di affrontare il problema, perché il razzismo sistemico e legislativo tengono in piedi il sistema. Un sistema che ha bisogno di corpi neri da spalmare sul fondo della piramide".

Mi aveva spiazzato. Era andato oltre. Io ero fermo agli episodi, ma lui analizzava. Aveva portato la conversazione su un altro livello. E a proposito degli episodi, mi disse: "E mi fa arrabbiare che sia sempre la parte lesa a dover capire e a dover essere più forte, e mai che si chieda a chi offende di essere meno stronzo. Che poi, estendere la propria sensibilità a tutti gli altri, è una cosa senza senso, ma estenderla ad una minoranza quando si appartiene alla parte della popolazione dominante, è qualcosa fuori da ogni logica".

Era un fiume in piena, ed io accoglievo ogni sua parola nella mia bacinella di pensieri.

"Sai, finché devi parlare di haters, della feccia di estrema destra e neofascisti, è facile. Lì tutti concordano che sono razzisti da tenere lontano dalla società civile. Il problema è quando parli con gente che sa di non essere razzista, che sa e pensa di non aver mai avuto pensieri razzisti o urlato ad un nero che è una scimmia e che deve tornarsene nel proprio Paese. Quando dici a queste persone che per il fatto di essere nati e cresciuti in una società estremamente bianca, chiusa e conservatrice come quella italiana, hanno interiorizzato pensieri, comportamenti e modi di dire e di fare razzisti, e che quindi sono anche loro parte del problema, allora si alza un muro".

Riflettevo in silenzio sulle sue parole. Aveva ragione, ma avevo ancora fame di sentire i suoi ragionamenti. Non dissi una parola, e lui continuò.

"Una persona per bene non vuole sentirsi accusata di una cosa brutta come il razzismo, quindi si rifiuta, e da lì non ascolta più. Ed è proprio lì che c'è la battaglia più importante. Occorre far capire alle persone che il razzismo realmente preoccupante non è solo l'urlo di un coglione per strada che sfoga le sue frustrazioni da perdente, ma le micro-aggressioni quotidiane che si subiscono più volte nell'arco della giornata. Perché sono quegli episodi che si accumulano e logorano una persona nella testa e nell'animo.

La battaglia sta nel fare capire che non basta avere amici neri per non essere razzisti, che non basta avere il fidanzato nero o la fidanzata nera per salvarsi, che non basta nemmeno lavoraci a stretto contatto tutti i giorni. La gente deve capire che si può essere razzisti a prescindere da tutto ciò. Che si possono dire e fare razzie anche se di fatto non le si considera tali, perché esiste il razzismo interiorizzato ed è ciò che fa sopravvivere le disuguaglianze e le discriminazioni nel tempo, con pregiudizi duri a morire, forti quanto tradizioni e accolti con leggerezza".

Alla fine del suo monologo era chiara una cosa tra noi: c'era una differenza culturale che non vedevo l'ora di colmare. Abi aveva fatto un percorso che lo aveva portato in una fase della discussione a cui non ero mai stato abituato. In Italia ero fermo a concetti molto più basilari, che ancora non erano nemmeno una discussione. Esistono italiani neri? Perché se un maiale nasce in un pollaio non diventa una gallina. Tipo cose così. Ne avevo riso quando avevo letto per la prima volta quell'affermazione in una discussione sulla cittadinanza. Ne avevo riso sì, ma era davvero desolante.

Stavamo ancora parlando quando gli squillò il telefono.

"Scusami, devo salutare un attimo una persona che tra pochi giorni parte per un viaggio di lavoro in America. È stato un piacere parlare con te. Ci sentiamo in questi giorni, così parliamo ancora, ok?"

Non ebbi tempo di ribattere, ed ebbi la sensazione che non si sarebbe fermato di più solo perché avevo voglia di sentirlo parlare.

"Va bene allora, a presto".

Io rimasi lì, seduto al tavolo a riflettere mentre la sua cioccolata raffreddata non emanava più quel profumo intenso che aveva prima.

Avevo passato gli ultimi quindici minuti a guardare Facebook e a leggere cose che iniziavo a considerare con un punto di vista diverso. C'era davvero una distanza abissale tra i due mondi. Quello attuale e quello che mi ero lasciato alle spalle.

Alzai gli occhi dal cellulare in procinto di alzarmi dal tavolo, e vidi una donna avvicinarsi con passo deciso. Il rumore dei suoi tacchi si sentiva in tutta la sala.

Aveva la camminata sicura e decisa di chi non si cura del mondo circostante. Indossava un abito rosso avvolgente che lasciava scoperta la spalla destra. Aveva i capelli color nocciola e fluttuava in una nuvola di serenità che la faceva sembrare ancora più bella. Il suo viso sembrava disegnato su tela da un'artista, con un'attenzione maniacale alla distanza ideale tra occhi, naso e bocca.

"Stavi andando via? Posso sedermi?"

"In realtà no, ma il posto è libero. Fammi togliere la tazza così ti accomodi"

"No, no, lascia faccio io" rispose. Con una grazia innaturale tolse la tazza per appoggiarla al tavolo del bancone.

"Che libro hai lì?" mi chiese allungando il collo.

Mi ero portato dietro il libro sulle micro-espressioni che intendevo leggere durante il pomeriggio ad Hyde Park. Mi ero immaginato sdraiato sotto un albero mentre sfogliavo il mio libro con la musica alle orecchie. Doveva essere il mio pomeriggio di relax. Sole, passeggiata al parco, libro sotto l'albero.

Ma in quel momento avevo dimenticato tutto. Ero rapito da questa meravigliosa visione che avevo davanti, e non capivo ancora cosa fosse successo.

Dal nulla questa donna si era seduta al mio tavolo e aveva iniziato a far conversazione sorseggiando il suo caffè americano large.

"Funziona davvero così da queste parti?" pensai. "È così che si può incontrare una persona? Con così tanta serenità?"

"Mi chiamo Daphne, comunque", mi disse dopo più di dieci minuti da quando si era accomodata davanti a me come se fossimo vecchi amici. Mi stupiva la sua tranquillità in quella situazione. Sembrava vivere in una nube di sprezzante sicurezza e spavalderia.

Non sapevo chi avessi davanti, ma ero eccitato all'idea di come la vita potesse essere straordinariamente imprevedibile.

Avremmo parlato molto quel pomeriggio.

Parole di circostanza, di curiosità sincera, qualche d'una di apprezzamento e tante risate leggere. Londra mi stava piacendo finalmente, ma ignoravo ciò che quell'incontro avrebbe seminato sul mio cammino.

254

Parte III

In Inghilterra le stagioni sono un po' disordinate. Primavera e autunno occupano la maggior parte dell'anno. I picchi di caldo durante la primavera assumono le sembianze dell'estate, mentre l'inverno si fa ammirare un po' di più, con picchi di freddo durante l'autunno. A settembre le giornate erano decisamente più corte rispetto all'estate italiana, e la brezza autunnale accompagnava fino a casa i lavoratori della rush hour.

Avevo iniziato da poco il master in diritto internazionale, e le visite a casa di Daphne erano ormai diventate un'abitudine.

Il suo bilocale si trovava a Finsbury Park, poco distante dallo stadio dell'Arsenal che avevo sempre seguito per via di giocatori come Thierry Henry e Robert Pires.

Il suo essere artista traspariva in ogni suo gesto, in ogni suo movimento. Era una fotografa affermata ed una stimata pittrice. Era molto più brava di quanto potessi capire. Casa sua era un luogo quasi mistico, che spingeva l'ispirazione a non abbandonarla mai.

Amava il sesso, e lo amava in una maniera sconosciuta per me fino a quel momento. Sembrava non averne mai abbastanza, non essere mai soddisfatta del tutto e che non ci fosse luogo in cui non l'avrebbe fatto. Amava il sesso perché la divertiva, le piaceva l'idea del piacere prima ancora di provarlo. Amava sentirsi addosso le mie mani grandi e respirarmi addosso la sua passione mentre ansimava.

La seconda volta che uscimmo a cena, a metà della portata principale mi chiese di accompagnarla alla toilette perché aveva bisogno. Mi chiuse in bagno con lei e abbasso i miei pantaloni prima ancora di tirarsi su la minigonna. Si era fatta scivolare via le mutande mentre eravamo al tavolo e aveva iniziato a toccarsi. "Tutti quei piccoli gemiti di piacere non erano affatto per il buon cibo", pensai.

Tornammo al tavolo quando il cibo era tutto freddo, e andammo direttamente al bancone a pagare per tornare a casa e fare ancora sesso.

Sulla schiena aveva un tatuaggio enorme di una carpa che risaliva la corrente, e sul lato sinistro del seno destro c'era scritto, in piccolo, "enjoy".

Spesso, finito il sesso, fumava erba per rilassarsi. A volte, invece, si metteva a dipingere nuda ed io ammiravo assuefatto il materializzarsi delle sue visioni. Era straordinario vedere come le sue ispirazioni prendevano forma. Sembrava quasi assente, lontana da tutto, in un mondo in cui esistevano solo lei e la sua arte."

"L'orgasmo mi fa vedere cose incredibili", diceva spesso. "È un punto di connessione con qualcosa di alto, di non terreno, di immortale. Sono attimi di un'indescrivibile esplosione di energia e piacere che amplificano ogni mio senso. Vivrei di orgasmi ogni minuto della mia vita. Ti immagini?" Rise.

Forse era questo che mi attraeva di lei. Il suo essere troppo, in tutto e in tutti i sensi. Eppure, c'era sempre una patina di tristezza e malinconia nelle sue parole.

"Io non voglio figli, mi annoio in fretta e spesso spavento gli uomini", mi disse quella sera, quando mi accennò della sua famiglia.

Non dissi nulla. Avevo sempre l'impressione che quelle frasi avessero come destinatario solo lei, come se si stesse raccontando una vecchia storia, per non dimenticarsene.

Prima dell'inverno andammo ad Hyde Park, per una giornata di relax ideale. Mentre aveva la testa appoggiata sul mio petto, mi disse "Secondo me la monogamia è sopravvalutata".

"Che vuoi dire?", chiesi perplesso.

"Prendi me ad esempio: ho un padre nigeriano ed una mamma inglese che sono stati insieme giusto il tempo di concepirmi. Sono il frutto di una passione veloce come il tuono e devastante come un incendio. Papà ha lasciato mamma perché probabilmente non voleva essere mio padre, ma sono sicura che si sarebbero lasciati comunque. Avevano vent'anni a testa, ed è impossibile che a quell'età si stia insieme ad un'unica persona per sempre. Non credi? A te non spaventa l'idea di stare con una sola persona per tutto il resto della tua vita?"

"Beh no, se sono innamorato di quella persona non mi fa assolutamente paura, anzi, mi fa solo piacere".

"Ok, capisco. Ma l'amore è mutevole. Lo sai, vero? Voglio dire, ciò che provi oggi potrebbe cambiare tra dieci o vent'anni, ma anche tra due".

"Sì certo, su questo hai ragione"

"E, dunque, perché non dovrebbe essere normale vivere una vita senza quell'illusione che siamo bravi e nobili solo se riusciamo a dedicarci ad una sola persona? Perché la monogamia deve essere un valore? Perché non lo può essere anche la poligamia, o non lo possono essere relazioni aperte o poliamorose? Sono la normalizzazione e il valore alto della monogamia a non avermi mai convinto".

Erano domande che non mi ero mai posto. Una nuova frontiera di pensieri che mi sembravano legittimi, ai quali non avevo risposta. Era affascinante vedere quella testa di trentadue anni mettersi in moto a dispiegare una serie infinita di quesiti e questioni.

"Hai ragione, credo di aver capito cosa vuoi dire, in un certo senso".

Rise di gusto, alzandosi sui gomiti.

"No che non hai capito, ma non fa niente. Sei meraviglioso lo stesso, Addo" e tornò ad appoggiare la testa sul mio petto.

Avevo iniziato il master a settembre e procedeva tutto bene, ma dividere il tempo tra studio, lavoro e Daphne richiedeva un'organizzazione che avevo avuto solo durante l'ultimo anno folle di università.

Abi, dopo le superiori, si era trasferito a Birmingham con i genitori, prima di decidere di scendere a Londra per l'università di economia e finanza.

Sapeva bene come muoversi nel mondo accademico inglese, fatto di ricerche ed essay, così iniziai a chiedergli una mano. Ci trovavamo sempre nello stesso Costa Caffè in cui ci eravamo visti la prima volta. Era diventato il nostro posto.

"La prossima settimana farò una cena a casa mia. Invito un po' di amici, ti vuoi unire?"

"Mi devono ancora dare gli orari a lavoro, poi ti dico. Avevo chiesto un part time per poter studiare ma in realtà faccio ancora trenta ore; quindi, non ho comunque tanto tempo libero, ma spero di farcela".

Mi presentai a casa sua dieci minuti in anticipo, ma dai rumori che sentivo fuori dalla porta sembrava che tutti gli altri fossero già arrivati.

Ero a Chelsea, in un quartiere altolocato dove generalmente risiedevano persone benestanti. La sua casa era bianca, innaturalmente immacolata. Sembrava che persino la pioggia avesse paura di bagnarla o sporcarla. Le tende alla finestra lasciavano intravedere sagome di un uomo e di una donna immersi in una a discussione allegra con un bicchiere di vino in mano.

Ero teso.

Non appartenevo a quel mondo, e non ero mai stato una persona capace di fingere simpatie per compiacere qualcuno. Speravo in cuor mio di non doverlo fare.

"Ciao Kofi, benvenuto nella mia umile dimora" disse abbracciandomi.

Avrei voluto dirgli che di umile quella dimora non aveva manco lo zerbino davanti alla porta, ma non dissi nulla.

"Grazie mille, caro" risposi quasi a bassa voce, come se volessi evitare che le altre persone si accorgessero di me.

La casa era bianca anche al suo interno, con muri che sfoggiavano bellissimi quadri, fotografie d'autore e poesie incorniciate. Il divano in salotto sembrava anch'esso nuovo e distava circa quattro metri dall'enorme televisione che sicuramente non accendeva mai. Una scacchiera in legno regnava solitaria sul tavolo accanto al divano e il pavimento profumava ancora di pulito. C'era un ordine maniacale, quasi fastidioso. Ogni cosa era al suo posto, e in qualche modo mi dava l'impressione che anche Abi avesse un perenne ed immacolato ordine mentale.

Non appena mi prese la giacca, mi venne incontro una ragazza bassa e dalla corporatura squadrata. Aveva un viso piccolo con labbra abbondanti ricoperte da un rossetto rosa che ne esaltavano il colore naturale. Mi sorprese il fatto che avesse una voce insolitamente forte per la sua statura.

"Piacere, Sharon. Abi mi ha parlato molto bene di te".

La stretta di mano fu interrotta da Joshua, che sembrava impaziente di essere al centro dell'attenzione.

"Ciao bro, è un piacere averti qui con noi" disse scansando con un movimento di anca la piccola Sharon. Dovevano essere come quegli amici che si stuzzicano sempre ma che non smettono mai di volersi un bene sincero.

Era altissimo, con un corpo esile e fine. Indossava una camicia a righe senza pretese ed ostentava una sicurezza che vacillava ad ogni passo.

Sharon era intenta a raccontarmi di sé, mi stava dicendo che era nata e cresciuta a Firenze, e lo si sentiva benissimo dalla meravigliosa mancanza della 'C' nelle sue parole, quando suonarono il campanello. Erano Angela, con le sue *weave* perfettamente attaccate alla testa, stirate ed ondulate per l'occasione; Aisha, che sembrava timida finché non prendeva qualcosa sul personale e si trasformava in una belva pericolosa e permalosa allo stesso momento, ed Hassan, il cantante rapper che a Londra era fiorito come un albero di ciliegio in primavera, che scriveva rime nel cuore della notte.

"Purtroppo, ragazzi, oggi Sasha non riesce ad essere dei nostri," disse Abi al gruppo, come se dovesse annunciare un evento sinistro ad una platea. Poi mi si avvicinò e abbasso la voce "è un peccato, avrei voluto fartela conoscere. È una favolosa scrittrice. Ti sarebbe piaciuta". Ne ero sicuro anche io.

Eravamo a tavola in una cucina enorme con l'isola. Abi fino a quel momento aveva recitato il ruolo di padrone di casa silenzioso e intento a servire e a coccolare i suoi ospiti. Aveva preparato piatti golosi che piacevano a tutti, con tanta scelta vegana per Aisha. La casa era cullata dalla musica in sottofondo di Aretha Franklin, e l'atmosfera era stimolante.

"Stai ancora parlando del termine afro? Sei sempre così fiscale tu", disse Abi in palese tono ironico, mentre si rimetteva a tavola con in mano la ciotola di insalata fresca e scondita.

"Certo, e non fare il simpatico con me", disse Sharon ad alta voce. E continuò "Davvero, non capisco perché debba essere afro-italiani. Insomma, il termine afro comprende tutta l'Africa, no? Allora perché non diciamo afro-europeo? Che a me andrebbe bene, perché è l'unica volta in cui la nostra 'africanità' viene messa prima".

"In che senso?" Chiesi divertito, guardando i sorrisi di Aisha e Hassan che mi guardavano come se avessi gettato benzina sul fuoco.

"I mean, di solito quando si cita il Paese specifico, si dice sempre italo-congolese, italo-egiziano o italo-ghanese. C'è sempre italo davanti. Quando invece si decide di valorizzare la propria discendenza, ci mettiamo afro e non marocchinoitaliano o ghanese-italiano. Insomma, o siamo generalmente africani, quindi afro, oppure viene prima italo, come se fosse più importante".

"Hai ragione, hon" disse Hassan, ma era evidente che la ritenesse esagerata.

Poi salì in cattedra Joshua, era da un po' che non era al centro dell'attenzione e da come disse "a me invece fa strano un'altra cosa, non di poco conto" era chiaro che fosse pronto a contendersi la scena con Sharon.

"Vedete, agli italiani hanno insegnato a chiamarci 'di colore', perché era meno offensivo di 'nero'. Ma l'hanno deciso loro"

"Madonna, è vero, che assurdità" disse proprio Sharon, Joshua aveva appena iniziato, e continuò, "e il bello è che l'hanno insegnato pure a noi. Quanti di noi, per anni, si sono definiti di colore? È un po' come se da oggi io decidessi in autonomia di chiamare i bianchi 'rosa maialino', perché secondo me è più adatto che dire bianco. Se andiamo per semplificazione nel descrivere il colore dell'essere umano, di fianco al bianco metto il nero e non qualsiasi altra cosa che secondo me suoni meglio. Il tutto, senza neanche chiedermi se chi ho deliberatamente deciso di chiamare in un certo modo ne è felice. Gli è stato insegnato di dire 'di colore', evitando la parola 'nero', perché essa è stata impregnata di tutto ciò che di negativo può esistere in questo mondo".

Fece una pausa per prendere respiro. Aveva l'attenzione di tutti. Ne godeva.

"Ci sono mamme che raccontano ancora dell'uomo nero sotto al letto, così capita che ci siano bambini che prendono paura quando ti vedono per strada, e vi assicuro che ferisce non poco. Ci sono persone che ancora si divertono a dire di essere incazzate nere. Gli è stato insegnato che il nero rappresenta l'impurità, il male, l'angelo caduto dal paradiso, l'oscurità che divora la loro luce, il buio di cui avere paura. Dunque, come si può attribuire un colore così negativo ad una persona, giusto?

È offensivo, gli hanno detto. Così gli hanno insegnato a dire 'di colore', quando la realtà è che quelli come noi hanno un colore solo. Cosa che non si può dire per i bianchi, giusto?"

"Giusto" si alzò un coro che gli fu di incitamento a continuare.

"I bianchi diventano rossi se imbarazzati, gialli o verdi se malati, viola o neri con i lividi. Se proprio volessimo definire "di colore" qualcuno, quelli dovrebbero essere i bianchi".

C'erano solo sorrisi e teste che annuivano, ed io ero completamente d'accordo. Joshua pareva appagato, finalmente. Si rimise a sedere.

Angela chiuse il discorso dicendo "nonostante il termine coloured, quindi il 'di colore', venga dall'apartheid, per me non è offensivo. Tuttavia, trovo che non abbia alcun senso, perché abbiamo tutti un colore che così non viene specificato, e soprattutto nessuno ne ha uno migliore dell'altro e nessuno si dovrebbe arrogare il diritto di decidere come chiamare qualcun altro senza chiedergli se gli sta bene".

Avevo un'esperienza relativamente breve sull'isola inglese, ma avevo notato un qualcosa che volevo condividere. E intervenni.

"Io, infatti, ho visto che qui in UK le application per il lavoro chiedono quasi sempre l'etnia e mi ha divertito vedere i vari tipi di nero. Li elencano proprio tutti, eh. Black American, black African, black Britain e black e basta. Il nero è semplicemente quello che è. Nero. Tanto semplice"

"Giustissimo, e siamo orgogliosi di esserlo" aggiunse Abi, ed ottenne un 'sì' generale da parte di tutti.

Stavo tornando dal bagno quando vidi una scatola bianca appoggiata su un comodino alla fine del corridoio che mi riportava in cucina.

Era un portagioielli aperto e all'interno c'era qualcosa che assomigliava ad un osso o ad un pezzo di legno a forma di ferro di cavallo che mi ricordava qualcosa di già visto.

Sembrava più un braccialetto di origine africana, ma non ne ero sicuro, così chiesi.

"Cos'è quella cosa che sembra un osso a forma di ferro di cavallo arrotondato nel portagioielli laggiù?" gli chiesi quando tornai al tavolo.

"Vado a prenderlo. Devo essermi scordato di rimetterlo a posto".

"Spiegaci, siamo curiosi anche noi" disse esuberante Joshua.

Lo prese, se lo girò tra le mani e lo guardò contro luce, come se fosse possibile vedervi attraverso.

"Ragazzi, questo è una manilla, non è osso, bensì bronzo invecchiato. È originale e c'è stato un tempo in cui uno di questi valeva uno di noi".

"Cioè?" chiesi in contemporanea con Angela.

"Questa era una moneta di scambio. Durante i secoli della schiavitù, i portoghesi iniziarono a comprare gli schiavi con le manillas, che potevano essere in diversi metalli. Tuttavia, il valore reale di questa moneta cambiava principalmente in base alla sua grandezza. Con una manilla così piccola avrei potuto comprare solo te, Kofi, ad esempio. Mentre con una manilla grande come uno di questi piatti che abbiamo appena finito di usare, avrei potuto comprare voi e tutti i vostri parenti insieme. In una sola volta".

"Mi prendi in giro? Fucking hell" esclamò Aisha, con una evidente espressione di disgusto misto rabbia.

Di colpo era sceso un silenzio quasi insostenibile in quella casa, e la rabbia usciva a cadenza regolare dalle narici di Hassan.

"Maledetti bastardi" disse a denti stretti. "Assassini senza pietà né umanità. E che la chiesa, che appoggiò tutto questo, possa perdere tutta la sua ricchezza. Non c'è punizione peggiore per quelle persone".

"Con tutti i soldi che hanno quelli, faremmo in tempo a vivere altri cinquantamila anni prima di vederli vacillare un minimo", disse Aisha per stemperare la tensione. Joshua aveva una croce al collo e non prendeva mai troppo bene le affermazioni contro la chiesa.

"Io, Joshua, proprio non ti capisco" disse Hassan alzandosi dalla sedia "Questi sono venuti, ci hanno imposto la loro religione con la forza, ci hanno detto da un giorno all'altro che dovevamo pregare il loro Dio, pena la morte. Ci hanno indotti al patriarcato scardinando le nostre tradizioni. Ti rendi conto che andavano in chiesa la domenica pomeriggio nella stessa fortezza dove stupravano le schiave per il resto della settimana e tutti i papi per tutti quei secoli hanno dato il loro benestare alla tratta degli schiavi? Ed ora tu e quasi tutti gli africani li seguite nei loro culti. Ma che problemi avete? Ma per favore".

"Ma piantala una buona volta e lasciami in pace, dai. Guarda che anche i musulmani ci hanno imposto l'Islam, cosa credi? Se proprio devi dire le cose, sii coerente", ribatté Joshua.

Abi pensò di tagliare la torta cheesecake che aveva preparato, e di tagliare anche un po' di quell'aria pesante che inconsapevolmente aveva contribuito a creare raccontando delle manillas.

Mentre stavamo gustando quella deliziosa creazione, Sharon si rivolse a me e mi chiese: "Hey Kofi, hai notato la differenza quando dici che sei italiano in questo Paese? A me capita che molti sgranino gli occhi. Dicono che non sapevano che esistessero italiani neri, perché non ne vedono. Questo fa capire quanto siamo poco o per nulla rappresentati dai media italiani all'interno del Paese, e ancora meno verso l'estero".

"È vero" le dissi "in effetti, stando qui non si ha per niente la percezione che esistono italiani neri. I media non li mostrano. Poi, in realtà, qui sono diventato orgoglioso del mio essere italiano, perché quando dico di esserlo si ferma tutto lì. Quando me lo chiedono gli italiani, invece, cambia tutto".

"Ah, ma allora te ne sei accorto davvero, eh" riprese Sharon. "Iniziai a notare che quando avevo a che fare con le istituzioni italiane, e davo il mio passaporto per l'identificazione, cambiava l'espressione sul volto di quelle persone. - Hai la cittadinanza eh - dicevano sempre. Non commentavano mai con - sei italiano eh - quel riferirsi alla cittadinanza, in modo astratto, freddo, come qualcosa che possedevo e non ero. Era l'ultimo loro tentativo di difendere la loro idea che, in qualche modo, io non fossi davvero italiano. Ero semplicemente qualcuna con dei diritti in più, rispetto a chi doveva continuare a sventolare la propria identità con un permesso di soggiorno in mano. Mi guardavano come una che dopo anni di lotta feroce si fosse conquistata il diritto di uscire dal girone dantesco della burocrazia per immigrati".

Joshua intervenne con animo, come se avesse bisogno di riscattarsi e mostrarsi non ferito dai commenti di Hassan sulla chiesa.

"Io, invece, ho notato che qui reagiscono in maniera simile gli italiani che mi chiedono da dove vengo quando mi sentono parlare. Quando rispondo di essere italiano inizia questa frenetica e forzata ricerca delle mie origini. Succede unicamente con gli italiani, ovunque io viaggi, in giro per il mondo, succede solo con gli italiani. Mi domandano sempre – eh, ma di dove sei? No, intendo le tue origini - come se l'essere nato a Milano per loro non fosse sufficiente. Chiedono dei miei genitori, dei nonni o di chiunque possa legarmi ad un posto lontano e distante dall'Italia, da casa loro, da casa mia, dopo tutto. Che poi, la cosa ridicola è che a loro non frega assolutamente niente delle mie origini. Per loro tanto l'Africa è tutta uguale. Un continente nero senza sfumature né cultura".

"È vero" riemerse Angela dal suo assenteismo nel dibattito "pochi sono interessati davvero alle nostre origini, e infatti spesso quando dici di essere nato altrove i loro volti si distendono, si rilassano e si sciolgono in un sorriso di sollievo appena percettibile, come se l'universo si fosse ricomposto dopo un tremore inaspettato".

Mi vibrò la tasca destra. Era Daphne che, come al solito, mi invitava all'ultimo ad andare al Tate Modern. Con lei era sempre tutto all'improvviso. Ci si organizzava in 5 minuti e ci si divertiva per ore. Era fonte inesauribile di energia e di battute sugli uomini. Amava stuzzicarmi ed essere pungente. Era incapace di manifestate i propri sentimenti. E quello era il suo modo di farlo. La capivo.

Era un'eterna ritardataria, ma sapeva sempre come farsi perdonare. Viveva come se il mondo dovesse mettersi in pausa ed aspettare i suoi ritmi. Navigava serena nel caos e nella frenesia delle sue improvvise decisioni brillanti.

Il Tate, quel sabato mattina, era affollato come sempre, ma era un posto che amavo follemente visitare. Fu proprio lei a portarmici la prima volta.

"Ho una sorpresa per te, oggi"

"Ma davvero? Non è da te, ma non vedo l'ora" dissi guardandola con curiosità. Mi diede un pugno sulla spalla.

"Sai la cena di ieri sera dal mio amico italo-ghanese di cui ti avevo accennato? Beh, è stata molto interessante. Gli chiedo se la prossima volta puoi venire anche tu. Secondo me ti piacerebbe proprio".

Non disse nulla, continuava a camminare aspettando che io guidassi lei e la conversazione.

Gli parlai degli amici di Abi, dei discorsi e delle risate, ma anche della tensione che ad un certo punto si era venuta a creare.

"Sai, io ho una domanda che mi faccio da sempre". Stavamo salendo le scale e parlava lentamente. "Perché? Mi chiedo solo perché, dopo secoli e secoli di tutto quello che la colonizzazione e la schiavitù ha gettato sulla nostra gente, il mondo continua a discriminarci?" fece una pausa.

"Nel senso, io sono anche figlia di una bianca; quindi, me la passo meglio, devo dire, ma è stato conflittuale, per un periodo della mia vita, riscoprire ed accettare la mia parte nera".

Mi guardò per un attimo, ma ebbi l'impressione che non avesse ancora finito di parlare. Non dissi nulla.

"Negli Stati Uniti stanno iniziando a parlare di 'reparation' in questo periodo. Una specie di risarcimento ai figli degli antenati che furono schiavi"

"Cioè a tutti, praticamente" la interruppi brevemente.

"Sì, quasi. Ma il punto è che secondo me, dobbiamo prima raggiungere una parità di trattamento, altrimenti non ripareranno esattamente niente. Il mondo sviluppato come lo conosciamo noi è stato costruito sulle spalle e con la vita dei nostri antenati, e decisamente con le loro risorse. Non che la cosa si sia conclusa, parliamoci chiaro. Perché, dopo tutto quello che è successo, il mondo abbia deciso di continuare a relegarci ad 'ultimi' è una cosa che mi ha sempre incuriosito".

Trovai strano la scelta del verbo "incuriosire". Parlava calma, impermeabile a sentimenti di rabbia che stavano già divampando dentro di me.

"Sai, la gente pensa che la storia dell'Africa sia iniziata con la schiavitù. La realtà è che la storia dell'Africa si è interrotta con la schiavitù. Il nostro è un continente che ha una straordinaria storia di tradizioni, culti, riti e celebrazioni. Siamo sempre stati un tutt'uno con la natura, ed abbiamo assorbito per secoli l'energia della terra rossa. La natura ha scelto bene da dove partire per far prosperare l'essere umano, non credi? Guarda quanto sei bello tu". Ridemmo entrambi di gusto.

Eravamo al quarto piano, dove c'erano diversi dipinti contemporanei. Una piccola sala dell'ala ovest del Tate che conteneva quadri che all'improvviso mi sembravano familiari.

"Non riconosci nulla lì?" mi chiese, puntando il dito su una tela tutta nera con pennellate bianche precise e lineari.

"Ma, ma... quello è il tuo" gliel'avevo visto dipingere un paio di settimane prima, dopo aver finito di far sesso, e ricordo solo che mi aveva detto che era l'ultima opera da consegnare prima che si prendesse una pausa.

"Sì, ma in realtà tutte le opere di questa piccola sala mi appartengono. Ammirale, oh meraviglioso giovane Kofi". Rideva soddisfatta.

"Sono straordinarie" dissi, perché in effetti lo erano. Nei suoi dipinti ritrovavo parte della sua anima. Bella, luminosa, indomabile e indisciplinata. Testarda e ribelle. Ma ritrovavo anche la sua storia, il suo essere nera e bianca, i tratti della sua eredità africana li avvertivo chiari e si combinavano alla perfezione con l'arte moderna occidentale che aveva studiato e vissuto.

Mi si avvicinò mentre ero ancora intento a studiare i dettagli delle sue opere, cercando di estrapolare la sua essenza complessa da quelle tele.

"Mi prendo una pausa, adesso" mi disse sottovoce.

Lo disse con fare serio, troppo serio per non implicare qualcos'altro. Mi guardò come se in quella 'pausa' fossi compreso anche io, e tagliò di colpo la testa al mio entusiasmo che saltellava felice in quella sala. Così, non fui sorpreso quando, due settimane dopo, mi disse che voleva interrompere il nostro rapporto, qualsiasi cosa fosse. Non era chiaro cosa fossimo, non lo era mai stato, ma non interessava a nessuno dei due.

Daph mi aveva mostrato sfaccettature di Londra che non pensavo esistessero, e nel farlo mi aveva aperto anche le porte del suo mondo. Furono undici mesi di un'intensità travolgente e di una passione sconsiderata.

Mi aveva accompagnato per mano ovunque. In cielo e agli inferi. Mangiavamo al Sushi Samba, allo Sky Garden e allo

Shard, seduti in tavoli riservati alle celebrità, osservando tramonti mozzafiato dall'alto. Tuttavia, quando ci andavo con altri amici non era mai bello uguale, così capii che era lei a rendere straordinaria l'aria attorno a sé e la vista oltre i suoi capelli. Conosceva una quantità spropositata di persone che la stimavano, ma camminava sempre con la disinvolta normalità di chi non aveva interesse a raccogliere ciò che aveva seminato. La fama non l'eccitava, e ancora meno le persone che ostentavano un potere mai avuto. Ridere a crepapelle, invece, la faceva impazzire, la eccitava, e demandava subito sesso, ovunque fossimo.

Mi aveva iniziato alla musica afrobeat nei locali più vivaci della città e casa sua era diventata un po' anche casa mia. Mi aveva mostrato i luoghi più suggestivi per la fotografia, facendomi guardare la città da una prospettiva diversa, la sua. Mi ero abituato a guardare la sua schiena nuda mentre dipingeva assorta in visioni avute durante interminabili orgasmi.

Ma Daphne era una persona incapace di amare l'idea di sé felice. Diceva spesso di essere consapevole che sarebbe morta sola. Parlava spesso della morte, e in qualche modo mi attirava questa sua convivenza con la morte tra le labbra. Non la temeva, al contrario, le dava valore. A casa sua Jack Daniel's, Baileys e l'erba non mancavano mai. A volte la trovavo a letto a fissare il soffitto, assente, con gli occhi trasportati in una dimensione dove c'erano solo lei e le sue angosce, con la tv a trasmettere del porno e le lenzuola imbevute della sua malinconia. Ero sicuro il sesso non fosse l'unica droga che consumasse quotidianamente.

Una volta prese il coltello e squarciò la tela che stava dipingendo dopo averci lanciato contro tutti i pennelli che stava adoperando. Quel quadro di colpo si era trasformato in una ferita da cui lei non riuscì mai a guarire. Aveva scatti d'ira incontrollati, che sfociavano in lacrime capaci sempre di intenerirmi il cuore. Era difficile capirla e ancora di più strale accanto, eppure io ero sempre lì, perché forse, senza rendermene conto, anche lei era diventata un po' la mia droga. I suoi eccessi mi facevano sentire vivo. Il dolore ispira. L'avevo sempre saputo.

Non vedevo i suoi demoni, ma ogni tanto si materializzavano nelle sue urla durante la notte, quando si svegliava sudata e in preda al panico. Era una persona che polarizzava la vita e le emozioni. Era zero e mille nell'arco di dieci minuti. La sua presenza in una comitiva addomesticava qualsiasi anima e accentrava su di lei tutta l'attenzione. Sapeva essere appariscente e spietatamente egocentrica. Era una dea della bellezza e se ne fregava di fingere umiltà.
Daph aveva una dimensione umana ed una spirituale che erano spesso in collisione, ed io mi ero infilato nel mezzo di una meravigliosa turbolenza che ora era finita. Mi sarebbe mancata da strapparmi la pelle, esattamente come un tossicodipendente senza la sua dose, ma dentro di me sapevo che questo giorno sarebbe arrivato, presto o tardi.
Londra era diversa con lei. Era paradiso e inferno nell'arco di dieci minuti.

Parte IV

"Hai visto? Tu non ci credevi, ma ha vinto il brexit".
Mi svegliai la mattina con la notifica di questo messaggio che aveva come mittente Kwaku. Mio fratello mi aveva ripetuto più volte che il risultato del referendum non era scontato, ma io ero sicuro si sbagliasse.
Di fianco a me si stava svegliando dal torpore Jessica, una compagna di corso con la quale avevo iniziato a ritrovarmi alla British Library per studiare. Mi ero promesso di separare dovere e piacere, ma ero stato come contagiato da Daph, e bramavo la conquista di chiunque e qualsiasi cosa mi facesse gola. Lei non riempiva più le mie giornate con la sua risata esageratamente allegra e le sue scelte improvvise. Londra, però, odorava ancora di lei, ogni singolo giorno, in ogni suo aspetto.
Ricordo quando mi diceva "tutti vogliono la libertà, ma una volta che la ottengono, non sanno che farsene, perché forse fa più paura l'immensità della libertà, come un oceano senza riferimenti, che lo spazio piccolo e chiuso come le mura di una prigione. Essere liberi significa assumersi la responsabilità di ogni singola scelta, in maniera indipendente e totale. Vuol dire affrontare le conseguenze delle scelte che altri non capiscono o non approvano, perché la libertà non ha confronti e riferimenti, non ha amici né nemici, e spaventa perché è potente e disarmante".
Aveva ragione. Ero libero, ma avrei preferito avere quattro mura attorno a me, con noi dentro.

"Sì, ho visto adesso le notizie. È incredibile. Non ci credo".

"Già, e invece è successo. Sono deluso dagli inglesi. Va beh, ci vediamo tra un paio di settimane" tagliò in fretta la conversazione, come se non ci fosse nient'altro da aggiungere ad una situazione irreversibile.

Lo andai a prendere insieme al resto della famiglia, all'aeroporto di Stansted. Mamma, a parte i viaggi in Ghana, non si era mai concessa una vacanza all'estero, e per me fu una gioia vedere il suo viso illuminato. Soraya sembrava spaesata e incuriosita nello stesso momento. Rivedevo me nel suo muoversi insicura e impacciata in quella metropoli.

Isaac, invece, era rimasto in Italia, non poteva venire, perché in famiglia era l'unico straniero. L'unico che aveva ancora bisogno del permesso di soggiorno come se fosse l'ossigeno. Era in attesa perenne di una cittadinanza che non arrivava più e non sarebbe arrivata prima di sei maledetti e interminabili anni. Era paradossale che tutti noi avessimo la cittadinanza, compresa Soraya che l'aveva acquisita attraverso mia mamma, mentre lui che era in Italia da quando aveva sei anni fosse ancora straniero.

Presi una settimana di ferie per portarli in giro. Avevo cambiato lavoro, lavoravo nell'agenzia pubblicitaria dove lavorava Sharon. Era socia e direttrice delle comunicazioni e dopo qualche settimana di pressione accettai di lavorare per lei.

Portai la famiglia Addo a vedere parti di Londra che conoscevo grazie a Daphne. Non avevo ancora smesso di sentire la sua presenza nelle vie in cui mi aveva condotto.

Mamma era estasiata nel vedere come fosse possibile vivere in una società dove il nostro essere neri e in gruppo non attirasse gli sguardi delle persone. Mi divertiva, e la prendevo in giro dandole della campagnola, ma la capivo.

Lei sapeva che avevo sempre digerito mal volentieri le imposizioni altrui, i "devi", la pasta alle due di notte, gli ipocriti di alto rango e l'integrazione come mezzo per una civile convivenza.

Le dicevo "considera, per esempio, il popolo migratorio per eccellenza: gli italiani. Bene, prova a dire ad un italiano qui all'estero di mangiare pasta col ketchup o la pizza con l'ananas".

Rise mentre diceva "beh, probabilmente ti picchia o ti insulta".

"Ti sputa in un occhio come minimo, mamma, e giustamente anche. Vedi Mà, volendo generalizzare, ti dico che l'italiano non si integra perché se potrà evitare di parlare un'altra lingua, credimi, lo farà. Viva l'italiano, lo sai che amo quella lingua, anche se non la parla nessuno a parte noi".

"Sì lo so, ma finisci il discorso"

"Voglio dire, l'italiano starà molto più volentieri con un bel gruppo di italiani simpatici e allegri, piuttosto che con dei giovani inglesi invecchiati male per la mancanza di sole e di buon cibo. All'italiano non si può proporre un americano al posto dell'espresso. E cos'è, la fine del mondo?" feci una pausa mentre la guardavo sorridere e scuotere la testa contemporaneamente.

"E non ditegli di cenare alle 18 perché no, non è mica un depresso che deve dormire alle 8 di sera.

Mà, l'integrazione è una cosa orribile per tutti, perché presuppone che una persona debba accantonare il proprio essere da parte, anzi mitigarlo e adattarlo. Rinunciare ad essere pienamente sé stessi per essere un po' più come gli altri. Presuppone che ci sia un qualcosa di meglio al quale bisogna adattarsi perché più in linea con ciò che, chi vive in un certo posto, considera giusto o migliore.

Il rispetto delle norme di legge è altra cosa però. Quelle vanno rispettate a prescindere. Sai che non sopporto i furbi, no?"

"Lo so, Kofi".

"La cosa ideale sarebbe mirare all'inclusione, perché significa includere in maniera attiva le persone nella società, permettendogli di mantenere la propria identità. Cavolo, lo facevano i romani. I romani, Mà. Stando qui ho iniziato a sognare un mondo con meno integrazione e più inclusione, capisci?"

Mi accarezzò il braccio con un sorriso, senza aggiungere altro. I suoi occhi erano lucidi e riflettevano le luci di una Londra che diventava ancora più bella di sera. Eravamo alla Tower Bridge, uno dei luoghi in cui la magia scendeva in strada col calare del sole e spargeva polvere di gioia sulle teste dei passanti.

Quando tornai al lavoro, Jason, un ragazzo dal quale stavo imparando a perfezionare le mie abilità di grafico, mi convinse ad andare in palestra con lui. La città ne era piena. Gli inglesi principalmente erano dediti a due cose dopo aver finito di lavorare: andare al pub a bere qualsiasi cosa avesse più di 13 gradi e andare in palestra. La città, in effetti, brulicava di pub e palestre.

Andavamo al pure gym, una di quelle molte belle e frequentate da persone che avevano soldi, ma alle quali non importava nulla di sfoggiarli con spese irrilevanti.

Jason era una persona che in pochi giorni era riuscita a fissare il suo tono di voce sul muro della mia memoria. Parlava sempre e di tutto. Amavo l'energia e la passione che ci metteva anche nel parlare di cose semplici, tipo di come cucinare gli spaghetti aglio, olio e peperoncino. Era esuberante fino all'irritazione, ed era insensibile al bisogno degli altri di stare con sé stessi. Se aveva qualcosa da dire, la doveva assolutamente dire. E soprattutto, la doveva dire con la sua instancabile allegria. Era una di quelle persone che dal bicchiere vedeva e beveva sempre la metà piena, e non si stancava mai di girare attorno alle situazioni, come se fossero edifici a specchio, finché non scorgeva un lato su cui era riflesso quel qualcosa di positivo da riportare. Sapeva essere convincente anche in questo. "Vedrai che se è successo, è solo perché doveva andare così. C'è sempre qualcosa di meglio dietro l'angolo. Il mindset però fa la differenza. Guarda, ad esempio..." e poi partiva con un elenco di esempi dei suoi per provare che aveva ragione.

"Amico mio, non importa quando, ma devi assolutamente andare a Singapore" mi diceva spesso. Ormai era un argomento fisso nei suoi discorsi e coglieva al volo improbabili assist per parlare di quella città. "Una città stato" mi correggeva sempre.

"Sì, prima o poi ci andrò, e sono sicuro che mi piacerà".

Jason ci aveva trascorso due anni e ne era follemente innamorato. In un mese di palestra insieme aveva piantato in me l'idea di dover andare a Singapore. Ero sbalordito dalla sua capacità di persuasione.

A Jason dicevo sempre di sì, perché era uno di quelli che ignorava i 'no' con una noncuranza alla quale non riuscivo proprio ad abituarmi.

"Vieni a mangiare domani sera da Banana Tree?"

"No Jason, dovrei riposarmi, perché non dormo molto bene la notte"

"Well, facciamo alle 8.30 allora, va bene? Sì, direi di sì" e concludeva con il sorriso di chi era consapevole di essere un gentile dittatore dei desideri altrui.

Prima di uscire, andai ad allenarmi senza dirgli nulla.

Uscito dalla doccia della palestra avevo il corpo stanco, le braccia pesanti e la mente che, accarezzando l'idea del buon cibo che avrei mangiato, mi spingeva a vestirmi in fretta.

Sentii ad un tratto la voce di due ragazzi che avevo intravisto prima in sala mentre sollevavo più pesi di quelli che avrei dovuto. Parlavano e ridevano senza badare troppo alla mia presenza. Parlavano una lingua che non conoscevo, eppure ero sicuro di sentire chiaramente parole italiane. O forse mi sbagliavo. In realtà, sembrava non essere nemmeno una lingua europea.

"Vado a fare la doccia presto, poi andiamo".

Disse uno dei due mentre si allontanava, l'altro col cellulare in mano fece un audio, in italiano. Avevo sentito bene.

In genere, me ne sarei andato senza aprire bocca, con le cuffie alle orecchie per isolarmi nel mio mondo, fantasticando su un futuro lontano.

"Di dove siete?" gli chiesi.

Si girò sorpreso, e rispose prima ancora di incrociare il mio sguardo, "italiani, siamo vicentini".

Sorrisi. Sì, l'accento veneto non si confonde.

Lo guardai bene, era alto, giovane e magro, e forse ancora non superava i ventitré anni. Gli orecchini fini e argentati, due occhi enormi e curiosi, denti perfetti ed un sorriso bello da spegnere il sole. Il bianco della maglia faceva contrasto con la carnagione così nera e luccicante.

Mi sorrise di rimando.

"Come mai avete scelto proprio Londra?" gli chiesi. Era inaspettata anche per me la curiosità che provavo in quel momento.

"Per lo stesso motivo per cui tu sei qui" mi disse sereno. Sembrava davvero convinto che io e lui, estranei in terra straniera, avessimo in comune qualcosa di profondo, di universale ed inesorabile.

Non aggiunse altro, solo un sospiro guardandomi fisso negli occhi, come se provasse un retrogusto di tristezza in fondo alla sua felicità. Lo capivo.

Eravamo figli illegittimi di una relazione clandestina, di una nazione che non si è mai voluta sposare con nessuno, che si circonda di amanti e continua a fare figli senza mai riconoscerli.

Abbandoniamo casa per cercarne un'altra col vuoto nel cuore, con la malinconia di chi non vede i genitori da una vita, e con la speranza di un abbraccio materno pieno di calore.

Mi disse che in meno di due anni aveva portato a Londra con lui il fratello e il cugino.

"Mi si sono aperte le porte qui. Opportunità che in Italia non avevo e non avrei mai avuto. Io poi, voglio solo lavorare ed essere tranquillo", concluse.

Il Bel Paese era famoso per molte, moltissime cose, ma era vivendo in quella città che avevo scoperto la bellezza di un'Italia che non conoscevo.

Quella dei figli illegittimi, belli, diversi nell'aspetto, nei lineamenti, nel colore, nell'acconciatura dei capelli, nella forma degli occhi e della bocca, con due e spesso tre mondi incastrati divinamente in persone che sapevano di essere anche italiane fino all'osso, senza per questo tradire mai quella diversità che le rendeva uniche.

Persone che parlano con accenti marcati ed emergono dalla folla multietnica di Londra per i gesti e i modi familiari.

"Quanto sei bella, Italia mia? Quanto sei bella, con i colori mondiali dentro a quel tricolore?", pensai, mentre chiudevo la porta degli spogliatoi dietro di me, per poi tornarci il giorno dopo.

Ci andavo spesso in palestra, e avevo iniziato a fare anche boxe. Sentivo sempre di più la necessità di sfogarmi, di riempire un vuoto che non sapevo delimitare.

Londra è una città che non dorme mai. Circolano persone per strada a qualsiasi ora del giorno e della notte. Mi ero sincronizzato. Non dormivo mai e pativo la mancanza di rapporti stabili. Si viveva per lavorare.

Fare soldi e produrre sembrava l'unica cosa che dava importanza a quelle anime che vagavano nelle metro nella rush hour, ed io lo avevo tacitamente accettato. Era una giungla di squali. Una scuola di vita. Una città inutilmente costosa, affamata di vite da spezzare, o da far fiorire. Potevi essere chi volevi o lasciare che fossero gli altri a deciderlo per te.

Notai che faticavo a provare emozioni. Avevo, con ogni probabilità, perso qualcosa di me lungo la strada di una vita che aveva saputo come rendersi antipatica ed apatica. Giacevo spesso a braccia conserte sul letto della mia camera, sulla Holloway Road. Mi chiedevo spesso se i pezzi della mia esistenza stessero trovando modo di ricomporsi, in qualche modo.

Avevo avuto una vita povera, difficile, piena di lacrime e rinunce, di pasti saltati e di luci staccate, di pane e acqua zuccherata, di materassi usurati e relazioni fallite. Una vita che mi aveva dato gioia nelle amicizie ed una mamma che non si era mai abbandonata allo sconforto.

Una vita scandita dalla voce di un padre che mi aveva educato col bastone, senza mai abbracciarmi o darmi la carota. E mentre imparavo come difendermi da lui, venivo travolto dal male di una società che si era rivelata madre e carnefice, impaurita di me a tal punto da rifiutarmi, e mi aveva ricoperto di cicatrici e razzismo, fino a farmi sprofondare nell'inspiegabile depressione che era nata e cresciuta in me senza che me ne accorgessi. Avevo amato follemente ed ogni parte di me era stata amata fino all'estremo dalla stessa persona, che poi se n'era andata, lasciando che la tristezza si portasse via anche il sole dalle mie giornate.

Ero in una città che mi aveva reso grande in fretta. Non condividevo più la stanza, non chiedevo più soldi a nessuno e lavoravo in mezzo a persone con le quali non dovevo preoccuparmi di rendere la mia presenza più digeribile.

Mi sentivo a casa in quella città che era un po' casa di tutti e di nessuno. Chi era determinato sopravviveva ed usciva vincitore, altrimenti Londra lo avrebbe sputato fuori come si fa come i granelli di arachidi che si incastrano fra le fessure dei denti. Io ero sopravvissuto e avevo vinto, eppure a tratti mi sentivo perso. Impermeabile alla bellezza del mondo.

Avevo costruito una grande stanza, dentro alla quale avevo chiuso a chiave i miei traumi e gli incubi. Trovavo una specie di conforto nel dolore. E tornavo ad aprire quella porta, lasciandomi avvolgere da quei traumi, da quelle sofferenze. Ci annegavo, come se avessi bisogno di quel male per sentirmi umano, come se non fossi in grado di vivere senza.

Un po' come la luce che ha bisogno del buio per poter splendere ed essere sé stessa. Non sapevo chi o cosa avesse il controllo, ma il più delle volte sentivo di vivere su un sottile equilibrio, talmente fragile che sarei potuto crollare se qualcuno mi avesse spinto con un dito. Eppure, mi sentivo così vivo e forte quando stavo bene. Come quando Ganz mi venne a trovare prima della fine dell'estate. Era estate solo sul calendario, perché a settembre il sole non era più padrone del cielo per più di nove ore al giorno.

Lo ospitai a casa e lo portai in giro, raccontando Londra come se fosse mia da sempre, come se non ci fosse mai stato quel rapporto di amore e odio che avevo faticato a stabilizzare.

Il mercato di Brick Lane alla domenica era diventato un appuntamento fisso e andarci con Ganz contribuì a rendere quella ricorrenza ancora più sacra. Parlare con lui era terapeutico, ma non gli dicevo mai quanto bene mi facesse. Sapevo che mi capiva.

"Ti trovo veramente bene, sai" mi disse.

"Grazie, amico mio". Ed era tutto quello che avevo bisogno di sentire, di vedere nei suoi occhi. Il riflesso di me che stava bene. Negli anni, ogni volta che ci siamo visti ho riconosciuto parte di me nelle sue parole, nelle sue movenze. Era così anche in quel momento, e questo, in qualche modo, rimetteva a posto pezzi di quell'esistenza che evidentemente non aveva trovato il modo di rimettersi a posto.

Fui triste quando la sua breve visita terminò, ma qualche giorno dopo Dani mi risollevò il morale, dandomi la notizia che ad ottobre sarebbe venuto a trovarmi.

Avrei avuto la possibilità di vederlo per il suo compleanno e questo valeva come regalo di compleanno in anticipo, per il mio, però. Lo adoravo.

Quel giorno gli dissi che sarei stato occupato, quindi lo vidi nella pausa pranzo del pomeriggio per fargli gli auguri. Lui e Sara, la sua compagna, dovevano festeggiare da soli la sera, così quando mi trovarono al ristorante, Dani mi strinse in un abbraccio tenero ed intimo. Riaffiorò la parte più sensibile di me, che per mesi mi aveva abbandonato. Sara era stata una buona alleata nell'organizzare questa festa di compleanno a sorpresa, ma il regalo più grande, ancora una volta, lo aveva fatto Dani a me, curandomi con la sua presenza. Gli ero immensamente grato.

Stavo bene, finalmente, ed ero pronto per tornare a casa a visitare la famiglia e gli amici.

Capitolo VII

Il caso

Parte I

Il cielo ormai era denso di nuvole, ma sembrava tergiversare timidamente sul da farsi. Il signor Addo non aveva ancora intenzione di andarsene. Voleva almeno finire di leggere a suo fratello Kofi la prima parte del libro.

A mettergli pressione non era solo la minaccia della pioggia, ma anche il suo cellulare che sembrava aver preso vita nel giro di poco tempo. Aveva tolto la suoneria, ma le vibrazioni erano continue, e a volte gli sembrava di sentirle anche quando il cellulare era inanimato, senza notifiche.

Doveva rispondere. Il dovere, oppure il fato, stava bussando a quella sua porta che per troppo tempo aveva tenuto chiusa con il piede appoggiato all'angolino in basso a destra, in attesa che arrivasse il momento giusto per toglierlo e aprire. Ed il momento giusto era arrivato.

Aveva passato gli ultimi vent'anni della sua vita a tessere relazioni, a tracciare piani arzigogolati, e navigare fra le maglie del parlamento italiano per arrivare laddove le sue parole e le sue decisioni avrebbero fatto la differenza. L'ora del cambiamento era giunta, ma lui non era ancora pronto ad andarsene, e continuò a leggere.

Alla stazione dei treni di Bologna avevo l'impressione che le persone intorno a me camminassero con una calma ed una lentezza quasi irritante. Ma non erano solo loro, mi sembrava che tutto fosse eccessivamente lento. Le code, l'attesa per il cappuccino al bar, i treni, le parole.

Ma era sempre stato così, oppure ero io ad essere cambiato?

I neri che vedevo lì mi sembravano sempre un po' più tristi e arrabbiati. A Londra li salutavo tutti quando li incontravo. Ci si scambiava sorrisi e cenni di capo d'intesa, sfiorandosi anche a distanza. C'era un senso di comunità dietro a quei cenni, accompagnato da sguardi profondi che ci trasportavano in un mondo fatto di cose che potevamo capire solo noi. Era come se dicessimo "Non sei solo".

"Sei cambiato, e ti vedo sereno" disse mamma quando gli raccontai di me come non avevo avuto tempo di fare prima.

Mà aveva ragione, ero cambiato. Avevo visto come si poteva vivere in una società civile, e scendendo da quell'aereo a Bologna mi sono reso conto di come questa bolla fatta di pregiudizi e micro-aggressioni non fosse ancora scoppiata e ricoprisse densamente questo Paese.

Durante una delle serate a casa di Abi, Aisha ci raccontò di un bambino italiano con qualche ritardo mentale che era arrivato da qualche mese nella scuola di suo cugino.

Questo bimbo usò la N word a scuola, dando del negro a suo cugino davanti a tutta la classe. La scuola espulse quel bambino italiano di undici anni, rifiutando ogni scusa da parte dei genitori che cercarono invano di giustificare il suo comportamento, aggrappandosi anche alle sue condizioni mentali.

"Che vigliacchi", disse schifata Aisha quando finì il racconto.

Quel raccontò mi aprì gli occhi.

"Il razzismo esiste ovunque, ma ciò che fa la differenza è il modo di combatterlo, senza pietà e senza mezzi termini, e questo lo vedi soprattutto dalle leggi" aggiunse Sasha, accarezzando il braccio di Aisha come a consolarla.

"Quello è un Paese civile. Dovremmo tutti andare a vivere lì" esclamò mamma sorridendo, rinvigorita dal fatto che ci fosse stata giustizia un po' per il cugino di Aisha e un po' per tutti noi.

La capivo, e capivo alcuni di quei neri circondati da questa sottile nube di rabbia e tristezza che li accompagnava.

Vivere in un Paese dove, dopo tutti questi anni, ancora si cercava di normalizzare una pratica come la black face e l'uso della N word mi lasciava sgomento. Ora lo vedevo ancora più chiaramente.

La televisione, i giornali, le persone per strada usavano la parola ne*ro come se fosse un diritto strappato a forza da tutte le persone nere che si opponevano. Non solo non c'era alcuna volontà di smettere, ma c'era addirittura la rivendicazione di usare quella parola sulla base della libertà di espressione. Come se l'insulto e l'offesa valessero come diritti. Era sempre satira, goliardia circostanziale, innocua, innocente. Giustificavano così l'uso di quella parola, consapevoli che facesse male e fosse umiliante come uno sputo in faccia. Erano sempre i neri che dovevano sforzarsi di capire. Di digerire la cosa. Di avere la sensibilità di non offendersi. Mi sembrava allucinante. Fuori da ogni logica. Come mai l'Italia rimaneva l'unico Paese occidentale a rivendicare con una forza spietata la volontà di usare a tutti i costi un termine così orribile? Mi sembrava assurdo che non riuscisse a seguire esempi di tutti gli altri Paesi d'occidente che l'avevano bannata con decisione.

La blackface, invece, avveniva per lo più in televisione, su uno dei canali nazionali. E anche lì, la giustificazione era sempre quella di voler omaggiare artisti neri o afro-discendenti.

A pensarci bene, era un po' come voler omaggiare i sopravvissuti dell'Olocausto tappezzando la sala di un evento commemorativo di svastiche. E nessuno mai si sognava di usare quel simbolo per fare satira o omaggi. E dire che comunque, in origine, la svastica era un simbolo positivo, segno di fortuna, pace e benessere. Mentre in nessun caso la N word e la black face hanno avuto significati positivi e, nonostante fosse una cosa conosciuta e risaputa da decenni, l'Italia sembrava andare assurdamente fiera di essere rimasta indietro. Di essere crudele. Come se si rivolgesse solo ai bianchi, ignorando la sua meravigliosa parte multiculturale. Due pesi e due misure diverse. Nulla era cambiato.

Tornare a casa voleva dire incastrare impegni e visite in modo da vedere tutte le persone care, senza trascurare i sentimenti di nessuno. Trovavo meraviglioso l'impegno di donarsi agli altri. Ogni incontro mi ricaricava di vita e di gioia. E mi sentivo proprio così subito dopo aver incontrato Simo e Ale. Erano due persone che avevo conosciuto grazie al calcio. Con Simo, mio coetaneo, l'amicizia era fiorita durante l'estate del terremoto, come un fiore che nasce tra la strada e il marciapiede, forte tra i pericoli.

Avevamo trascorso molto tempo in campeggio a Milano Marittima, dove avevamo collezionato ricordi di un'estate indelebile. Era proprio in quegli anni che eravamo andati in vacanza insieme ad Ale a Tenerife. Un'isola gioiosa, lontana dalle lamentele della terra ferma e dall'inquinamento di cuori infelici.

Quel pomeriggio, prima di salutarci, Ale aveva insistito tanto per fare una serata in discoteca tutti insieme. Non lo vedevo da tanto e non sapevo quando l'avrei rivisto.

Ero riluttante prima ancora che finisse di sviscerare i suoi piani per la serata, ma insistette, e caddi di fronte a quei suoi occhi con cui aveva ammaliato tutte le donne con le quali era stato.

Simo guidava, e in macchina eravamo in cinque, con tre di noi seduti vicini sul sedile posteriore a tenerci caldo, mentre fuori i gradi scendevano con l'avanzare della notte.

Ero seduto dietro con Sara, un'amica di Londra che era scesa nello stesso periodo in cui ero sceso io.

Le altre due persone erano due gemelli che conoscevano più che altro Simo e Ale. Li avevo intravisti qualche anno prima che andassi via, ma non avevo scambiato parola con loro. Erano esilaranti.

Ale ci stava già aspettando dentro il locale, e noi avevamo fretta di raggiungerlo. Eravamo a Baggiovara, poco dopo Modena, in una zona che conoscevo bene per via dei miei innumerevoli viaggi all'ospedale nel periodo del servizio civile e del volontariato in croce blu.

Era mezzanotte passata da un po', l'aria era gelida, soffiava leggera sulle macchine ricoperte già da un sottile strato di finissimo ghiaccio. L'atmosfera però era calda, densa di energia e di sorrisi che presto si sarebbe riversati sulla pista da ballo.

Non ero mai stato un amante delle discoteche. Durante gli anni di Vision360 io e Mario eravamo stati i fotografi di un noto locale del basso mantovano. I corpi sudati, la musica assordante, le mani di persone che mi trascinavano in giro chiedendomi uno scatto in più e l'aria densa e sporca di fumo e alcool mi avevano fatto odiare i locali.

Solo Daphne era riuscita a lucidare a nuovo la mia voglia di immergermi nel semi buio di una discoteca affollata e di ballare per ore. Avevo smesso di soffrire per lei, ma non sembrava voler sparire del tutto dai miei pensieri.

Parte II

Mi ero dimenticato di essere nero.

Dopo una breve passeggiata arrivammo all'entrata del locale. Eravamo dietro ad un paio di ragazzi vestiti con jeans e sneakers appena comprati. Vederli in faccia mi fece pensare a quanto stessi invecchiando. I pochi peli in viso e i brufoli sulle guance suggerivano un'età tra i diciotto e i vent'anni.

Ero lì per Ale e dopo tutto mi stavo divertendo. Sara era esuberante e avevamo fatto una passeggiata a braccetto mentre mi raccontava aneddoti sui suoi colleghi londinesi. Ero andata a trovarla una sola volta al ristorante dove lavorava, e infatti avevo trovato quelle persone davvero singolari.

Era il nostro turno, e mentre stavamo camminando verso l'entrata, il buttafuori lì davanti mi sbarrò la strada e mi fermò facendo il gesto a mano aperta davanti al mio petto. Era inequivocabile. Dovevo fermarmi.

"Tu devi andare a fare la fila dall'altra parte" mi disse lui. Era un uomo alto con la voce rauca e un fisico da rugbista. Le vene tracciavano linee curve e disordinate sul suo collo.

Guardava me, ma non capivo. Corrucciai la fronte in un'espressione interrogativa.

"Ma intendi lei?" domandai indicando Sara. Poteva essere che in quel locale facessero fare una fila diversa alle donne per farle entrare prima e pagare anche meno. Non ci sarebbe stato nulla di strano.

"No tu, devi andare a fare la fila dall'altra parte" e mi indicò dove. Stava davvero parlando di me.

In effetti, in quel momento, dietro di lui mi accorsi che c'erano le solite transenne basse usate per tracciare un percorso. C'era davvero un'altra fila, ma era vuota. Non c'era nessuno.

"Per quale motivo io dovrei andare a fare la fila dall'altra parte?"

"Sono le regole, devi andare di là".

Non riuscivo a crederci. Non riuscivo a capacitarmi di questa cosa.

"Sono qui con i miei amici, ed io entro con loro. Perché solo io devo andare a fare la fila dall'altra parte? Che significa?"

"Sono le regole" ripeté scontroso come un cane addestrato ad eseguire azioni dietro comando.

Non avevo bisogno di farlo, ma mi guardai attorno cercando conferma di ciò che ero, di ciò che quelle parole potevano dire. Ero l'unico dei cinque ad essere nero. Me n'ero dimenticato. Mi ero concesso il lusso di dimenticarlo, ma non ero più in Inghilterra, ero in Italia, e qui il colore è tutto.

Mi ero dimenticato di essere nero, e in quegli istanti che trascorrevano interminabili, il mio essere nero mi veniva schiacciato addosso con forza. Le gambe tremavano e il cuore batteva a ritmo di corsa, con la rabbia che aveva rallentato i miei ragionamenti.

Non realizzavo. Mi rifiutavo di pensare che stava succedendo davvero.

"No, io non vado da nessuna parte. Entro con loro".

Non avrei accettato di chinare la testa. Non potevo. Non dopo aver vissuto in una realtà dove cose del genere erano impensabili.

Il buttafuori era inamovibile, ma fuori dall'entrata arrivò uno dei PR che, avvicinandosi, gli disse sottovoce "dai, lascialo entrare per questa volta".

Ero arrabbiato. Mi avevano ferito e ci avevano sparso sopra il sale mentre stavo ancora sanguinando. Quell'episodio era entrato nel profondo della mia anima, e passai la serata assente da tutto quel rumore che non riusciva a distrarmi dai miei pensieri. Non ero da solo, non potevo stare fuori, ed Ale ci aspettava dentro ma, nonostante fossi entrato, non riuscivo a smettere di pensare a quanto dopo quel "lascialo entrare per questa volta", avrei voluto girarmi e andarmene.

La mattina dopo mi alzai con la nausea. Vomitai, il che rappresentava una novità per me, perché non vomitavo mai. Non avevo mai capito perché, ma proprio non riuscivo. Era il sintomo che stavo davvero male. Non avevo dormito, al contrario ero rimasto sveglio a somatizzare tutto l'accaduto.

"Passo a prenderti alle otto", mi aveva scritto Dani. Dovevo vedere lui e Eleonora per una cena al giapponese.

Erano le cinque di pomeriggio quando presi il telefono per leggere il messaggio. Mi tremava la mano. Ero ancora scosso, arrabbiato, demoralizzato. Decisi che ciò che era successo non poteva restare a marcire dentro di me. Dovevo rigettarlo fuori, esattamente come avevo fatto poche ore prima appena sveglio.

Aprii facebook e scrissi.

- La notte tra venerdì 13 e sabato 14 gennaio 2017 è successa una cosa di talmente grave che ho deciso di non ignorarla ma di denunciala pubblicamente.

Sono tornato in Italia per una breve vacanza, con l'intento di stare con la famiglia e gli amici, così, in una serata come le altre, ho deciso di andare a ballare in compagnia.

Eravamo 4 maschi ed una femmina.

Il locale in questione contava due ingressi: uno vuoto dove nessuno era in fila e l'altro invece usato dai clienti.

Logicamente, il nostro gruppo si avvicina all'ingresso usato da tutti, ma al momento di andare a prendere il ticket dalla ragazza fuori, il buttafuori si avvicina a noi e, mettendosi davanti, mi mette la mano sul petto e mi ferma, dicendo: "Devi usare l'altra entrata".

Così si rivolse a me con voce ferma. Io subito mi sono girato verso la mia amica, convinto che probabilmente era una di quelle serate dove le donne avevano l'ingresso separato per entrare prima degli uomini.

"Ma dici a lei?" risposi indicando la mia amica dietro di me.

"No, tu devi entrare da quell'entrata lì" mi rispose lui con voce ancora più rigida, indicandomi il secondo ingresso completamente deserto.

In quel momento ho iniziato a sentire un misto di emozioni negative che, onestamente, faccio fatica a descrivere.

"Ma perché?" chiesi con uno sguardo perplesso e incredulo.

"Perché? Che vuol dire? Io sono con i miei amici"

"Mi dispiace, è la regola." Ribatté di nuovo il buttafuori.

Nei secondi successivi io e i miei amici ci guardammo increduli e stupiti di quella che era "la regola". Insomma, eravamo quattro ragazzi e una ragazza... vestiti normali e con grandi sorrisi, pronti a passare una serata insieme. Nota degna di rilevanza a questo punto, è che io sono un uomo di colore nero. Però, davvero, è questo ciò che sta succedendo?

Mi stavano davvero dicendo di usare un'altra entrata riservata ai neri?

Dopo i miei e i nostri continui perché, le risposte standard dal buttafuori (a questo punto un po' in imbarazzo) sempre sul "è la regola", si avvicina il ragazzo che mette i braccialetti all'entrata e gli dice "dai, per questa volta fallo passare".

Il senso di incredulità era totale, la rabbia saliva e l'umiliazione si faceva strada.

Possibile che nel 2017 "i neri" abbiano un ingresso diverso dai "bianchi"?

Assurdo, inammissibile, vergognoso. Il mio caro amico mi disse all'orecchio "io mi vergogno di essere italiano" ma io di che cosa mi dovevo vergognare? Sono italiano e vengo trattato come si tratta un animale?

Inizialmente volevo lasciare stare, ma sarei stato ipocrita. Sono laureato in giurisprudenza, sto facendo un master in diritto internazionale a Londra ed ho da sempre la voglia e speranza di migliorare le cose combattendo anche e soprattutto le discriminazioni.

Lasciare perdere significherebbe tradire tutto quello per cui ho lavorato fino ad ora, i miei principi e i valori per me sacri. Lasciar perdere significherebbe dare forza e questo tipo di trattamento e di regole.

Io che pago per entrare in un luogo pubblico non posso, in un alcun modo, essere soggetto ad un atto di puro razzismo così ingiustificato e umiliante.

Lotterò in ogni modo legale possibile per far sì che chi abbia pensato una regola del genere e il locale che lo applica, non lo possano più fare. NON PUÓ ESISTERE!

Sono molto deluso, triste, e mi sento ripudiato dal Paese che dovrebbe rappresentare casa mia, ma che raramente lo è stato e ormai non lo è più.

Al di là delle opportunità lavorative, se me ne sono andato è stato anche per via di questi episodi sempre più frequenti e, in questo momento, non credo di essere mai stato così felice di abitare a Londra. –

Non immaginavo neppure lontanamente ciò che stava per succedere. Avevo acceso la miccia in una foresta di foglie secche.

Ne parlai con Eleonora e Dani a cena. Gustavo il sashimi parlando dell'accaduto come l'unico evento capace di farmi perdere l'appetito. Che, per inciso, la perdita di appetito era un accadimento estremamente raro.

"Ma guarda quante persone stanno interagendo. Sta piacendo. Sono oltre cinquecento likes", disse sorpresa Eleonora.

Ero sorpreso anche io.

"Bene, ho raggiunto il mio obiettivo. Sono contento che almeno questa storia sia venuta alla luce".

La storia era arrivata anche a Vale. L'avevo aspettata per un po' alla stazione di Firenze. Si era trasferita lì da qualche mese ormai. Era diventata manager in un ristorante giapponese ed ero felice di mantenere la promessa che le avevo fatto durante l'estate quando, nel chiudere una delle nostre telefonate rigeneratrici, dissi che sarei andata a trovarla una volta sceso. Quel weekend insieme lo stavamo aspettando da tanto.

Eravamo a pranzo e mi raccontava della sua esperienza.

"Lo sai che qui la gente ancora si meraviglia di vedermi responsabile del ristorante? Non si capacitano di come una donna nera possa ricoprire la mia posizione. Siamo davvero indietro rispetto a ciò che mi racconti di Londra".

Non ero sorpreso e comprendevo la stanchezza nel quotidiano. La frustrazione che doveva digerire pur di gestire i clienti, quello che dicevano e soprattutto quello che pensavano.

"Apri Facebook. La Lucarelli ha condiviso il tuo post. Stai diventando virale". Il messaggio di Kwaku mi fece contrarre lo stomaco in un misto di sentimenti confusi.

Il post aveva superato cinque mila likes, le condivisioni crescevano di minuto in minuto, i commenti affollavano le mie notifiche. Avevo silenziato il telefono proprio perché già in mattinata erano oltre duemila le persone che avevano letto e stavano condividendo.

Avevo già iniziato a leggere commenti che mi infastidivano e non volevo assolutamente permettere a degli sconosciuti di guastarmi la giornata.

"Non credo ad una sola parola di quello che hai scritto".

"Ma allora perché non ve ne siete andati?".

"È colpa di tutti gli stranieri che vanno nei locali a delinquere, a spacciare e a fare casino".

"È un locale privato. Può decidere chi fare entrare e chi no".

Questi erano solo quelli più pacati. Avevo già deciso di denunciare alle autorità, e il lunedì, una volta rientrato da Firenze, ci sarei andato.

Ora che la nota giornalista Selvaggia Lucarelli aveva condiviso il mio post, non potevo più ignorare le notifiche. Non avevo più il controllo di ciò che stava succedendo.

La sera andai al ristorante con Vale. Mi mise un pc davanti, il suo cellulare di fianco al mio e si assicurò che non fossi in apnea. Avevo tre apparecchi elettronici per cercare di gestire la faccenda.

Nel frattempo, gli organizzatori della serata avevano iniziato la loro operazione per screditarmi pubblicamente.

Era iniziato una botta e risposta deliberatamente dai toni accesi. Una battaglia pubblica che non potevo perdere.

In un primo momento si erano attaccati al fatto che io non avessi compreso. Un'incomprensione, quindi.

"Per esserci incomprensione bisogna che ci sia un dialogo. A me è stato detto semplicemente di andare a fare la fila da un'altra parte. Come potevo fraintendere una cosa così semplice quando, oltretutto, mi è stato ribadito che era la regola?" Risposi con fermezza.

Poi si aggrapparono goffamente al dress code.

"Ma cosa c'entra? Ero l'unico vestito con camicia e gilet tra i miei amici. Ero vestito meglio di tutti gli altri. E poi, se è questione di dress code non mi fai entrare e basta, non mi mandi a fare la fila dall'altra parte".

Ciò che loro non sapevano era che la diffusione del mio post aveva attirato gli occhi di Jeffrey, un altro ragazzo afro-italiano che la settimana prima aveva subito la stessa cosa.

Dunque, non solo ero in compagnia di altre quattro persone che potevano confermare, ma la stessa cosa era successa la settimana prima ad un altro ragazzo nero.

I commenti degli altri utenti erano per lo più di solidarietà per lo schifo di ciò che era successo.

Si mobilitò una grande parte di utenti a sostegno di ciò che stava diventando sempre più un caso mediatico.

Mi inviarono messaggi amici, ex compagni di corso ed alcuni dei miei ex professori di università. Ero a Firenze e avevo pianificato con Jeffrey di andare insieme dai carabinieri il lunedì per la denuncia.

Domenica diversi quotidiani locali e nazionali avevano già scritto della vicenda. Alcuni di loro mi avevano chiamato quando ero al ristorante, sotto gli occhi vigili di Vale, che divideva le sue attenzioni tra me e i suoi clienti. Gli altri avevano scritto un numero imprecisato di imprecisioni per catturare le attenzioni del pubblico con titoli sensazionali e dettagli effervescenti. La parola apartheid dominava sulle pagine e anche se non avevo mai usato quella parola, riassumeva bene ciò che era successo. Per alcuni quotidiani, l'altra fila che avrei dovuto fare era diventata "l'entrata sul retro", per altri, invece, mi fu proprio negato l'ingresso. Inesattezze che non avevo alcun modo di correggere. La macchina mediatica è qualcosa di spaventosamente potente ed io iniziavo ad averne paura.

Parte III

Jeffrey mi incontrò davanti al commissariato di Modena. Avevo sempre considerato inospitale quel posto, come tutti i commissariati. Era situato di fianco al centro commerciale I Petali, e ricordo che quando andavo a fare compere lì, guardavo la fila di persone fuori dal commissariato. Anime assonate e disorientate che erano, per l'ennesima volta, in fila ad aspettare un pezzo di carta con cui poter sperare in una vita dignitosa nel Bel Paese.
Eravamo seduti, un po' tesi in quella sala d'attesa. Parlavamo a bassa voce, confrontando le nostre esperienze. Jeffrey era un ragazzo calmo e misurato. La rabbia per quel che era successo non alterava la sua voce o le espressioni del corpo. A tratti ero divertito dal suo accento modenese così marcato. Il mio di accento ormai era stato contaminato dalla cadenza inglese, rendendolo difficile da riconoscere e collocare in qualche zona specifica.
A lui era successo una settimana prima di me, quando si era presentato al locale con altri amici. Ai bianchi del gruppo non dissero nulla, ma a lui e all'altro suo amico nero dissero di usare l'altra fila, come pure a me. Mi diede particolari che non immaginavo.
Era una politica, una nuova politica. Gli organizzatori avevano deciso che col nuovo anno avrebbero fatto una fila nuova per gli stranieri con l'intento di limitarne l'entrata. "Se solo avessero controllato i miei documenti", pensai. Ma era evidente che per loro il mio aspetto era sufficiente a classificarmi come straniero. Nulla era cambiato dal giorno

del giuramento. Non era una questione di italiano o straniero. Era una questione di colore, e sempre lo sarebbe stato.

L'idea che qualcuno, tuttavia, avesse anche solo potuto pensare ad una separazione della fila fra italiani e stranieri, era ripugnante. In quale altro Paese poteva succedere una cosa del genere nel nuovo millennio?

Disse inoltre che nell'altra fila, oltre ad aspettare inutilmente di più, gli volevano far pagare di più, senza consumazione. Un sistema appositamente architettato per scoraggiare stranieri, o chiunque apparisse vagamente tale, ad entrare nel locale.

Eravamo decisi a raccontare tutto l'accaduto.

Il carabiniere che ascoltò la nostra deposizione non era sorpreso di vederci.

"Ho letto la vicenda sul giornale. Siete voi, vero?" furono le sue prime parole non appena entrammo nel suo ufficio.

Era un uomo sulla cinquantina, con la tempia libera da tutti i capelli grigi che ancora rimanevano ancorati al resto della testa. Aveva una voce imperiosa, calma e diretta. Non usava mezzi termini, e scuoteva spesso la testa mentre ci ascoltava.

- Siamo qui fuori, quanto ti manca? - Mi aveva appena scritto la giornalista della Rai. Eravamo in contatto dal giorno prima, ma non era stata possibile un'intervista perché ero a Firenze. Necessitava di farmi l'intervista il prima possibile, così le diedi appuntamento al commissariato. Avremmo fatto tutto dopo la denuncia.

"Non riceviamo mai denunce di questo tipo. Non sappiamo neanche come trattare questa situazione", disse l'ufficiale.

Ascoltavamo in silenzio.

"Non riceviamo mai denunce per razzismo, quindi non sappiamo come gestire la cosa. Ciò che vi consiglio è di pensare bene se volete proseguire o meno. Sappiate che, con ogni probabilità, verrete denunciati a vostra volta. Se andate a fondo, loro reagiranno denunciandovi, che so, per diffamazione e calunnia, e dovrete difendervi con avvocati. Il mio consiglio è quello di tornare a casa e ripensarci. Invece della denuncia farei un esposto. È la strada migliore. È una cosa più blanda, meno impegnativa. È una segnalazione di fatto e verranno fatte verifiche, se ritenute necessarie. Probabilmente non porterà a nulla, ma io fossi in voi, farei così".

Avevamo atteso un'ora ipotizzando e fantasticando su come sarebbero potute andare le cose dopo la nostra denuncia. E in quel momento, la nostra sete di giustizia sarebbe rimasta sola, su un'isola deserta, circondata da un ecosistema sociale che non sapeva come nutrirla, che non la riconosceva, che la ignorava, che non gli dava gli strumenti per realizzarsi.

Mentre chiudevamo la porta dell'ufficio dietro di noi ripensavo alle sue parole.

"Non riceviamo denunce di razzismo. Non sappiamo come gestire questa situazione". Ero sorpreso, ma in effetti c'era poco di cui sorprendersi. Chiunque poteva essere insultato e subire vessazioni per la sua etnia e non ci sarebbe stata alcuna legge a cui appellarsi. Mettere in moto la macchina giudiziaria sarebbe costato molto di più che ingoiare l'ennesima umiliazione.

L'unica persona che aveva mai denunciato atti di razzismo era l'ex ministro dell'integrazione, Cécil Kyenge. L'unica che per la sua posizione aveva denunciato insulti e vessazioni da parte di altri esponenti politici e navigava tra denunce e atti giudiziari come se fosse il suo secondo lavoro.

Noi non eravamo nessuno, con che coraggio avevamo pensato di poter cambiare qualcosa? Mi sembrava chiaro che non volessero, o potessero, creare un precedente dove semplici privati, persone comuni, avrebbero alzato la testa e vinto una battaglia in tribunale per razzismo. Un evento del genere avrebbe tracciato una linea netta tra ciò che era e ciò che sarebbe stato da lì in poi. Se avessimo avuto giustizia, avremmo incoraggiato tanti altri ad alzare la testa e a denunciare. Occorreva davvero tracciare una linea netta tra l'ieri e il domani, ma ormai era chiaro che non saremmo stati noi a farlo.

Appena fuori dal commissariato trovammo la giornalista Rai che ci stava attendendo, e il cameraman aveva già la videocamera in registrazione. Iniziarono da Jeffrey, che con la sua affermata sensibilità e calma spiegò cosa gli era successo. Quando arrivò il mio turno, fummo bruscamente interrotti.

D'improvviso, eravamo circondati da quattro agenti che, con una fermezza inamovibile, ordinarono alla giornalista di cessare immediatamente l'intervista.

"Voi due dateci i documenti e venite con noi". Il tono con cui uno di loro ci ordinò di seguirlo mi mise a disagio. Cosa voleva dire? Perché ora stavamo facendo le scale per andare in un'altra area del commissariato?

"Sapete, sono rare le denunce che arrivano ai piani alti. Il capo ha deciso di interessarsi alla cosa. La copertura mediatica che sta avendo il vostro episodio è notevole" disse l'agente che ci stava accompagnando all'ultimo piano.

Era dunque qualcosa di positivo.

Stavano decidendo se fosse il caso di agire d'ufficio. Succede quando lo Stato ritiene un evento grave e di interesse pubblico, e attraverso il pubblico ministero prende l'iniziativa e svolge le indagini contro il denunciato. Solo l'idea mi dava un sollievo infinito.

Ascoltarono le nostre deposizioni. Era la seconda volta quella mattina. Ci fecero aspettare. Poi ci sentirono una terza volta. Allegarono addirittura il mio post su Facebook alla denuncia e poi ci comunicarono che avevano deciso di svolgere le indagini d'ufficio.

Non avrei mai potuto immaginare una situazione migliore. L'impatto mediatico dell'evento aveva letteralmente cambiato le carte in regola. Se non fosse stato così, ce ne saremmo tornati a casa con un esposto futile e senza peso. Non era così che immaginavo funzionasse la giustizia mentre studiavo giurisprudenza.

Non avevo avuto tempo di guardare il cellulare, ma quando aprii i messaggi, sorprendentemente, trovai un messaggio di Cécil Kyenge. L'ex ministro della repubblica si era interessata alla mia causa.

"Ti darò una mano e metterò a disposizione il mio avvocato di Bologna. Conta pure su di me". Finiva così il suo messaggio di supporto. Il caso era dunque arrivato anche a lei, ed ero entusiasta di avere il suo appoggio. Forse non mi rendevo conto di quanto lontano fosse arrivata la denuncia.

Erano le quattro di pomeriggio. Quasi otto ore erano passate da quando avevamo varcato le porte del commissariato. La fame era passata a trovarmi, ma se n'era andata anche in fretta, perché lo stomaco era sempre stato chiuso e contrito quel giorno. Ero sfinito. Quando uscimmo raccolsi le mie ultime forze per rilasciare l'intervista alla Rai. Ne avrei fatte tante altre nei giorni seguenti e ne avrei rifiutate molte di più. Tre giorni dopo, infatti, ritornai a Londra. Ricevetti un messaggio dall'ennesima giornalista che voleva intervistarmi. Le dissi di sì all'intervista telefonica, ma lei sperava di intervistarmi a Modena, nel luogo dell'accaduto. "Che importa?", pensai. Ero talmente pieno di attenzione mediatica che non digerivo più nemmeno il cibo.

"La mia redazione avrebbe voluto intervistati proprio lì, non riesci ad esserci?". Ero irritabile ed irritato dalla pressione che mi stava facendo questa giornalista dai capelli blu.

"Non posso perché sono a Londra. Se vuoi facciamo l'intervista telefonica, altrimenti lasciamo perdere e basta".

Non mi chiamò mai per quell'intervista, ma a me andava bene lo stesso, anzi, desideravo un po' di pace e un po' mi ero pentito di quello che avevo fatto. Pensavo spesso "se avessi saputo che sarebbe successo tutto questo, forse non l'avrei fatto".

Ero finito nella grande macchina mediatica e mi stava tritando. Quel mondo non mi apparteneva, non ero preparato. Non mi interessava imparare a viverci. Nella prima settimana in cui tornai a Londra persi quattro chilogrammi in sei giorni.

Con la diffusione della notizia erano aumentati anche i commenti negativi, cattivi e inspiegabilmente pieni di disprezzo. Non sapevo cosa fosse davvero l'odio sui social networks prima di quel momento.

Persone che non mi conoscevano mi insultavano con una tale convinzione che non riuscivo a comprendere.

Mi addormentavo con il senso di nausea, mi svegliavo che ancora era lì e mi accompagnava anche a lavoro.

Jason si era accorto che dormivo ancora meno rispetto al solito e a pranzo rimanevo in ufficio, chiuso dentro un'agonia che ero incapace di scacciare. Era terribile essere odiati.

"Sei sicuro di stare bene? Vuoi venire a dormire da me stasera?" mi chiedeva cercando di offrirmi un'opzione alle mie notti insonni.

Credo che nessuno voglia essere odiato, figuriamoci in maniera così feroce, e quando succede senza motivo è qualcosa di sconvolgente. Non c'è modo di prepararsi ad una cosa del genere. Ero stato travolto da questa onda di disprezzo, ed io non ero mai stato un gran nuotatore.

Jeffrey una mattina mi disse che era riuscito ad entrare in possesso di una registrazione audio che uno degli organizzatori aveva spedito ad una ragazza per spiegare le nuove politiche del locale.

Era ciò che credevo fosse la prova finale.

Quei sette minuti di audio riassumevano a parole ciò che avevamo denunciato. La voce era quella di un ragazzo giovane, probabilmente un coetaneo di Isaac. Una voce calma, pulita, indifferente alla pesantezza delle sue parole. Scandiva le parole con un tono lineare, piatto e pigro, tipico di chi dice verità scientifiche senza bisogno di dover convincere nessuno.

Sembrava del tutto normale per lui dire cose come "abbiamo pensato ad una fila per gli stranieri" oppure "pagheranno 25 euro invece che 10 e non avranno neanche la consumazione", per finire con "non vogliamo gli stranieri". Ero scioccato da come normalizzava quei discorsi, ma sollevato dal fatto che c'erano finalmente prove tangibili di quello che era successo. Una voce riconoscibile che avrebbe tolto il velo di menzogne con cui gli organizzatori della serata avevano coperto l'accaduto. Non era stato un caso, non c'era stata nessuna fottutissima incomprensione, né avevo raccontato bugie. Era tutto vero.

Feci un video che, pubblicandolo, raggiunse molte più persone di prima e chiarì ogni dubbio rimasto sulla vicenda. Lo chiamai "La verità non ha padroni" per sottolineare come loro non fossero riusciti a corrompere e piegare la verità in loro favore. Settantacinque mila persone avevano potuto ascoltare quelle parole. Erano chiare ed inequivocabili. Eravamo stati vittime di un vile atto di razzismo sistemico ed organizzato. Ora non c'erano più dubbi.

Jeffrey mi disse anche che la DIGOS aveva già ottenuto la registrazione audio e stava già passando all'individuazione dei responsabili. Quando arrivò la notizia del rinvio a giudizio di ben tre persone, ne ero estasiato. Sin dalla notte dell'episodio sognavo di andare a processo e di guardare in faccia chi avesse avuto il coraggio di pensare ad una cosa del genere. Finalmente, ci saremmo andati.

Andai dall'avvocato Vincenzo che mi era stato raccomandato proprio dall'ex ministro e lo incaricai di rappresentarmi. Ci saremmo costituiti parte civile e avremmo avuto finalmente giustizia e risarcimento. O almeno così credevo.

Parte IV

Essere afro-italiano può essere una cosa complicata.

Una delle cose che adoravo di Londra era il fatto di non dover dare spiegazioni a nessuno di chi fossi. Alle persone bastava sapere che io fossi italiano. Non c'era nessuna seconda domanda. Non c'era la ricerca di un'origine, di un qualcosa che mi proiettasse lontano dall'Italia.

L'altra cosa che amavo di quella città era la possibilità di incontrare persone da tutto il mondo. Era proprio così che avevo conosciuto Abi e tutto il resto della compagnia.

Un giorno, seduto sul bus, sentii una persona parlare Broken English, l'inglese tipico delle persone africane che hanno imparato la lingua nel loro Paese d'origine. Era rara una persona che parlava in quel modo in Inghilterra. Poteva essere arrivato da poco, attratto dalla possibilità di fare business nel Paese dei colonizzatori.

Oppure poteva essere una di quelle persone devote alle tradizioni. Adulti che avevano vissuto l'indipendenza e che avevano ancora impresso in mente cosa significasse essere colonizzati.

"Sei nigeriano?" gli chiesi appena finì la sua telefonata.

"Yessir" rispose con un sorriso.

Non avevo capito perché certi neri urlassero così tanto al telefono. Lo faceva anche mamma, in pubblico, e ci misi anni a farla smettere. Fu una lotta. Avevo imbarazzo per il volume così alto della sua voce, ma la verità è che, all'epoca, avevo imbarazzo anche della lingua. Sin da quando arrivai dovetti fare i conti con i tanti ragazzi che mi chiedevano sempre di dire qualche parola in ghanese. Per me era già difficile spiegargli che di lingue ne avevamo tante in Ghana, che non ne esisteva una nazionale a parte l'inglese, e che io sapevo parlare le due principali. Vedevo sempre i loro sorrisi divertiti e ripetevano goffamente qualche parola senza capire l'importanza delle cadenze e del tono da dargli. Una cadenza poteva cambiare un'intera frase. Non solo il significato, ma anche il sentimento, l'emozione. Allungare una parola poteva far capire se una persona fosse arrabbiata o felice. Era un mondo di una specificità infinita, una cosa meravigliosa per me, e loro ne ridevano. Smisi così di dire qualsiasi cosa in Ga o Twi.

"E tu, invece, di dove sei?" mi chiese lui.

"Sono italiano, dalle parti di Modena. Dista circa due ore da Milano". Avevo imparato a prendere come riferimento Milano perché era l'unica città che tutti conoscevano.

"Italiano? Ma cosa stai dicendo? Io voglio sapere da dove vieni in Africa". Aveva il tono paternalistico di chi era convinto di parlare con una persona che si era persa nel mondo per manifesta incapacità di badare alle proprie identità.

"Sono nato in Ghana, ad Accra, ma come ti ho detto, sono orgogliosamente ghanese e orgogliosamente italiano". Era la prima volta che lo dicevo.

"Quando ti chiedono di dove sei devi dire che sei ghanese. È inutile che ti consideri italiano. Non lo sarai mai e nessuno ti considererà tale".

Mi arrabbiai con me stesso perché non sapevo come spiegargli che io non mi consideravo italiano, ma lo ero, e che se ne sarebbe accorto se avesse guardato i mille gesti che accompagnavano le mie parole soppesate dalle mie espressioni.

Non sapevo come spiegargli che il mio amore per la pasta al pesto genovese, la pizza e le lasagne era autentico tanto quanto quello per il platano fritto e il banku con la zuppa di okra.

Ci provai, ma mi stancai di provare a fargli capire che io amavo la diversità, e quando mi guardavo allo specchio vedevo tanto altro oltre il color nutella della mia pelle, e che era proprio quel 'tanto altro' a definire chi fossi.

L'interesse per la storia e l'arte, la musica di Celentano e Tiziano, l'ammirazione per La Torre, Falcone e Borsellino, la passione per Roma città e per la Vecchia Signora di Torino e l'amore folle per una lingua che pullula di terminologie inconsapevoli di essere magia. Poi, la meraviglia dei dialetti della campagna modenese, i tramonti sull'argine dietro casa, l'estate con le zanzare immortali e quel senso di appartenenza che mi si era appiccato addosso come l'umidità della bassa stagione.

Nessuno si dovrebbe arrogare il diritto così profondo e intimo di strappare dalle vene l'identità altrui dicendo "tu non sei". Ciò che ero non potevo cambiarlo neanche volendo, ed è questo il punto cruciale della storia. Al di là dei pezzi di carta, delle definizioni fittizie, delle ideologie, del nome, della melanina e dei rinnegamenti, io ero per metà ghanese e per metà italiano, ma completamente ghanese e pienamente italiano.

Io ero e sarei rimasto per sempre figlio della terra rossa, qualcuno che aveva imparato a camminare nel Bel Paese, assaporando con l'anima ogni passo mosso per diventare uomo.

Discutere con lui mi fece arrabbiare anche perché mi scoprii orgoglioso di ciò che ero, consapevole che forse nel suo "nessuno ti considererà mai tale" c'era più verità di quanto non volessi ammettere.

I suoi occhi mi ricordarono quelli di un signore che si era seduto a pranzare da solo nel ristorante dopo qualche mese che avevo iniziato a lavorare lì.

Quando reagii di fronte alle sue lamentele esaltate con l'intento di ricevere uno sconto sul conto, mi definii con la parola 'coconut'.

Qualche settimana più tardi, Abi mi spiegò che in Inghilterra i neri definivano altri neri 'cocco' quando volevano indicare una persona marrone fuori, ma bianco dentro.

"È come se, per certi versi, fossi troppo nero per essere considerato italiano e troppo bianco per essere considerato nero. È assurdo, mi capisci, vero?" gli dissi in uno sfogo.

"Sì, ti capisco anche fin troppo bene, amico mio". Mi rispose sorridendomi. Lui sorrideva sempre e, a volte, sembrava sorridere anche mentre era arrabbiato. Un personaggio che spesso faticavo a capire. Un animale da compagnia che amava la solitudine più di quanto amasse se stesso.

Una persona che amava essere amata, eppure a volte lo vedevo così solo anche in mezzo a chi lo abbracciava con sincerità. Spesso mi dava l'impressione di portare dentro cicatrici di traumi mai guariti, e di alzarsi la mattina per lucidare il sorriso da indossare per ingannare le persone poco attente della giornata.

Eravamo diretti a Regent Street, in una biblioteca con una sala sotterranea alle porte di Soho.

Le persone in quell'aula erano un tripudio di accenti, identità, colori e vita.

Mia era nata ad Amsterdam da madre thailandese e padre tedesco. Il suo accento toscano non lasciava dubbio alcuno sulla sua italianità. Iniziava sempre le sue frasi con 'basically' e aveva una voce ondeggiante che cullava l'anima di chi le stava attorno. Aveva una pelle chiarissima e il suo taglio d'occhi era la cosa più sensuale che avessi mai visto in una ragazza.

Miriam, invece, era semplicemente di una bellezza imbarazzante. Esagerata. Aveva lineamenti morbidi, perfettamente bilanciati e curati come se fosse stata dipinta da un luminare; illuminava la stanza con il candore delle sue parole e quando gesticolava sembrava disegnare i suoi concetti in aria. Avevo sempre adorato la raffinata bellezza delle donne nordafricane, ma lei era qualcosa di assolutamente raro. La sua voce era forte e vibrante, al contrario di quella di Melissa, una ragazza italo-algerina che sprigionava un'energia inaspettata per una statura come la sua. Vestiva di felpa e sneakers, e la sua testa era affollata da lunghi e meravigliosi ricci che le coprivano la fronte.

Quando se li legava uscivano fuori curiose le sue orecchie piccole e timide, e il suo viso lungo e definito prendeva per sé tutta la luce che poteva, in un momento di vanità non condivisa. Si doveva sempre sforzare di ricordare le parole in italiano, ma raramente riusciva a domare le parole inglesi che saltavano fuori in maniera disordinata nelle sue frasi. Viveva a Londra da quando aveva quattro anni, ma aveva tutti i parenti in Italia.

Emanuel, un ragazzo italo-keniano alto e robusto, aveva preso la parola da un po': "Sappiamo bene che anche qui in Inghilterra c'è il razzismo. Insomma, nessuno si illude che ci siano posti nel mondo dove non siamo discriminati. Tuttavia, ciò che fa la differenza è che qui, e in molti altri stati, il problema lo si affronta. Certe cose sono bandite e punite dalla legge. La N word, le offese, la blackface, le discriminazioni sul posto di lavoro e nello sport. Ad un tifoso del Liverpool hanno vietato per sempre di entrare in uno stadio dopo aver insultato uno del City. Forse era Sterling, ma non ne sono sicuro. Comunque, la differenza è differenza. Qui un episodio come quello accaduto a me o a Kofi in quella discoteca, non sarebbe mai accaduto. E sapete perché? Perché quel locale avrebbe chiuso quella sera stessa e non avrebbe mai più riaperto".

Era una persona di un carisma incredibile. Il tono di voce si alzava e si abbassava con una puntualità maniacale rispetto ai concetti che esprimeva. Un silenzio attonito regnava nella stanza. Avrebbe potuto convincere chiunque di qualunque cosa, e lo sapeva bene. I suoi genitori si erano trasferiti dal Kenya alla Francia, prima di trasferirsi a Torino dove hanno avuto lui. Dopo la separazione dei suoi genitori, sua mamma lo portò a Bath all'età di dodici anni, ma non aveva mai smesso di tornare in Italia. Ce l'aveva nel cuore, come tutti noi.

I dibattiti in quella sala erano puro nutrimento per l'anima. Per me era quasi ironico essere dovuto andare via dall'Italia per vederne la sua magnifica parte multiculturale. Londra era un concentrato di persone come noi, quelli che chiamavano italiani di seconda generazione, i nuovi italiani o gli italiani del futuro. Ma noi non eravamo secondi a nessuno, esistevamo da anni e di sicuro eravamo italiani nel passato, nel presente e lo saremmo stati anche nel futuro. Se la questione diritti e cittadinanza era un affare tra cittadini e Stato, la questione identità era una cosa strettamente personale. Nessuna opinione esterna aveva alcun valore nel definirci. Nessuno doveva riconoscerci. Noi eravamo e non eravamo. Ciò che molti di noi sentivano, l'apparenza, l'amore o la rabbia per una nazione, era un affare personale, un percorso singolare ed irripetibile da non mescolare con altre questioni.

Dopo il discorso di Emanuel, Abi mi si avvicinò.

"Vedi quel ragazzo laggiù? Quello seduto dritto davanti a te con la felpa azzurra dell'Adidas?"

"Sì lo vedo, che gli è successo?"

Iniziò a raccontarmi qualcosa di assolutamente fuori dal mondo, per me. Qualcosa che mi fece rendere conto di quanto fosse ampio il margine di ciò che avevo vissuto io sulla pelle e di quanto più grave poteva essere accaduto ad altre persone.

Si chiamava Nelson, quel ragazzo magro e silenzioso con gli occhiali di chi rifletteva fin troppo sui teoremi della vita. Quando aveva sedici anni si trovava al parco con gli amici. Una quindicina di persone, ha sempre detto. Insieme a lui c'era anche un signore adulto, noto alle forze dell'ordine. Nelson all'epoca non fumava e non beveva. Giocando a calcio ci teneva a tirare fuori dalle sue gambe e dai suoi polmoni il massimo delle prestazioni. Era estremamente diligente. All'improvviso si presentarono due persone in abiti civili che, in un battito di ciglio, mostrano il distintivo prima di farlo sparire nella tasca posteriore dei pantaloni neri. Una rapidità che avrebbe impedito a qualsiasi essere umano di rendersi conto di chi realmente avesse di fronte. Alcuni dei ragazzi presenti si dileguarono con altrettanta rapidità, senza essere rincorsi dagli agenti.

Oltre a Nelson c'erano sul luogo altri due ragazzi neri a cui chiesero i documenti. Nelson, quel giorno, non aveva nulla con sé, se non la voglia di passare un pomeriggio in giro con gli amici.

Gli intimarono di seguirli in centrale per l'identificazione.

Nelson rispose che in realtà a lui non servivano i documenti, essendo lui cittadino italiano.

Io ero consapevole che per la legge 651 del codice penale, ad una persona italiana è permesso identificarsi senza dover obbligatoriamente mostrare i documenti. Fatta eccezione per chi è straniero, che i documenti deve necessariamente esibirli. Lo sapeva anche Nelson, aveva ragione, ma li seguì. Lui, insieme agli altri due ragazzi. Lo avrei fatto anche io. Si oppose inizialmente e provò a far valere le sue ragioni, ma non aveva altra scelta.

Arrivati in caserma non fu nemmeno identificato. Lo portarono direttamente in una stanza, senza dirgli che poteva chiamare qualcuno. Gli intimarono di spogliarsi e di piegarsi in avanti come fanno con i trafficanti di droga o con chi viene perquisito prima di andare in galera.

Abi mi disse "Quel ragazzo è stato molestato, umiliato, vessato e violato. Hanno calpestato la sua dignità come se non fosse umano. Quando me lo raccontò la prima volta mi disse - Abi non puoi immaginare l'umiliazione e la violenza emotiva che provi nel doverti spogliare di fronte a degli sconosciuti non perché lo vuoi, ma perché ti obbligano - e in più gli facevano anche battute sul suo pene. Lo sai che nel nostro Paese è la norma, no?"

Aveva ragione. Non riuscivo a capacitarmi di quello che fosse successo. Avevo lo schifo addosso ed una rabbia che mi avrebbe accompagnato per il resto della giornata. A differenza degli altri due ragazzi, a lui non chiamarono nessun genitore successivamente a quell'episodio. Lo lasciarono andare senza verbale, senza prove, senza parole e con la paura negli occhi e l'umiliazione incisa sulla sua pelle. Ci avrebbe convissuto per il resto della sua vita. Non sapevo cosa dire.

"Dove sei, Addo?"

Lessi l'anteprima del messaggio dalle notifiche a tendina dell'iPhone. Solo Daphne mi chiamava per cognome. L'avevo sempre interpretato come un segno del fatto che volesse sempre tenere un minimo di distanza tra noi, una finestra di fuga dal nostro rapporto.

"Sono passato a casa tua, ho suonato ma non c'eri. Volevo vederti".

Quando lessi quelle ultime parole, provai una sensazione di gioia che non volevo provare. Avevo provato a dimenticare le sue labbra e il disordine emotivo in cui mi aveva trascinato, ma Daphne mi era rimasta addosso come il miele, dolce e appiccicata alle mie mani, che nemmeno lavandomi con l'acqua era andata via.

"Non abito più lì, ti scrivo l'indirizzo dopo. Ci possiamo vedere tra una decina di giorni, però".

Arrivò puntuale, come non aveva mai fatto prima. Quando entrò dalla porta d'ingresso del monolocale che avevo preso in affitto vicino a Shoreditch, il suo profumo invase velocemente ogni angolo della stanza. Era più bella che mai.

"Ti trovo molto bene" disse mentre mi baciava sulla guancia. Era capitato di sentirci ogni tanto da quando mi aveva allontanato dalla sua vita, ma non ci eravamo mai più rivisti. Non mi disse precisamente come, ma era venuta a sapere del caso della discoteca e da quel giorno mi scriveva circa una volta o due al mese.

Il suo vestito nero aderiva perfettamente al suo corpo, esaltandone le curve in maniera sprezzante. Adoravo il suo essere così eccentrica ed esageratamente sicura di sé. Portava con eleganza la consapevolezza di valere come artista, come persona e soprattutto come donna. Si vantava sempre in maniera velata, aspettando che fossero altre persone a cogliere il suggerimento per farle i complimenti.

Aveva quasi sempre una mano fra i capelli. Sembrava che quei ricci morbidi e grossi avessero una calamita per attrarre la sua mano sinistra. Quando aveva voglia di sesso giocava con le punte dei capelli, tirando i ricci sulla spalla fino alla loro massima estensione.

Lo spacco del vestito era profondo come i suoi occhi, e mentre masticava continuava a guardarmi le labbra con un'attenzione quasi ossessiva.

"Grazie per la cena", le dissi.

"Ma figurati. Mi ricordo ancora che adori il cibo di Wasabi. Ci morirai con quella roba, lo sai, sì?". Accennò un sorriso timido. Non risposi.

"Sono appena tornata da Chicago. Avevo del lavoro da fare lì con un mio caro amico. Ci sei mai stato?". Lo sapeva. Sapeva benissimo che non ero mai stato negli Stati Uniti e che non morivo nemmeno dalla voglia di andarci.

"No, non ci sono mai stato, ma questo lo sai bene, vero?"

"Sì, è vero" rispose con voce bassa e abbassando per un attimo lo sguardo. In quel momento vidi una Daphne che non avevo mai visto prima. Una donna forte e determinata stanca di proteggersi dal mondo presentando la sua forza a tutti come se fosse una carta d'identità. Una donna che era lì, in cerca di un mio gesto, di una mia parola in cui lei potesse ritrovare vecchie certezze. Abbozzava discorsi inutili a cui mostravo un esplicito disinteresse. Ero ferito ed orgoglioso, ma non sapevo fino a quando avrei potuto resisterle. Sapevamo entrambi, però, che prima o poi avrei ceduto.

"Mi manchi, sai" aggiunse. Continuai a guardarla senza rispondere.

Eravamo sul divano ad ascoltare Lucky Dube, mentre il suono della lavastoviglie rompeva un po' il silenzio, un po' l'armonia della musica.

"Ti volevo chiedere una cosa" e stavolta sembrava aver recuperato quella serenità che per qualche istante aveva smarrito.

"Dimmi pure, Daph"

"Il prossimo weekend vado all'inaugurazione di una mostra d'arte ad Amsterdam, poi penso farò un salto anche a Den Haag. Ti andrebbe di venire?"

Ero sorpreso e disorientato dal suo invito, ma questo era tipico di Daph.

"Non mi aspettavo questa proposta. Sei sicura?"

"Mi conosci abbastanza da sapere che non te lo chiederei se non lo volessi davvero"

"Dai, va bene. Era comunque da un po' che ci volevo tornare. Paghi tu, però? Sei tu quella ricca, no?" Ridemmo entrambi.

"Tutto quello che vuoi, caro Addo".

Mi aveva fregato. Aveva abbattuto tutte le mie difese in un colpo solo, con un sorriso ed un'occhiata che mi scaldarono fino alle viscere.

"Adesso ho un'altra cosa da chiederti"

Sospirai profondamente.

"Dimmi, Daph"

"Tra due mesi ho un viaggio importante da fare. Il mio sponsor mi paga viaggio e albergo per due persone. Devo presentare alcuni miei lavori ad un paio di eventi importanti. È una specie di fiera internazionale che fanno ogni anno. Una settimana in tutto"

"Sei diventata definitivamente un personaggio di spicco. Ancora più di prima, insomma".

"Sì, ma solo per chi è del mestiere. Nessuno mi ferma per strada, se proprio lo vuoi sapere". Rise quasi dispiaciuta.

"Dove andrai?"

"In una città favolosa: a Singapore". Fece una breve pausa senza distogliere lo sguardo dal mio. "Ci sono stata solo una volta, in vacanza insieme a Jennifer, la mia migliore amica. Me ne sono innamorata".

"Sai che ho un collega che me ne parla spesso?"

"Sì sì, lo so, me l'hai detto tu qualche mese fa. In realtà, è proprio per questo che te lo volevo chiedere. Ti va di venire con me? Almeno così finalmente vedi questa città, visto che ormai ne sarai incuriosito anche tu a forza di sentirne parlare".

"Perché tutto questo, Daph? Dimmi, perché ora?" Non riuscivo proprio a capire come mai, all'improvviso, volesse riavvicinarsi così tanto a me.

In passato avevo viaggiato, ma erano viaggi in macchina, di quelli in cui si fanno chilometri e chilometri in autostrada mangiando schifezze all'autogrill per arrivare dall'altra parte del Paese. I viaggi in aereo non erano mai durati più di due ore. Andare a Singapore sarebbe stato decisamente diverso. La mia prima volta oltre i confini orientali d'Europa.

"Non lo so, Addo. Non c'è un motivo preciso, o forse c'è ma sono io che non so quale sia. So solo che avevo voglia di condividere questa esperienza solo con te. Non so nemmeno bene io cosa voglio. Sai che sono un casino. Mi conosci bene ormai, però se non vuoi venire capisco, anzi, mi stupirei se mi dicessi di sì".

Se è vero che attiriamo persone simili a noi, allora dovevo essere incasinato più di quanto pensassi, perché Daphne, con la sua presenza, mi spezzava ogni equilibrio. Era puro tormento. Questo suo modo di essere proprio non lo riuscivo a capire. Era stata lei ad andarsene ed ora era tornata come se non fosse mai successo nulla. Ero davvero disorientato.

"Allora Daph, facciamo che andiamo ad Amsterdam e vediamo come va. Poi decido per Singapore, ok? Una cosa alla volta". Annuì e mi abbracciò stretto, sfiorandomi il viso con il suo.

Eravamo alle porte dell'estate, ma c'era un vento bastardo tra le vie di Amsterdam. Erano passati anni dall'ultima volta, ma quella città era sempre bellissima.

Scattai foto di un tramonto da togliere fiato. Quando la pubblicai ricevetti un messaggio poco dopo.

"Ma sei ad Amsterdam? Ti va di vederci?"

Un messaggio del tutto inaspettato. Era di Lara, la giornalista dai capelli blu che dopo il caso della discoteca voleva assolutamente intervistarmi nel luogo dell'accaduto.

Non ci eravamo più sentiti da allora e non mi aveva lasciato una bella sensazione, fino al giorno del messaggio.

"Non posso. Sono qui per una mostra. Domani vado a Den Haag e la sera riparto".

Fu l'inizio di un breve scambio di messaggi tra noi.

La trovai decisamente diversa, piacevole. Non riuscivo a capire se fosse stata così anche allora, o se ero io ad essere in uno stato mentale diverso, meno scombussolato rispetto alla prima volta.

Erano passati mesi ed ero sopravvissuto alla solitudine e la cattiveria di quel periodo. Quell'evento aveva innescato una catena di conoscenze che mi aveva fatto circondare di amici nuovi, reali e virtuali. La solidarietà aveva affossato l'odio, perché se è vero che fa più rumore un albero che cade che un'intera foresta che cresce, in quei momenti la foresta di persone fece molto rumore crescendo, e l'affetto delle persone fu un'ancora di salvezza per me. L'Italia mi aveva mostrato il suo lato migliore nel momento peggiore.

Col tempo, imparai che anche Lara era parte del dono di quel periodo.

Iniziammo a scriverci sempre più spesso. Aveva una vitalità contagiosa. Era inequivocabilmente acquario e mi assomigliava per spirito, voglia di novità e quel perenne senso di libertà che mai avremmo barattato per nulla al mondo.

Mi raccontava di Amsterdam e di come la sua vita era cambiata ora che viveva lì. Grazie all'ambiente multiculturale si era avvicinata alla cultura black e stava scoprendo un mondo che non aveva mai conosciuto prima. Si stava riscoprendo anche come donna, attraverso canoni che demolivano ogni tipo di canone.

Scriveva spesso sui social ed io la leggevo rivivendo un po' parte della sua vita. Era un modo per sentirsi più vicini, anche senza vedersi. Era diventata un'amica di penna quotidiana, una di quelle alle quali raccontare tutto, senza nascondere alcun segreto sotto il tappeto della vergogna.

Fu proprio lei a darmi la spinta finale per fare il viaggio con Daph a Singapore.

Sapeva sempre come consigliare, senza mai imporre il suo punto di vista. Amavo la delicatezza delle sue parole e la sua capacità di scegliere sempre quelle giuste. Sapeva ascoltare, una cosa rara in un periodo storico dove le persone ascoltavano poco gli altri e più il loro ego. Mi chiedeva spesso come essere una buona alleata e non temeva mai di usare quella parola: razzismo.

In poche settimane aveva occupato con prepotenza una parte importante nella mia quotidianità e lo fece in modo talmente naturale che non me ne resi nemmeno conto.

La conoscevo da poco tempo, eppure parlare con lei mi dava sempre quella sensazione di una vita passata vissuta al suo fianco, come se fossimo stati compagna di lotta, di ideali irrinunciabili, di camminate sotto le stelle e di parole regalate al vento durante una passeggiata di fine estate.

Parte V

Avevo sempre pensato che la bassa modenese fosse umida sia d'estate che d'inverno, ma quando atterrai a Singapore cambiai completamente idea.

Daph mi aveva avvertito, ma non immaginavo potesse esistere un ambiente del genere.

Appena varcai la porta dell'aeroporto, fui travolto da un'aria rovente. Era così caldo e fastidioso che non mi capacitavo di come l'inferno potesse essere un posto peggiore.

"Ma dai, voi neri siete abituati al caldo, no?" disse Daph prendendomi in giro nel vedermi sudare.

Il cielo era spoglio di nuvole ed il sole delle quattro di pomeriggio picchiava in testa come un martello. Non era il fuso orario a farmi crollare, ma il caldo.

Non credevo esistessero Paesi così caldi fuori dall'Africa.

"Ecco, arriva il taxi. Dai che ti rinfreschi un po'". Una volta dentro la macchina disse "Lo sai che qui si raggiunge anche il 90% di umidità?" aveva sempre quel sorriso divertito stampato in faccia. Mi piaceva vederla così.

"Ah sì? Beh, probabilmente oggi siamo al 110% allora, è possibile?". Rise guardando fuori dalla finestra. Poi si rivolse all'autista. "È la sua prima volta. Glielo dica anche lei che questa città è meravigliosa".

"Si abituerà signore, non si preoccupi. Ci vuole solo qualche ora".

Erano le cinque quando entrammo in camera. L'Hotel Hilton in cui alloggiavamo era maestoso e imponente. La camera deluxe in cui ci stavamo sistemando profumava di lavanda e pulito. Dal diciassettesimo piano la vista sulla città era bella da mozzare il fiato. Daph era appena uscita dalla doccia. Quando si schiuse dall'asciugamano che l'avvolgeva, rimase coperta solo dalla sua pelle color caramello. Brillava. Brillava di luce propria, come se fosse una stella.

"Come mai sei dimagrita così tanto? Guarda che stavi bene anche prima eh, anzi mi sembravi più robusta", dissi mentre la tiravo verso di me dai fianchi.

"Vuoi vedere come sono robusta anche ora, Addo? Non mi sottovalutare eh". Lo disse alzando il braccio per far vedere il muscolo.

No, non la stavo sottovalutando, ma era visibilmente dimagrita. Da quando eravamo stati ad Amsterdam ci eravamo visti poco e ad intermittenza. Ormai sapevo bene che era così, ed io non insistevo più come prima per vederla.

Accettavo qualsiasi forma volesse dare al nostro rapporto.

Non ero sicuro di amarla, ma sicuramente avevo sviluppato una strana ed incomprensibile forma di dipendenza verso di lei e, probabilmente, la stessa cosa valeva anche per lei.

Vederla così mi preoccupava un poco, ma i suoi baci mi distraevano dal porle altre domande. Scorrendo con le dita sullo sterno riuscivo a contarle le costole. Non mi ero accorto di quanto fosse sottile la sua pelle.

Il girono dopo il nostro arrivo, uscimmo presto dall'albergo, o almeno era così per lei.

"Ma come fa la gente normale a vivere così? Sono le nove di mattina. Non è vita. Voglio dormire almeno un'altra ora Addo, mi ascolti?"

"Guarda che la gente normale lavora eh, e si sveglia molto prima anche". Mi fece la linguaccia senza ribattere.

"Hai visto che meraviglia?" disse tirandomi per il braccio.

Eravamo arrivati davanti al Buddha Tooth Relic Temple. Era imponente. I colori bianchi e rossi mi ricordavano molto i manga giapponesi stile Ranma ½ e Dragon Ball. L'odore di incenso dominava l'atrio, con una gentile fragranza che sapeva di luogo sacro. Diedero una fascia a Daph per coprirsi le spalle ed un'altra per le gambe. Era vestita solo di una canotta azzurra e di un paio di shorts neri che amava mettere quando sapeva che avremmo camminato molto. La sua vita era avvolta da una cintura marrone che aveva comprato per sostenere gli shorts su quella sua vita sempre più sottile, come le sue dita.

"Guarda che bella quella statua". Me la indicò appena entrata, ma non ce n'era bisogno, perché quella statua d'oro in mezzo al tempio attirava su di sé gli occhi di tutti. Le persone in ginocchio pregavano in silenzio, avvolti in una sacralità senza tempo. Gli altri, in piedi, ammiravano, mentre la maggior parte dei turisti faceva il giro del tempio pesando il rumore di ogni loro singolo passo.

I muri avevano tante piccole incavature che contenevano tanti piccoli Buddha. Tutti in posizioni diversi.

Daph si era fermata a leggere le frasi sagge scritte di fianco ad ogni statuina. Sembrava assorta, rapita. Di suo aveva sempre avuto una saggezza che la rendeva ancora più attraente ma, da quando era ricomparsa, sembrava aver subito una metamorfosi. Ascoltava di più e se ne usciva con frasi come "In occidente abbiamo un approccio sbagliato verso tante cose, e la sofferenza è una di quelle. La vita non deve essere indolore.

L'amore stesso non lo deve essere.

Se guardi bene, vedrai che gioia e sofferenza ballano e si perdono nel cuore della notte, per poi ritrovarsi prima di ogni alba".

Camminava anche più adagio. Non sembrava più londinese. "È per osservare meglio tutto quello che mi circonda", diceva. "Hai idea di quante cose vediamo, senza mai guardarle per davvero?".

Aveva ragione, e le sue parole mi fecero pensare a quando vidi un video esperimento dove c'era da contare quanti palleggi riuscivano a fare alcuni giocatori di basket. Contai, ma non mi accorsi dell'enorme gorilla in mezzo a loro che cercava di attirare l'attenzione.

Si impuntava per farmi fare ogni cosa che avessi voglia di fare. "Siamo qui ora, insieme. Sai bene che non ci ricapiterà facilmente. Facciamo ciò che ci va di fare".

La nuova versione di Daph era diversa dalla devastatrice di equilibri ed emozioni che avevo conosciuto. Me ne stavo innamorando ma ancora non lo sapevo, e soprattutto non era una cosa della quale parlare.

La fiera si era svolta in un padiglione non lontano dal quartiere indiano. C'erano persone da tutto il mondo e gli artisti presenti riempivano quello spazio enorme con il loro smisurato ego. Andai a trovarla tutti e due i giorni, ma lei insisteva affinché io esplorassi quella meravigliosa città.

"Quindi ha ragione il tuo amico? È davvero bella come ti diceva?"

"Ma assolutamente no. Jason non ha ragione, perché in realtà Singapore è molto più bella di quello che aveva detto lui". Rise.

Rideva spesso in quei giorni, e a volte avevo l'impressione che lo facesse anche quando non fosse necessario, per una battuta stupida, il suono buffo di un clacson o una persona che inciampava, come se volesse infondersi ancora più allegria. Era davvero diversa. Era bellissima, sacra e profana.

Mangiammo street food per tutta la settimana.

Mangiai pad thai di ogni tipo, assaggiai per la prima volta il curry verde. Il pollo teriyaki era una delizia e il riso saltato con le verdure e l'uovo fritto sopra era il più buono che avessi mai mangiato. All'improvviso, tutto ciò che avevo mangiato in quegli anni da wasabi sembrava solo una bella imitazione, come un quadro meraviglioso della Monna Lisa, ma imparagonabile all'originale. Mangiai davvero di tutto, e ad ogni boccone mandavo giù anche un po' di felicità. Ero davvero contento. Non credevo che essere lì mi avrebbe reso così felice.

"Verresti mai a vivere qui? Io sì, ci verrei", disse Daph con un sorriso che non tradiva le sue parole.

"Non lo so. Forse. Mi piace, ma è lontana" risposi, poco convinto.

Per strada avevo notato che alcuni ragazzi ci guardavano. Uno di loro si avvicinò e nel farlo aveva incoraggiato anche gli altri a chiuderci in un semicerchio.

Iniziarono a toccarmi il braccio e i capelli. Erano curiosi. Era evidente. Daph rideva, forse era preparata, ma non sembravano essere interessati a lei. Avranno pensato fosse troppo chiara. In effetti, poteva essere facilmente scambiata per una caraibica. Lei sembrava perennemente abbronzata, con una pelle che risplendeva vivace sotto al sole.

Erano interessati a me quei ragazzi. Pensai al fatto che, in effetti, non avevo visto neri in giro per la città e che forse non fosse così comune per loro. Fu l'unico episodio, ma la cosa non mi infastidì, al contrario, la trovai curiosa. Sicuramente non me ne sarei mai dimenticato.

"Qui va anche bene Addo, in Cina è molto peggio, credimi. Un nero, in quel Paese, è come un alieno atterrato nel bel mezzo di New York con una navicella viola fosforescente. Lo guardano tutti, instancabilmente". Mi fece ridere, e mi fece innamorare ancora un po'.

Prima di andare al mare a Sentosa Beach mi portò davanti ad un edificio, in un quartiere fuori dal centro. Al terzo piano si trovava una libreria-biblioteca. Era immensa e profumava di libri nuovi. Amavo quel profumo di pagine fresche mai sfogliate. Le lasciavo scorrere in velocità, facendo uscire l'odore nell'aria. Tutte le volte era come se quelle pagine fossero la porta d'ingresso per il mondo in cui quel libro mi avrebbe portato.

"Ecco, guarda lì. Non è meraviglioso?"

Eravamo di fronte ad un muro enorme, sul quale c'era disegnata una magnifica mappa del mondo.

"Ma è spettacolare", dissi a bocca aperta.

"Ti sei mai chiesto come siano le mappe del mondo negli altri Paesi? Noi, giustamente, prendiamo in giro chi sostiene che la Terra sia piatta, ma viaggiando mi rendo conto che forse hanno ragione loro. Il mondo è tondo, eppure, cresciamo con delle mappe che mostrano sempre lo stesso centro: l'Europa, Londra, il meridiano zero. Il centro del mondo è sempre lì, ma per logica può essere ovunque, capisci?

Eppure, la mappa nella nostra mente ci porta a credere che lì ci sia il giusto, il punto di riferimento e la luce. Viaggio verso oriente e spesso vengo catapultata in mondi dove esiste una gentilezza così pura e disinteressata che quasi mi mette a disagio. Ho provato a spiegare che noi saremo pure il centro del mondo, ma siamo diffidenti, un po' nei confronti di tutti, un po' di più nei confronti della bellezza d'animo. Non ci caschiamo e ci allertiamo.

Non mi hanno mai capito, per fortuna. Allora il mio centro del mondo ora non esiste più. L'orizzonte mentale si è allargato così tanto da non vedere più un punto più luminoso dell'altro, nessun riferimento. Esiste solo un cielo meraviglioso e limpido, con una linea appena curva a ricordarmi che il mondo è tondo e che il suo centro può essere ovunque".

Ero fermo con le mani sui fianchi che ascoltavo immobile le sue parole di fronte a quella mappa che aveva il suo centro in Singapore e la Malesia, con l'Australia poco sotto e l'Africa e l'Europa ai margini. Ignorate. Distanti. Le sue parole facevano eco nella mia testa - Il centro del mondo può essere ovunque - "Sai, non avevo mai considerato questa cosa. Quanto sono stato limitato fino ad ora?"

"Non hai ancora trent'anni, tesoro. Recupererai", disse mentre mi trascinava via.

L'ultima sera la passammo a Marina Bay Sand. Rimasi letteralmente incantato dallo spettacolo di luci e musica. Avevo le lacrime agli occhi senza sapere nemmeno perché.

L'armonia di quello spettacolo, la potenza della musica in perfetta sincronia con le luci, la pace che provavo in quel momento, l'amore che mi stava infettando le vene e la figura della fenice che dai gettiti d'acqua usciva fiera e maestosa, immortale nonostante muoia sempre divorata dal fuoco. Mi commossi.

La Daph di una volta si sarebbe presa gioco di me vedendomi asciugare le lacrime. In quel momento, invece, mi guardò con gli occhi di una bambina affettuosa e mi abbracciò senza dire una parola.

Qualsiasi cosa fosse successa in tutti questi mesi, le aveva fatto bene. Non c'erano dubbi.

Mi portò per mano al Garden by the Bay. Quel complesso di alberi artificiali l'avevo visto solo dalle foto su Instagram. Una volta lì, le parole di Jason mi avevano guidato al suo interno come se già ci fossi stato.

Mi sentivo leggero, pieno di una gioia incontaminata e spensierato. Felice. Mi trovavo a chilometri di distanza dal mio mondo, l'unico che avessi mai conosciuto fino a quel momento, eppure, mi sentivo a casa.

"Credo sì. Forse lo potrei fare davvero", le dissi.

"Cosa?"

"Vivere a Singapore."

Parte VI

Il volo di ritorno di quattordici ore ci aveva isolati dal mondo. Avevo amato quella meravigliosa sensazione di essere sospeso nel tempo e nello spazio, invertendo, per qualche ora, il normale scorrere del tempo. Eravamo tornati indietro di otto ore al nostro rientro nel nostro centro del mondo, ma nulla sarebbe stato più lo stesso per me.

Riattivai il 4G mentre stavamo uscendo da Heathrow e ricevetti un messaggio che non pensavo di poter ricevere. Non credevo a quello che stavo leggendo.

Rimasi senza parole. Furioso, imbestialito, inconsolabile. Ero profondamente deluso. Era uno di quei momenti in cui ci si rende conto di essere piccoli e impotenti.

Avevo davvero creduto di poter cambiare qualcosa. Che bastasse lottare e non abbassare la testa. Avevo creduto nella legge e nella sua capacità di creare giustizia laddove non ce n'era. Avevo lottato e avevo perso. Così, chiusi il cerchio. Com'era nato tutto, così doveva finire. Dovevo scrivere un post.

Tirai fuori il cellulare in metropolitana e iniziai a scrivere. Daph mi teneva la testa appoggiata alla sua spalla destra, e nel frattempo cercava timidamente di consolarmi. Mi rincuorava averla vicino. Non essere solo avrebbe reso meno difficile accettare ciò che era accaduto.

La mano tremava dalla rabbia e, in silenzio, continuai a digitare parole su parole, velocemente, senza quasi respirare.

- "Hai visto che hanno archiviato il caso? Vorrei avere un tuo commento al riguardo"

È così che sono stato informato del fatto che avessero archiviato il caso della discoteca.

Avevamo fatto denuncia in due, più di 10 testimoni, un audio che inchiodava i responsabili, una procedura d'ufficio che sottolineava l'importanza e la gravità dell'accaduto, un'indagine preliminare che aveva prodotto i nomi di 3 indagati e finalmente il rinvio a giudizio.

La decisione di fare un passo indietro ed archiviare il caso è francamente incomprensibile e mi lascia una delusione che fatico a descrivere.

Com'è possibile? Finisce davvero così? Il fatto è così insignificante e talmente irrilevante che non merita un processo?

È un po' come se avessero detto "sì, possono discriminarti e chiunque può trattarti come un animale e umiliarti perché siamo in Italia e questo Paese non ha tempo per difendere i tuoi diritti, non gli importa, ha altro a cui pensare".

Ho creduto davvero che l'Italia avesse voglia di reagire, puntare i piedi e dare un segnale forte smentendo di essere un Paese razzista.

Ho creduto davvero che l'Italia volesse proteggere i suoi figli, indifferentemente da quanta melanina producessero di natura.

Ho scioccamente creduto in un'Italia civile, dove la discriminazione non è ammessa per motivi di religione, orientamento sessuale, etnia, credo politico e appartenenza ad un particolare gruppo sociale.

Ho creduto che questo potesse essere l'inizio per avere fede in un sistema, in una società e nelle persone.

Ho creduto, semplicemente, nelle leggi che per anni ho scelto di studiare.

Sono, tuttavia, felice di aver reagito, di aver gridato con forza le mie ragioni e la mia sofferenza, di aver fatto il possibile e sopportato l'impossibile.

Sono felice di aver scoperto una marea di persone meravigliose che voglio ringraziare per tutto il sostegno che mi hanno dato. Sono felice di aver messo la verità davanti a tutti facendo ascoltare un audio che ha spazzato via ogni dubbio rimasto.

Oggi rinnovo la mia scelta di essere andato via e di non voler tornare più, perché non ho intenzione di vivere in un Paese dove non sono altro che un colore.

Oggi sospiro tristezza e delusione, consapevole di aver sepolto nel mio cuore, un amore grande per un Paese che non ha mai avuto occhi per me. -

Per qualche giorno mi alzai con la bocca secca e il gusto amaro della sconfitta, tuttavia, ero determinato a non permettere a niente di intaccare il mio nuovo equilibrio. Mi sforzai di dimenticare e di lasciare che la delusione defluisse giù dal lavandino ogni mattina, un po' alla volta, finché non ne sarei stato del tutto privo.

Abi rimase deluso tanto quanto me, ma seppe anche come consolarmi.

"La settimana prossima c'è il carnevale di Notting Hill. Devi assolutamente venire. Ti serve una distrazione e conoscerai una marea di persone, te lo assicuro".

Mi presentai avvolto in una bandiera del Ghana che avevo comprato quando ero tornato nella madrepatria con Mtv e l'Unicef.

L'atmosfera del carnevale era incredibile. Quell'anno eravamo più di due milioni di persone riversate sulle strade di Notting Hill. La musica faceva vibrare l'aria e la terra sotto i nostri piedi. Corpi seminudi ed eccitati ballavano le hit afrobeat e hip hop più recenti. Ero rinato e mi sentivo vivo. Era il mio mondo.

Ero arrivato con Jason per poi raggiungere Joshua, Aisha e Abi. Più tardi, si unirono altri amici di amici che non conoscevo. Avevamo passato tre ore dietro ai carri a ballare e cantare a squarcia gola.

Era come tornare bambino. Era liberatorio. Semplice. Amavo follemente la sensazione di poter essere me stesso senza paura di essere giudicato. Era questo il più bel regalo di Londra. Avrei voluto condividere quel momento con Daph, ma nessun cellulare funzionava per via dalla quantità elevatissima di persone presenti. Non c'era campo. Eravamo semplicemente in troppi.

Ci fermammo a prendere il cocco. Era venduto da un paio di ragazzi neri che con i loro modi mi fecero fare un viaggio nel passato. All'improvviso, era come essere tra le vie di Accra con la mamma, mentre bevevamo il latte di cocco enorme, prima di farlo tagliare a metà per poi mangiare la polpa.

"Dai, ragazzi, andiamo che sta arrivando Kwanza, e la dobbiamo incontrare".

Erano le cinque di sera, ma la gente sembrava voler fare festa fino al giorno dopo.

Si presentò una ragazza alta con folti capelli ricci. Aveva un modo di parlare tutto suo, e il suo accento romano mi metteva allegria. Forse mi aveva scritto anche lei durante l'evolversi del caso, ma dovevo averla persa tra le centinaia di messaggi ricevuti. Mi conosceva, ma io non sapevo chi fosse lei. Me ne aveva parlato qualche volta Abi, ma non gli avevo mai prestato troppa attenzione. La infilava sempre in una di quelle conversazioni fatte di ovvietà che si ascoltano con un orecchio, pensando spesso ad altro.

Sapevo solo che quel giorno la sua amica romana ci avrebbe raggiunti.

Kwanza sembrava conoscere tutti. Aveva una personalità spiccata ed un'esuberanza tale che, quando parlava, catturava occhi ed orecchie di tutti. Mi dava l'impressione di amare stare al centro dell'attenzione, e condiva di sicurezza ogni parola che usciva dalle sue labbra carnose.

Non era una finta modesta e questo mi piaceva. Sapeva di essere intelligente e bella, ed indossava le sue qualità come un mantello di seta bianca. Stavamo ormai andando via dai resti del carnevale. La marea di colori e costumi si era lentamente dissolta con l'avanzare del buio. Carte, lattine, bicchieri, bottiglie, odore di erba e di pipì erano tutto ciò che era rimasto per le strade. Si mise di fianco mentre gli altri camminavano davanti a noi.

Iniziò così la nostra conoscenza. Era nata da padre brasiliano e madre romana. Aveva più amici di quanti soldi avessi io in banca in quel momento, e sembrava non averne mai abbastanza delle persone e delle cose nuove. Era affamata di vita. Mi colse di sorpresa quando mi parlò in twi.

"Ho un amico che me lo sta insegnando", disse fiera. Masticava sei lingue come se nulla fosse troppo difficile da imparare per lei. Era puro fuoco in movimento perpetuo. E più parlava, più notavo quanto il suo modo di vivere assomigliasse al mio. La sua camminata, i suoi pensieri, e la sua visione della vita erano lo specchio di ciò che ero stato.

Eravamo più simili di quanto avessi mai intuito quel giorno.

Il giorno seguente, uscimmo di nuovo tutti insieme. Stavamo andando a cenare a Vapiano ad Oxford Circus quando mi disse di essere acquario anche lei, nata nel mio stesso giorno.

Doveva essere un chiaro segno del destino. Le nostre vite si erano intrecciate con quelle di mille altre, avevano preso il giro largo e forse si erano pure perse senza sapere che si stavano cercando. La verità è che, quando due persone sono destinate ad incontrarsi, non ci sono mari o muri che possono dividerle.

Noi eravamo lì, attraverso un percorso che sarebbe stato inimmaginabile anche per il film più assurdo.

Noi eravamo inevitabili.

Lei e Lara erano le anime acquario che avevo trovato tra le macerie di quel caso che tanto mi aveva fatto male.

Alla fine di quella serata raccontai a Daph come fosse meravigliosa la vita e quanto fossi grato per aver incontrato l'ennesima persona straordinaria nella mia vita.

"Sono davvero contenta per te".

Al carnevale non era riuscita a venire. Diceva di essere stanca o occupata, o forse entrambi. Non capii bene, ma mi diede l'impressione di non voler venire, e come al solito non insistetti.

Era passata qualche settimana da quando eravamo tornati, ed era da circa una decina di giorni che voleva sempre che ci vedessimo da me. Adoravo il suo appartamento. Ne adoravo ogni angolo. La cucina piccola ma ben organizzata, lo studio con l'odore di pennelli sempre presente, il suo letto morbido, le finestre con le tende e la libreria disordinata dove trovavo sempre il libro giusto. Aveva addirittura portato uno dei suoi spazzolini nel mio bagno e si era dimenticata un paio dei suoi slip neri sul comodino. Erano i suoi preferiti, diceva sempre, ma non li aveva più ripresi.

Una mattina, quando mi alzai, non la trovai. Pensai che fosse andata via per un impegno improvviso. Non sarebbe stata la prima volta. Avrei capito. Il bigliettino che aveva lasciato, però, mi inquietava. - Perdonami amore –

Doveva essere successo qualcosa. In quella frase aveva usato due parole che con me non usava mai. Doveva essere successo qualcosa e forse quello era il suo modo di dirmelo.

Il cuscino aveva ancora la forma della sua testa impressa. Sembrava non voler più tornare alla sua forma normale.

Di che cosa la dovevo perdonare? Poche ore prima avevamo fatto sesso e sembrava felice. Forse ero stato troppo dolce, eppure era lei a chiedermi di essere più tenero, ultimamente. Non discutevamo più da mesi ormai, quindi non capivo.

Le scrissi. Visualizzò ma non rispose. Non capivo se davvero fosse dispiaciuta per essere andata via all'improvviso, o se lo fosse perché ancora una volta aveva deciso di chiudere, ma dato che erano passati più di cinque giorni, non avevo più dubbi.

Come aveva potuto andarsene via, quella stronza insensibile? Non era cambiata per niente, perché alla fine le persone non cambiano mai davvero, possono solo gestire per un po' il marcio che hanno dentro, ma prima o poi il loro vero essere torna inevitabilmente fuori.

Mi sentii un'idiota per aver permesso a me stesso di ricascarci. Ero arrabbiato per averle dato l'opportunità di illudermi ancora una volta. E faceva ancora più male della prima volta, perché me ne stavo innamorando.

Ero davvero abbattuto. La cercai ancora e ancora ma non visualizzava neanche più i messaggi, quindi smisi. Sembrava sparita, di nuovo. Sui social non riuscivo più a vederla. Era come se avesse deciso di bloccarmi da tutto. Non riuscivo a crederci. Come poteva farmi questo? La mia vita continuava ad essere un'altalena di emozioni, e ad ogni salita, seguiva l'inevitabile discesa, ad ogni momento di felicità ne seguiva uno di tristezza densa.

Non dissi nulla a nessuno. A lavoro riuscivo a mascherare bene il vuoto che avevo dentro, ma una volta a casa mi scioglievo in pianti e monologhi davanti allo specchio. Mangiavo poco e dormivo ancora di meno.

Dopo un mese, scrissi a Lara, in una sera di disperazione in cui avevo vomitato la pasta che mi ero spinto giù in gola con la forza.

"Senti, se vuoi, questo weekend vengo su. Stiamo un po' insieme". Fu l'unica cosa che mi disse e, probabilmente, era l'unica cosa che volevo sentirmi dire.

La vera amicizia in fondo è questa: correre in soccorso del proprio amico o della propria amica, indipendentemente dai chilometri, dall'ora o dalla stagione che c'è fuori.

Esserci davvero, ecco cosa aveva fatto.

Quando si svegliò la domenica mattina, io ero già sveglio da un po' e ogni tanto la osservavo dormire sul divano, per essere sicuro che respirasse serenità in casa mia.

Lara non era mai stata a Londra prima, e la portai a Brixton come prima meta. Un quartiere dal cuore nero, con un mercato immenso che racchiudeva la cultura dei neri d'Africa e di quelli caraibici. Alcune zone sembravano essere pezzi di terra straniera trasportati lì.

I profumi delle bancarelle erano porte per un viaggio nel passato per chiunque avesse vissuto in un Paese africano. Mi trasportavano con leggerezza ogni volta. Lara era costantemente a bocca aperta. Ad Amsterdam era abituata a vedere scenari del genere, ma nulla era paragonabile a quella zona di Londra. Brixton era casa, ma non era l'unica. Per pranzo andammo a Camden Town. Condividevamo l'amore per il sushi, quindi non fu difficile scegliere di mangiare al ristorante in riva al fiume appena prima dell'entrata del mercato.

Parlavamo inglese per ascoltare le chiacchiere in italiano delle due donne vicino a noi. La cosa bella di essere nero è che potevo essere chiunque, e provenire da qualsiasi parte del mondo.

Non avevo una collocazione geografica precisa, così era anche per il mio accento.

Vivere a Londra significava che potevo essere inglese, nato o cresciuto lì, oppure potevo essere giamaicano. Qualcuno mi aveva scambiato anche per un francese, o belga, e altri per nigeriano o sudafricano. L'unico Paese a cui non venivo mai associato era l'Italia, così quando sentivo un gruppo di italiani parlare sui mezzi pubblici o per strada, stavo in silenzio. A Londra eravamo la terza popolazione straniera. Mi divertiva capirli, sapendo che loro non avrebbero mai sospettato nulla. Era un po' come avere il potere dell'invisibilità, ma con l'udito. Quel giorno finimmo il giro al Tower Bridge, dopo aver fatto trentacinque mila passi. Eravamo sdraiati su una grossa pietra rettangolare con bambini che giocavano con le fontane di fianco.

Le luci erano meravigliose e si riusciva anche a vedere qualche stella.

Lara mi aveva curato, ed ero lì a respirare, finalmente, a pieni polmoni, finché non mi arrivò un messaggio WhatsApp.

- Ciao, sei Kofi vero? Io sono Jennifer, una cara amica di Daphne. Ti devo parlare -

Capitolo VIII

I fratelli K.K.

Parte I

Quella mattina il cielo di Manchester era grigio, cupo e arrabbiato. Piangeva a dirotto, senza sosta. L'aria era incolore e inodore. Soffiava gelida sulle persone che si coprivano, rifugiandosi nei loro cappotti.

Nulla, per me, sembrava aver senso in quel momento.

Erano tante le domande che mi affollavano la testa, ma ero frustrato, perché consapevole che non avrebbero mai trovato risposte. Ero scavato dentro come un guscio vuoto e non avrei mai potuto riempire quella voragine piena di dolore che mi indeboliva le ossa.

Il giorno prima venne proprio Jennifer ad accogliermi all'aeroporto. Poco più di 24 ore prima che io prenotassi il volo mi aveva chiamato, costringendomi in una conversazione che non avrei mai voluto avere.

"Ciao Kofi, Daphne mi ha parlato spesso di te, ed è per questo ora ho bisogno di parlarti. So che non vi sentite da un po'", aveva esordito al telefono.

"So che non sapevi nulla, perché è stata lei a dirmi di non averti raccontato niente, giusto?"

"Sì, non ci sentiamo da un po', scelta sua, come sempre. Che succede? Perché manda te a parlare con me? Questo da lei non me l'aspettavo proprio".

Ero confuso, ed ero impaziente di capire cosa stesse succedendo. La voce di Jennifer era seria e triste, con un tono titubante, basso e quasi rassegnato. Sembrava avesse appena finito di piangere e questa sensazione mi mise un po' a disagio. I suoi silenzi tra una frase e l'altra iniziavano a suggerire che forse non era portatrice di buone notizie. Mi sdraiai sul letto e continuai ad ascoltare.

"Non c'è un modo facile per dire quello che sto per dire. Daph non te ne ha mai voluto parlare per farvi vivere i vostri momenti senza condizionamenti, ma devi sapere che lei..."

"Lei cosa?"

"Lei, voglio dire... lei stava lottando contro una malattia".

"Aspetta, aspetta, ma di che cazzo stai parlando? Da quando? Non è possibile. E per quale motivo ti stai riferendo a lei col passato?"

"Kofi, la nostra Daph purtroppo aveva un tumore al colon, ed ha battagliato per oltre tre anni, stando discretamente per buona parte di questi ultimi mesi dopo le cure. Sfortunatamente, le cose sono peggiorate e lei ha rifiutato di continuare le cure perché non funzionavano più come prima. Quelle terapie le stavano martoriando il corpo. Aveva deciso che non voleva passare gli ultimi anni o mesi della sua vita in ospedale a guardare fuori dalla finestra la vita trascorrere. È per questo che ha voluto viaggiare e stare con le persone che più le stavano a cuore. Ci sei? Kofi?"

Avevo la testa spenta. L'ascoltavo, ma non sentivo più niente. Il dolore aveva annichilito ogni mio muscolo, ogni mia reazione. Scoppiai a piangere in una interminabile disperazione durata troppo per il tempo che aveva Jennifer da stare al telefono.

"È un dolore che capisco molto bene. Ascolta Kofi, ti volevo invitare al funerale, Daph ha lasciato qualcosa per te. Un regalo. Puoi venire, per favore? Le ho fatto una promessa".

"Certo, va bene" dissi singhiozzando.

Quella stessa sera mi inviò tutte le indicazioni per trovarci a casa sua la sera prima del funerale.

Quando arrivai a casa sua, Jenny mi fece accomodare sull'enorme divano beige in mezzo al salotto. Aveva gli occhi rossi e stanchi di chi non aveva più lacrime da versare.

Abbozzava sorrisi forzati per farmi forza e mi guardava come se intravedesse in me il germoglio d'amore per Daph che non aveva fatto in tempo a fiorire del tutto.

"È difficile, lo so, ma so che sei forte. Daph aveva una fede incrollabile in te, e non era mai riuscita a spiegarmi il perché. Si era sforzata di provare meno, di non provare abbastanza, ma sei riuscito a trascinarla in sentimenti che aveva sempre cercato di rifiutare, anche se ne aveva davvero bisogno".

"Ma io non capisco. Perché non mi ha detto niente? Non è giusto. Non doveva farmi questo".

Ero arrabbiato, ma era illogico essere arrabbiato con una persona che non avrebbe più potuto rispondermi. Anche questo, però, mi faceva arrabbiare.

"La conosco da tutta la vita, ed io ho capito il suo intento. Probabilmente è stata un po' egoista, ma la capisco. Ha voluto vivere per davvero, ed ha scelto te insieme a tutte le persone che amava. Non è stato facile dividere il suo tempo per noi. Gliene puoi fare una colpa?"

Non risposi. Ero assorto, invaso da sentimenti contrastanti che cercavo ancora di capire. Non era facile metabolizzare ciò che era successo.

Jennifer sembrava essere davvero una bella persona, una buona amica, ma in quel momento non riuscivo proprio a condividere la sua visione delle cose.

Mi sentivo tradito, e mi sentivo uno schifo nel provare quel sentimento. Non è quello che ci si aspetta in quei momenti, ma non riuscivo proprio a dominare le mie frustrazioni.

"È per quello che era sparita senza dire niente? Voleva tenermi all'oscuro di tutto?"

"Già, mi ha detto che non aveva il coraggio di guardarti in faccia e di dirti addio perché, in fondo, non voleva per niente dirti addio. Non avrebbe avuto il coraggio di rinunciare al tuo sorriso se non l'avesse fatto nel buio della notte, quando poteva solo immaginare quanto male quel sorriso le avrebbe fatto. Dovrei farti una richiesta, Kofi"

"Dimmi."

"Vorrebbe che tu non la vedessi nella bara, vorrebbe che non la vedessi sotterrata. Vorrebbe che l'ultimo ricordo di lei fosse la vostra ultima notte insieme, come se in realtà se ne fosse semplicemente andata da qualche parte, senza mai smettere di vivere nei tuoi pensieri.

"È assurdo" avrei voluto dire, ma ci pensai un attimo prima di rispondere. Non ero sicuro di voler assecondare questa sua volontà.

"Verrò, ma starò lontano e me ne andrò prima che venga sepolta. Sarà come se fosse semplicemente andata via quella mattina. Dopo tutto, se n'era già andata un'altra volta da me" dissi con una frustrazione fuori luogo.

Quelle parole non mi dovevano uscire di bocca, ma non fui capace di trattenerle. Residui di rabbia mi scorrevano ancora nelle vene.

"Non ti disse niente nemmeno quella volta, vero? Kofi, ti aveva allontanato perché doveva fare le sue cure. Era tornata a casa, qui a Manchester, per tentare una nuova cura. Fu proprio dopo quell'ennesimo tentativo che decise di non provare più niente".

Di colpo tutto sembrava avere senso.

Quel suo allontanamento improvviso, la pausa dal lavoro e da me. La sua assenza che non durava mai troppo a lungo, la costante ricerca della mia presenza con messaggi e chiamate fino alla sua ricomparsa, diversa, più magra, più tranquilla, con quella raggiante allegria con la quale non sconfiggeva mai del tutto la malinconia. Parlava più lentamente e sembrava godere eccessivamente anche delle piccole cose. Tra Amsterdam e Singapore aveva mostrato una dolcezza a me sconosciuta fino a quel momento.

Tutto aveva senso ora, e quella sensazione di rabbia che avevo nei suoi confronti iniziò a dissolversi da sola.

"Prima che te ne vada, ricordi che ti avevo detto che avevo delle cose da darti?" Si alzò dal divano beige mentre stava ancora parlando e si diresse verso una delle camere. Tornò con in mano una busta e qualcosa di grande che non riuscivo a capire cosa fosse. Ero curioso.

"Allora, questi sono per te. Aprili pure quando sei da solo"

"Certo, grazie Jenny".

Ero seduto sul mio letto, le lancette dell'orologio segnavano le 2 e 15, ma ero sveglio come se fosse giorno. Aveva appena finito di aprire il pacchetto grande. Un quadro, un quadro di me.

Daph aveva dipinto un doppio ritratto di me. Al lato sinistro della tela ero dipinto di spalle mentre mi giravo indietro. Al lato destro, invece, mi aveva dipinto frontale mentre mi giravo sempre indietro e incrociavo il mio stesso sguardo con il me girato di spalle. Un incrocio tra il me del passato e il me del futuro mentre si guardano, pensai subito. Poi lessi.

"Tu sei la somma di ciò che sei stato e di ciò che sarai, in un istante perpetuo che cambia ad ogni decisione che prendi". Era proprio da Daph scrivere una frase del genere. Era sempre stata poetica nell'espressione della sua arte.

Tenevo la lettera sul comodino. Non volevo leggerla e non l'avrei letta ancora per molto tempo.

Mi addormentai pensando alle parole di Nonna "Non c'è bisogno di piangere tanto per i morti. Le persone che se ne vanno hanno finito il loro percorso e ci ricordano di vivere al meglio il nostro, che ancora continua. È un prezioso e doloroso promemoria di quanto valga la vita". Sapevo che aveva ragione, ma la morte di Daph mi faceva un male ingestibile.

Passarono mesi prima che potessi tornare a vedere la vita a colori, mangiare e sentire i gusti esplodermi nel palato e ridere di battute che non facevano ridere.

Ero tornato alla vita. Metabolizzare una perdita è qualcosa che non ha regole né guide. Non esiste un vademecum di come affrontare la cosa. Ci si abbandona un po' alla propria forza interna e alle persone che si hanno nella vita.

In questo sapevo di essere fortunato, perché avevo persone meravigliose che mi ricordavano costantemente quanto fosse unico il dono di potersi alzare in salute ogni singolo giorno.

Capii che nulla aveva più importanza dell'inizio di un nuovo giorno.

Spesso ci viene detto di vivere ogni giorno come se fosse l'ultimo. Non so chi avesse detto per la prima volta quella frase, ma credo sapesse bene che fosse impossibile per chiunque farlo. Mi immaginavo le persone prendere coscienza che quello fosse il loro ultimo giorno. Come prima cosa, nessuno andrebbe a lavorare e sceglierebbero tutti di fare, all'improvviso, tutto quello che hanno rinviato. I più temerari si lascerebbero andare alle follie che hanno sempre sotterrato per paura di essere visti come strani, pazzi, folli, appunto. I segretamente innamorati si confesserebbero con gesti più grandi di loro, mentre gli insoddisfatti cercherebbero, invano, di realizzare il desiderio a cui non avevano mai avuto il coraggio di guardare in faccia per tutta la loro vita. Sullo sfondo rimarrebbero i consapevoli, che in quell'ultimo giorno potranno solo piangere i rimpianti, per tutte le occasioni lasciate andare, per ogni "se" che ha abbattuto il loro coraggio e per ogni "ma" che ha spento le loro iniziative come un temporale su un fiammifero. Perché la vita sa essere spietata e quasi mai ti riporta al punto di partenza per darti una seconda possibilità quando sei pronto a coglierla. L'ora e l'adesso sono gli unici principi, l'unica certezza che da, e spesso durano poco perché è poco il nostro tempo sulla terra in confronto all'eternità.

Io decisi di fare il possibile, tenendo a mente che dovevo dare valore al tempo che avevo, cercando di fare tutto ciò che mi rendesse felice.

Comprai un biglietto per scendere in Italia e rivedere la famiglia e gli amici.

Soraya ad ogni mia visita sembrava aver comprato centimetri in più al mercato domenicale di Cavezzo. Ormai era diventata una signorina. A dodici anni era alta come se crescesse durante la notte. Aveva la passione per il cucito e attraverso video su YouTube aveva imparato come creare i suoi abiti. Ero meravigliato dal suo talento di trasformare i suoi pensieri in capi. Era arte pura e ammiravo la sua determinazione. Mamma la vedevo più serena. Aveva oltre cinquant'anni, ma pareva che avesse davvero fatto un patto diabolico per rimanere sempre giovane. Una Dorian Grey nera, forte e bellissima.

Il suo viso era liscio e levigato, e attorno agli occhi si formava un accenno di rughe che spariva subito quando finiva di ridere.

Era ancora bella come la luna quando indossava il suo sorriso così simile al mio.

Con lei mi sentivo sempre in debito. Quella donna aveva vissuto una vita intera per i suoi figli. Aveva affrontato difficoltà che avrebbero piegato chiunque ed era rimasta in piedi per noi, chiedendo aiuto agli altri solo quando aveva dato tutta sé stessa e non era stato sufficiente. Mi aveva insegnato la determinazione, infuso lo spirito combattivo e nutrito di dignità. Mi aveva insegnato il valore della resistenza e della perseveranza e mi aveva insegnato che del semplice pane e acqua zuccherata potevano essere simboli di uno spirito mai domo.

Tutto ciò che volevo era ripagarla e donarle una seconda parte di vita serena e senza più il peso del lavoro quotidiano. Meritava di godere del bello della vita, qualunque cosa questo significasse per lei, nel suo intimo.

"Io quando finisco di lavorare voglio tornare dalla mia famiglia in Ghana"

"Certo Mà, vedrai, ti farò fare una vita da regina", rispondevo sempre.

Isaac aveva deciso di studiare e lavorare contemporaneamente. Era diventato un giovane uomo, ma ancora rincorreva il suo futuro nella nebbia della bassa modenese che lo offuscava.

Kwaku non era più a casa da più di un anno. Aveva iniziato il suo percorso di crescita fuori dall'Italia e si era trasferito in Belgio. Aveva iniziato a fare attivismo per i diritti dei neri e delle minoranze. Mi diceva sempre che c'era un lavoro immenso da fare in Italia. Ascoltando le sue parole me lo vedevo già a fare una rivoluzione gentile, anche se, conoscendolo, forse avrebbe provocato più un uragano.

"Ho cercato di ignorare questa battaglia, ma sai cosa ho capito? Non è una cosa che puoi ignorare. Ti viene a bussare alla porta e ti obbliga a farci i conti, perché si insinua in ogni aspetto della tua vita ed io ne sono consumato".

Lo capivo. Vivere in una società che non ti vede e ti considera solo quando deve ignorarti, ti logora.

"Ho cercato casa Kofi, è un inferno. Davo solo il cognome al telefono e quando mi vedevano arrivare, cambiava l'espressione sul loro volto, e improvvisamente quell'appartamento non era più disponibile. Un agente addirittura una volta mi disse - Io non ho casa per neri - perché aveva solo case belle e con un affitto alto; quindi, secondo lui non erano case per noi. È triste e frustrante. Mi viene da piangere dalla rabbia" mi disse durante una delle nostre rare telefonate.

Ero felice che stesse facendo uno stage alla sede dell'Unione Europea. Sapevo che era solo l'inizio e che col tempo avrebbe fatto la differenza facendo il suo debutto nella politica.

"Le cose stanno già cambiando, piano piano, ma vedrai che andrà meglio" disse per concludere quella nostra chiamata. Mi sembrò forzato, ma forse aveva ragione, anche perché avevo già sentito una frase del genere.

Le sue parole, infatti, mi ricordarono quelle di Kwanza.

Mi aveva portato in vacanza in Portogallo, a Faro, per una settimana che doveva distrarmi dal periodo di metabolizzazione che stavo vivendo.

Le confessai che mi preoccupava vedere l'esplosione di episodi di razzismo violento in Italia. Pensare che mia sorella stava crescendo in una società che le avrebbe fatto pesare non solo il suo essere donna, ma anche il suo essere nera, mi disturbava profondamente.

Kwanza era realista e pragmatica. La mia parte più razionale e risoluta. "Guarda che secondo me ti focalizzi un po' troppo sulle cose negative. Lo so benissimo che le cose sono peggiorate negli anni, ma è anche vero che, seppur con calma, il cambiamento sta avvenendo e a portarlo siamo proprio noi e le nuove generazioni. Abbi fede".

Ebbe il pregio di portare chiarezza in un periodo della mia vita pieno di nubi. Dopo quella vacanza tornai a Londra come una persona nuova e ripresi, appunto, a vedere la vita a colori.

La notte successiva al mio ritorno da Faro, andai nel cassetto di fianco al letto e frugai in fondo, cercando di non stropicciare i fogli disordinati che vi erano contenuti. Tirai fuori la lettera di Daph, intatta, chiusa, sei mesi dopo il suo funerale e con il suo profumo ancora impresso sulla busta. Ero pronto a leggerla, ma non sarei mai stato pronto a lasciarla andare. Avevamo un patto, e lei avrebbe continuato ad esistere con me.

Parte II

"Caro Addo, oh amore mio, prima di tutto lascia che ti chieda scusa.

Scusami se non ho trovato il coraggio di dirti cosa stavo passando, di aprirti le porte alla mia sofferenza. Il fatto che tu stia leggendo questa lettera significa che ho perso. Dunque, dovrai abituarti a fare a meno della mia esuberante persona.

So che ti ho fatto penare molto a volte (diciamo pure spesso dai), che ti ho reso impossibile capirmi, che ti ho allontanato anche quando tutto quello che volevo era perdermi nel calore del tuo abbraccio. Per quello che può valere adesso, sappi che mi dispiace tantissimo. Perdonami, se puoi.

Averti incontrato era una cosa che potevo aspettarmi, di uomini ne ho incontrati tanti, ma aver scoperto la persona che sei, mi ha lasciato completamente spiazzata.

Avevo da poco scoperto della mia malattia e non avevo nulla da chiedere alla vita, anzi, ero in collera con lei, ma la verità è che quando ho capito chi fossi tu davvero, sono stata ancora più incazzata, perché questa dannata vita mi aveva presentato la sua pagina più bella quando ero ormai arrivato alla fine del libro. Il mio, ovviamente. Nonostante tutto, conservo con gioia anche quelli che per molti sarebbero momenti infelici.

Svegliandomi nel sonno con gli incubi terribili che mi consumavano l'anima ti trovavo sempre lì, pronto a coccolarmi.

Quella volta che mi hai tenuto la testa sulle tue gambe, raccontandomi quella terribile fiaba che ti eri inventato sul momento è stata favolosa. Avevo riso più per sfotterti che per la trama idiota del tuo racconto, ma mi avevi reso felice e avevo riso di gusto fino ad addormentarmi, e al mio risveglio eri lì, a riposare dopo esserti curato di me per tutta la notte. Sei stato il mio ultimo meraviglioso dono di vita, ed è per questo che credo di essere pronta ad andarmene in pace.

Sai, è comunque sempre più facile dirlo che crederci per davvero. Non si è mai realmente pronti. È umanamente molto difficile vivere con la piena consapevolezza della fine. Io sono due anni che ci provo. Ora, forse, capirai perché parlavo spesso di morte. Cercavo di farmela amica prima del tempo e, in qualche modo, credo di esserci riuscita nell'ultimo periodo.

So che ne abbiamo parlato, ma volevo davvero che te ne ricordassi.

Non odiare la morte, Addo.

È una richiesta buffa, vero? Penserai - ma quante richieste mi fa questa anche da morta? - Hai ragione, ma è importante.

Viviamo in una società che ti forza a vivere come se dovessimo esistere in eterno, ma la morte è lì a ricordarci che nessuno è per sempre. Non se ne parla mai, è quasi un argomento da evitare, scomodo, fastidioso, traumatico.

Rivalutala.

La fine è un valore, così come lo è anche la morte. Non si può temere l'unica cosa certa in una vita straordinariamente imprevedibile, non credi? Immagina un mondo senza fine. Nessuno farebbe nulla con passione. Nessuno si impegnerebbe ad amare e a farsi amare. Nessuno godrebbe della sua gioventù, dei baci rubati, dei tramonti d'estate, delle corse sotto la pioggia e del sesso liberatorio. Senza la previsione di una fine non ci sarebbe alcuna gioia in nessun nuovo inizio. Le persone vivrebbero posticipando la loro vita in eterno, rimandando la loro felicità come se non fosse importante ora, adesso, immediatamente. La fine è ciò che ci spinge a cercare di creare qualcosa nel presente per il futuro. La fine da valore a tutto ciò che è avvenuto prima di essa, ed è per questo che ti devi ricordare che ciò che abbiamo vissuto avrà vita per sempre dentro di me, e mi auguro anche dentro di te.

Mi manchi e mi mancherai immensamente. A volte mi chiedo se dove andrò continuerò a provare nostalgia per te, per mia mamma, per l'arte e i concerti.

Voglio dirti un'ultima cosa. C'è stato un momento in cui ci ho pensato davvero, Addo.

Quando mi parlavi di figli, di questa meravigliosa bambina di nome Sky che sognavi di avere, ho davvero desiderato di poter essere io la persona che le avrebbe dato vita. Mi piange il cuore sapere che non sarò io. Provo un dolore immenso ad immaginare che troverai una donna e ti costruirai una famiglia che non comprenderà me, che non avrà nulla di me.

È un dolore stupido, misto alla rabbia per una vita che è stata crudele a sentenziarmi una fine che avrei voluto vedere tra molti anni.

Probabilmente smetterò di scrivere tra poco, perché ho gli occhi pieni di lacrime e non riesco più a vedere il foglio che ho davanti.

È devastante, ma ti ho amato, e mi sento così stupida a non avertelo detto di persona. Sappi che se me ne sono andata così è perché davvero non voglio che tu abbia il ricordo di una persona triste e sofferente nella mente, perché, nonostante io stia piangendo da ogni mio poro, non sono così triste, o forse sì, non lo so. So, però, che ho avuto una vita piena, dignitosa e gloriosa. Solo avrei voluto un po' più tempo, ma ora è tardi.

Non ne siamo padroni Addo, non siamo padroni del tempo, quindi sfruttalo al meglio che puoi. Viaggia, vivi, ama, dai spazio all'amore e alla luce che c'è dentro di te, perché, cavolo, tu sei luce. Spero Jenny ti abbia detto di non rimanere per vedere la mia sepoltura.

Voglio che questo sia un arrivederci, perché io sono con te, e ti giuro che ti ritroverò nella prossima vita e saprò riconoscerti, perché quel tuo sorriso mi farebbe battere il cuore anche in altre mille vite e sotto le sembianze di mille altre persone diverse. Ti lascio un pezzo di me su questa Terra. Portami sempre con te.

Ti amo,

Daphne".

Fu come ritornare indietro. Le emozioni mi travolsero, cogliendomi del tutto impreparato alle parole di Daph. Avrei voluto parlarle ancora, vederla, abbracciarla, riassaporare un'ultima volta le sue labbra.

Quella lettera, insieme a quel dipinto, diventarono parte di me, in ogni mio spostamento, in ogni mio nuovo inizio.

Presi qualche giorno di ferie e andai giù da mamma, laddove sentivo sempre di tracciare la linea per i miei cambiamenti, un inizio o una fine.

Tornare a casa era diventato terapeutico. Soraya e gli amici erano terapeutici. Il loro amore mi guariva e mi dava sempre nuova linfa. Casa in Italia era un rifugio, un forte dove sapevo di poter trovare riparo quando mi trovavo nel mezzo di una tempesta emotiva.

Era lunedì e mamma era a lavoro, così decisi di andare a fare la spesa per lei. Mi aveva sempre fatto sentire importante aiutarla. L'età non aveva cambiato questa cosa. C'era poca gente ed io ero in fila per pagare un carrello di spesa piena di cibo e dell'amore che provavo per lei.

Dietro di me una signora sui settant'anni indossava una camicia bianca ed una collana di perle perfettamente lucida. Ondeggiava senza tentennare, ma le sue ginocchia manifestavano un lieve tremolio quando camminava. Doveva aver vissuto di tenacia e caparbietà.

Nel vederla avvicinare con solo quei cinque articoli che custodiva con cura fra le sue braccia, decisi di farla passare.

"Passi pure avanti, signora" le dissi mentre mi facevo da parte

Si avvicinò con cautela, guardandomi con la coda dell'occhio, esattamente come mi capitava di fare quando cercavo di osservare qualcuno in anonimato, senza farmi notare.

"Sì, se vuoi, eh. Grazie", rispose passandomi davanti.

"Ma si figuri".

La signora disse alla cassiera che poteva pagare solo dieci euro di spesa, e questo significava che non sarebbe riuscita a pagare uno dei suoi articoli.

La guardai contare i soldi con attenzione prima che la cassiera allungasse le mani per prenderli.

"Lo passi pure e lo metta sul conto delle cose che devo pagare io, poi lo dia alla signora, per favore".

Mi venne spontaneo. Lo avrei fatto per chiunque, e lo dissi a bassa voce e con discrezione, assicurandomi che nessuno ci sentisse.

La cassiera, nel sentirmi pronunciare quelle parole, guardò la signora con un fare interrogativo in attesa di risposta.

"No, non lo voglio" rispose scontrosa.

"Ma si figuri signora, non è un problema. Prenda pure", risposi cercando di incrociare il suo sguardo, senza mai riuscirci.

"No, no, lascia stare".

Se ne andò guardandomi a malapena, con un'espressione che era tra lo stupore e lo schifo di chi ha appena osservato una scena disgustosa per lo stomaco.

Uscì riempiendo la sua sporta di orgoglio e di rifiuto verso un atto di gentilezza disinteressata, e mi diede le spalle senza pronunciare una sola parola.

La cassiera, sorridendo, mi disse: "siete sempre così gentili, voi".

"Voi? Ma voi chi? Di chi stiamo parlando, esattamente?" avrei voluto chiederlo alla cassiera, ma non dissi nulla. Non mi importava. Mi mentii subito dopo mentre pensavo "esiste davvero un noi e un loro anche negli atti di gentilezza?".

Che il mio gesto avesse prodotto quella reazione, mi lasciò senza parole. Tuttavia, non sarebbe stato di sicuro questo a farmi smettere di essere solidale.

Io, da persona orgogliosa, capivo fin troppo bene il rifiuto della signora. Ciò che mi lasciava perplesso era vedere il suo rifiuto condito da una dose abbondante di disprezzo e disgusto. Come se avessi osato fare qualcosa che non avrei dovuto.

Se avesse detto "grazie, ma non si preoccupi" avrei capito senza aggiungere altro. Poi uscii con il mio carrello e lo vidi.

C'era un ragazzo nero che chiedeva soldi. Uno dei tanti, troppi, in quella zona. Prima di trasferirmi a Londra non era così. Ora, invece, molti dei negozi della zona dove avevo sempre abitato erano presidiati da persone nere in cerca di carità e pietà. Non mi piacevano.

Dal viso poteva avere la mia età, o forse qualche anno in più. Rimetteva a posto i carrelli di chi aveva finito di caricare la spesa in macchina, per poi prendersi la ricompensa dell'euro.

Generalmente, li ignoravo sempre e loro ignorano con piacere me. Ho sempre trovato questo mendicare davanti ai centri commerciali umiliante e degradante. Fiero come ero, avrei forse preferito morire di fame piuttosto che mendicare in quella maniera.

Ero stato testimone di come mamma ci aveva cresciuti da sola in Ghana, in tempi così difficili e spietati che saltare i pasti era diventato parte delle nostre abitudini, parte di una odiosa normalità. L'avevo vista piangere in silenzio durante la notte, per poi armarsi la mattina di tutta la sua forza per procurarci cibo ed istruzione.

Avevo assaggiato l'assenza di vita certa, quando la speranza di un futuro migliore era l'unico alimento che ci spingeva ad andare avanti.

Dunque, non avevo mai sopportato mendicanti uomini davanti ai supermercati, anche perché erano sempre uomini.

Poi però, iniziai a collegare le due cose. Forse, nell'immaginario di quella signora anziana, accettare l'aiuto di una persona che secondo lei poteva essere solo un mendicante, era davvero un'umiliazione. Forse non accettava che uno come me, potesse essere nella posizione di aiutare lei e non viceversa. Forse la mia carità era davvero troppo.

Quella volta ero deciso ad andare dal ragazzo mendicante, ma mentre rimettevo a posto il carrello, lo vidi avvicinarsi a me e con un mezzo sorriso mi salutò.

"Ciao, fratello" mi disse.

Ero intenzionato a dirgli che questo non è il modo di tirare avanti. Che sono già tempi difficili così, senza che questo suo modo di fare contribuisca a farci additare tutti come nullafacenti e mantenuti dallo Stato. Volevo dirgli che qui abbiamo faticato tanto per avere quel minimo di dignità che ora ci è stato praticamente tolto con lo schiaffo di un governo di estrema destra.

Quando si tolse gli occhiali, però, lo guardai meglio in viso.

Aveva gli occhi spenti e miopi ad una prospettiva futura. Aveva la voce di una persona sconfitta dalla vita senza seconde opportunità. Mi parlava in un inglese nigeriano, affievolito dalla delusione mentre mi diceva "si cerca di sopravvivere con questo".

Parlai due minuti senza dire una sola delle tante cose che avrei voluto dirgli. La sua anima era in ginocchio, e non avrei potuto in alcun modo mortificare una persona già piegata dalla vita.

"Cerca di andare via da qui, se puoi. Non sono tempi buoni ed ho paura che la tua salvezza non si trovi su questo pezzo di terra che chiamiamo Italia" gli dissi, e continuai "ti auguro fortuna, altrove"

"Ok. Grazie e che Dio ti benedica".

Me ne andai, provando un senso di inadeguatezza che neanche con la doccia riuscii a lavare via.

Non volevo rimanere intrappolato in questa rete di emozioni che riuscivano sempre a scuotermi. Andai a trovare Enrica. Era una visita fissa quando scendevo.

Aveva sempre una grande energia da donarmi quando mi vedeva. Mi invitava spesso a pranzo o a cena, e in quei piatti riversava l'amore che sapeva spiegare bene anche con parole e abbracci. Era aggiornata sul mondo e perennemente illuminata dalla vita. Conservava una mente da trentenne in un corpo che sembrava aver trovato il modo di invecchiare più lentamente di quanto fosse permesso dalla natura.

Portava con smisurata classe i suoi anni, e i suoi capelli corti mostravano il carattere forte che l'aveva sempre contraddistinta. Provavo una profonda stima nei suoi confronti.

Contavamo più di diciassette anni di amicizia e mi rendevo conto che lei, più di chiunque altro, aveva avviato il cambiamento che mi aveva portato a diventare l'uomo che ero diventato. Era e sarebbe stata la mia seconda mamma, per sempre. C'era sempre stata, dandomi anche più di quello che pensavo di meritare.

"Pensavo di andare via da Londra, sai"

"E sai già dove vuoi andare, e cosa vuoi fare?"

"Ci sto ancora pensando, ma quando decido, ovviamente, ti faccio sapere. Sono sereno, però. Sento di avere ogni tassello della mia vita a posto ora".

Tre giorni dopo ritornai sull'isola e, il giorno dopo essere atterrato a Londra, scrissi e consegnai la lettera di dimissioni.

Parte III

Heathrow dicono sia uno degli aeroporti più grandi e trafficati nel mondo. Ero al terminal cinque, seduto al piano terra, in prossimità degli arrivi.

C'erano autisti che aspettavano, tenendo in mano fogli con nomi di persone che non avevano mai visto.

C'erano gruppi di amici impazienti di vedere facce felici di persone che non vedevano da un po'. C'erano famiglie, donne, uomini, bambini, neonati e anziani. Sembravano attendere il ritorno di qualcuno che era stato via per tanto tempo e che forse non sarebbe rimasto per altrettanto tempo a casa. E poi c'erano loro, quelli che stavano lì sospirando, con in mano un fiore o una lettera scritta in metro, attendendo l'arrivo della persona amata.

Il gruppo di giovani accoglieva gli amici tra urla e salti di gioia. C'era una tale energia e felicità che parevano scuotere il terreno sottostante, perché l'amore poteva davvero farlo. Scuotere il terreno dalle viscere.

Gli autisti si illuminavano quando vedevano avvicinarsi i loro stanchi passeggeri e, con un gesto gentile, si offrivano insistenti di portare le valigie.

L'incontro degli innamorati, tuttavia, era qualcosa che rilasciava magia nell'aria. La ragazza dai cappelli rossi iniziò a correre appena varcate le porte automatiche d'uscita, gettando incurante la valigia per terra. Saltò addosso al suo amato e lo strinse in un abbraccio che deve essere durato un'eternità nel loro mondo. Doveva essere stato tutto rallentato. Sapevo bene com'era quella sensazione, e mi emozionava ancora ripensare a baci di pochi minuti che sembravano essere durati per sempre. Il ragazzo con i dread locks corti, invece, si avvicinò alla sua amata sorridendo sempre di più, per poi prenderla in braccio e sollevarla quel tanto che bastava per iniziare a baciarla come se in quel momento non ci fossero altre persone tranne loro in tutta Heathrow.

C'era luce in quelle persone, una luce che contagiava chiunque passasse di lì. Una luce che era anche in me.

La vidi arrivare da lontano. Trascinava con disinvoltura il suo enorme trolley a quattro ruote e si guardava attorno. Aveva alle orecchie grandi cuffie nere. Era un'amante delle Bose, come me. Indossava una maglia bianca a maniche corte, di quelle che coprono appena tutte le spalle lasciando libero tutto il braccio. Quella maglia lasciava libero anche qualche centimetro di pancia, ornato da un piercing scintillante all'ombelico. Aveva un andamento sicuro, tipico di chi era abituato a portare sé stesso in giro per il mondo, e il mondo in giro nella sua valigia. I suoi capelli mossi erano sorretti da una bandana rossa e oscillavano in maniera educata durante la sua camminata. Era fasciata da una borsa a tracolla semiaperta che conteneva un libro dalla copertina bianca e blu. La tracolla poggiava esattamente in mezzo al suo seno, che sembrava ancora più grande. Ne fui distratto.

"Ciao Kofi, mi aspetti da tanto?"

"No Jenny, non ti preoccupare".

Dopo quella chiamata di circa un anno prima, con la quale Jenny mi comunicò l'inaspettata morte di Daph, avevamo sempre continuato a sentirci.

Inizialmente, le nostre chiamate riguardavano sempre il nostro dolore, e la protagonista principale era sempre lei, Daph. Era un modo di curarci a vicenda.

"Anche a te dava sempre un pugno sulla spalla e poi un bacio dove ti aveva colpita quando aveva ragione in una discussione?"

"Sì, e non ci andava leggera, nonostante io sia sempre stata una ragazza molto magra fino ad un paio di anni fa".

Poi le conversazioni traslocarono dal mondo che Daph aveva condiviso con noi, al nostro personale, a ciò che avevamo vissuto prima e avremmo vissuto dopo.

Comprendevamo l'uno il dolore dell'altro, le speranze, e la visione di vita e la voglia e i tentativi di far stare bene Jenny facevano stare meglio anche me.

Iniziò a venirmi a trovare spesso a Londra, finché le sue visite diventarono stabili, una volta alla settimana, nel weekend.

La prima volta che ci baciammo scoppiò in lacrime, ed io mi sentii fortemente a disagio. Dentro di noi albergava un senso di colpa e di vergogna che non riuscivamo a scacciare.

"Non dovremmo farlo", disse scuotendo la testa poco prima di iniziare a piangere.

Non dissi nulla. Pensavo anche io che ci fosse qualcosa di sbagliato in quello che stavamo facendo, come se stessimo tradendo la fiducia di Daph.

"Non c'è modo in cui possiamo avere la sua approvazione. Non c'è, perché lei non c'è", le dissi qualche giorno dopo.

Impiegammo mesi prima di riuscire a scorgere del buono in quel che stava nascendo tra noi. Impiegammo settimane prima di riuscire a baciarci senza sentire il seme della vergogna crescere.

Jenny era una giovane donna di trentun anni che aveva sempre vissuto cercando di fare la cosa giusta, a volte anche a discapito della propria felicità. Ascoltava molto gli altri e poco sé stessa. Appariva estremamente sicura di sé, ma sempre con una nota di fragilità che accompagnava il suo spartito personale che suonava al mondo per convincere tutti che nulla l'avrebbe fatta crollare. Aveva costruito un muro attorno a sé e dentro e vi aveva tenuto solo pochi amici fidati, la sua imperfetta famiglia borghese, l'amore per la biologia e per i viaggi.

"Andiamo, dobbiamo fare il check in", disse allungandomi la mano.

"Eccomi".

Quando tornai dall'Italia, le dissi che avrei voluto viaggiare di più. In realtà, il primo con cui parlai di questo mio desiderio fu Abi, e lui non esitò ad appoggiarmi. Forse inconsciamente volevo una qualche forma di approvazione da parte sua.

"Fai assolutamente bene. Sono sicuro che ti cambierà la vita, se è davvero ciò che vuoi", mi disse davanti alla sua solito cioccolata calda con panna straboccante.

"Ovunque tu voglia andare, assicurati di controllare come sia la situazione razzismo lì, d'accordo?"

"In che senso?" chiesi perplesso.

"Devi assicurarti di stare andando in posti dove starai bene. Siamo neri. La gente normalmente quando viaggia deve preoccuparsi del biglietto e dell'alloggio. Sono i pensieri principali che dovrebbero avere tutti. Quando sei nero, invece, ti devi preoccupare anche della questione razziale nel posto in cui vai".

"Uno specie di green book, insomma", dissi sorridendo.

"Esattamente!" esclamò come se avessi trovato la formula giusta per una teoria nuova. Poi aggiunse "uno specie di green book che ti consiglia dove andare e dove no, in base a quanto sia diffuso il razzismo in un Paese o in una zona di esso".

"Potresti farlo, caro Abi".

"No, no, non ci penso proprio. Ho già troppe cose a cui pensare. Potrei, però, commissionarlo. Sarebbe sicuramente utile. Scherzi a parte, fai un po' di ricerca prima. Io e gli altri del gruppo lo facciamo da anni, ormai. E se puoi, cerca di non andare in giro da solo, fratello".

Jenny, come di consueto, venne a trovarmi quel weekend e gliene parlai mentre passeggiavamo per le vie di Hampstead per raggiungere il parco.

Camminare con una ragazza bianca nell'indifferenza totale delle persone era una cosa alla quale non mi ero ancora abituato. Per anni l'abitudine erano gli sguardi di stupore e disprezzo e lo schifo che la gente mi gettava addosso da dietro, quando potevo ancora sentire il borbottio finale dei loro commenti indignati e meschini. Iniziai a pensarci, però, a come sarebbe stato camminare con lei nei Paesi in cui volevo andare, perché quando le dissi delle mie intenzioni, mi rispose subito che forse era arrivato anche per lei il momento di vivere quella parte di vita che non aveva mai avuto il coraggio di vivere.

Non osavamo ancora definirci una coppia, ma fui felice di averla con me.

Atterrammo a San Francisco alle quattro di pomeriggio. Non avevo intenzione di iniziare il mio viaggio dagli Stati Uniti, ma Jenny mi aveva convinto a partire da lì per poi attraversare l'oceano ed arrivare direttamente in Giappone.

Non avevamo mete prestabilite, volevamo essere guidati da scelte istintive.

Dicono che l'istinto non sbaglia mai e che ti porta sempre dove vuoi, anche se non sapevi di volerci andare.

La città era uno spettacolo mai visto prima. Montagne russe di cemento e palazzi. Un sali e scendi che metteva a dura prova le articolazioni del mio ginocchio destro che mi ero infortunato quando, di calcio, volevo vivere per davvero. Non ero mai stato un amante degli States, ma forse mi sbagliavo. San Francisco mi dava l'impressione di essere un concentrato di persone provenienti da ogni angolo del mondo.

"È qui che si realizza il sogno americano, dunque" pensai. Al di là dell'imponente Golden Gate sorgeva la Silicon Valley, dove ad ogni alba corrispondeva una nuova tecnologia che ridefiniva i limiti della rivoluzione digitale.

Ci muovevamo in bici, a piedi, con i monopattini elettrici o con Uber.

Il driver che la prima sera ci portò a cena era una persona che amava chiacchierare. Disse di essere nato in Turchia e ci raccontò della straordinaria avventura che visse prima di finire negli Stati Uniti. Pensai a quanti intrecci di vita fosse destinato ognuno di noi, pur nascendo in angoli diversi del pianeta. Era qualcosa che mi aveva sempre affascinato. Erano passati quattro anni dal brutale assassinio di George Floyd che aveva scosso il mondo. Gli Stati Uniti stavano ancora fronteggiando un sistema, il loro, che non riusciva a liberarsi della contraddizione che li aveva sempre contraddistinti.

Una terra dove, nonostante il tuo colore, potevi essere chiunque e dove, per il tuo colore, potevi morire o finire in carcere senza aver fatto nulla. La terra della libertà era piena di mostri sotto al letto, con i quali faceva sempre più fatica a convivere.

"Come hai vissuto da straniero in questo Paese?" gli chiesi interrompendo la parte finale del suo racconto.

"Non c'è una risposta unica a questa domanda. Questo Paese può essere il migliore o il peggior posto dove vivere, a seconda di dove vivi e di chi hai intorno. Di sicuro la questione sulla razzializzazione di parte della popolazione è lontana dall'essere risolta", rispose.

Mi dava, però, l'impressione di aver trovato una propria dimensione in quella città. Era sereno, la voce pacata, le spalle dritte e gli occhi riposati. Poco prima dell'arrivo disse "se in un giardino c'è solo un tipo di fiore, quel giardino sarà noioso e sicuramente non bello. Un giardino con una moltitudine di fiori diversi, invece, è meraviglioso. Così dobbiamo considerare il mondo. La bellezza vera è data dalla diversità".

Fu illuminante la semplicità con la quale diede forza ad un concetto così alto e universale.

Durante una delle nostre passeggiate ci ritrovammo, quasi per caso, nel quartiere italiano. I muri, i pali della luce e i ristoranti riportavano sempre il tricolore. Trovai goffo tutto quel richiamo all'Italia, ma forse aiutava gli affari e il turismo. Le scritte erano grandi e ben visibili sopra i locali e c'era quasi sempre un'immagine di pizza o spaghetti ad accompagnare cognomi italiani dal sapore americano. Una caricatura che avevo visto solo nei film.

"Ma come? Siamo già nel quartiere cinese?" chiesi a Jenny.

"No no, questo non è un quartiere cinese, questa è la Cina" disse sorridendo.

Eravamo piombati, senza preavviso, in un'altra dimensione. Di colpo le strade avevano cambiato colore, la lingua cinese era l'unica che sentivamo vibrare nell'aria e uscire fuori dai negozi, e pure le persone erano cambiate.

Iniziai a capire meglio le parole di Jenny quando mi accorsi che eravamo gli unici turisti per la via. Quel quartiere non era per persone come noi, ma per i cinesi che vivevano a San Francisco. Non era il classico China Town che si trova nelle grandi città costruite per attirare turisti con qualche ristorante 'all you can eat'. Era come trovarsi davvero in Cina, con scuole cinesi, ospedali cinesi e persone che parlavano solo cinese. Era qualcosa di straordinario per me.

"Ok, voglio andare in Cina", le dissi.

"Immaginavo. Stasera prendiamo i biglietti".

Parte IV

Stavamo ammirando la città dal bus su cui stavamo viaggiando dall'aeroporto. Da lontano, sembrava avvolta in una nebbia di afa e smog perenne. Non avevo mai pensato di poter visitare la Cina. Beijing era affollata, incredibilmente calda e umida, ma era anche un concentrato di storia e ricchezza, un'intersezione tra tradizione e modernità.

Quando uscimmo il primo giorno, notai qualcosa che non mi aspettavo: quasi la totalità delle persone che incrociavamo, mi fissava.

"Ti sei accorto che hai gli occhi addosso, caro?"

"Sì Jenny, è curiosa questa cosa", risposi.

Camminando verso Piazza Tienanmen, mi accorsi di un gruppo di lavoratori della strada in pausa sul marciapiedi. I cantieri per la strada erano tanti. Era una città in continua espansione e in questo mi ricordava molto Londra.

Quando i lavoratori mi videro da lontano, smisero improvvisamente di parlare. Si girarono tutti verso di noi ed iniziarono a chiacchierare guardandoci. Ci fissarono, e lo fecero finché non passammo davanti a loro e non girammo l'angolo per poi sparire dalla loro vista. Ci ritrovammo poi dietro ad una dolce coppia che stava camminando serena, intenta a spargere amore sul suo cammino.

Quando si accorsero di me iniziarono a ridacchiare e la ragazza si girò puntandomi il dito, continuando a ridere col fidanzato, che sembrava divertito più di lei.

Piazza Tienanmen era piena. Stracolma di teste. Non se ne vedeva la fine. La polizia controllava i documenti a chiunque volesse transitarvi. Ero sbalordito dalla grandezza di ciò che mi circondava ed ero intento a fare foto.

"Ma hai visto quanto è bella ed enorme questa piazza? Guarda che meraviglia"

"Sì, meglio che ti concentri su quello" disse Jenny, allontanandosi.

Non capii subito, ma abbassai la macchina fotografica ed iniziai a guardarmi attorno. C'erano tre persone che mi stavano filmando col cellulare, altri cinque o sei che mi fissavano evitando accuratamente di incrociare il mio sguardo quando mi giravo verso di loro e, senza rendermene conto, una donna si mise di fianco e si scattò velocemente un selfie prima di allontanarsi come una fuggitiva.

Non riuscivo a darmi una spiegazione al loro comportamento, tutte quelle ossessive attenzioni mi avevano consumato le energie, ma in quel momento non importava. Io però ero lì per loro, anche se non lo sapevo. Anche se non me ne rendevo conto. Ero l'attrazione di qualche secondo che non avevano intenzione di farsi sfuggire. Avevo perso la mia invisibilità, e anzi, ero una calamita che attirava sguardi, risate, foto e video. Era come se non avessero mai visto un nero in vita loro, e forse era davvero così, eppure eravamo nella capitale. Com'era possibile che la mia presenza destasse tanto stupore?

"È stato estenuante oggi. Non avevo capito che fosse davvero così la situazione qui. Avevo sentito delle voci, ma non mi aspettavo nulla di tutto questo. Sono stremato"

"Non posso dire che capisco, ma camminarti a fianco oggi è stato illuminante. Ho capito di più quando mi parli di voler passare inosservato. Sai che c'è? Domani andiamo a vedere la Muraglia Cinese. Ci prendiamo una pausa dalla città".

Avevo sempre desiderato andarci.

Ci arrivammo con un bus organizzato che portava turisti. Sulla strada, l'operatrice turistica ci raccontò un po' di storia e mi sorpresi nel sapere che la grande Muraglia Cinese fosse lunga più di ventun mila chilometri. Una distanza che non riuscivo nemmeno ad immaginare. Metaforicamente pensai che, se l'uomo aveva dedicato due mila e trecento anni a costruire un muro, quanto ci avrebbe messo a costruire qualcosa che unisse i popoli invece di dividerli? Dopo tutto, era sempre stato così. La storia abbonda di esempi di come l'uomo abbia prosperato dedicandosi a dividere invece di unire, cercando sempre di sopraffare il prossimo.

Arrivare in cima a piedi fu una vera impresa, ma la vista da sopra la muraglia era qualcosa di indescrivibile. Era come stare sul dorso di un drago che si snoda su e giù dai monti al di sopra delle nuvole. Mi meravigliò trovare scritte in italiano su parte dei muri.

Tornati a terra trovammo spazio su delle panchine ai piedi della montagna, in attesa di andare a mangiare insieme agli altri del gruppo che avevano prenotato anche il pranzo.

Jenny si alzò per andare in bagno e, nel farlo, notai due bambine che mi sorridevano.

La prima si avvicinò lentamente, uno sguardo timido su di me e poi la testa bassa a leggere sul cellulare.

"May I please take a picture with you?". Con una voce così angelica che pareva registrata. Non mi sarei mai aspettato di essere così richiesto. Fu la prima volta che le attenzioni mi fecero piacere.

Si unì anche l'altra bimba e le mamme iniziarono a fare le foto. Questa volta, ne volevo una anche io, così diedi il mio cellulare ad una delle mamme. Jenny mi trovò in posa di fianco a queste due bambine che, facendo il segno della V, si facevano fotografare contente.

Rise di me e della situazione.

Un paio di minuti dopo ritornarono e questa volta per presentarsi, con un inglese che pareva studiato e non letto dal traduttore sul cellulare.

Ritornarono ancora, e ancora. Così per dieci minuti feci conversazione con queste due signorine tra sorrisi e abbracci, e pensai che la meraviglia fossero loro prima ancora che la Muraglia sulla quale avevo sudato pure l'anima.

Quell'incontro fu la cosa più dolce e tenera che mi sarebbe mai successa in Cina. Quando entrammo al ristorante, la guida turistica ci dispose in una tavola rotonda dove sopra c'era tutto il cibo in condivisione. Attorno al tavolo c'erano solo viaggiatori, persone provenienti da tutte le parti del mondo. Davanti avevo una coppia australiana, di fianco a me Mark, tedesco e viaggiatore solitario, poi c'erano due amici thailandesi, una ragazza giapponese, un uomo taciturno di Hong Kong, una splendida coppia di norvegesi e un ragazzo di San Diego.

Fu lì che imparai da Mark che in Cina la cultura voleva che un ospite lasciasse un po' di cibo nel piatto, in segno di sazietà. Mangiare tutto significava avere ancora fame, mentre un minimo di avanzo era chiaramente segno di aver mangiato a sufficienza.

"Sai, sto viaggiando da circa sei settimane. Ero a Bali prima di venire qui" disse Mark.

Non avevo mai considerato Bali, ma sapevo solo fosse considerata l'Isola degli Dei, e dalle foto nel web sembrava davvero che il paradiso si fosse materializzato su quella terra.

Dopo aver finito di parlare con Mark, mi girai verso Jenny.

"So dove vorrei andare adesso"

"Bali"

"Esattamente".

Sull'aereo, Jenny tirò fuori quel libro dalla copertina bianca e blu che avevo intravisto dalla sua tracolla quel giorno a Heathrow. Il titolo recitava "The Sky We Climb, by Edward Richmond".

Non dissi una parola, ma prima o poi le avrei raccontato di Sky. Le avrei raccontato che, da qualche anno, sognavo sempre una bambina intorno ai dieci anni. Una ragazzina snella e sorridente, testarda e invasa da un'energia interminabile. Le avrei raccontato, senza timore, che quella bambina mi chiamava papà, ma che non riuscivo mai a vedere il suo viso chiaramente. Ne sentivo il calore e l'affetto quando mi abbracciava. I suoi folti cappelli ricci e castani chiari profumavano di essenza di vaniglia e di vita.

Era un sogno ricorrente, a periodi, ma costante. Non sapevo chi fosse la madre, non la vedevo, non era chiaro, ma sapevo che Sky, da qualche parte, esisteva già e sarebbe esistita nella vita reale. Nella mia, di vita.

Mi svegliavo sempre con gli occhi pieni di emozione e la salutavo in silenzio, dandole appuntamento al prossimo sogno, in attesa di stringerla finalmente tra le mie braccia. Volevo bene ad una creatura che esisteva solo nella dimensione dei miei sogni più belli.

Una cosa strana e difficilmente spiegabile, che non raccontavo mai nessuno, e di cui sapevano solo Daph e le mura di casa.

Per un attimo, mi tornò alla memoria l'afa di Singapore. Uscire dall'aeroporto di Denpasar fu un evento altrettanto traumatico. Il caldo era pesante, ma stranamente piacevole. Non sembrava ostile.

Non sapevamo per quanto saremmo rimasti, ma iniziammo nella parte sud dell'isola, nella zona di Banjar Kelod.

Noleggiammo uno scooter per spostarci, perché col traffico intenso e la mancanza di mezzi pubblici ricorrenti era indubbiamente la scelta migliore. Mi accorsi subito della presenza di tanti piccoli templi di preghiera, anche nei giardini dei privati. Insieme all'umidità si respirava una forte spiritualità nell'aria.

Jenny era seduta dietro di me e si godeva lo scenario, facendo riprese per il suo diario videografico.

Bali era un'isola abitata da persone mediamente basse e sorridenti. Sembravano tutti essere in pace con sé stessi, con la natura, con gli altri e anche con la loro parte più oscura. Non c'erano case alte o palazzi. Credevano fortemente nella vita a contatto con la terra, e non se ne allontanavano mai troppo. Tutti dovevano vivere alla stessa altezza, anche per una questione di visione sociale. Così ci aveva detto il driver che ci aveva accompagnato al nostro primo albergo.

La prima volta che ci fermammo dal benzinaio fui preso dallo sconforto quando, contando i soldi, mi resi conto di non avere i contanti esatti per pagare. Mi mancavano alcuni centesimi e avrei dovuto cercare un ATM per ritirare altri soldi. Una delle ragazze che lavoravano lì ci venne incontro con fare curioso. Mi chiese di fare una foto insieme e alla fine mi disse che potevamo andare via sereni. Fui sorpreso. Non pagare l'esatto costo del carburante era una cosa che non pensavo nemmeno potesse esistere. L'oro nero, così caro e prezioso, doveva sempre essere pagato fino al centesimo, giustamente. Non a Bali, evidentemente. Dovevano avere un rapporto diverso con i soldi e con le persone. Sarebbe successo ancora, sia di pagare meno, sia di dover fare foto in giro, ma io questo ancora non lo sapevo.

"Hai notato che qui tutti lasciano i caschi sui motorini?" mi disse Jenny quando raggiungemmo una spiaggia di Nyang, il secondo giorno.

Aveva ragione. Le persone lasciavano i caschi incustoditi appoggiandoli sugli scooter, per poi allontanarsi senza nemmeno voltarsi.

"Hanno così tanta fiducia nel genere umano?" chiesi sarcastico.

Per qualche ragione nessuno toccava quei caschi? Impiegammo quattro giorni prima di iniziare a lasciare anche i nostri caschi sugli scooter.

Era una sensazione liberatoria pensare di trovarsi in un posto dove potevamo lasciare caschi ed effetti personali in spiaggia senza doverci preoccupare di fare la guardia. Era liberatorio potersi liberare dell'ansia e della paura del prossimo, della diffidenza negli sconosciuti.

Era una sensazione estremamente appagante. In pochi giorni, quell'isola e quelle persone ci avevano dato nuovi occhiali attraverso cui guardare il mondo.

"Quanto sarebbe meraviglioso se tutto questo succedesse da noi?"

"Ha ha ha. È impossibile" ribatté Jenny. Ne era convinta, soprattutto quando, durante una passeggiata serale per trovare un ristorante dove cenare, iniziammo a notare come tutti i negozi di artigianato fossero senza serrande.

C'erano statue intagliate in legno, ciotole, tavoli, utensili, oggetti di ogni tipo, lavori di arte e di ingegno di persone che con quelle vendite ci vivevano, ed era tutto esposto. Passando, potevo semplicemente allungare la mano e prendere qualsiasi cosa volessi. Era destabilizzante vedere come vivevano liberi e pienamente fiduciosi verso gli altri.

Il giorno dopo arrivò Khan, il driver che ci avrebbe accompagnati nell'entroterra, ad Ubud.

Khan parlava bene l'inglese, guidava con attenzione e si preoccupava che bevessimo acqua e fossimo idratati.

"Abbiamo notato che qui non avete problemi a lasciare tutto libero, alla portata di tutti, che siano caschi o negozi senza serrande", disse Jenny.

"Crediamo molto nel karma. Qui viviamo secondo la regola di non fare del male a nessuno, perché ciò che fai poi ti torna indietro. Per questo motivo la gente non fa cattive azioni, così non si attira le avversità del fato".

Aveva senso, pensai

"Avrete anche notato per terra quelle piccole ciotole di foglie e fiori per le strade, no? Qui le persone pregano tanto e, nel farlo, pregano sia le divinità buone, che quelle cattive, offrendo tributi affinché interferiscano il meno possibile nella loro vita. Riconoscono che esiste il bene, così come il male e che, in qualche modo, gli vada reso tributo.

Mi venne in mente lo Ying e lo Yang, in quel momento.

Ubud era la parte più verde dell'isola. O meglio, ancora più verde. Alcune sue parti erano quasi incontaminate, ma altre attiravano turisti come il miele con le mosche. Ben presto avremmo scoperto anche Nusa Penida, un'isola scoperta solo quaranta o cinquanta anni fa, dove la parola "incontaminata" aveva pienamente senso d'esistere. La sera dopo, ad Ubud, andai a prendere da mangiare nello stesso ristorante in cui avevamo cenato il giorno prima. Jenny era stanca del caldo, della foresta e delle scimmie che ci avevano affascinati, ma anche prosciugati. Così decidemmo che sarei andato a prendere del cibo da mangiare a bordo piscina, in albergo.

Fallì diverse volte il tentativo di pagamento col bancomat. Uscii sconsolato mentre mi incamminavo per andare a prelevare all'ATM più vicino che distava quasi 2 chilometri. Dopo pochi metri, mi si accostò uno scooter. Sopra c'era un uomo che non avrà avuto più di quarant'anni. Aveva l'aria riposata e i capelli scompigliati dal vento. Indossava una camicia pulita e vissuta. Doveva averlo accompagnato negli anni, attraverso le stagioni e le difficoltà. Ai suoi piedi c'era seduta una bambina rannicchiata che mi sorrideva. Probabilmente era la figlia, aggrappata allo scooter mentre mi salutava timidamente.

Con un inglese stentato, l'uomo si offrì di portarmi a ritirare i soldi, mi aspettò e mi riportò davanti al ristorante, poi se ne andò. Ero senza parole.

Aveva sentito la conversazione che avevo avuto col titolare alla cassa, e doveva aver provato un'empatia enorme nel vedermi uscire senza essere riuscito a comprarmi la cena.

Che fosse uscito di sua spontanea volontà e mi avesse accompagnato a prelevare senza chiedermi niente in cambio era qualcosa che non mi sarei aspettato.

"Ma ti rendi conto? È incredibile. Non fa venire voglia anche a te di fare del bene in modo incondizionato?"

"Che questo posto fosse magico lo avevamo capito anche prima di arrivare, ma che le persone qui fossero degli autentici gioielli, è sorprendente" disse Jenny, poi aggiunse "pensa come sarebbe se tutto il mondo si comportasse così"

"Credo che il mondo non si meriti Bali" le dissi. Ridemmo entrambi.

Una delle nostre ultime sere sull'isola la passammo di nuovo al sud, in modo da poter arrivare più facilmente all'aeroporto.

Trovammo un ristorante cinese che col suo cartello scintillante attirava i golosi come noi che attraverso il cibo si aprivano la porta delle conoscenze verso altri popoli, altre culture.

Bali ci stava regalando dei giorni di una bellezza unica, le visite ai templi erano stati momenti di profonda connessione con la natura e con noi stessi. Il Tirtaganga era un paradiso terreste che ci aveva profondamente affascinati. Avevamo poi scoperto che il caffè più pregiato e costoso al mondo veniva raccolto dagli escrementi dei luwak. Il processo di raccolta di questo caffè era tanto curioso quanto bizzarro.

Uscire per ultimi da un ristorante, di solito, diventava una lotta di sguardi con i camerieri e chiunque lavorasse nel locale. Capivo bene la voglia di cacciare l'ultimo cliente e poi chiudere per tornare a casa. Ci ero passato anche io. Quella sera però, alzandoci, insieme a noi si alzò anche un saluto corale di tutti i camerieri, come se stessero salutando personaggi di spicco di cui raccontare agli amici. Eravamo meravigliati perché, personalmente, mi aspettavo solo occhiatacce ed insulti in una lingua che non avrei capito. Mentre pagavo sentivo un signore anziano che chiedeva a

Jenny dove alloggiassimo. Usciti da lì, l'uomo si avvicinò a me chiedendomi più precisamente quanto distasse il nostro albergo dal ristorante. Non capivo tutta questa insistenza nel sapere dove alloggiassimo e, francamente, la sua curiosità iniziava ad infastidirmi.

Fui vago, ma glielo spiegai. E fu allora che tirò fuori dalla sua tasca le chiavi della macchina e l'aprì.

"Sono il proprietario del ristorante, se volete vi do un passaggio fino al vostro alloggio" disse sereno.

"Non si preoccupi, facciamo una passeggiata, ma grazie. Grazie mille, davvero", risposi.

"Su quale pianeta il proprietario di un locale si sarebbe mai offerto di accompagnare due sconosciuti al loro alloggio dopo che erano stati gli ultimi ad uscire, tenendo lo staff occupato un po' troppo a lungo?" chiesi meravigliato a Jenny tornando in albergo.

Le persone di Bali ci avevano riempito di una speranza che avremmo tenuto viva a lungo. Lì, su quell'isola, avevamo visto che era possibile vivere in una società dove c'è rispetto, gentilezza e cura per il prossimo e la natura. Avevamo visto che fare del bene a sconosciuti poteva essere una meravigliosa abitudine quotidiana che avrebbe potuto cambiare il mondo. Abbiamo vissuto l'amore nella sua forma più pura.

Guardavo Jenny con occhi diversi, la osservavo, la ammiravo. Avevo iniziato a contare i suoi nei dietro la schiena a fra le dita della mano sinistra. Ora facevo caso anche a quella piccola smorfia che faceva col labbro superiore poco prima di scoppiare a ridere. Avevo il cuore aperto ed una gratitudine verso la vita che forse non avevo mai avuto. Respiravo a pieni polmoni e vedevo luce, per davvero, ovunque. Prima di ripartire, io e Jenny ci lasciammo dietro gli ultimi sensi di colpa che ogni tanto tornavano a farci visita. Ci sentivamo leggeri, in pace, liberi di stare insieme. La sua mano si incastrava perfettamente alla mia, e le sue labbra erano più belle quando erano appoggiate sulle mie.

Parte V

Imparai bene il significato di traffico il giorno in cui arrivammo a Bangkok. Macchine e motorini affollavano le strade, e gli incroci enormi vivevano di intrecci sincronizzati di persone e idee che sapevano dare spazio l'uno all'altro. Restammo due giorni, perché Jenny mi fece pensare alle sette meraviglie del mondo e a come potevamo dedicare questa parte della nostra vita a realizzare questo sogno. Fu una toccata e fuga, con la promessa di ritornare. Avevamo ancora tutto da scoprire.

Partimmo allora alla volta dell'India.

Dopo la Grande Muraglia, il Taj Mahal era la prossima meraviglia in lista. Alle sette del mattino c'erano già 38 gradi, ed io mi chiedevo come quelle persone potessero vivere in quelle condizioni.

Quel posto era magico. Il Taj era la cosa più perfetta che avessi mai visto, e forse andava oltre. Le sue geometrie, il suo allineamento con i cicli lunari e con le stelle. Le sue curve perfettamente levigate nei decenni. Aveva dentro di sé culture e religioni ritenute inconciliabili, eppure l'unione di quei mondi aveva dato vita a qualcosa di straordinario.

Mi ritrovai di nuovo circondato da persone mosse da una cordialità inaspettata.

"Il mondo non è quel brutto posto che pensavo fosse, sai. Spesso parliamo tirando in ballo il mondo come se fosse il pezzettino di terra dietro casa che conosciamo bene. Cado spesso anche io in questa banalizzazione, ma non c'è niente di più errato, secondo me", dissi a Jenny mentre ci stavamo apprestando a prendere il prossimo volo. Lei rise e mi baciò, senza dire nulla. Lo faceva spesso.

C'erano momenti dove non parlava mai. Lasciava che i miei pensieri circolassero nell'aria senza mai dare a loro un senso. Mi ascoltava e basta, quasi in maniera passiva, lasciando che fossi io a ragionare a voce alta su quello che dicevo.

"Ci riempiamo la bocca di affermazioni come – viviamo in un mondo di merda – oppure di frasi che abbiano a che fare con "l'umanità", ma la verità è che non ne sappiamo niente del mondo. Un agglomerato così complesso e ricco di differenze, dinamiche, culture, fedi e credi, tradizioni e dilemmi. Il mondo, questa parte di mondo, è un posto decisamente migliore di quello che pensavo. C'è del buono, molto più di quello che vediamo stando davanti alla tv o digitando di altri Paesi dai nostri smartphone".

"Ecco, concordo con te, tesoro". Amavo quando diceva così sorridendo. Ci assomigliavamo. Sorrideva sempre anche lei e questo rendeva leggera qualsiasi cosa ci fosse da affrontare e in qualsiasi angolo del pianeta fossimo. Inconsciamente, ogni tanto, mi veniva ancora da paragonarla a Daph. Sovrapponevo le loro labbra, come se fossero due parti dello stesso sorriso.

Arrivammo ad Amman quando ormai era passato un mese e mezzo dalla nostra partenza. Eravamo diventati esperti navigatori delle vie senza mappa. Avevamo abituato i nostri organi a mangiare cibi diversi e a digerire le differenze culturali per assimilarle senza rigettarle. Era un percorso di crescita dalla più vecchia e saggia delle maestre, la vita.

Dopo tre giorni passati nella capitale, ci spostammo a Ma'an, luogo del famoso sito archeologico di Petra, un'altra delle sette meraviglie.

Arrivammo in mattinata presto, ma il luogo era già affollato di turisti. Avevo in mente l'Al-Khazneh, quello che chiamavano "il tesoro", ma capii subito che la strada per arrivarci sarebbe stata straordinaria. Attorno a noi si alzavano maestosi canyon che avvolgevano i passanti in una stretta di una bellezza rara. Ero intento a scattare foto, quando sentii un ragazzino del posto chiedermi se volessimo fare un giro a cavallo per arrivare a destinazione. Avevamo notato che avevano organizzato cavalli e carri per portare i turisti direttamente alla porta, evitando loro la lunga camminata.

Dissi di no, ma mi infastidirono l'insistenza del ragazzo e le sue risate.

L'irritazione mi passò quando tornai a concentrarmi sulla bellezza del posto in cui ci trovavamo e, senza rendercene conto, d'un tratto lo vedemmo sbucare alla fine dei canyon.

Era ciò che chiamavano il tesoro, perché era a tutti gli effetti un tesoro di una tale bellezza che rimasi senza parole. Quella porta enorme, perfettamente intagliata nella roccia, era imponente, spettacolare e divina. Petra, la città rosa, fu davvero qualcosa che mi fece venire i brividi.

C'erano bancarelle, persone che vendevano tour da fare sopra le rocce e piccoli negozi per souvenir gestiti da uomini in turbante con la pelle dorata come la sabbia del deserto. Quel posto viveva del turismo più sfrenato e mi sembrò quasi un peccato. La folla aumentava di minuto in minuto e con essa, il mio disagio nel dover condividere quei momenti con sconosciuti che affollavano il panorama.

Mi si avvicinò il ragazzino che cercò precedentemente di vendermi uno dei tour a cavallo.

Ormai mi aveva infastidito a tal punto che non avrei preso niente da lui, nemmeno se ne avessi avuto una voglia esagerata.

"Hey, brown sugar", mi disse.

"Cosa hai detto?" gli chiesi perplesso.

"Brown sugar" ripeté ridendo.

Zucchero di canna, quindi. Non avevo mai sentito questa espressione. Non sapevo come o cosa pensare. Rimasi spiazzato per un attimo, ma lo guardai mentre rideva di me, ripetendo "brown sugar, brown sugar, brown sugar". Gli dissi di smetterla ma continuò, e notai che gli altri ragazzi più grandi di lui osservavano la scena divertiti, ridendo a loro volta. La cosa peggiore è che mi sentii del tutto disarmato di fronte a qualcosa che non sapevo di dovermi aspettare. Avrei dato una sberla a quel ragazzino e litigato con tutti gli altri ragazzi, ma non sarebbe servito a niente. Dovevo arrendermi ad essere ciò che loro vedevano di me.

Da quel giorno, non mi dimenticai più la voce di quel ragazzino e le sue risate mentre mi chiamava "brown sugar".

Il giorno dopo lo raccontai a Kwaku durante la videochiamata per aggiornarlo sul viaggio.

Jenny non capiva quasi nulla di italiano, eppure preferivo sempre chiamare quando se ne andava sotto la doccia, e lei aveva imparato a rimanerci un po' di più per darmi più tempo. Avevamo raggiunto un equilibrio nella condivisione degli spazi e dei momenti che non credevo saremmo arrivati ad avere così presto.

Mi piaceva anche per questo. Aveva un'infinita sensibilità verso di me e verso ciò che le raccontavo. Viaggiare con lei mi aveva portato a viaggiare anche nel suo mondo, ed ero rapito da quanta bellezza conservasse nei suoi pensieri ed esprimesse nei suoi modi.

"Sai, Kwaku, non sapevo davvero cosa dire a quel ragazzino, quindi, ad un certo punto, me ne sono andato per il suo bene. Gli avrei messo le mani addosso con quella sua cazzo di risatina".

"Immagino. Sei stato anche fin troppo paziente e diplomatico, come sempre. Sai che io sono sempre stato più impulsivo. Un ceffone gliel'avrei dato".

Poi cambiò del tutto argomento. Sembrava interessato a dirmi altro.

"Torno in Italia. È l'ultima cosa che mi aspettavo anche io, ma non riesco ad ignorare ciò che sta succedendo"
"In che senso? Che succede?"
"E' un periodo in cui stanno succedendo tante cose in Italia. Rischiamo una spaccatura disastrosa. Abbiamo la possibilità di evitare di avere una situazione stile banlieue francese, dove una ghettizzazione dei giovani francesi di origine straniera li ha spinti ai margini della società. Come potevano pensare che non sarebbero scoppiati quando sono cresciuti in un Paese che non li accetta?"
"E credi che succederà la stessa cosa in Italia, Kwaku?"
"Spero di sbagliarmi, ma sta crescendo una generazione arrabbiata, Kofi. Questi ragazzi soffrono, sono frustrati e delusi dal fatto che non riescono ad avere rappresentazione, spazio, leggi e tutele che li facciano sentire cittadini come tutti gli altri e non cittadini di serie B. Non tutti denunciano come hai fatto tu, ma sui social gira tanta merda e la situazione sta davvero peggiorando. Le violenze sono sempre di più, con pestaggi, insulti e attacchi gratuiti da sconosciuti. Ci stiamo avvicinando ad un punto di rottura."
"Dici?"
"Purtroppo. Che succederà quando non accetteranno più di subire? Che succederà quando vorranno pari opportunità? Siamo nel 2025 e resiste ancora la Bossi-Fini. Qualcosa deve cambiare e non può essere sempre dal basso".
"Cosa stai dicendo, esattamente?"
"So che sono anni che sei fuori dal Paese e stai bene. Non ti biasimo, anzi sono felice per te. Sto bene anche io qui, in Belgio. Stai fuori, continua a fare quello che fai, vivi la tua vita, metti su famiglia se vuoi. Sistemati, ma poi torna. Ho bisogno di una persona come te. Ormai sono pronto. È da qualche anno che mi sto preparando"
"Sì, ma rispondi. Cosa stai dicendo esattamente? Sei pronto a fare cosa?"

"Entro in politica, Kofi."

374

Parte VI

Il signor Addo si alzò con calma, quando ormai la pioggia iniziava ad essere consistente. Aveva atteso di finire almeno questa prima parte del libro. Le gocce finite sul libro, asciugandosi, avrebbero sgualcito qualche pagina e questo Kwaku già non lo sopportava.

Si mise sotto un albero, arrabbiato con ciò che non poteva controllare, perché che il cielo fosse indipendente dagli umori degli uomini era una verità scientifica che nemmeno la sua faccia contrariata poteva cambiare.

Kwaku, tuttavia, era contento di essere riuscito a dedicare quel pomeriggio a Kofi. Dal giorno dell'incidente il senso di colpa non l'aveva più lasciato vivere sereno. Le sue notti le condivideva con i fantasmi del passato e il senso di impotenza. Squillò di nuovo il telefono. Era Young, accorso come un valoroso scudiero per riportalo all'albergo e riconsegnarlo alla sua vita.

"Dove si trova esattamente, signor Addo? Sia specifico che la vengo a prendere io con l'ombrello"

"Non ti preoccupare. Tu fermati lì, che ti vedo. Vengo io".

Accennò una corsa che bloccò subito. Le ginocchia gli facevano male dall'incidente e l'umidità di Singapore aveva riportato a galla quel dolore fisico che lo trafiggeva ogni volta, ricordandogli che non doveva passare giorno senza pensare a ciò che era accaduto. L'operazione chirurgica aveva lasciato segni indelebili nelle sue ossa e sulla sua pelle.

Si mise in auto e Young ripartì subito per l'albergo.

Molto era successo da quella chiamata che fece con Kofi, mentre gli annunciava della sua intenzione di entrare in politica. E molto era cambiato nel suo mondo nei trent'anni passati da allora. Aveva fatto patti con chi si era promesso di non farne, e aveva perso più di quello che sarebbe stato disposto a perdere per arrivare dove era arrivato.

Quando, nell'estate del brexit, andò per la prima volta a trovare Kofi a Londra, qualcosa in lui si illuminò. Vedere sua mamma e Soraya in una società così aperta ed inclusiva gli fece desiderare di poter e volere vivere sempre così. Non altrove, ma nella sua Italia.

Al suo ritorno, nulla fu come prima, per lui. Soffriva di più ogni occhiata, ogni vessazione, ogni parola di troppo.

Quando Kofi denunciò la discoteca, non esitò a prendere posizione. Passò tempo a rispondere a parte di quell'odio che si era improvvisamente riversato sul fratello. In silenzio fece da scudo col suo corpo, assorbendo il marcio che persone sconosciute avevano deciso di vomitare fuori attraverso le loro tastiere.

Kofi e Kwaku, i fratelli K.K., non erano andati mai troppi d'accordo. Sin da quando erano in Ghana, Kwaku aveva perso presto le attenzioni della mamma con la nascita di Kofi.

Aveva imparato ad essere indipendente da subito, e a prendersi cura del fratellino quando rimanevano da soli. Lo portava per mano ovunque.

Era sempre lì quando lui si disperava per la separazione dalla mamma. Lo proteggeva nel silenzio.

Lo avrebbe voluto fare anche quel giorno.

Dopo anni passati a convincerlo, Kwaku riuscì a far tornare Kofi in Italia. Lavorarono insieme per la sua prima campagna di presidente della regione Emilia. Kofi curava la comunicazione di Kwaku. Era la sua voce attraverso i discorsi che gli abbozzava durante la pace della notte, quando il mondo faceva silenzio e gli ideali prendevano vita nei sogni delle persone come loro.

Negli anni, la collaborazione tra loro aumentò in maniera inaspettata il consenso del signor Addo, che nell'arco di dieci anni, era diventato uno dei membri parlamentari più attivi e noti del Paese. Quando prendeva parola, si trasformava. Parlava trasportando in quelle parole anche l'animo di Kofi che, da lontano, lo applaudiva e lo incitava. Kwaku non era una spina nel fianco solo per l'ala destra del parlamento, ma lo era per chiunque seduto al suo fianco non aveva il coraggio di alzarsi e camminare dietro ai principi che aveva sempre detto di voler proteggere.

Era diventato un personaggio amato e odiato, un terremoto di parole e carisma che non si arrestava davanti a nessuno. Aveva conservato la sfrontatezza dei giovani, modellandola con la saggezza di chi sapeva di poter essere un leader. Quel giorno Kofi lo stava aspettando fuori, nel giardino della casa che aveva comprato appena fuori Bologna. Aveva deciso di staccare dal lavoro. Tutto quella lotta lo stava consumando ed aveva bisogno di dedicarsi alla famiglia, lontano da tutto. Due giorni dopo, infatti, sarebbe dovuto partire per andare nella casa a Singapore con il resto della famiglia, ma Kwaku aveva bisogno ed era una persona che trasformava il lavoro in ossessione, e la sua voglia di riuscire diventava un'overdose di adrenalina. Aveva una conferenza, qualcosa di poco importante, che credeva di poter affrontare da solo, ma erano giorni che non dormiva, che non riusciva a riappacificare la sua coscienza con la necessità di scendere a compromessi per un obiettivo più grande.

"Qual è la tua vocazione, Kwaku?" era la domanda che Kofi gli faceva spesso. Kwaku aveva sempre voluto aiutare le persone, dare una voce a chi non ne aveva e non aveva avuta, a chi non aveva nemmeno avuto il tempo di emettere il primo gemito, e a chi, quel gemito, lo ha emesso ma è stato inghiottito da un Mediterraneo che negli anni si era trasformato in un cimitero di corpi neri.

"Guardati dietro, fratello. Quanta strada abbiamo fatto, quanta sofferenza, quanta merda. Abbiamo fatto trasfusioni senza riuscire a togliere dalle nostre vene tutto il dolore che ci ha contaminato. Noi che possiamo, abbiamo il dovere di fare qualcosa"

"Sì, capisco"

"Qual è la mia vocazione, dici? Beh, una società civile, felice, che non teme la felicità dell'altro, chiunque esso sia. Non voglio essere un colore, un genere, un'idea distorta di menti storte, un prigioniero di pregiudizi, una ragione di disprezzo o una bandiera da sventolare in base a come gira il vento. E nessun altro essere umano dovrebbe vivere temendo per la propria felicità"

"Qualcuno ti direbbe che sei quasi utopico, lo sai, Kwaku."

"E avrebbe ragione, ma non per questo ci credo di meno. Me l'hai insegnato tu, quando sei tornato dai tuoi viaggi. È possibile. Quindi immagino una società dove le persone, tutte, possono vivere in serenità, senza temere che il solo fatto di esistere possa rappresentare un pericolo per loro e i loro sogni. Non scegliamo dove nascere, non dipende da noi, ma possiamo decidere di rendere migliore il posto dove siamo, affinché chiunque ci nasca possa sentirsi al sicuro"

"Complimenti, fratellone", Kofi rise entusiasta.

"Mi hai sempre detto che era come se smettessi di essere nero ogni volta che atterravi a Londra, giusto? Io voglio che nessuno debba sentire il proprio essere come un peso, ma vivere in maniera così leggera da dimenticarsene".

Non scese nemmeno dalla macchina quando arrivò. Viveva di fretta in quel periodo della sua vita. Appena fuori dal cancello di casa, Kofi era in ginocchio di fronte ad una bambina che gli stava spiegando i suoi ragionamenti contorti sul perché i grandi si dimenticano quanto possa essere semplice la vita.

Kwaku si era sempre rivisto in quella bambina. Era come suo padre, come lui. Forte e sveglia, con pensieri troppi grandi per una testa così piccola.

"Ciao Sky, piccola rompiscatole. Come stai?" disse ridendo dalla finestra.

"Sto bene, zio Kwaku, ma io non rompo le scatole. Faccio solo domande".

Sky aveva dieci anni, l'età in cui Kofi l'aveva sempre sognata. Era un fiore meraviglioso, pieno di spine. Era energia allo stato puro ed amava follemente suo padre, come se, crescendo, anche lei avesse rivissuto nella sua testa parte dei sogni in cui Kofi la incontrava sempre. Avevano un legame viscerale. Era un amore che non si poteva spiegare, e chiunque li vedeva insieme li osservava come se stesse osservando due facce della stessa medaglia, in due generazioni diverse.

"Ciao baby, ora rientra, e salutami la mamma. Fa la brava e non stancarla troppo, che deve badare a tuo fratello mentre non ci sono"

"Va bene pà. Sei il migliore, ma lo sai già" -

Poi, mentre Sky abbracciava suo padre, gli sussurrò all'orecchio "meno male che ci sei tu, perché senza di te lo zio sarebbe perso, ma ssssh, non dirgli che te l'ho detto, se no mi sgrida"

"Sarò muto. Dai, vai dentro". Varcò il cancello e aspettò di vedere i fratelli K.K. scomparire all'orizzonte.

Quella fu l'ultima volta che vide suo padre.

A quattro chilometri dalla loro abitazione, una macchina non si fermò allo stop e prese in pieno la parte destra della macchina dove era seduto Kofi. Ciò che nessuno si aspettava, stava per succedere.

Lottò, ci provò davvero. Per quattordici ore provò a ritornare al di qua della vita, per non lasciare, prima del tempo, un mondo a cui sapeva di poter dare tanto. Lottò con tutto ciò che di vivo gli era rimasto in corpo, ma la vita non gli aveva mai promesso di essere giusta, e lui questo lo sapeva bene.

Si spense lasciando la compagna, i due figli, ed un fratello che avrebbe combattuto per l'eternità con i sensi di colpa.

Finire il libro che Kofi stava scrivendo su di loro era uno dei modi che Kwaku aveva trovato per curare la sua anima ferita, e gli aveva promesso che sarebbe venuto a leggerglielo. Ci aveva messo quindici anni, ma aveva mantenuto la promessa.

Young gli stava ancora raccontando la sua giornata quando squillò il telefono. Il signor Addo lo tirò fuori, lo guardò per qualche secondo lasciandolo suonare, un po' come fanno le persone che immaginano già le notizie che udiranno.

"Sì, Giorgio, dimmi".

Il cielo di Singapore si stava schiarendo in alcuni punti, lasciando passare i raggi del sole. Era una visione celestiale. Sembrava un'alba dentro al tramonto. Sembrava uno di quei giorni in cui qualsiasi cosa sarebbe stata possibile. Il cambiamento stava arrivando, e avrebbe avuto il suo volto, per la prima volta nella storia.

"Ciao, Kwaku. Sai perché chiamo, vero? Allora, abbiamo fatto il tuo nome e la coalizione è d'accordo. È ora. Il momento è giunto, finalmente".

Postfazione
di Lara Lago

Ottobre 2018. Ristorante di sushi. Milano.

"Noti niente di strano?", mi chiede Abi, abbassando appena la voce.

È seduto di fronte a me. Siamo in un ristorante al centro di Milano. Mangiamo sushi, lo abbiamo sempre amato. Le pareti sono verdi, decorate con motivi floreali, l'arredamento è rosa fenicottero.

"Notato cosa?", chiedo ballando da seduta il ritmo brasiliano che si diffonde nel locale.

"Facci attenzione". E mi guarda dritto negli occhi, quasi fosse un rebus o un enigma.

"Guardati bene intorno. Noti nulla di strano?".

La gente è vestita molto bene, è una sera di un giorno feriale ma siamo a pochi passi dal Duomo.

Anche noi siamo vestiti bene. Non è questo.

"Guarda bene".

Piatti di sushi, camerieri vestiti con maglie nere, gente che fotografa i piatti, più in là una famiglia annoiata con un figlio adolescente tutto vispo, quando mi aspetterei una famiglia tutta vispa con un figlio adolescente annoiato.

Poi lo vedo. Poi me ne rendo conto.

"Sei l'unico ragazzo nero del ristorante", dico.

"Esatto, e come credi che mi senta?".

Come un elefante in frigo, la nutella sulla libreria, un cactus che svetta posato sul cuscino del letto. Come una cosa che non è naturale sia lì.

Un'ora dopo.

"Lascia parlare me quando ritorna la cameriera – mi intima – perché, non so se te ne sei accorta, ma si rivolge sempre e solo a te. Perché sei bianca e allora nella sua testa sarai anche italiana".

Arriva la cameriera e Abi le si rivolge con termini che ho solo letto nei libri e mai sentito pronunciare. Sfodera il suo italiano fornito più che forbito, pieno di tutto, di sguardi e cenni, gesti e rimandi. La stordisce.

Perché un uomo in un costoso ristorante del centro deve lottare per affermare la sua presenza, per dire "ehy, sono qui, sono italiano come te"?

Luglio 2021. Festival Divercity. Milano.

Abi mi ha raggiunto per qualche giorno. In città c'è il Festival Divercity organizzato dal dottor Andi Nganso e l'obiettivo è partecipare a più conferenze e panel possibili. Si parla dei temi di cui parliamo da anni, si parla in modo collettivo di ciò che Abi in questo libro ha fatto dire a Kofi.

Ad un certo punto, uno dei relatori e organizzatori del Festival, Paolo Maurizio Talanti, dice una frase: "Non credete alle voci nere raccontate dalle voci bianche".

Me la ripeto, guardo Abi, sorridiamo. È tutto qua.

"Pane e acqua zuccherata" è una fortuna, perché ti fa cadere le fette di prosciutto dagli occhi quando vedi il mondo dall'alto – o dal basso – del tuo privilegio. Perché è come avere Abi davanti in quel ristorante che ti scrolla dal tuo mondo e ti dice "Ehy tu, noti niente di strano?".

Noti nulla che non va nella tua realtà, dove ti preoccupi e ti lamenti di problemi da primo mondo?

Hai mai provato a metterti dall'altra parte? A provare per un attimo a capire che impatto possa avere un gesto banale, fatto per automatismo e noncuranza, un gesto cattivo come quello di avere paura di una persona nera, dello stringersi un po' meglio la borsa a sé, del non sedersi di fianco in bus e stare piuttosto in piedi per tutto il viaggio?

Come reagisci quando a farli non sei tu, ma sei, piuttosto, spettatore di tali gesti?

Mettersi in ascolto, cambiare la prospettiva e la narrazione, ammutinare e zittire le voci bianche che ci vogliono raccontare una realtà che nemmeno loro stesse vivono sulla loro pelle.

Fare spazio allo scorrazzare libero nel mondo di Kofi, di Kwaku, di Abi, personaggi e persone forti e tridimensionali, che prendono ingiustizie e discriminazioni da parte di chi non ha ancora capito che il razzismo è un problema delle persone bianche, e ne costruiscono un canto di lotta.

Del resto, è l'unica strada percorribile. "Do or die", come scrive Kofi nel cartellone in camera, prima di affrontare il rush finale verso la laurea in giurisprudenza.

"Do or die" è l'invito e il monito per noi lettori. Perché non è più il tempo di trincerarsi dietro a slogan tipo "L'Italia non è ancora pronta".

"Pane e acqua zuccherata", l'immagine più tenera e allo stesso tempo atroce che dà il titolo al libro, è un testo che spreme la vita, ne ricava il succo e ne sporca le pagine. È vita scritta vivendo, è essere testimoni di migrazioni e razzismo, ma anche dedizione di una madre che non si dimentica mai, che sia una mamma, una seconda mamma o la madre patria Accra.

Il sorriso di Abi, protezione o scudo, nella narrazione si sente, così come si percepisce il suo ottimismo, che niente può scalfire, con una consapevolezza, chiara per me, che per Abi non è che l'inizio di una strada che sarà sempre sulla terra rossa, con un sole grande all'orizzonte, tutta da illuminare.

A lui il compito di guidare, a noi quello di metterci in cammino.

Mai finale, come quello del libro, fu più pregnante: è ora, il momento è giunto.

Finalmente.

Lara Lago

Ringraziamenti

Per prima cosa, ci tengo a ringraziare mia mamma, Husseina, la donna senza la quale non sarei sopravvissuto. A colei che, con infinita determinazione e spirito di sacrificio, ha saputo darmi una vita prima ancora che un futuro. La sua luce mi ha sempre guidato ed io ho sempre vissuto per essa.

Mia Nonna, che con le sue parole ha seminato in me valori che hanno resistito negli anni, nei miei spostamenti e nei miei momenti di crisi e di crescita. Grazie di tutto.

Ringrazio la mia sorellina Fatima per esserci sempre stata e avermi riempito la vita con affetto e amore incondizionato, così come i miei fratelli Mohammed e Farouk, che non hanno mai fatto mancare il loro supporto.

Ringrazio Enrichetta, che mi ha visto crescere ed ha deciso di essere parte importante di quella crescita. È stata una svolta. Le devo molto più di quanto mai riuscirò a darle.

Ringrazio Lara Lago, per l'amicizia profonda e sincera, per la pazienza nel leggere il manoscritto e, soprattutto, per aver scritto una parte così fondamentale come la postfazione.

Per l'impegno nella stesura della prefazione ringrazio Kwanza Musi Dos Santos, eterna amica e compagna di battaglie.

A Carolina Pacchioni vanno i miei ringraziamenti per aver saputo lavorare sulle mie idee con pazienza e dedizione, fino a produrre la copertina che più mi rispecchiasse. La nostra amicizia è preziosa.

Per la serenità e l'amore che ha portato nella mia vita, per la vicinanza nei periodi difficili della pandemia, per il supporto, l'incoraggiamento e le letture del manoscritto ringrazio Federica Passarini per essere amica, compagnia e amore.

Ringrazio Daniele Chiarotti per essere da sempre amico e confidente. Uno di quei regali della vita che più passa il tempo e più diventano preziosi.

Un grazie infinito ad Alessandro Ganzerla per essere, da 15 anni, un amico vero e un punto di riferimento. Mai avrei sperato di trovare una persona di tale spessore nel mio cammino.

Ad Insaf Dimassi, che mi supporta e mi sostiene con stima e affetto voglio dire grazie dal profondo del mio cuore.

Ringrazio Ambra Lugli, che ha accettato di leggere il manoscritto e riportarmi le sue impressioni con lucidità e sincerità.

Ringrazio Dafne Gagliardi, amica e scrittrice, per il supporto, i suggerimenti e la vicinanza. Le auguro un grande futuro.

Un grazie va al team di editor, alle case editrici Charlie Creative Lab e Dora & Kiki che da subito hanno creduto nel progetto e a Gabriele Eduardo, per aver seguito passo dopo passo tutta la fase antecedente la pubblicazione.

Infine, voglio ringraziare ogni singola persona amica e conoscente che, anche solo con una parola, un messaggio o una chiamata, mi ha dimostrato affetto, fiducia e sostegno.

Biografia

Abdul Zar nasce ad Accra alle porte della primavera del 1989. Sin da piccolo si appassiona al calcio, allo studio e alla cucina.

Vive i suoi primi anni in Ghana, dove cresce insieme al fratello maggiore e alla madre.

A 10 anni il primo trasferimento in Italia per ricongiungimento familiare. In Italia frequenta l'ultimo anno e mezzo delle elementari, le medie e le scuole superiori, diplomandosi in ragioneria nel 2009.

Studia Giurisprudenza all'università di Modena e Reggio, dove si laurea nell'inverno del 2015. Nello stesso anno avviene il secondo trasferimento a Londra, dove prende un master LLM in International Law all'università di Westminster.

A Londra vive stabilmente per 4 anni e mezzo prima di iniziare a fare il pendolare; infatti, attualmente, vive tra l'Inghilterra e l'Italia.

Fotografo e scrittore, Abdul ha coltivato negli anni le sue due principali passioni fino a farne un lavoro. Nutre un forte amore per lo sport, per la cucina e per la natura.

Diventato attivista un po' per scelta e un po' per necessità, sfrutta il suo essere giurista per combattere battaglie di civiltà, come quelle contro il razzismo (e la sistematicità della stessa) e a favore di leggi più eque per le minoranze etniche. Promuove la sensibilizzazione su tematiche come la mascolinità tossica e il patriarcato, e sostiene fortemente le lotte femministe e quelle della comunità LGBTQ+.

INDICE